HEYNE

Das Buch

Im 21. Jahrhundert hat sich die innere Sicherheit in den USA völlig neu orientiert, und eine Einheit wie die Net Force steht vor anderen Aufgaben. Sie muss in erster Linie Feinde bekämpfen, die sie nicht mehr sieht und die sich im zunehmenden Maß das Internet zunutze machen.

Einer Gruppe von Terroristen ist es gelungen, in die hoch gesicherte Militärbasis Fort Stephens einzudringen. Nacheinander werden weitere geheime High-Tech-Stützpunkte der Army attackiert und zerstört. Die Attentäter sind den Ermittlern immer eine Nasenlänge voraus. Die Net Force muss einschreiten.

Die Autoren

Tom Clancy, geboren 1948, arbeitete lange Jahre als Versicherungsagent. Eine Meuterei auf einem sowjetischen Zerstörer regte Clancy dazu an, seinen ersten Thriller, *Jagd auf Roter Oktober*, zu schreiben. Das Buch wurde auf Anhieb ein internationaler Erfolg, der sich in der Verfilmung mit Sean Connery in der Hauptrolle wiederholte. Seither ist Tom Clancy der Erfolg treu geblieben, seine Romane belegen regelmäßig über Wochen hinweg die ersten Plätze der internationalen Bestsellerlisten, die Verfilmungen mit Harrison Ford als Jack Ryan waren ausnahmslos Kassenschlager. Zusammen mit Steve Pieczenik hat er die erfolgreichen Taschenbuchserien *OP-Center* und *Net Force* geschrieben, und mit Martin Greenberg die Serie *Power Plays*.

Steve Pieczenik ist von Beruf Psychiater. Er arbeitete während der Amtszeiten von Henry Kissinger, Cyrus Vance und James Baker als Vermittler bei Geiselnahmen und als Krisenmanager.

TOM CLANCY/STEVE PIECZENIK/
STEVE PERRY/LARRY SEGRIFF

TOM CLANCY'S
NET FORCE –
DIE ATTACKE

Aus dem Englischen
von Bernhard Liesen

WILHELM HEYNE VERLAG
MÜNCHEN

Die Originalausgabe
THE ARCHIMEDES EFFECT
erschien bei The Berkley Publishing Group,
New York

FSC
Mix
Produktgruppe aus vorbildlich
bewirtschafteten Wäldern und
anderen kontrollierten Herkünften
Zert.-Nr. SGS-COC-1940
www.fsc.org
© 1996 Forest Stewardship Council

Verlagsgruppe Random House FSC-DEU-0100
Das für dieses Buch verwendete FSC-zertifizierte Papier
Holmen Book Cream liefert Holmen Paper, Hallstavik, Schweden.

Vollständige deutsche Erstausgabe 04/2009
Copyright © 2006 by Netco Partners
Copyright © 2009 der deutschen Ausgabe
by Wilhelm Heyne Verlag, München,
in der Verlagsgruppe Random House GmbH
Printed in Germany 2009
Umschlagillustration: © Lew Robertson / Corbis
Umschlaggestaltung: © Nele Schütz Design, München
Satz: Pinkuin Satz und Datentechnik, Berlin
Druck und Bindung: GGP Media GmbH, Pößneck
ISBN 978-3-453-43053-2

www.heyne.de

Danksagung

Wir möchten Martin H. Greenberg, Denise Little, John Helfers, Brittiany Koren und Tom Colgan, unserem Lektor, für ihre Mitarbeit danken. Am wichtigsten ist jedoch, dass nun Sie als unsere Leser entscheiden, wie erfolgreich unsere gemeinsamen Bemühungen waren.

Tom Clancy und Steve Pieczenik

Prolog

Januar 2015
Fort Stephens, Oklahoma

Wann immer Stevens in solchen Nächten Wachdienst hatte, wuchs sein Respekt vor den Pionieren, die einst mit ihren Planwagen hierher aufgebrochen waren. Die eiskalten Winde von Oklahoma gingen einem durch Mark und Bein, und damals hatte es weder asphaltierte Straßen noch fließendes Wasser oder elektrische Heizöfen gegeben … Erstaunlich.

Sergeant Theodore M. Stevens – dessen Name sich zwar anders schrieb als der des Militärstützpunkts, der sich aber trotzdem ständig dumme Bemerkungen über »seinen« Stützpunkt anhören musste – hatte nicht vor, das gemütlich warme Wachhaus zu verlassen und in die kalte Nacht mit den heulenden Winden hinauszutreten. Nicht ohne einen verdammt guten Grund.

Und doch sah es jetzt so aus, als ließe es sich nicht vermeiden …

»Da kommt ein Wagen, Sarge«, sagte Billings. »Mit ziemlichem Tempo.«

»Ich bin nicht blind, Billings.«

Der Soldat, ein Private First Class, zuckte die Achseln.

»Aber da Ihr Adlerauge den Wagen schon gesehen hat, können genauso gut Sie rausgehen und nachsehen, wer …«

Der Rest des Satzes wurde vom lauten Kreischen der Bremsen eines großen schwarzen Ford übertönt, der drei Meter vor den Barrieren vor dem Tor mit quietschenden Reifen zum Stehen kam.

Billings sprang auf. »Um Himmels willen!«

»Ihre Waffe!«, bemerkte Stevens, der seine Pistole bereits in der Hand hatte.

Auch Billings zog seine Beretta, deren Lauf aber, wie der der Waffe des Sergeants, auf den Boden zeigte.

Ein Mann in Paradeuniform und einem Wintermantel der Army sprang auf der Fahrerseite aus dem Ford und winkte. »Ich habe einen verwundeten General im Wagen! Öffnen Sie das Tor!«

Über das hochmoderne elektronische Audiosystem war die Stimme klar und deutlich zu verstehen. Na großartig. Ein verletzter General?

Die Innenbeleuchtung des Wagens war hell genug, um einen Mann auf dem Beifahrersitz zu erkennen, der tatsächlich wie ein Offizier aussah. Blut lief sein Gesicht herab und tröpfelte auf die Uniform. Das fehlte gerade noch, ein hochdekorierter General, der in einer Bar einen über den Durst getrunken hatte und von einem Einheimischen zusammengeschlagen worden war, dem sein Aussehen nicht passte.

Mist, dachte Stevens. Sieht so aus, als müsste ich doch in die kalte Nacht hinaus. »Sagen Sie auf der Krankenstation Bescheid«, befahl er Billings. Er schob seine Pistole ins Holster.

Fort Stephens war ein ultramoderner Militärstützpunkt und der ganze Stolz der Army. Obwohl personell noch nicht voll besetzt, gab es schon ein Militärkrankenhaus, weil bereits gut zweitausend Soldaten hier stationiert waren. Ganz zu schweigen von den hohen Tieren, die nur auf dem Hintern herumsaßen …

Stevens drückte den Daumen auf das Lesegerät seiner

Konsole, das den Fingerabdruck mit dem in der Datenbank abgespeicherten verglich, und das schwere elektrische Stahltor glitt geräuschlos zur Seite.

Als es sich wieder hinter ihm schloss, schlug ihm der Wind wie eine Ohrfeige ins Gesicht. Verdammt! Die Barrieren aus Beton, deren Umfang dem von Brückenpfeilern glich, konnten einen Panzer aufhalten, aber nichts gegen den eiskalten Wind ausrichten.

Er ging um die Barrieren herum und näherte sich dem Wagen. Jetzt sah er die beiden Sterne auf den Schulterstücken des Verletzten. Mist, es *war* ein General.

»Hoffentlich kratzt er nicht während meiner Wache ab«, flüsterte Stevens leise vor sich hin.

Er öffnete die Tür auf der Beifahrerseite. »Sir …?«

Zu seiner Überraschung blickte er auf eine sehr große Handfeuerwaffe, in deren Lauf man einen Finger stecken konnte.

Was zum Teufel war hier los?

»Ganz ruhig, Sarge«, sagte der »General«.

Wenn diese beiden Dreckskerle glaubten, durch das von *ihm* bewachte Tor auf den Militärstützpunkt zu gelangen, hatten sie sich getäuscht.

»Weder die Tür des Wachhauses noch das Tor lassen sich von draußen öffnen«, sagte er zu dem »General«. »Hier gilt ›Code Alpha‹.«

Er lächelte. An dem gepanzerten Stahltor gab es keinen einzigen Knopf, die Oberfläche war glatt wie ein Kinderpopo. Die Fenster des Wachhauses, auch das Sichtfenster in der Tür, waren aus transparentem, sechs Zentimeter dickem Lexan. Dagegen war mit Handfeuerwaffen nichts auszurichten, nicht einmal mit so einem Riesenrevolver, wie ihn der »General« in der Hand hielt. Diese Fenster würden auch einer Elefantenbüchse widerstehen. Munition vom Kaliber 50 würde sie nicht zerspringen lassen – zumindest nicht sofort.

Und das sieben Tonnen schwere Stahltor, dessen Riegel noch mal jeweils zwei Tonnen wogen, würde selbst einen mit hoher Geschwindigkeit daraufprallenden Riesenlaster unsanft zum Stehen bringen.

Außerdem hatte Stevens den kleinen Kopfhörer seines LOSIR-Kommunikationsgeräts im Ohr, dessen Mikrofon an der Unterseite seines Kragens befestigt war. Wenn Billings nicht mittlerweile taub geworden oder verblödet war, konnten ihm der Wortwechsel und die Erwähnung von »Code Alpha« nicht entgangen sein. Er musste mitbekommen haben, dass etwas nicht stimmte.

Danach dürfte es eigentlich nur noch etwa fünfundvierzig Sekunden dauern, bis zwei Humvees mit bis an die Zähne bewaffneten Militärpolizisten auf das Tor zugerast kamen. Und wenn es so weit war, würde sich Theodore M. Stevens mit dem Gesicht nach unten auf den Boden werfen, um nichts von dem Kugelhagel abzubekommen, den die Militärpolizisten auf diese beiden Versager abgeben würden. Code Alpha bedeutete, dass ohne Rücksicht auf Verluste das Feuer eröffnet wurde. Die beiden ungebetenen Gäste würden es zu spüren bekommen.

Der »General« lächelte, als hätte er Stevens' Gedanken erraten. »Schauen Sie doch mal zu Ihrem Kollegen rüber, Sarge.«

Stevens blickte stirnrunzelnd zum Wachhaus.

Billings schlug mit der rechten Hand, in der er auch die Waffe hielt, auf das Kommunikationsgerät ein, mit dessen Hilfe er eigentlich die Sanitäter und die Militärpolizisten rufen wollte.

»Sieht so aus, als würde es mit der Kommunikation nicht richtig klappen«, bemerkte der falsche General.

Der Fahrer, der zuvor aus dem Ford gestiegen war, lief unter Stevens' Augen ein paar Schritte in Richtung des Wachhauses und zog den Stift aus einer Art Granate. In der anderen Hand hielt er etwas, das wie die Fernbedienung eines Fernsehers aussah. Er drückte mit dem Daumen auf einen Knopf.

Was hatte er vor? Den Wänden des Wachhauses konnte er damit nichts anhaben. Vielleicht würde das Lexan ein paar Kratzer davontragen und nicht mehr so schön transparent sein, aber das war auch alles …

Die Tür des Wachhauses glitt eine Handbreit auf. Billings ließ das Kommunikationsgerät fallen und riss seine Waffe hoch, aber der Fahrer schleuderte die Granate durch den Spalt und trat zur Seite, bevor Billings feuern konnte.

Die Tür schloss sich wieder.

Was zum Teufel …?

Billings sah die Granate und versuchte, durch die andere Tür zu entkommen.

Dann ertönte ein gedämpftes dumpfes Geräusch, und das Wachhaus füllte sich mit grünlichem Rauch.

Stevens griff ohne weiteres Nachdenken nach seiner Waffe.

»Lassen Sie das Ding stecken, Sarge! Das ist nur ein bisschen Gas, das Brechreiz auslöst. Wenn Sie parieren, können Sie die Geschichte heute Abend Ihren Kumpels beim Bier erzählen. Falls nicht, werden Sie hier verbluten. Es lohnt sich nicht.«

Stevens nickte und ließ seine Waffe los. »Ja, ich hab's kapiert.«

Zwanzig Sekunden später öffnete sich die Tür des Wachhauses, und der kalte Wind vertrieb die Reste des grünlichen Rauchs. Billings war auf den Knien und erbrach sich. Auf dem Boden waren die halb verdauten Überreste seiner letzten Mahlzeit zu sehen. Stevens hasste dieses Zeug. Es war schlimmer als Pfefferspray, wenn auch nicht so schlimm wie Gas, das Durchfall auslöste. Ganz übel war es, wenn beides kombiniert wurde.

Der Fahrer rannte zu dem immer noch würgenden Billings und fesselte ihn mit Handschellen.

»Umdrehen, Hände auf den Rücken.« Stevens gehorchte und spürte, wie sich die Kunststoffhandschellen um seine Gelenke schlossen. Kurzzeitig dachte er darüber nach, rückwärts zu springen und dem Typen mit dem Kopf die Nase zu zertrümmern, doch da sah er zu seiner Rechten einen zweiten Wagen bremsen. Fünf schwarz gekleidete Männer mit Kapuzen stiegen aus, bewaffnet mit Maschinenpistolen.

Sergeant Theodore M. Stevens war nicht dumm, und deshalb ließ er jeden Gedanken an Gegenwehr in Windeseile fahren. Diese Jungs wussten genau, weshalb sie hier waren. Er würde keine Dummheiten machen. Die Army zahlte nicht genug, um sich dafür töten zu lassen.

Das schwere Tor öffnete sich.

Aber wie hatten sie es geschafft? Das Tor und die Tür des Wachhauses hätten sich nur öffnen lassen dürfen, wenn der Scanner seinen oder Billings' Fingerabdruck registrierte – respektive den der Ablösung oder des diensthabenden Offiziers.

Eines war sicher – einer würde den Kopf dafür hinhalten müssen.

Und Stevens hoffte, dass nicht er für die Panne büßen musste.

1

Net-Force-Hauptquartier
Quantico, Virginia

Eigentlich hätten fünf Sterne die Schulterstücke des Vier-Sterne-Generals Patrick Lee Hadden schmücken müssen, doch der noch immer andauernde Krieg gegen den Terror war nie als militärischer Konflikt deklariert worden. Einen offiziell als solchen erklärten hatte es schon lange nicht mehr gegeben – seit dem Zweiten Weltkrieg.

Der Vorsitzende der Vereinigten Stabschefs war ein sehr unglücklicher Mann. »Okay, wir haben die Ereignisse in Fort Stephens mit dem Sergeant, dem Private First Class von der Militärpolizei und anderem dort stationiertem Personal nachgestellt. Sie haben die Bilder der Rekonstruktion des Vorfalls gesehen, die unsere Computerspezialisten erstellt haben. Dagegen kann ich Ihnen leider keine Aufnahmen der Überwachungskameras am Tor oder sonst wo auf dem Stützpunkt präsentieren. Die Angreifer haben sie ausgeschaltet, und offensichtlich hat ihnen das genauso wenig Mühe bereitet wie das Öffnen des Tores und das Eindringen auf das Gelände.«

Thomas Thorn, Chef der Net Force, nickte. »Verstehe, Sir. Und jetzt möchten Sie wissen, wie ihnen das gelingen konnte.« Sie saßen allein in Thorns Büro, was ziemlich erstaunlich war, denn Hadden hätte ihn mühelos bei sich antanzen lassen können. Thorn hätte keine Möglichkeit gehabt, eine solche Einladung abzulehnen.

»Nein, es ist mir völlig schnuppe, wie sie es geschafft haben. Mich interessiert nur, wer diese Leute sind und wo sie sich aufhalten. Wenn Sie nebenbei noch rauskriegen, wie sie auf den Militärstützpunkt gelangen konnten, soll's mir recht sein. Diese Männer haben auf meinem hochmodernen Stützpunkt Schaden angerichtet. Nicht viel, aber *zu* viel. Ich will, dass Sie mir ihre Köpfe auf einem Silbertablett bringen, und zwar am besten gestern.«

Thorn lächelte nicht. Wenn der Vorsitzende der Vereinigten Stabschefs so etwas sagte, mochte eine Spur Humor im Spiel sein, aber sicher war das nicht. Und da Thorn und seine Net Force mittlerweile nicht mehr zum FBI, sondern zum Militär gehörten, war der General ihr Vorgesetzter. Thorn gefiel die Sache nicht, aber er musste entweder damit leben oder den Job quittieren, und das hatte er eigentlich noch nicht vor.

»Unsere Computerspezialisten haben mir erklärt, wie es passiert ist und wie es passieren konnte, doch das ist für mich unwichtig. Ich will, dass diese Dreckskerle zur Strecke gebracht werden.«

»Die Army verfügt über ziemlich gute Leute für so einen Job.«

»Stimmt, aber Ihre Leute sind noch besser, und mittlerweile gehören sie zur Army. Wie haben sie dieses Problem mit dem chinesischen General geknackt? Das war hervorragende Arbeit. Ich muss Sie bitten, mir Ihre Leute zur Verfügung zu stellen, General.«

General. Der Mann musste vergessen haben, wer ihm gegenübersaß. Thorn war Zivilist und nannte sich »Commander«, war also bestimmt kein General.

Offenbar war Hadden seine Miene aufgefallen, doch dafür musste man kein außergewöhnlich aufmerksamer

Mann sein. Zweifellos war es Thorn nicht gelungen, seine Überraschung und Verärgerung zu kaschieren.

»Mittlerweile hat sich einiges geändert. Sie sind jetzt Chef einer militärischen Einheit, mein Sohn. Außerdem haben wir Abe Kent zum General befördert, und der ist Ihr Untergebener. Folglich müssen Sie einen Rang höher stehen als er und sind jetzt nicht mehr ›Commander‹, sondern General Thorn. Mit zwei Sternen, da Kent nur einen hat.«

Thorn war immer noch verdutzt. »Das können Sie nicht tun. Sie können mich nicht einfach *einziehen*!«

»Wenn ich wollte, mein Sohn, könnte ich eine Million Jungs aus allen Waffengattungen und der Nationalgarde antanzen, kopfstehen und vierstimmig ›Dixie‹ pfeifen lassen. Natürlich muss der Präsident das absegnen, aber die neuen Antiterrorgesetze lassen mir jede Menge Spielraum. Ich werde den Papierkram regeln lassen – an Ihrer Beförderung lässt sich nichts mehr ändern.«

Thorn blinzelte. Das alles war äußerst merkwürdig, aber wenn man genauer darüber nachdachte, ergab es, zumindest nach Haddens Logik, einen gewissen Sinn.

»Können Sie den Job erledigen, Thorn?«

»General« Thorn bedachte sein Gegenüber mit einem angedeuteten Lächeln und nickte. »Ich denke schon, Sir. Ich werde veranlassen, dass Jay Gridley sich mit den Computerexperten der Army in Verbindung setzt und den Job übernimmt.«

»Gut.« Hadden erhob sich, und auch Thorn stand auf. »Mein Adjutant wird die Informationen bereitstellen. Ihr Mann wird sich an Sie und General Ellis halten.«

Damit verließ Hadden das Büro, und Thorn blieb allein zurück.

General Thorn? Guter Gott.

Ein Gedanke schoss ihm durch den Kopf. Jetzt, wo die Net Force nicht mehr zum FBI gehörte, wurde vieles er-

15

träglich, denn er wusste, dass er jederzeit gehen konnte, falls es zu schlimm wurde. Aber konnte man, wenn man zum Militär gehörte, einfach seinen Job quittieren, wenn man die Nase voll hatte?

Verdammt.

Trotzdem, Marissa würde sich über seine Beförderung freuen.

Fort George H. W. Bush
Clinton, Arkansas

In dem Wachhaus am südlichen Eingang des Militärstützpunkts befanden sich zwei Männer, ein dritter stand davor.

Carruth lag im feuchten Gras und beobachtete durch ein leistungsstarkes Fernglas die drei Wachtposten. Die Vergrößerung war so eingestellt, dass er ihre Mienen erkennen konnte. Sie wirkten gelangweilt.

Nach dem Vorfall in Oklahoma hätte man eigentlich glauben sollen, bei der Army bestehe erhöhte Alarmbereitschaft, aber die Army war nicht die Navy …

Carruth, ehemals Mitglied der Spezialeinheit SEAL, musste grinsen. *Keine Sorge, Jungs, gleich wird's interessant.*

Er drückte auf einen Knopf seines LOSIR-Mikrofons, um Hill eine Nachricht zu übermitteln. Diese konnte durch normale Frequenzscanner nicht abgefangen werden, und Carruth' Gerät sendete über ein anderes Spektrum als die LOSIR-Systeme der Army.

Patrick Hill war ein Elektronikgenie und in der Lage, die meisten von ihnen benutzten Geräte selbst zu bauen. Außerdem kannte er sechzehn verschiedene Spielarten, wie man jemanden mit dem Lötkolben umbringen konnte, den er dafür benutzt hätte.

»Werden wir beobachtet?«

»Nein. Für die nächsten zwanzig Minuten ist die Luft rein. Keine Schall-, Radio- oder Lichtwellen. Auch keine Empfänger, soweit ich sehe.«

Sehr gut. Sie brauchten weder einen Aufklärungssatelliten noch aktive Sensoren zu fürchten. Angesichts der Informationen, die ihnen der Boss gegeben hatte, war das nicht weiter überraschend, aber ein Mann wie Carruth überließ nichts dem Zufall. Leichtsinn konnte sehr schnell tödlich sein.

»Gib das Signal.«

»Alles klar.«

Hill würde die anderen beiden Mitglieder des Teams benachrichtigen, und damit lief die Uhr.

Carruth kroch weiter durch das nasse Gras. Belaubte Zweige schlugen gegen seinen Körper, und die Kälte drang durch die Kleidung, aber er gab sein Bestes, um ganz mit der Umgebung zu verschmelzen. Langsames und bedächtiges Vorgehen führte ans Ziel.

Verdammt, es war wirklich nass. Fast hätte man sich eine Tauchermaske und einen Schnorchel gewünscht …

Noch fünfundzwanzig Meter. Als er den Abstand auf zwanzig verringert hatte, hörte er den Krankenwagen vor dem Tor vorfahren.

Jetzt wirkten die Wachtposten ein bisschen interessierter. Einer der Männer aus dem Wachhaus trat nach draußen – genau in dem Augenblick, den Carruth erwartet und den das Szenario vorausgesagt hatte.

Damit war nur noch ein Mann in dem Wachhaus.

Carruth kroch schneller. Der langsam fahrende Krankenwagen beanspruchte die Aufmerksamkeit der Wachtposten, und sie blickten in südwestliche Richtung.

Wenn Stark den Krankenwagen zum Stehen brachte und mit den Wachtposten zu reden begann, würde Dexter, der Beifahrer, mit einem mit Luftdruck betriebenen Gewehr spezielle Pfeile auf die Posten feuern, die nach dem Eindringen in die Haut über winzige Kondensatoren Stromstöße von ein paar tausend Volt abgaben. Das war eine niedrige Stromstärke, aber es reichte, wenn sie subkutan freigesetzt wurde. Eine lautlose Methode, die Wachtposten auszuschalten, ohne sie zu töten. Was auch egal gewesen wäre.

Der Krankenwagen stand jetzt direkt vor dem Tor.

Carruth hörte Starks ausdruckslose, nasale Stimme.

»Wir sollen einen Major Kendrick abholen. Angeblich hat er sich an der Hand verletzt. Die Ärzte des Stützpunkts wollen, dass er extern behandelt wird.«

Der Wachtposten schien sich zu entspannen. Solche Krankentransporte kamen häufiger vor. »Ja, Sir. Ich muss nur schnell beim diensthabenden Offizier nachfragen. Man hat uns nicht gesagt, dass Sie kommen.«

Zwei leise, zischende Geräusche übertönten die Worte des Wachtpostens.

Mittlerweile hatte Carruth das Wachhaus erreicht. Er richtete sich mit einer flüssigen Bewegung auf und sah, wie der Wachtposten sich zu einem Monitor umwandte.

Er trat ein. »Hey, Sarge!«

»Ja bitte?«

Carruth feuerte einen Pfeil ab. »Tut mir leid, Sarge, ließ sich nicht ändern.«

Der Wachtposten ging mit einem dumpfen Geräusch zu Boden.

Carruth und Hill stiegen mit Stark in den Krankenwagen, Dexter hatte bereits in dem Wachhaus Position bezogen. Das Tor glitt auf. Es war nicht so massiv wie das des Militärstützpunkts in Oklahoma, aber immerhin so stabil, dass es reine Zeitverschwendung gewesen wäre, es zu rammen.

Vor ihnen lagen die Kasernen.

Stark hatte die Wahrheit gesagt – sie waren wirklich

hier, um Major Kendrick abzuholen. Die wichtigste Sicherung des Waffendepots war ein mit infrarotem Licht und Ultraschall arbeitender biometrischer Scanner, der die Anordnung der Venen unter der Haut registrierte, die genauso unverwechselbar individuell war wie ein Fingerabdruck oder die Netzhaut des Auges. Sie hatten es nicht geschafft, sich die passende Datei aus dem Computersystem des Stützpunktes zu besorgen, und sich deshalb etwas anderes einfallen lassen müssen.

Das Problem bestand darin, dass der Scanner auch die Temperatur der Hand maß, während mittels Ultraschall der Durchfluss des Blutes durch die Arterien überprüft wurde. Hände von Toten wurden ziemlich schnell kalt. Folglich brauchten sie Kendrick lebend. Die Hand eines Toten in der Mikrowelle auf Körpertemperatur zu erwärmen wäre vielleicht eine realistische Option gewesen, aber es war schlechthin unmöglich, die Blutzirkulation in den Arterien zu simulieren. Hier war alles anders als in Oklahoma, aber es kam eben darauf an, dass man sich veränderten Gegebenheiten anpasste, sich den Herausforderungen stellte und sich nicht überfahren ließ.

Die drei Männer betraten das Gebäude. Stark schob die zusammenklappbare Bahre. Sie benahmen sich, als gehörten sie dazu, als erledigten sie einen alltäglichen Job – einer der bewährtesten Tricks, um keine Fragen gestellt zu bekommen. Als sie Kendricks Zimmer erreicht hatten, öffnete Carruth die Tür und trat ein. Der Major schlief, und eine schnelle Injektion stellte sicher, dass sich daran nichts ändern würde.

Sie rollten Kendrick ohne Zwischenfälle zu dem Krankenwagen.

Dann fuhren sie zu dem gut gesicherten, von einem Zaun umgebenen Waffendepot. Davor schoben Soldaten Wache, innen gab es elektronische Systeme.

Erneut wurden die Wachtposten durch Pfeile ausgeschaltet. Stark übernahm das Wachhaus, Carruth und Hill fuhren durch das Tor.

Der biometrische Scanner an der äußeren Tür war zufrieden, als er Kendricks Hand erkannte, und Patrick Hill brachte es durch irgendein raffiniertes Kunststück fertig, die elektronisch kontrollierte innere Tür zu öffnen.

»Alles klar?«, fragte er.

Carruth nickte.

Jetzt wurde es ernst.

Die Sprengköpfe ließen sich nicht abmontieren, ohne dass weit entfernt von dem Waffendepot Kontrolllämpchen aktiviert wurden. Diese Alarmfunktion war permanent eingeschaltet, weil man immer wissen wollte, wo sich die Sprengköpfe gerade befanden. Folglich blieb ihnen nicht viel Zeit.

»Los geht's.«

Kendrick hatte seine Schuldigkeit getan, und deshalb lag er mittlerweile nicht mehr auf der Bahre. Die beiden Männer schoben sie dicht an ein Regal und rollten den etwa dreihundert Pfund schweren Sprengkopf darauf. Hörbarer Alarm wurde nichts ausgelöst.

Nachdem Hill den Atomsprengkopf geschickt mit zwei Nylongurten befestigt hatte, schoben sie die Bahre eilig zum Ausgang.

Sie erreichten den Krankenwagen ohne Zwischenfälle. Carruth fuhr, während Hill auf den Sprengkopf aufpasste.

Gas geben und abhauen!

Als sie sich dem Tor des Waffendepots näherten, hörten sie das lauter werdende Geräusch von Sirenen. Stark rannte los und sprang in das fahrende Auto.

Als sie die Hälfte des Weges zum Haupttor des Stützpunkts zurückgelegt hatten, begannen die Bilder zu flackern und zu springen, und Carruth trat auf die Bremse.

»Verdammtes Mistding!«

Carruth klopfte gegen die Seite seines Head-up-Displays, und das Bild stabilisierte sich wieder.

Das kommt davon, wenn man billigen Schrott kauft.

Er hielt gar nichts vom VR-Training. Es war etwas anderes, ob man vorgab, durch einen Wald zu kriechen, oder ob man es tatsächlich tat. Die Kälte, die kleinen Tiere – zwischen der VR und der Realität lagen Welten. Natürlich, die realistischen Dimensionen des Militärstützpunkts, Zeitfaktoren und Bewegungen, all das ließ sich simulieren, aber die kleinen, zufälligen Dinge konnten nie adäquat eingebaut werden. Kendrick konnte sich ja entschließen, aufs Klo zu gehen, oder außerhalb des Stützpunkts ein Rendezvous haben.

Aber das Budget für die gegenwärtige Operation war begrenzt. Der Boss hatte es folgendermaßen ausgedrückt: »Man kann das Geld in den Einsatz investieren oder in die Vorbereitung. Wir müssen uns entscheiden.«

Also hatten sie sich auf einen Kompromiss geeinigt. Ihr System war nicht hundertprozentig VR – es kombinierte Echtzeit-Computergrafiken und ein Head-up-Display mit simulierten Modellen. Die Wachtposten und der Militärstützpunkt existierten nur in der VR, wobei die Bilder durch den Kraken Cluster in ihrem Camp generiert und an ihre Head-up-Displays gesendet wurden, aber das Kriechen durch das nasse Gras, das Klettern und das Autofahren waren echt.

Auf die Attacke auf den Stützpunkt in Oklahoma hatten sie sich nicht besonders ausgiebig vorbereiten müssen. Sie waren eingedrungen, hatten ein bisschen Schaden angerichtet und waren wieder verschwunden. Doch in diesem Fall waren sie im Besitz aller erforderlichen Computercodes gewesen. Der neue Job war komplizierter, eine sorgfältige Vorbereitung folglich unabdingbar.

Aber die Sache war es wert. Die Aktion würde die Preise für ihre Informationen über Militärstützpunkte der Vereinigten Staaten in schwindelerregende Höhen treiben. Auf einer eher persönlichen Ebene freute sich Carruth, den Militärs ein blaues Auge zu verpassen.

Damit sie sehen, was passiert, wenn man mich schlecht behandelt.

Am Tor stieg Dexter zu, und mittlerweile waren die Sirene und das Blaulicht des Krankenwagens eingeschaltet.

Code drei, und sie hatten den Stützpunkt verlassen.

Hill nannte die Zeit. Bisher hatten sie es noch nie so schnell vom Waffendepot bis zum Ausgang geschafft.

Bald waren sie für den Ernstfall gerüstet.

2

Pentagon, Nebengebäude
Washington, D.C.

Jay Gridley, Boss der Computerabteilung der Net Force und führender Experte auf dem komplizierten Gebiet der virtuellen Realität, konnte sich nicht erinnern, wann er zum letzten Mal so erschöpft gewesen war. Seine Augen brannten und schmerzten, wenn er die Lider schloss, und sein Körper kam ihm merkwürdig verletzlich vor. Fast so, als wäre er aus Glas gewesen und könnte zerbrechen, wenn er sich zu schnell bewegte.

Die Zeiten, in denen er sich ganze Nächte in der VR aufhalten und am nächsten Tag trotzdem sein normales Pensum abspulen konnte, ohne ins Bett zu gehen, gehörten der Vergangenheit an. Seit wann?

Es wird mir eine Lehre sein.

In der letzten Nacht war ihnen die Milch für den kleinen Mark, seinen geliebten Sohn, ausgegangen, und Jay hatte Nachschub geholt. Nicht in dem Supermarkt, wo sie normalerweise einkauften, sondern in einem nahe gelegenen 7-Eleven. Das ging schneller, und er hatte seiner Frau gegenüber die Vorzüge des 7-Eleven gepriesen, wo man jederzeit bequem alle lebensnotwendigen Artikel besorgen konnte …

Aber offensichtlich stammte die Milch des 7-Eleven von anderen Kühen als die des Supermarkts Safeway.

Um drei Uhr morgens hatte Mark Erfahrungen mit Magenschmerzen gemacht. Jay musste aufstehen und sich um ihn kümmern. Saji war stinksauer. *Was hast du gesagt, Mr Klugscheißer? Kein Problem, Milch ist Milch? Erzähl das mal deinem Sohn.*

Danach hatte niemand mehr ein Auge zugetan. Die Zeit, die er durch den Gang zu dem nahe gelegenen 7-Eleven gespart hatte, war alles andere als angenehm gewesen …

Und am schlimmsten war, dass er ausgerechnet am nächsten Morgen um halb acht im Pentagon antanzen musste, um General Ellis über dieses Computerproblem zu informieren. Warum so früh? Warum konnte man das nicht in der VR abwickeln? Weil ein General es anders wollte. Darum. Er hatte die Nase voll von den Militärs. Er war gern der Boss der Computerabteilung der Net Force, denn sein Job hatte ihm Gelegenheit gegeben, sich mit den intelligentesten Gegnern zu messen. Aber diese Arbeit für die Militärs war der letzte Dreck. Vielleicht war es an der Zeit, über eine berufliche Neuorientierung nachzudenken.

Da er General Ellis noch nicht persönlich kennengelernt hatte, war er neugierig, wie der Boss seines Chefs aussah. Aber er hätte sich schon gewünscht, ein bisschen ausgeruhter zu sein.

Wenn man Thorns Worten Glauben schenken wollte, hatten die Militärs vor, auch *ihn* zum General zu machen.

Aber dann hätte er mit den Wölfen heulen müssen, und er war sich nicht sicher, ob er das wollte.

»Der General kann Sie jetzt empfangen, Sir.«

Jay stand auf und folgte der viel zu erholt aussehenden Sekretärin durch einen kurzen dunklen Flur in das Büro des Generals. Sein persönlicher Begleiter blieb im Vorzimmer.

An einer Wand des Büros hingen ein Bild des Präsidenten und mehrere Fotos, die einen älteren Mann zeigten, der diversen Prominenten die Hand schüttelte. Die dunklen Regale enthielten jede Menge Bücher, aber auch Waffen, Munition und Modelle. Ein Gemälde zeigte eine Sumpflandschaft mit einem trüben Flusslauf und Zypressen im Licht der untergehenden Abendsonne. Die Szenerie hätte aus einem von Jays VR-Szenarios stammen können.

Eine merkwürdige Mischung.

Hinter dem Schreibtisch saß ein Mann von Mitte fünfzig, der es vermutlich aufgegeben hatte, gegen seine Fettleibigkeit anzukämpfen. Sein Haar war schon nicht mehr grau, sondern weiß.

»Mr Gridley.«

Er zog die Worte in die Länge, wie jemand aus dem Süden. Texas? Louisiana? Ja, er musste von irgendwo dort unter stammen.

»Der bin ich«, sagte Jay.

»Ihr Boss meint, Sie seien der beste Virenkiller und Troubleshooter in unseren Reihen.«

Jay musste grinsen. Da wollte er nicht widersprechen. Es war immer schön zu hören, man sei der Beste seines Fachs. »Vielleicht kann man es so sagen«, antwortete er. »Aber ich glaube nicht, dass in unserem konkreten Fall ein Virenkiller gefragt ist.«

»Dann klären Sie mich auf, mit was für einem Problem wir es hier zu tun haben.«

»Nun, Sir, grundsätzlich hat sich jemand einer Metho-

de bedient, die ich als ›Archimedes-Effekt‹ bezeichne.«
Aus der Miene des Generals sprach bares Unverständnis. »Kennen Sie nicht den Ausspruch des Archimedes? ›Gebt mir einen Hebel, der lang genug, und einen Angelpunkt, der stark genug ist, dann kann ich die Welt mit einer Hand bewegen.‹« An Ellis' ratloser Miene hatte sich nichts geändert. »In Fachkreisen spricht man von einem Distributed Computer Project, kurz DCP genannt. Damit ist eine Software gemeint, die auf Tausenden, möglicherweise sogar Zehntausenden von Computern läuft. Das Programm sucht nach Antworten oder, wie in unserem Fall, nach Szenarios, wie man die Sicherheitsvorkehrungen auf Militärstützpunkten knacken könnte. Wenn es sie gefunden hat, spuckt es sie wieder aus. Das sind die ›Hebel, die lang genug sind‹, wenn Sie verstehen, was ich meine.«

General Ellis nickte. »Zehntausende?«, fragte er. »Wie ist das möglich?«

»Die Distribution der Software erfolgt über einen Server, und wenn sie auf den Host-Computern läuft, werden weitere Datenpakete versendet, bis die Aufgaben gelöst sind. Daraufhin sendet der Server sämtliche eingegangenen Lösungen an einen weiteren Server, der die Teile des Puzzles zusammensetzt.«

Der General runzelte die Stirn.

»Die Idee kam erstmals in den späten Neunzigern auf. Ein paar Leute vom SETI-Projekt starteten ein DCP, das Datenströme von Radioteleskopen auswerten sollte. Sie sandten Datenpakete mit jeweils einem Teil der Messwerte an verschiedene Computer, und die Software auf diesen Host-Computern wertete sie aus, wenn gerade nichts anders zu tun war.«

Der General runzelte noch immer verständnislos die Stirn. Es war besser, es ihm etwas einfacher zu machen, sonst würde er bald einschlafen. »Das Ergebnis war praktisch ein riesiger Supercomputer, der sich aus einer Unzahl kleinerer Einheiten zusammensetzte.«

»Okay, so viel verstehe ich, aber wo stehen diese Computer?«

»Überall auf der Welt. Es funktioniert so, dass derjenige hinter dem Projekt etwas ins Internet stellte, das von Leuten heruntergeladen wird, die es amüsant finden. Das Interessante daran ist, dass es sich in aller Öffentlichkeit vollzieht und das Ganze als Computerspiel getarnt ist – als ein Science-Fiction-Szenario namens *Der Krieg gegen die Aliens*. Allerdings sehen die Stützpunkte der Aliens, angeblich in einer fernen Galaxie angesiedelt, zufällig genauso aus wie Militärstützpunkte hier auf der Erde.«

»Und wie sind sie an detaillierte Informationen über diese Einrichtungen der Army herangekommen?«

»Das ist die zentrale Frage. Ich arbeite daran.« Was der Wahrheit entsprach, aber bis jetzt hatte Jay keinen blassen Schimmer, wo die Informationen herkamen. »Wie auch immer«, fuhr er fort, »die Computer schicken ihre Informationen an den Ausgangspunkt zurück, wobei sie sich automatisch der Vorteile ihrer Internetverbindung bedienen. Bei den meisten heutigen High-Speed-Zugängen, ob über Kabel oder Telefonleitungen, sind die Leute permanent online. Firewalls können den Zugang verwehren, halten aber kein ausgehendes DCP auf. Das ist das Originelle an der Idee.«

Der General nickte.

»Da das Computerspiel technisch auf dem neuesten Stand ist, spricht es besonders spielwütige Computerfreaks mit guter Hardware an – und Leute, die auf Spiele stehen, wo ein Großteil des Spaßes darin besteht, Sicherheitsvorkehrungen zu knacken.«

»Erklären Sie das etwas genauer.«

»Sie müssen sich das etwa so vorstellen. Die Aliens

haben einen Militärstützpunkt auf dem Planeten Alpha-Omega Prime, und der Spieler verfügt über Informationen über ihre Computer, ihre Sicherheitsvorkehrungen, den Zeitplan ihrer Patrouillen und so weiter. Er ist der Anführer einer Untergrundarmee auf der Erde, welche die Aliens bald angreifen wollen. Die Aufgabe des Spielers besteht darin, ihre Sicherheitsvorkehrungen auszuschalten und ihren Plan zu vereiteln, indem er die Stützpunkte zerstört. Wie würden Sie es anstellen?«

»Wollen Sie damit sagen, dass die Sicherheitsvorkehrungen unserer Militärstützpunkte von ein paar *Spielefreaks* geknackt wurden, die keinen blassen Schimmer von der militärischen Routine haben?«

Jay hüstelte, um ein Grinsen zu unterdrücken. Offenbar vergaß der General, dass auch er nach Computerspielen verrückt war. »Ja, im Grunde kann man es so sagen. Der durchschnittliche Spielefreak mag von diesen Dingen nicht allzu viel Ahnung haben, aber wenn man Zehntausenden von ihnen ein paar Anhaltspunkte gibt, werden sie die Lösung irgendwann finden. Wer immer hinter dem Projekt steht, hatte spezielle Informationen darüber, wie es am ehesten möglich wäre, und wusste genau, dass er so die Lösung finden würde.«

General Ellis blickte Jay kopfschüttelnd an. »Spielefreaks knacken die Sicherheitsmaßnahmen von Militärstützpunkten, nur so zum Spaß. Das kann ja lustig werden. Was kommt als Nächstes?«

Jay musste einräumen, dass die Idee brillant war, und die graue Eminenz hinter dem Projekt musste ziemlich intelligent sein. Bisher hatte er noch nie beobachtet, dass ein DCP auf diese Weise eingesetzt worden war. Wenn sich die Geschichte herumsprach, würde es wahrscheinlich bald Trittbrettfahrer geben.

»Die schlechte Neuigkeit ist«, fuhr er fort, »dass es in diesem Spiel ein halbes Dutzend Stützpunkte der Aliens

gibt und dass jeder davon einem echten Militärstützpunkt entspricht. Die Army dort wäre gut beraten, die
Sicherheitsvorkehrungen zu ändern, bevor der nächste
Eindringling vor der Tür steht. Ich weiß nicht, um welche
tatsächlich existierenden Stützpunkte es sich handelt,
aber irgendjemand muss es herausfinden.«

»Genau deshalb sollten Sie mit unseren Spezialisten
für Computersicherheit reden, und zwar sofort. Diese
Geschichte ist absolut nicht komisch und duldet keinen
Aufschub, Sohn.«

»Ja, Sir«, erwiderte Jay mit unbewegtem Gesicht, obwohl er die Ausdrucksweise des Generals etwas merkwürdig fand.

»Also, kann man irgendwie herausfinden, wohin diese
Antworten geschickt wurden?«

Jay zuckte die Achseln. »Das ist eine ziemlich ver-
zwickte Geschichte. Etwa so, als würde ein Polizeihund
einem Verbrecher folgen, der in einen Fluss springt, sich
am anderen Ufer in tausend Stücke teilt und permanent
roten Pfeffer hinter sich spuckt.«

Ellis nickte.

»Dazu kommt, dass der Mann im Hintergrund die
eingehenden Daten an die anderen Spieler weiterleitete,
damit diese sie mit ihren eigenen Lösungen vergleichen
konnten. Im Grunde werden die Daten hin und her gemailt wie bei einem Pingpongspiel. Ich werde mir den
Code genauer ansehen müssen, und einige meiner Leute
versuchen bereits, Spuren zurückzuverfolgen, aber meiner Meinung nach wird jemand, der clever genug ist, ein
solches Projekt zu starten, auch intelligent genug sein,
uns die Nachforschungen zu erschweren. Er wird Server
und Kommunikationssatelliten wechseln und schließlich
bei einem privaten Server landen, den es mittlerweile
nicht mehr gibt. Möglicherweise wird es uns nicht gelingen, das Knäuel zu entwirren, aber selbst wenn es uns

gelingen sollte, könnte die Spur zu einer Mietwohnung in einem Kaff in Oregon führen, die seit einer Woche leer steht. Wir werden uns wahrscheinlich eine andere Methode einfallen lassen müssen.«

»Bleiben Sie an der Sache dran«, sagte Ellis mit grimmiger Miene. »Damit ist nicht zu spaßen. Wir dürfen es nicht zulassen, dass Leute in unsere Stützpunkte eindringen, Dinge in die Luft sprengen und Soldaten verletzen. Mein Adjutant wird Ihnen erklären, wie Sie Kontakt zu unseren Computerspezialisten aufnehmen können.«

Der General erhob sich. Die Besprechung war zu Ende.

Auch Jay stand auf. Nun, es war nicht das erste Mal, dass er sich mit üblen Subjekten herumschlagen musste, und bisher war er immer als Sieger aus der Konfrontation hervorgegangen. Wahrscheinlich würde er auch mit diesem Problem klarkommen, doch zuerst hatte er noch reichlich Schlaf nachzuholen.

Net-Force-Schießplatz
Quantico, Virginia

»Mit was für einem antiquierten Schießeisen trainieren Sie da, General?«

John Howard sah Abe Kent und lächelte. »Mit einem Revolver, General. Eigentlich ist er noch kein Museumsstück.«

Die beiden Männer betrachteten die Waffe, die Howard gerade auf die Bank neben der Bahn gelegt hatte. Bevor Howard in die Privatwirtschaft gewechselt war, hatte er Kents Posten als Boss der militärischen Abteilung der Net Force bekleidet, die damals noch nicht den Marines, sondern der Nationalgarde unterstand. Dieser Wechsel war eine einschneidende Veränderung. Die beiden kannten sich schon lange, und Kent hatte seine jetzige Position der Tatsache zu verdanken, dass Howard sich für ihn als seinen Nachfolger eingesetzt hatte.

Howard nahm die Pistole und hielt sie Kent hin. Der mattschwarze Lauf schimmerte etwas bläulich, schien eher rechteckig als rund zu sein, und die nicht geriffelte Trommel war mit merkwürdigen Gravuren verziert. Der Griff war aus Holz und hatte Mulden für die Finger.

»Hübsche Waffe.«

»Ein Skorpion-Revolver«, sagte Howard. »Entworfen von Roger Hunziker, von Gary Reeder produziert und mit dem letzten Schliff versehen. Reeder ist einer der größten Experten für maßgefertigte Waffen in diesem Land, wenn nicht weltweit. Diese hier verfügt über einen Federmechanismus in den Kammern, durch den problemlos Munition unterschiedlichen Kalibers geladen werden kann – .38, .38 Special, 9 mm, .357 Magnum und sogar .380 Auto. Das Vorbild des Revolvers, ›Medusa‹ genannt, wurde von Phillips & Rodgers in Texas produziert. Diese Firma hat sich jetzt auf andere Produkte spezialisiert, auf Einzelkomponenten und elektronisches Zubehör wie beispielsweise unsere Ohrenschützer, die ebenfalls von Hunziker entwickelt wurden, wie seinerzeit die Medusa. Die vom Verteidigungsministerium angeschafften Modelle stammen auch von ihnen. Wenn man die Elektronik aktiviert, hört man eine Maus auf der anderen Straßenseite niesen, kann aber trotzdem das Krachen eines Schusses ausblenden. Eine großartige Erfindung für Jäger, die so das Wild hören können. Angesichts des Niedergangs der Kunst des Waffenbaus ein cleverer Schachzug der Firma. Aber die Konzeption des Revolvers war so gut, dass Reeder sie für seine eigene Produktion benutzt hat. Ich hatte selbst mal eine Medusa, habe sie aber einem Freund aus der Army geliehen. Sie haben ihn als Berater nach Südamerika geschickt, wo wir an der Seite dortiger Regierungen im Kampf gegen den illegalen Drogenanbau aktiv waren.« Howard schwieg ein paar Augenblicke. »Er ist nicht zurückgekommen.«

»Schlimm.«

»Man muss damit rechnen, wenn man sich für die Uniform entscheidet.«

Kent nickte. Das war ihm nicht neu.

»Wie auch immer, bei meiner Suche nach einer neuen Medusa stieß ich auf diese Waffe. Captain Fernandez zieht mich immer wegen der altmodischen Technik auf, aber ich stehe auf Revolver.«

»Ich sehe nicht, was daran verkehrt sein sollte. Wenn's ernst wird, sitzt man immer in der Scheiße, egal mit welcher Waffe.«

»Ich weiß nicht. Haben Sie mal Ed McGiverns Buch *Fast and Fancy Revolver Shooting* gelesen?«

»Nie von gehört.«

»Er war ein Kunstschütze, in den Dreißigerjahren des letzten Jahrhunderts, der eine Getränkedose in die Luft werfen und sie sechsmal mit einem Double-Action-Revolver durchlöchern konnte, bevor sie auf dem Boden landete. Er hatte zwei Jungs dabei, die gleichzeitig je zwei Dosen warfen, und er traf trotzdem alle vier noch in der Luft. Das gleiche Spielchen beherrschte er auch mit Spielkarten, und wenn er es richtig eilig hatte, traf er in zwei Fünftelsekunden fünfmal ein handgroßes Ziel, alles mit einem handelsüblichen .38er Smith & Wesson. Der konnte es hiermit nicht aufnehmen.« Er fuchtelte mit seinem Skorpion-Revolver herum.

»Im Ernst?«

»Das waren nur die Kunststückchen auf nahe Distanz. Mit großkalibriger Munition traf er auch auf eine Entfernung von zweihundertfünfzig Metern sechsmal ein Ziel von der Größe eines Mannes. Er behauptete immer, wenn jemand nicht treffen könne, liege es nicht an der Waffe. Mein lieber Gott.«

»Fangen Sie bloß nicht wieder mit dem an.« Kent lächelte, um Howard zu signalisieren, dass es scherzhaft gemeint war.

Auch Howard lächelte. »Glauben Sie's mir, Abe, unsere Kirche ist anders.«

»Das Thema hatten wir schon. Damals, als Sie mich mit einer mir unbekannten Frau mit einer ›großartigen Persönlichkeit‹ verkuppeln wollten.«

Howard lachte. »Wo wir gerade davon reden, meine Frau hat eine Freundin, die …«

Kent stöhnte. »Nicht schon wieder, John. Bitte.«

Howard lachte erneut.

»Okay, dann wollen wir mal sehen, ob Sie mit dem Museumsstück treffen.«

»Halten Sie die Luft an. Ihr Colt ist auch nicht gerade brandneu.«

Beide lächelten.

»Sie sollten Ihr komisches Schießeisen besser bei mir vorbeibringen, damit ich es mit der Smartgun-Elektronik ausrüsten kann, General«, tönte Gunnys Stimme aus dem Lautsprecher.

»So ein Schwachsinn«, sagte Howard leise. »Was soll der ganze Sicherheitswahn?«

»Ich hab's gehört, Sir«, sagte Gunny. »Wir haben Vorschriften.«

»Für mich gelten sie nicht!«, rief Howard. »Ich bin nicht mehr bei der Net Force, und niemand sagt, dass jede Knarre mit Smartgun-Technologie ausgerüstet werden muss. Das gilt nur für Mitarbeiter der Net Force, und es ist nicht einmal sicher, ob die Vorschrift für Soldaten überhaupt zutrifft.«

»Sie brauchen nicht so zu schreien, John«, sagte Kent. »Wahrscheinlich hat er hier sowieso Wanzen installiert.«

»Der Mann hat recht«, sagte Gunny mit der krächzenden Stimme eines starken Rauchers.

»Diese Zigaretten bringen Sie noch um, Gunny«, sagte Howard. »Wenn ich es nicht schon vorher tue.«

»Los, fangen wir an. Wir können uns ja vorstellen, wir würden auf Gunny feuern.«

»Auch das ist mir nicht entgangen, Sir!«

3

University of Maryland, Sportzentrum
University Park, Maryland

Marissa Lowe saß neben ihm auf der Tribüne, und Thorn schätzte sich so glücklich, wie ein Mann es nur sein kann. An seiner Seite war eine wunderschöne Frau, die ihn liebte und bald heiraten würde. Sie waren hier, um sich einen hochklassigen Wettbewerb im Florett-, Degen- und Säbelfechten anzuschauen, und niemand würde ihn stören. Das Leben war schön.

»Wann tritt Jamal an?«, fragte Marissa.

»Kann nicht mehr lange dauern«, antwortete Thorn. Er streckte die Hand aus. »Ah, da drüben ist er schon.«

»Er ist schwarz.«

»Warst du auch, als ich das letzte Mal hingeschaut habe.«

»Du hast es nicht erwähnt.«

»Du wusstest nicht, dass du schwarz bist?«

»Vorsicht, Tommy.«

»Okay, okay, ich wollte nicht, dass du ihn von vornherein zu sehr bewunderst.«

Sie lächelte, stieß ihm aber trotzdem mit dem Ellbogen in die Rippen.

»Aua. Ihr Typen von der CIA kennt nichts als brutale Gewalt, stimmt's?«

»Ein Wort, und ich lasse dir die Kniescheiben zertrümmern.«

Er lächelte. Humorvoll, intelligent, wunderschön – besser konnte es eigentlich kaum kommen. Sie hatte sogar Interesse am Fechtsport und kürzlich selbst damit begonnen.

»Jamal wärmt sich gerade auf, in ein paar Minuten ist er dran.«

»Es ist schön, wie du dich um ihn kümmerst, Tommy.«

Er zuckte die Achseln. Jamal war wirklich talentiert, gut mit dem Florett und herausragend mit dem Degen. Und für einen Jungen aus einem heruntergekommenen schwarzen Wohnviertel, der erst im fortgeschrittenen Alter von zwölf mit dem Fechten begonnen hatte, erst vier Jahre dabei und nicht von erstklassigen Trainern betreut worden war, musste man das als erstaunliche Leistung einschätzen.

Mit einigen der Computerprogramme, die seine Softwarefirmen vor seinem Einstieg bei der Net Force entwickelt hatten, hatte Thorn eine Menge Geld verdient. Da konnte er ruhig ein paar arme Jugendliche fördern, damit sie sich die Fechtausrüstung, gute Trainer und Reisen zu Wettkämpfen leisten konnten. Er selbst war in Armut in einem Reservat aufgewachsen und wusste, was Fechtunterricht kostete und wie viel man investieren musste, wenn man auf hohem sportlichen Niveau mithalten wollte. Er war ein paarmal zu Turnieren im ganzen Land geschickt worden, mit Geld, das kleine Geschäftsleute aus der Nachbarschaft gespendet hatten. Und jetzt war es das Mindeste, dass er einen Teil seines Geldes einsetzte, um sich für die damalige Großzügigkeit zu revanchieren.

Jamal ging auf die Fechtbahn zu.

»Gleich geht's los. Pass gut auf.«

An einige Veränderungen hatte sich Thorn immer noch nicht gewöhnt. Zu seiner Zeit war die ganze Ausrüstung noch mehr oder weniger so gewesen wie Jahrzehnte zuvor. Der Degen war an ein Körperkabel angeschlossen, das erst durch den Ärmel, dann den Rücken hinab geführt wurde und mit einer rollenden Spule neben der Bahn verbunden war, die man bei einem Laufangriff oder schnellen Rückzug nicht ganz aus dem Auge verlieren durfte. Die Spule wiederum war mit der Trefferanzeige verbunden. Heutzutage funktionierte fast alles ohne Kabel. Das Körperkabel gab es zwar noch, aber es war in ein kleines Kästchen im Kreuz des Fechters eingestöpselt.

Früher war es so, dass einem ein Mannschaftskamerad bei der Prozedur mit dem Kabel half, wodurch er Gelegenheit hatte, einem vor dem Gefecht noch ein paar aufmunternde Worte ins Ohr zu flüstern und auf die Schulter zu klopfen. Heutzutage musste man sich allein in die Höhle des Löwen wagen.

Jetzt stand Jamal an der Startlinie, genau wie sein Gegner, ein ungefähr gleichaltriger Jugendlicher.

Der Obmann, ein junger Mann Anfang zwanzig, forderte die beiden Kombattanten auf Französisch auf, sich zu begrüßen, die Masken aufzusetzen und die Fechtstellung einzunehmen.

Jamal hob den Degen in Kinnhöhe und begrüßte seinen Gegner, den Obmann und die Bodenrichter. Außerdem wandte er sich kurz in Richtung Publikum, bevor er den Helm aufsetzte.

Der Obmann fragte, ob die beiden bereit seien.

Sie nickten.

»*Allez!*«

»Pass gut auf«, sagte Thorn.

Beim Degenfechten gab es mehrere Vorgehensweisen – schnell und furios, langsam und vorsichtig, subtil oder brachial. Wie die meisten Fechter verfügte auch Jamal über eine ganze Reihe von Techniken und Varianten, aber eigentlich bevorzugte er eine langsame und vorsichtige Taktik. Seine Stärke war es, aus den Fehlern des Gegners Kapital zu schlagen, und er war sehr, sehr gut darin, ihn zu solchen zu provozieren.

In seinen bisherigen Kämpfen war er nur sehr zögerlich selbst in die Offensive gegangen. Doch jetzt – der Obmann hatte das Gefecht kaum eröffnet – verringerte er so schnell wie möglich die Distanz. Die Spitze seines Degens schoss vor, wich der Klinge des Gegners aus und landete in der Mitte seiner Maske.

»Was war das denn?«, fragte Marissa.

Thorn lächelte. »Ein kleiner Überraschungsangriff.«

»Das hab ich selbst gesehen. Aber wie hat er das geschafft?«

Thorn lächelte noch immer. »Er hat ihn hereingelegt. Bei den meisten Fechtturnieren kämpft am Anfang in einer Gruppe jeder gegen jeden, und alle Sportler studieren ihre nächsten Gegner. Jamal hat einfach seine Taktik geändert. Er wusste, dass sein Gegner ihn für einen eher defensiven Fechter hielt und damit rechnete, dass er ihn vorsichtig abschätzen würde, bevor er zum Angriff übergehen würde. Also hat Jamal genau das getan, was jeder gute Fechter an seiner Stelle getan hätte: Er hat in seinem Gegner eine bestimmte Erwartung geweckt und daraus Kapital geschlagen.«

Marissa runzelte die Stirn. »Hört sich für mich ziemlich riskant an. Der andere könnte ja nach derselben Taktik vorgehen.«

Thorn grinste. »Du sagst es. Das macht die Sache ja so spannend.«

Der Obmann hatte Jamal den Treffer zugesprochen und forderte die beiden Kontrahenten auf, das Gefecht fortzusetzen. Wieder ging Jamal umgehend in die Offensive. Zwei schnelle Schritte vorwärts, und schon kreuzte er mit seinem Gegner die Klinge und machte Druck.

Die Spitze des Degens schoss in einem Täuschungs-manöver auf das Handgelenk des anderen zu, bei der nächsten Finte auf den Fuß. Da sein Gegenüber es auf einen Kopftreffer abgesehen hatte, riss Jamal die Klinge hoch, blockte die gegnerische ab, drückte sie zur Seite und traf den anderen am Handgelenk.

Touché.

»Clever gemacht«, bemerkte Thorn.

Marissa lächelte. »Diesmal habe sogar ich mitgekriegt, wie es passiert ist!«

»Genau, das war ein Paradebeispiel dafür, wie Technik über Tempo triumphieren kann.«

»Irgendwelche Prognosen, was jetzt kommt?«

»Kinderspiel. Jamal wird zu seiner üblichen Taktik zu-rückkehren. Sein Gegner hat eine abwartende Vorgehens-weise erwartet und wurde durch zwei schnelle Treffer überrascht. Jetzt wird er wieder mit einer Blitzattacke rechnen. Jamal wird das ausnutzen. Wart's nur ab.«

Der Obmann gab den Treffer, schickte die Kontrahen-ten zur Startlinie zurück und gab das Gefecht frei. Wieder stürmte Jamal vor, doch diesmal war das ganze Vorrücken eine Finte. Die Spitze seiner Klinge umkreiselte die des Gegners und schoss nach vorn, als hätte er es auf einen Kopftreffer abgesehen.

Der Gegner, fest damit rechnend, dass Jamal weiter in der Offensive bleiben würde, kam auf ihn zu, um seinen Unterarm zu treffen, aber Jamal parierte die Attacke, und die Klinge des anderen streifte nur die Außenseite seines Ärmels.

Jamal hielt weiterhin die Bindung mit der gegnerischen Klinge aufrecht, um sie schließlich zu lösen und einen Treffer am Handgelenk zu landen.

»Siehst du?«, fragte Thorn. »Antizipation kann tödlich

sein, das habe ich von meinem ersten und besten Lehrer gelernt. Jamal versteht es, Erwartungen zu wecken und Kapital daraus zu schlagen.«

Marissa nickte. »Und wie vermeidet man das bei sich selbst?«

Thorn zuckte die Achseln. »Hängt von der jeweiligen Philosophie ab. Die westliche Einstellung beruht darauf, alles voraussehen zu wollen, die östliche verkörpert das Gegenteil. Ich für meinen Teil bin früher der westlichen Haltung gefolgt – permanentes Nachdenken, jeden Gedanken wieder in Frage stellen. Heutzutage tendiere ich eher zur östlichen Philosophie. Ich bin ruhiger, gelassener und überlasse mich mehr dem Augenblick.« Er schaute Marissa an und musste über ihre Miene lachen. »Wenn du dem Fechtsport treu bleibst, wirst du es begreifen.«

Der Rest des Gefechts verlief schnell und schmerzlos. Jamal erwischte seinen Gegner auf dem falschen Fuß und nutzte den Fehler eiskalt aus.

Als alles vorbei war, ging Thorn mit Marissa zu seinem Schützling hinüber.

»Gratuliere, Jamal, du warst großartig.«

»Mr Thorn! Danke, dass Sie gekommen sind!« Der Teenager schaute Marissa an und machte keinen Hehl daraus, dass er sie attraktiv fand.

»Darf ich dir Marissa Lowe vorstellen, Jamal? Sie ist meine Verlobte.«

Wie er es genoss, diese Worte auszusprechen. Vor der Beziehung zu ihr hatte er nie ernsthaft über eine Heirat nachgedacht. Jetzt konnte er die Vorstellung kaum noch ertragen, sie nicht in seiner Nähe zu haben.

»Zu schade«, bemerkte Jamal. »Dass sie schon vergeben ist, meine ich.«

Marissa lachte. »Ich könnte deine Mutter sein, Jamal!«

»Nein, Ma'am, so sehe ich das nicht. Wie alt sind Sie,

fünfundzwanzig oder sechsundzwanzig? Allenfalls meine Schwester oder Stiefschwester.«

Sie lachte erneut. »Fünfundzwanzig? Das ist lange her. Du hast nicht etwa Probleme mit Frauen?«

»Nein, Ma'am, bisher nicht«, antwortete Jamal mit einem strahlenden Lächeln.

»Wenn du aufhörst, mit meiner Verlobten zu schäkern, kaufe ich dir eine Limo«, sagte Thorn.

»Die könnte ich gebrauchen, Sir. Fechten ist harte Arbeit. Wenn Miss Lowe Interesse hat, bringe ich es ihr bei.«

»Abgelehnt, Jamal. Da bin ich dir schon ein ganzes Stück voraus.«

Gibson's Sporting Club
Quantico, Virginia

»Mein Gott, womit ballerst du denn da rum, Carruth? Hört sich an, als würde eine verdammte Bombe explodieren.«

Carruth grinste. »Was ist los, Milo, ist ein bisschen Lärm zu viel für dich?«

»Allerdings, wenn mir trotz der Ohrenschützer die Trommelfelle platzen.«

Milo, ein kleiner, stämmiger Mann, trat zu Carruth an die Bahn. An diesem regnerischen Samstagmorgen waren sie ganz allein auf dem Schießplatz. Milo war bei der Army gewesen, bei den Green Berets, und hatte vor, während und noch kurze Zeit nach dem zweiten Irakkrieg gedient. Carruth respektierte ihn, auch wenn er nicht bei der Navy gewesen war. Auf den Mann war geschossen worden, und er hatte zurückgefeuert, in Carruth' Welt zählte so etwas. Hin und wieder liefen sie sich auf dem Schießplatz über den Weg, aber sie waren keine Freunde oder Trinkkumpane, auch wenn sie sich schon gelegentlich gegenseitig einen Drink spendierten.

Carruth hielt seinen neuen Revolver hoch. »500 Maximum, auch BMF genannt. Spezialanfertigung von Gary Reeder aus Arizona.«

»Von dem hab ich gehört, aber BMF sagt mir nichts.«

»Die beste Knarre überhaupt.«

»Sieht wie eine Ruger Bisley aus«, sagte Milo.

»Fünfzehn Zentimeter langer Lauf, aber der Rahmen ist schwerer und etwas größer. Was daran liegt, dass die Munition ein bisschen überdimensioniert ist.« Er legte die Waffe hin und nahm eine Patrone in die Hand. »Kaliber 50. Dieses spezielle Exemplar ist eine LBT-Hartgusskugel, Gewicht achtundzwanzig Gramm. Spezialentwicklung von John Linebaugh, für die Elefantenherden in Wyoming.«

»Aber es gibt keine Elefanten in Wyoming.«

»Du sagst es.«

Milo schüttelte den Kopf. »Fast wäre ich drauf reingefallen.«

Carruth grinste. »Gut drei Gramm Pulver für eine Mündungsgeschwindigkeit von fast fünfhundert Metern pro Sekunde.«

»Mein Gott.«

Er reichte Milo die Patrone.

»Lieber Himmel, dagegen ist Kaliber 45 ein Zwergenformat. Dieses Ding hat einen größeren Durchmesser und ist doppelt so lang. Rechnest du damit, an der Mall einem Wasserbüffel zu begegnen?«

»Dafür wäre diese Munition eigentlich nicht erforderlich.« Er wies mit einer Kopfbewegung auf die Patrone in Milos Hand. »Das Ding würde bei einem Wasserbüffel hinten wieder rauskommen und noch einen dahinter stehenden Löwen umnieten. Ein bisschen übertrieben für den Alltagsgebrauch, diese Munition. Hier.«

Er reichte Milo eine andere, sehr viel kürzere Patrone. »Das ist die Standardmunition, die 510-GNR, eine niedliche, dreiundzwanzig Gramm schwere Kugel, die durch nur gut zwei Gramm Pulver auf etwas mehr als vierhundert Meter pro Sekunde beschleunigt wird. Die empfiehlt Reeder für den Normalfall. Die große Munition ist für Elefanten. Es gibt noch eine mittlere Größe, allemal gut für einen Braunbären. Die kleinste Größe ist für Menschen reserviert.«

Carruth griff nach dem Revolver und reichte ihn Milo.

»Hast du damit schon mal auf jemanden geschossen?«

»Bis jetzt noch nicht.«

»Gar nicht mal so schwer. Wie viel wiegt die Knarre?«

»Ohne Munition 1,35 Kilo, falls du's genau wissen willst. In den Lauf sind fünf Rillen eingefräst, um den Rückstoß abzuschwächen. Der Mündungsblitz sieht aus, als würde ein Drache Flammen speien. Das Ding kostet so viel wie zwei Monatsmieten für ein Haus in guter Lage. Willst du es ausprobieren?«

Milo nahm den Revolver in die Hand. »Eine achtundzwanzig Gramm schwere Kugel, mit gut drei Gramm Pulver? Hast du ein Stemmeisen dabei, um die Knarre herauszuholen, wenn der Rückstoß sie mir in den Kopf gebohrt hat?«

Carruth lachte. »Schon wahr, der Rückstoß kann einem das Handgelenk brechen. Eine normale .357 Magnum hat mit Acht-Gramm-Munition eine Rückstoßenergie von acht Newtonmeter. Die .44er Magnum von Clint Eastwood als Dirty Harry? Neunzehn Newtonmeter. Casulls .454er? Zweiundvierzig Newtonmeter. Bei dieser Wumme reden wir von ungefähr achtundneunzig Newtonmeter.«

»Verdammt.« Milo gab Carruth den Revolver zurück.

Carruth lachte erneut.

Milo schüttelte den Kopf. »Aber worum geht's eigentlich, Mann? Die Knarre ist doch viel zu groß. Die braucht man weder auf unserem Kontinent noch irgendwo jenseits der großen Teiche.«

»Besser, man hat sie und braucht sie nicht, als sie zu brauchen und nicht zu haben.«

»Stimmt auch wieder.« Er warf dem größeren Mann einen Blick zu.

»Ich bin fast eins neunzig und stemme hundertachtzig Kilo. Kaliber 50 ist das Maximum, das für Handfeuerwaffen erlaubt ist. Diese Knarre ist etwas für einen richtigen Mann, und ich kann damit umgehen. Wer immer in einer dunklen Gasse auf mich zukommt, ich kann ihn stoppen. Falls ein Löwe aus dem Zoo ausbricht, kann ich auch den in null Komma nichts erledigen. Und wenn mir ein Typ mit kugelsicherer Weste schief kommt, hilft ihm die auch nicht weiter, weil ihn die Kugel mit einer solchen Wucht trifft, dass er zu Boden geht und innere Verletzungen davonträgt. Wenn ich auf jemanden schießen muss, steht er nicht wieder auf, und das gefällt mir.«

Wieder schüttelte Milo den Kopf. »Ihr Jungs von den SEALs seid ganz schön durchgedreht, ist dir das eigentlich klar?«

Carruth nickte. »O ja. Richtig verrückt.« Er verschwieg Milo, dass der BMF-Revolver normalerweise in einem maßgefertigten Holster steckte und dass er die Waffe permanent trug. Dabei durfte man in Washington eigentlich keine Knarre tragen oder auch nur eine besitzen – dieses Privileg war der örtlichen Polizei und den Mitarbeitern landesweit aktiver Strafverfolgungsbehörden vorbehalten. Wollte man einen Waffenschein haben, musste man eine Unmenge Formulare ausfüllen, sich Fingerabdrücke abnehmen lassen und ein Jahr warten, bis das FBI einen überprüft hatte … Scheiß drauf. Solange sie von der Knarre nichts wussten, konnte ihm nichts passieren.

Ja, sie war etwas groß, aber er konnte sie gut unter einem Sakko oder einer Windjacke verbergen. Milo hatte recht, er übertrieb, doch das war ihm egal.

Eines Tages würde er bestimmt die Chance bekommen, sie zu benutzen. Wenn es wirklich zählte.

Und er vermutete, dass es eher früher als später so weit sein würde.

4

Washington, D. C.

Abe Kent saß in seiner neuen Wohnung in der Stadt und starrte auf die Konzertgitarre. Er hatte sie aus dem Instrumentenkoffer genommen und in einen Sessel gestellt. Keine Frage, sie war wunderschön. Als es galt, diesen georgischen Killer namens Natadze zur Strecke zu bringen, hatte er sich kundig gemacht, und mittlerweile wusste er, woran man eine gute klassische Gitarre erkannte. Er hörte gern anderen zu, die das Instrument beherrschten, hatte aber selbst kein musikalisches Talent.

Und doch saß er hier, neben sich eine Gitarre, die zehntausend Dollar wert war.

Er seufzte. Seit sich die Gitarre in seinem Besitz befand, hatte er sie ein Dutzend Mal aus dem Instrumentenkoffer genommen und angestarrt. Den Grund kannte er nicht genau, aber er hatte das Gefühl, als wäre er es diesem Mann, den er getötet hatte, irgendwie schuldig, dass er ... Gebrauch von dem Instrument machte. Natürlich hätte er es verkaufen oder verschenken können, doch beides schien ihm nicht richtig. Und wenn er das kostbare Instrument behielt? Und es nicht nur als Staubfänger in der Ecke stehen ließ?

Kent seufzte erneut. Es schien sinnlos, aber er wusste, was er zu tun hatte. Er stand auf, nahm die Gitarre und verstaute sie wieder in dem Koffer.

Der Laden hieß Fretboard und lag in einem ruhigen Viertel am Stadtrand von Washington, in einer kleinen Einkaufszeile. Vor den Fenstern waren kunstvolle schmiedeeiserne Gitter angebracht, die offenbar weniger Diebe abhalten denn als dekoratives Element wirken sollten. In den Fenstern warben ein paar Neonschilder für Produkte, deren Namen Kent zum größten Teil nicht kannte.

Eine Türglocke klingelte, als er in den Laden trat, in dem es nach frisch gesägtem Kiefernholz roch. An der Theke standen zwei Kunden, die sich mit einem langhaarigen Verkäufer unterhielten, der achtzehn oder neunzehn Jahre alt zu sein schien. Er hatte ein grün gefärbtes kleines Lippenbärtchen und ungefähr neun Piercings in den Ohren und der Nase.

In der Nähe stand ein dritter Mann, der auf einer elektrischen Gitarre gekonnt ein Medley aus alten Rocknummern spielte, die Kent erkannte.

Der Verkäufer lachte, blickte auf und sah Kent mit dem Gitarrenkoffer unter dem Arm. »Suchen Sie Jennifer?«, fragte er lächelnd.

Kent nickte.

»Ist hinten. Den Flur entlang, dann links.«

»Danke.«

Kent schlenderte den Gang hinab, öffnete die Tür und trat in einen kleinen Übungsraum, dessen Wände aus Gründen der Schalldämmung mit Eiertabletts gepolstert waren. Als er die Tür schloss, war von der elektrischen Gitarre nichts mehr zu hören.

Eine schlanke Frau saß auf einem Hocker, mit einem Fuß auf einer kleinen Metallbank. Das musste Jennifer Hart sein. Ihren Namen hatte er von einem örtlichen Verein bekommen, der sich der Pflege klassischer Gitarrenmusik verschrieben hatte. Sie war mindestens fünfzig und damit immer noch ein Jahrzehnt jünger als er, aber eben doch die Lehrerin, die seinem Alter am nächsten kam. Irgendwie hatte er keine Lust, sich von jemandem unterrichten zu lassen, der jünger war als einige seiner Stiefel. Und bestimmt nicht von einem Teenager mit grünem Bärtchen und so viel Metall im Gesicht, dass es für ein Waffeleisen gereicht hätte.

Die Frau trug Jeans, eine langärmelige weiße Bluse und Tennisschuhe. Sie hatte schulterlanges braunes Haar mit etlichen grauen Strähnen und viele Lachfältchen. Auf ihrem linken Bein ruhte eine klassische Gitarre.

»Mr Kent?«

»Genau.« Er trug Zivilkleidung und hatte nicht erwähnt, dass er Soldat, geschweige denn, dass er General war.

Nachdem sie ihre Gitarre auf einen Ständer gestellt hatte, erhob sie sich und streckte ihm die Hand entgegen. Sie war klein, etwa eins sechzig.

»Hallo, ich bin Jennifer Hart.«

»Erfreut, Sie kennenzulernen.« Er nahm den Instrumentenkoffer in die Linke und gab ihr die Hand. Sie hatte einen festen Händedruck.

Sie zeigte auf einen zweiten Hocker. »Setzen Sie sich.«

Er setzte den Koffer ab und nahm Platz.

»Das ist ein teurer Instrumentenkoffer. Ist eine handgefertigte Gitarre darin?«

»Ja, Ma'am.«

»Nennen Sie mich doch Jen. Darf ich sie sehen?«

Er ließ die sechs Verschlüsse aufspringen, öffnete den Deckel, nahm die Gitarre heraus und reichte sie ihr.

»Was für ein wundervolles Instrument! Aus welchem Holz ist es?«

»Oben aus Zedernholz aus Port Orford, unten aus Myrtenholz aus Oregon. Diese Gitarre wurde von einem Mann namens Les Stansell gebaut, auf einer Insel im Pazifik.«

»Darf ich?« Sie wollte die Gitarre ausprobieren.

»Aber natürlich.«

Sie probte ein paar Griffe, stimmte das Instrument und spielte dann eine kleine spanische Melodie. Kurz, aber beeindruckend.

»Nicht übel. Gute Bässe und Höhen, sauberer Klang im mittleren Bereich, großartige Resonanz. Klingt für mich allerdings eher nach Fichtenholz als nach Zeder.« Sie gab Kent die Gitarre zurück. »Trotzdem ist der Klang noch nicht ganz ausgereift. Sie haben sie noch nicht sehr lange, stimmt's?«

»Nein, Ma'am ... äh, Jen.«

Jennifer lächelte. Er mochte ihre Fältchen.

Sie griff nach ihrem Instrument. Oben schien die Farbe halbwegs identisch zu sein, aber an den Seiten und unten war das Holz sehr viel dunkler als bei Kents Gitarre, braun und gemasert. »Das hier oben ist auch Zedernholz, es sieht allerdings etwas anders aus als bei Ihrem Instrument. Aber ich habe die Gitarre auch schon eine Weile. Versuchen Sie mal, den Unterschied festzustellen.«

Sie spielte die gleiche Melodie, doch diesmal klang sie wärmer und dunkler. Beide Instrumente waren großartig, aber es gab definitiv einen Unterschied. Die tiefen Töne klangen voller, die höheren irgendwie intensiver.

»Meine Gitarre wurde von Jason Pickard gebaut. Die Seiten des Korpus und die Unterseite bestehen aus Walnussholz. Dadurch wird der Klang ein bisschen weicher.«

»Was wollten Sie eben damit sagen, dass der Klang noch nicht ganz ausgereift ist?«

»Gewöhnlich kommt das eher bei Fichten- als bei Zedernholz vor, aber grundsätzlich gilt in einem gewissen Ausmaß für alle klassischen Gitarren, dass ihr Klang mit dem Alter besser wird. Selbst bei einem sehr guten neuen Instrument.«

»Interessant.«

»Wie lange nehmen Sie schon Unterricht?«

Er lächelte. »Ich bin absoluter Anfänger.«

Sie runzelte leicht die Stirn. »Sie machen Witze.«

»Nein, Ma'am. Ich kann das Instrument nicht mal stimmen.«

Er konnte sich sehr gut vorstellen, was ihr zu denken gab. Seine Gitarre war wertvoll, und warum sollte sich jemand ein sündhaft teures Instrument zulegen, wenn er es nicht spielen konnte?

»Die Gitarre war … ein Geschenk.«

Ihre Miene wirkte immer noch skeptisch. »Jemand hat Ihnen eine handgefertigte Gitarre geschenkt, die acht- bis zehntausend Dollar kostet?«

Er nickte.

Sie hob eine Augenbraue. »Muss ein sehr guter Freund gewesen sein.«

»Eigentlich nicht.«

Sie starrte ihn schweigend an.

»Das war eine seltsame Geschichte.«

»Ich stehe nicht unter Zeitdruck, Mr Kent.«

»Abe«, sagte er.

Ihr Gesicht war unbewegt. »Dann also Abe. Ich höre.«

Er dachte einen Augenblick nach. Da er diese Frau nicht kannte, hatte er keinen Grund, ihr die Geschichte zu erzählen, aber etwas an ihr wirkte vertrauenerweckend. Ihr Interesse schien aufrichtig.

Er atmete tief durch. Eigentlich war es egal. »Der Mann, der mir die Gitarre geschenkt hat, tat es wenige Augenblicke vor seinem Tod. Er lag im Sterben, weil ich auf ihn geschossen hatte.«

Falls sie das beunruhigte, ließ sie es sich nicht anmerken. »Auf mich haben Sie gleich so gewirkt, als wären Sie Polizist oder Soldat. Erzählen Sie weiter.«

Am liebsten hätte er gegrinst. Er hatte mal eine Geschichte über einen ehemaligen GI gehört, der zu Hause von ein paar Rockern überfallen worden war, seine Knarre gezogen, dreimal gefeuert und einen von ihnen getötet hatte. Die Kommentare von Freunden, die später mit dem Schützen sprachen, unterschieden sich stark. Einige sagten, wie furchtbar es sein müsse, auf einen Menschen zu schießen, während ein paar alte Kumpels von der Army nur bemerkten: »Mit was für einem Pack gibst du dich ab?« Jennifer Harts Kommentar erinnerte eher an die zweite Bemerkung.

»Ich arbeite für eine Strafverfolgungsbehörde. Der Mann, den ich getötet habe, weil er auf mich geschossen hatte, war ein Auftragskiller. Und ein guter klassischer Gitarrist.«

»Und jetzt glauben Sie, selbst Gitarre lernen zu müssen? Der Grund leuchtet mir nicht ein.«

Er konnte es ihr nicht verübeln, da er den Grund selbst nicht genau kannte. Was sollte er ihr erzählen? Würde sie verstehen, dass Natadze ein ebenbürtiger Feind gewesen war, intelligent, zäh und mit allen Wassern gewaschen?

Er zuckte die Achseln. »Es schien mir irgendwie richtig zu sein.«

Ihr Nicken wirkte, als würde sie genau verstehen, was ihn bewegte, aber vielleicht hatte sie seine Worte auch einfach nur zur Kenntnis genommen. Zumindest fürs Erste. »Okay, lassen Sie uns beginnen. Können Sie Noten lesen?«

»Kein bisschen«, antwortete er lächelnd.

»TAB?«

»Was soll das sein, ein neuer Softdrink?«

Sie lächelte.

Er mochte es, sie zum Lächeln zu bringen.

»Nicht ganz. Das ist eine Notation für Saiteninstrumente, Gitarren, Lauten und so weiter. Zur Theorie kommen wir später. Lassen Sie uns mit dem Grundsätzlichen beginnen. Ihre Gitarre hat sechs Saiten, die gewöhnlich von der dünnsten und höchsten bis zur dicksten und tiefsten durchnummeriert werden. Wenn Sie die Gitarre so halten, auf ihrem Bein aufliegend – das ist die Grundposition –, ist die dickste Saite oben. Die Saiten sind in absteigender Reihenfolge in der Regel auf die Noten E, A, D, G, B und E gestimmt. Anhand dieses Satzes können Sie sich das merken: Elvis aß Dynamit, Good-Bye, Elvis ...«

Kent grinste. Das konnte er sich einprägen. Teufel, er konnte sich sogar noch an Elvis erinnern, den er mal in Las Vegas gesehen hatte ...

Archäologische Grabungsstätte
»Flüsternde Dünen«, Ägypten

Jay stand auf der höchsten Düne und blickte auf die riesige archäologische Grabungsstätte unter ihm. Hunderte von Einheimischen in flatternden weißen Gewändern legten in der heißen Sonne behutsam die Ruinen eines unter dem Sand begrabenen Tempels frei. Einige arbeiteten mit Schaufeln, andere mit Spachteln, wieder andere mit Handbesen aus Papyros, mit denen sie Sand von den Steinen entfernten.

Die Szenerie schien direkt aus einem alten Abenteuerfilm zu stammen. Oder aus einem über Mumien und Grabräuber.

Wie bei den meisten seiner Szenarios stand der Tempel für etwas anders – in diesem Fall für eine große Vergleichsdatenbank.

Die Arbeit war nicht leicht, und er stand unter Druck.

Weil bei dem DCP-Programm verschiedene Versatzstücke von real existierenden amerikanischen Militärstützpunkten auf der ganzen Welt verwendet worden waren, um Stützpunkte angeblicher Aliens zu kreieren, stellte sich nun die Frage, ob Details von weiteren Militärstützpunkten integriert worden waren. Wie viele potenzielle Ziele für Überfälle gab es noch?

In Kürze würde er seine bisherigen Erkenntnisse an die Computerspezialisten der Army weiterleiten, doch es konnte nicht schaden, sich noch ein bisschen Mühe zu geben.

Wenn es ihm gelang, das Computerspiel auseinanderzunehmen und Charakteristika jener Militärstützpunkte zu identifizieren, die bisher noch nicht angegriffen worden waren, hatten die guten Jungs von der Army eine Chance, den bösen Buben zuvorzukommen.

Unglücklicherweise war der Weg zur Lösung des Problems wie immer mit Schwierigkeiten gepflastert.

Die erste bestand darin, Kopien der Software des Computerspiels zu finden. Das Programm war nicht auf einen Schlag, sondern nach und nach kreiert, erweitert und an die Spieler versendet worden. Und alles wurde noch dadurch verkompliziert, dass der Server, der die Dateien verschickt hatte, nach dem Überfall auf den ersten Militärstützpunkt vom Netz genommen worden war. Außerdem waren die Dateien so codiert, dass sie sich nach einem bestimmten Datum nicht mehr benutzen ließen.

Also musste er nicht nur Kopien der Software finden, sondern sich auch etwas einfallen lassen, um die zeitliche Begrenzung der Nutzung zu knacken.

Komplizierte Probleme sind meine Spezialität.

Sein Grinsen wurde breiter, und der Wüstenwind blies ihm Sandkörner in den Mund.

Mehrere Server von I2's Westküsten-Backbone waren seit ungefähr einer Woche offline, weil sie gewartet werden mussten. Er hatte es geschafft, Varianten des Spiels in seinen Besitz zu bringen, indem er ihre Festplatten kopiert und sie nach dem Programm durchsucht hatte. Vor der Arbeit damit hatte er das Datum seines Computers geändert.

Außerdem hatte er noch einige Kopien auf einer VR-Website gefunden, die sich als »Online-Spielemuseum« anpries. Auch dort hatte man die Dateien auf ähnliche Weise zu sperren versucht.

Nach diesen Mühen glaubte er über dreißig bis vierzig Prozent der Datenmenge des Spiels zu verfügen. Er hatte die Software auf ein paar nur untereinander vernetzte Rechner überspielt und sich anschließend um das zweite Problem gekümmert.

Jay blickte zu dem großen Camp hinüber, wo die Leinwände der weißen Zelte im Wüstenwind flatterten. Eines war größer als die anderen, und davor standen Dutzende von Glastischen mit Modellen darauf, die von etlichen schwer bewaffneten Männern bewacht wurden.

Wenn er herausfinden wollte, welche Militärstützpunkte als Vorbild für die der Aliens gedient hatten, benötigte er detaillierte Pläne sowie Angaben über Sicherheitsmaßnahmen und Zugänge.

Doch niemand hatte ihm diese Informationen geben wollen. Er drehte sich zur Seite und spuckte den Sand aus.

Es war typisch für die Militärs, den Laden dichtzumachen, nachdem das Unglück passiert war. Er versuchte Terroristen ausfindig zu machen, die ihre Stützpunkte angegriffen hatten, aber niemand wollte ihm die dafür erforderlichen Informationen geben.

Er hatte darüber nachgedacht, ihre Datenbank zu knacken, war aber zu der Ansicht gelangt, es sei nicht der Mühe wert. Also hatte er General Ellis beim Wort genommen und ihn in einer E-Mail gebeten, ihm wichtige Informationen zur Verfügung zu stellen. In der Zwischenzeit hatte er sie sich auf andere Weise zu beschaffen versucht. Er hatte anhand des FBI-Archivs Listen von Militärstützpunkten zusammengestellt und sich Pläne bei der Datenbank der Grundstücks- und Planungsbehörde besorgt.

Letztlich führten immer mehrere Wege ans Ziel.

Er hatte ein Team damit beauftragt, die Daten in die VR zu übertragen, und das Wüsten-Szenario dann so angepasst, dass er jeden der Stützpunkte in dem Computerspiel auseinandernehmen konnte.

Und dann – es geschahen tatsächlich noch Wunder – hatte sich General Ellis gemeldet. Er hatte Wort gehalten und ihm Informationen über alle Militärstützpunkte im Land überlassen. Die Details der Sicherheitsmaßnahmen und sogar die Passwörter bezogen sich allerdings auf das jeweilige Datum der ersten Angriffe – aktuelle Einzelheiten wurden selbstverständlich nicht preisgegeben. Aber es war trotzdem kein fauler Kompromiss. Er hatte seine Daten, und die Militärs konnten ihre Geheimnisse bewahren.

Im Moment lief sein VR-Szenario auf der ersten oder zweiten Stufe des Computerspiels. Die Sonne brannte vom Himmel, und weiß gewandete Arbeiter maßen einzelne Teile des Tempels, der tatsächlich ein Stützpunkt der Aliens war. Dann eilten sie mit den Ergebnissen zu den Tischen, wo die Proportionen maßstabsgetreu umgerechnet und nacheinander mit denen der Modelle verglichen wurden.

Es war eine riesige Datenmenge zu verarbeiten, doch gerade das ließ sich in der VR am besten bewältigen.

»Doktor Jay, Doktor Jay!«, rief einer der Einheimischen, der neben einem Modell stand und winkte.

Jay ging zu ihm und spürte, wie ihm am Rücken der Schweiß hinabrann.

Der Mann zeigte auf das Modell eines Stützpunktes, der sich an einen Hügel schmiegte. Es gab einen gut bewachten Hauptzugang, aber auch ein Tor an der Seite, das so aussah, als würde es von Fahrzeugen benutzt.

Der Einheimische zeigte darauf und reichte Jay ein Blatt Papier.

Jay las die Zahlen auf dem Blatt und blickte zu dem Eingang hinüber. Dann zog er eine Schublehre aus der Tasche und maß die Tür aus.

Treffer.

Der Militärstützpunkt lag in Deutschland.

Jay sah, wie die Türöffnung leicht zu wackeln begann, dann kleiner und nach ein paar Augenblicken wieder größer wurde.

Er runzelte die Stirn. Eigentlich sollten sich die Modelle nicht verändern, es sei denn …

Er hielt das Szenario an, und alles erstarrte, während er sich ganz auf das Modell konzentrierte. Er veränderte einen Teil des Codes, und urplötzlich wurde das Modell größer, bis er schließlich vor dem Eingang stand, der jetzt realistische Proportionen hatte.

Nachdem er gegen die linke Seite gepocht hatte, erschienen in einem kleinen Fenster die Maße, und unter einer Reihe von schwarzen Ziffern standen blaue.

Dann wollen wir mal sehen … Aha …

Die blauen Zahlen waren diejenigen, die er aus den öffentlich zugänglichen Quellen abgezapft hatte, die schwarzen jene, die ihm General Ellis hatte zukommen lassen.

Und sie differierten voneinander. In schwarzer Schrift stand dort fünf Meter und vier Zentimeter, in blauer fünf Meter und achtundsechzig Zentimeter.

Konnte es der falsche Stützpunkt sein?

Er überprüfte die anderen Merkmale – den Abstand zur Felswand, die Dicke des Tors, die Beschaffenheit der Wand. Nein, es war ein Treffer.

In der Tat, sehr interessant.

Es war unerheblich, ob die Daten der Militärs oder die der öffentlich zugänglichen Datenbanken korrekt waren – eine Differenz von vierundsechzig Zentimetern spielte keine Rolle. Wichtig war, dass die Dimensionen aus dem *Computerspiel* den Angaben der Militärs entsprachen.

Wer immer das Spiel programmiert hatte, er musste Zugang zu Informationen der Army gehabt haben.

Was konnte einem an so einem Morgen Schöneres passieren, als einen solchen Durchbruch zu erzielen? Der Teufel saß im Detail, doch offensichtlich war er heute auf seiner Seite. Aber dem General würde seine Entdeckung gar nicht gefallen.

5

Nighthawk Café
Alexandria, Virginia

Carruth runzelte die Stirn. »Ich hatte mich schon darauf gefreut, den Sprengkopf einzusacken. Was ist passiert?«

Rachel Lewis, die Zivilkleidung trug, lächelte. Das »Einsacken« des Sprengkopfs hatte nie wirklich auf dem Programm gestanden, doch davon hatte sie Carruth nichts gesagt. Sie saßen in einem kleinen Café, das in einer Sackgasse hinter einem Einkaufszentrum lag. Lewis mochte leere Lokale, wo man in Ruhe in einer Nische sitzen konnte und wo das Personal faul war. In Alexandria hatte sie nichts gefunden, das hundertprozentig dieser Vorstellung entsprach; für das Nighthawk Café hatte sie sich entschieden, weil um diese Tageszeit nicht viel los war und weil es nicht von Touristen, sondern von Anwohnern besucht wurde. Hier konnte man eine Stunde herumsitzen, ohne dass einen jemand behelligte, und es war sehr unwahrscheinlich, dass jemand in der Nähe saß und das Gespräch mithören konnte.

»Der Vorsitzende der Vereinigten Stabschefs hat die

Net Force früher als erwartet hinzugezogen«, sagte Lewis. »Sie haben Jay Gridley auf den Fall angesetzt, ihren besten Mann. Mittlerweile wird er herausgefunden haben, wie ich dieses Spiel konzipiert habe. Die Militärs machen sich vor Angst in die Hose und werden ihm jegliche Unterstützung gewähren. Der Mann ist schnell, wird auf frühe Versionen des DCP stoßen und herausfinden, welche Stützpunkte wir als Vorbilder benutzt haben.«

»Ist er eine Gefahr?«

»Nicht für mich. Zugegeben, er hat ein paar Tricks im Repertoire, aber das ist bei mir nicht anders, und ich habe den Vorteil, dass ich weiß, wer er ist.«

»Mist ... Heißt das, dass wir nichts von unserem Material verwenden können?«

»Zumindest keins von dem ursprünglichen Spielszenario. Mittlerweile haben wir zwei neue Versionen in der Mache. Gridley wird die erste finden und schließlich nach weiteren DCPs suchen, aber wir sind fast fertig. Noch ein oder zwei Tage, dann werden wir die Ernte einfahren und den Rest einstampfen. Dann hat Gridley keine Chance mehr, eine Spur zu mir zurückzuverfolgen.«

Carruth nickte stirnrunzelnd und trank einen Schluck Kaffee. »Der Kaffee ist besser als der, den Sie gewöhnlich spendieren.«

Lewis lächelte. »Freut mich.« Sie hatte keine Lust, ihm zu erklären, nach welchen Kriterien sie die Lokale für solche Treffen aussuchte.

»Wie geht's jetzt weiter?«

»Übermorgen erhalten Sie Informationen über das nächste Ziel. Mittlerweile wird die Army die Sicherheitsmaßnahmen verstärkt haben, aber das haben wir berücksichtigt. Gridley wird ihnen eine Liste mit den ursprünglichen Zielen geben, und sie werden denken, das war's. Auf diesen Stützpunkten werden sie besser aufpassen.

Ihr Verhalten ist so vorhersehbar wie winterlicher Schnee in North Dakota.«

Carruth schüttelte den Kopf. »Ganz schön sauer auf die Army, was, Honey?«

Sie schaute ihn mit einem stahlharten Blick an. »Das geht Sie nichts an. Und wenn Sie mich noch mal ›Honey‹ nennen, wird's Ihren Eiern schlecht bekommen.«

Carruth kicherte. »Ich bin ein schwerer Brocken und hab jede Menge Muskeln. Außerdem war ich mal bei der Navy und bin ein von den SEALs ausgebildeter Killer. Also, sind Sie Kung-Fu-Expertin?«

»Gucken Sie mal unter den Tisch.«

Er tat es und lachte. »Nicht gerade beängstigend, die Spielzeugpistole. Trifft man auch nicht besonders gut mit.«

»Auf die Entfernung reicht's allemal. Da müsste ich mir schon richtig Mühe geben, nicht zu treffen. Bis Sie Ihre Riesenknarre gezogen haben, kann ich fünfmal feuern, nachladen und noch mal die halbe Trommel leeren. Ist auch für einen großen starken Kerl kein Spaß, wenn die Eier dran glauben müssen.«

Sie erwähnte nicht, dass sie durchaus in der Lage war, mit der kleinen Waffe den ganzen Tag lang auf fünfzig Meter Entfernung eine mannsgroße Zielscheibe zu treffen. Wenn Carruth sie falsch einschätzte, konnte das eines Tages ein Vorteil sein. Viele Leute unterschätzten, wie genau man mit einem Revolver mit kurzem Lauf schießen konnte, wenn er in die richtigen Hände geriet.

»Gefällt mir, wenn eine scharfe Braut solche Ausdrücke benutzt«, bemerkte Carruth, der sich ein weiteres »Honey« gleichwohl sparte.

Wenn Carruth parierte, war er bald ein reicher Mann – aber nur dann. Er wusste, dass sie das Sagen hatte. Ansonsten, da war sie sich ziemlich sicher, hätte er sie mittlerweile anzumachen versucht. Typen wie Carruth hatten eher ein Spatzenhirn. Er konnte ganz gut eine Brücke sprengen, ein Schiff versenken, sich prügeln oder sich ein paar Namen merken, aber seine intellektuelle Kapazität war begrenzt. Er brauchte einen Boss und war immerhin clever genug, das auch zu begreifen. Genau so einen Mann benötigte sie – nicht zu intelligent und nicht zu blöde. Außerdem musste er seinen Platz kennen, und der war definitiv *nicht* in ihrem Bett.

»Was mache ich in der Zwischenzeit?«, fragte er.

»Auf weitere Anweisungen warten.« Sie stand auf und warf einen Fünfdollarschein auf den Tisch. »Ich melde mich über das sichere Handy.«

Carruth salutierte zackig und grinste. »Zu Befehl, Ma'am.«

Gut möglich, dass er irgendwann zum Problem wurde, aber irgendwann ging vielleicht auch die Welt unter. Darüber konnte sie sich Gedanken machen, wenn es so weit war.

Während sie zu ihrem Auto ging, einem politisch korrekten, umweltfreundlichen Wagen mit Hybridmotor, versuchte sie, die Lage einzuschätzen. Natürlich hatte sie vorausgesehen, dass die Militärs die Net Force zu Hilfe rufen würden. Genau für solche Fälle hatte General Bretton ja durchgesetzt, dass die Net Force nicht mehr dem FBI unterstand. Und sie kannte Gridleys Ruf – er hatte zwei Jahre vor ihr dasselbe College besucht und schon damals als Wunderknabe gegolten. Es war, als würde sie im Schach gegen einen Weltklassespieler auf der Höhe seiner Kunst antreten – man durfte sich keinen Fehler leisten, weil man nicht darauf hoffen konnte, dass er dem Gegner entging. So etwas war fast ausgeschlossen. Aber sie wusste, wie sie sich zu verhalten hatte. Wichtig war, dass es ihnen gelang, noch ein, zwei oder drei Militärstützpunkte zu attackieren, und zwar bald. Nach dem ersten Mal wurde man vielleicht noch nicht ernst genommen, aber bei zwei oder drei geglückten Attacken hatte man überzeugend Werbung gemacht und konnte auf das große Geld hoffen. Wenn Terroristen einen amerikanischen Militärstützpunkt auslöschen wollten und reiche Geldgeber hatten … Sie würden ihr die Tür einrennen.

Rache nehmen und zugleich abkassieren? Nun, besser konnte es nicht kommen.

U. S. Army MILDAT Computer Center
Pentagon
Washington, D. C.

Jay ging einen weiteren scheinbar endlosen Korridor hinab. Auf dem Weg zu seinem Verbindungsoffizier vom MILDAT, der Computerabteilung der U. S. Army, wurde er diesmal von einem Soldaten mit fast kahl geschorenem Schädel begleitet, der laut Namensschild »Wilcoxen« hieß. Wieder eine Besprechung, zu der man sich hinschleppen musste, statt alles in der VR zu regeln. Das Unglück war bereits passiert, es war sinnlos, jetzt noch so eine Schau abzuziehen. Man hätte doch meinen sollen, dass einem Computerspezialisten, selbst einem von der Army, die VR genügend vertraut war.

Er war nicht gerade scharf auf das Treffen, denn er würde diesem Captain erklären müssen, dass es in seinem Netzwerk eine undichte Stelle gab. Daran konnten kaum Zweifel bestehen – die Informationen der Militärs passten zu gut zu den Stützpunkten in dem Computerspiel, um andere Möglichkeiten offenzulassen. Was bedeutete, dass entweder die Sicherheitsprogramme zum Schutz der Daten versagt hatten oder dass jemand geplaudert hatte. In der Regel war es sehr viel billiger, durch Bestechung auf menschliche Schwäche zu setzen, als einen erstklassigen Hacker zu engagieren. Und sehr viel einfacher, gekaufte Informationen entgegenzunehmen, als dafür zu arbeiten. Nicht so interessant, aber einfacher.

Zwar gehörte es zu seinem Job, schlechte Nachrichten zu überbringen, aber Spaß machte es nie, jemanden auf Sicherheitslücken und Fehler hinzuweisen. Solche Neuigkeiten wurden gewöhnlich nicht mit einem fröhlichen Lächeln entgegengenommen.

Ach übrigens, Captain, diese teuren und gefährlichen Pannen, die alle in helle Aufregung versetzen, haben wir Ihren Leuten zu verdanken. Tut mir leid, aber ...

»Da wären wir, Sir«, sagte Wilcoxen vor einer Milchglastür, bevor er anklopfte.

Er ist noch schlechter dran. Wenn ich mir vorstelle, ich müsste Leute durchs Pentagon führen und mich fragen, ob und wann sie mich angreifen werden ...

Eine sehr gut aussehende, wohlproportionierte, kurzhaarige Blondine öffnete die Tür. Die Frau war etwa in Jays Alter, vielleicht ein paar Jahre jünger, und lächelte ihn und seinen Begleiter an. Sie trug eine Uniform mit den Rangabzeichen eines Captains und einem Namensschild.

R. Lewis.

Als er den Namen »Captain R. Lewis« auf seinem Monitor gesehen hatte, war er automatisch davon ausgegangen, es handele sich um einen Mann. Ein dummer Fehler – er wusste, dass man heutzutage nicht mehr automatisch davon ausgehen konnte.

»Hat sich wieder einer verirrt? Danke, Willie.«

»Immer erfreut, Sie zu sehen, Ma'am.« Wilcoxen nickte und verschwand.

Lewis wandte sich Jay zu. Jetzt stand er im Zentrum des Interesses. »Wenn das nicht Smokin' Jay Gridley ist«, sagte sie. »Obwohl ich nie etwas davon gehört habe, dass Sie Raucher sind. Kommen Sie rein.«

Jay runzelte die Stirn. »Ich würde mich daran erinnern, wenn wir uns schon einmal begegnet wären.«

»Sind wir nicht. Ich bin Rachel Lewis. Am MIT war ich ein paar Semester unter Ihnen.«

»Wirklich?« Jay hatte den größten Teil seines Studiums online absolviert, was um die Zeit herum am MIT und am CIT erstmals möglich war. Er behauptete gern im Scherz, das CIT sei die bessere Forschungseinrichtung, aber offiziell war er Absolvent beider Hochschulen.

Er trat in ihr Büro, wo alles ordentlich und aufgeräumt war. Die Bücher auf den Regalen standen peinlich genau arrangiert an ihrem Platz. Auf dem Schreibtisch sah er eine hochmoderne VR-Ausrüstung, darunter eine Raptor-Vision-VR-Brille, auf der ihm das Wort »Prototyp« auffiel. Sie schien neuer zu sein als seine, was ihn nicht gerade erfreute.

»Im Ernst, in den Lehrveranstaltungen habe ich jede Menge über Sie gehört.«

»Und wie sind Sie bei der Army gelandet?«

Sie setzte sich und streckte sich in ihrem Bürostuhl, wobei ihr die sinnliche Wirkung ihrer Bewegungen offenbar nicht bewusst war.

»Familientradition. Mein Daddy war Berufssoldat, wie auch mein Großvater und Urgroßvater. Da ich keine Brüder habe, musste ich die Tradition fortsetzen.«

Jay nickte geistesabwesend. »Hübsche VR-Ausrüstung.«

»Ich kenne jemanden bei Raptor. Er sorgt dafür, dass ich auf dem neuesten Stand bleibe. Immer hilfreich, einen Draht zu den richtigen Leuten zu haben.« Sie schwieg kurz. »Was macht die Computerkriminalität?« Sie beugte sich lächelnd vor. Der oberste Knopf ihrer Uniformbluse war aufgeknöpft, und wenn der Ausschnitt auch nur klein war, übte er doch große Anziehungskraft auf ihn aus.

Was ist los? Jay war überrascht angesichts der Tatsache, dass er gern einen genaueren Blick riskiert hätte. Schon früher hatten Kolleginnen mit ihm geflirtet, doch gewöhnlich reichten ein nettes Lächeln und ansehnliche Brüste nicht, um sein Interesse zu wecken. Keine Frage, Lewis war attraktiv. Eine rein biologische Reaktion, mehr nicht.

»Computerkriminalität ist spannender als der Stoff an der Uni, Captain.«

»Nicht so förmlich, Jay. Sagen Sie doch einfach Rachel.«

Mittlerweile war er ein verheirateter Mann, mit Nachwuchs. Da durfte man nichts anbrennen lassen.

»Okay, Rachel.« Er schwieg kurz. »Eigentlich bin ich ja hier, um …«

»Halt, lassen Sie mich raten. Sie sind wegen der abhandengekommenen Daten hier.«

Hatte Ellis mit ihr gesprochen?

»Sie wissen Bescheid?«

»In diesem Spiel agieren Sie nicht allein. Erstens bin ich für ein Top-Security-Netzwerk verantwortlich. Zweitens sind Sie das Computergenie der Net Force und seit kurzem auch für militärische Belange zuständig. Natürlich könnten Sie auch gekommen sein, um mir zu meiner guten Arbeit zu gratulieren, aber drittens sehen Sie nicht so aus, als wären Sie gern hier.« Sie beugte sich erneut vor. »Viertens: Ich habe mir meine Sicherheits-Files noch mal angesehen und festgestellt, dass einige außergewöhnliche Anfragen bei einem unserer Knoten eingegangen sind, einer Sackgasse. Also haben wir eine undichte Stelle. Ich weiß nicht, wie es passiert ist oder wer dahintersteckt, aber sie ist da.«

»Sie haben sie bereits gefunden?« Zugegeben, das war ein Punkt für sie. Vielleicht hatte sie eine etwas lange Leitung gehabt, aber immerhin hatte sie es in Erfahrung gebracht, bevor er es ihr erzählte. Kompetenz hatte ihm schon immer mehr imponiert als gutes Aussehen. Wenngleich auch dagegen nichts zu sagen war.

Du bist jetzt verheiratet, da spielt es keine Rolle, ob ihre Intelligenz sie noch attraktiver macht. Lass die Finger davon.

Aber einen *Blick* durfte man ja wohl noch riskieren, oder? Außerdem war er aus beruflichen Gründen hier – er hatte sie sich nicht ausgesucht.

Warum also dieses vage Schuldgefühl?

Sie zog eine zweite Raptor-VR-Brille aus einer Schublade.

»Ich wollte der Sache selbst noch genauer auf den Grund gehen, aber da Sie schon mal hier sind … Gut genug in Form für einen kleinen Ausflug in die VR?«

Jay zögerte keine Sekunde. »Okay, los geht's.«

Was glaubte sie, wen sie vor sich hatte? Ob *er* gut genug in Form war? Allerdings, definitiv. Es stand ja wohl außer Frage, wer hier der bessere Detektiv war, oder? Sie würde es gleich herausfinden.

Jay nahm die Brille.

Es würde ein Riesenspaß werden, ihr sein Können zu demonstrieren.

Er setzte die VR-Brille auf und justierte sie so, dass sie nicht dem kleinen Gerät für die Simulation des Geruchssinns und den Harman-Kardon-Ohrstöpseln in die Quere kam. Dann reichte ihm Lewis ein kleines silbernes Kästchen, das er seitlich an der Brille befestigen sollte.

»Ein neues Spielzeug«, sagte sie. »Nennt sich Tactile Feedback Unit oder kurz TFU. Damit werden durch Induktion Hautempfindungen stimuliert. Die Technik ist noch nicht ausgereift, vervollständigt aber die Bandbreite der künstlichen Sinneseindrücke.«

Jay wusste von der Entwicklung der TFU, hatte aber bisher noch keine gesehen. Das Grundprinzip bestand darin, dass durch Magnetfelder elektrische Ströme und

Spannungen erzeugt wurden, welche die Nerven stimulierten. Bei einem Datenanzug wurden in der VR sinnliche Empfindungen durch Elektroden und lokale Temperatursteuerung simuliert, und die TFU-Technik war entwickelt worden, um diesen Effekt auch ohne Ganzkörperanzug zu erzielen. Er hatte von den Forschungen im Medialab des MIT gehört, und offenbar unterhielt Lewis enge Beziehungen zu ihrer alten Universität.

»Es zahlt sich aus, wenn man die Alma Mater unterstützt«, bemerkte er lächelnd.

Gegen seinen Willen war er beeindruckt, dass sie nicht nur eines, sondern gleich zwei der hochmodernen Geräte besaß.

Sie reichte ihm ein Paar Datenhandschuhe, und damit war Jays Ausrüstung komplett.

Eigentlich wollte er ihr von seinem VR-Szenario erzählen, doch er beschloss, erst einmal abzuwarten, was sie zu bieten hatte. Wenn man im Pentagon einen Termin bei einer Computerspezialistin hatte, musste man in der Eingangshalle alle eigenen Speichermedien abgeben, was penibel überprüft wurde. Also hatte er sein Virgil und die Datenuhr herausgerückt, auf denen Kopien seiner VR-Avatare und VR-Einstellungen gespeichert waren. Ohne sie war er etwas im Nachteil, wenn er sich in ihr Szenario begab, aber es hieß auch, dass sie sich hinsichtlich seiner Kleidung in dem Szenario etwas einfallen lassen musste.

Er war gespannt.

»Alles klar?«

»Von mir aus kann's losgehen.«

Er fand sich an einem tropischen Strand wieder, wo die Sonne fast direkt über ihm stand, und es war heiß. Augenscheinlich funktionierte das kleine TFU ziemlich gut. Er spürte die Wärme der Sonnenstrahlen, und das Gefühl wirkte *echt*. Beeindruckend. Eine sanfte Brise streichelte seine Haut und verschaffte ihm etwas Kühlung – am ganzen Körper.

Hallo? Er blickte an sich herab.

Er war splitternackt.

Als er aufblickte, sah er Rachel Lewis, gleichfalls nackt, die vor ihm her ging. Ihre Haut war etwas stärker gebräunt als in der wirklichen Welt, doch ansonsten wirkte sie unverändert. Ihre Figur, von hinten gesehen, war noch beeindruckender, als er gedacht hatte.

Wow!

Die meisten VR-Programmierer statteten ihre Kreationen mit ein paar Fantasieelementen aus. Wenn Jay beispielsweise den Großwildjäger oder den Detektiv aus den Dreißigerjahren spielte, vermischte er seine individuellen körperlichen Charakteristika mit anderen, sodass er zwar in gewisser Weise er selbst blieb, aber doch auch zu einem anderen wurde.

Die Tatsache, dass Lewis darauf verzichtet hatte, musste etwas zu bedeuten haben. Noch hatte er keine Ahnung, was es war. Doch es würde interessant werden, es herauszufinden. *Sehr* interessant.

Sie wandte sich lächelnd um. »Sorry, Jay, aber die Sache mit den Klamotten habe ich ganz vergessen. Normalerweise benutze ich dieses Szenario allein.«

Die Vorderansicht war genauso spektakulär wie die von hinten. Ein gebräunter Körper, entzückende Sommersprossen und höchst attraktive Brüste, über die man besser nicht weiter nachdachte.

Wieder war er verblüfft, wie realistisch ihre Erscheinung in der VR wirkte. Soweit er sehen konnte, hatte sie darauf verzichtet, irgendwelche kosmetischen Korrekturen vorzunehmen.

Er schluckte, und ihm wurde noch heißer. Ganz ruhig, Jay. »Kein Problem«, antwortete er. »Meine Frau Saji und ich haben mal in Europa Urlaub gemacht und waren dort auch an FKK-Stränden.«

Ziemlich raffiniert, wie er den Namen seiner Frau eingeflochten hatte ...

Trotzdem spürte er, wie sein Körper auf ihren Anblick zu reagieren begann, was bald auch sichtbar werden würde.

Eine schöne Bescherung. Da muss Abhilfe geschaffen werden.

Sie gab ihm ein Zeichen, dass er ihr folgen sollte, und kehrte ihm wieder den Rücken zu.

Ich hab's! Hoffentlich dreht sie sich nicht um.

»Dieses Szenario eignet sich ziemlich gut, um Datenströme zu verfolgen.«

Er hörte nur mit halbem Ohr hin, griff nach dem kleinen silbernen Kästchen an seiner Schläfe und ertastete winzige Schalter. Auf dem College hatte er mit ein paar Kommilitonen ein VR-Spiel gespielt, bei dem es darum ging, wer am längsten das unangenehme Geräusch auf einer Tafel kratzender Fingernägel aushalten konnte oder sich am wenigsten vor Käfern ekelte. Wer am stärksten reagierte, hatte verloren. Manchmal hatte er gemogelt, indem er die Schnittstellen für die Sinneseindrücke während des Aufenthalts in der VR deaktiviert hatte.

Und das hatte er auch jetzt vor.

Er ignorierte drei Schalter und legte die nächsten beiden um. Jetzt konnte er in der VR weiter sehen und fühlen, aber das System konnte die Nervenimpulse nicht mehr registrieren.

Wenn er stark auf sinnliche Reize reagierte, würde Lewis es auf jeden Fall nicht mitbekommen.

Er blickte an seinem Körper herab. Nur, um ganz sicherzugehen.

Da war das kleine braune Muttermal, auf seinem ... Guter Gott, das war sein *wirklicher* Körper! Wie hatte sie *das* hinbekommen?

Lewis redete noch immer.

»Die Leute am Strand stehen für die Trägerwellen. Da sie in meinem Szenario nackt auftreten, kann ich erkennen, ob sie irgendwas verbergen wollen.«

Sie muss eine alte Kopie vom MIT benutzt und sie mit einem Alterungs-Algorithmus gekoppelt haben, um die Veränderungen hinzubekommen. Ganz schön clever.

In der Nähe von ein paar Sonnenanbetern setzte sich Lewis in einen Liegestuhl und forderte Jay auf, dasselbe zu tun. Sie hatte die Beine leicht gespreizt – ein weiterer Blickfang.

»Schauen Sie mal.«

Er begriff, dass sie ein in der Nähe sitzendes Paar meinte. Mit dem Körper des Mannes stimmte etwas nicht. Unter seinem Bauch wölbte sich die Haut, als hätte man ihm ein seltsames Implantat eingepflanzt. Er stand auf und ging davon, blickte sich aber noch einmal um.

Wenn er in dem Szenario für einen Träger von Daten stand, musste er in diesem Fall gestohlene Daten befördern.

Nicht schlecht.

»Clever«, sagte er zu Lewis.

Sie folgten dem Mann. Von irgendwoher herüberwehende Musik vervollständigte die Szenerie, aber es war nicht klar, woher sie kam.

Jay blickte sie an und hob eine Augenbraue. »Ein kleiner Patzer, Lewis?«

Sie lächelte. »Nichts da. Da vorn rechts. Professor Bernhardt wäre stolz auf mich gewesen.«

Jay blickte in die Richtung. Tatsächlich, da stand in der Nähe einer Strandbar ein Radio auf einem Stück Treibholz.

Bernhardt, ehemals Professor an einer Schauspielschule, war an ihrer Universität in die VR-Forschungsabteilung gewechselt, was zu einigen Kontroversen geführt hatte, weil der alte Mann praktisch keine Erfahrung im Programmieren hatte. Aber er war intelligent. Besonders wichtig war es ihm, dass die Programmierer auf realistische Detailtreue achteten, und wenn etwas die perfekte VR-Illusion durchbrach, monierte er den »kleinen Patzer«, der alles als unechte Kulisse erscheinen ließ.

Lewis' Programmierung war clever, sie hatte die undichte Stelle selbst entdeckt. Und ihr VR-Szenario war zumindest *fast* so gut wie eine von Jays Kreationen. Er war beeindruckt.

Der Mann blieb vor der Strandbar stehen, drehte sich um und sah sie. Dann sprang er über ein großes Stück Treibholz und rannte los.

Rachel und Jay nahmen die Verfolgung auf, und er staunte, wie gut die TFU funktionierte – er hätte schwören können, den Wind auf seiner nackten Haut zu spüren.

Als sie den Ast erreicht hatten, war der Mann verschwunden.

Sie blickten sich an.

Vermutlich würde es nicht bei diesem einen Strandausflug bleiben.

Er fragte sich, ob es eine gute Idee war, auf diesem Weg weiterzugehen.

6

Alice's Restaurant
University Park, Virginia

»Sie machen Witze«, sagte Jamal.

Thorn lächelte. »Überhaupt nicht. Wenn du in die Nationalmannschaft aufgenommen wirst, übernehme ich die Kosten für deine Teilnahme an der Weltmeisterschaft. Flüge. Hotels, Essen, Taschengeld …«

Jamal schüttelte den Kopf. »Ich weiß es zu schätzen, aber warum?«

»Aus zwei Gründen. Erstens kann ich es mir leisten, und zweitens bekommt man nicht jeden Tag die Chance, der Sponsor eines Weltklassefechters zu werden.«

»Bis jetzt bin ich nicht mal in der Nationalmannschaft, und Sie reden schon davon, ich könnte die Weltmeisterschaft gewinnen.«

»Nur wer sich hohe Ziele setzt, wird sie erreichen.«

Jamal schüttelte verblüfft den Kopf.

Thorns Lächeln wich einem ernsteren Gesichtsausdruck. »Hör zu, Jamal. Wenn du bisher einen wichtigen Kampf verloren hattest, konntest du es mit einem Achselzucken abtun und dir sagen: ›Was soll's, ich hab sowieso kein Geld, um das professionell zu betreiben.‹ Jetzt musst du dir eine bessere Begründung einfallen lassen.«

Jamal blickte ihn ein paar Sekunden lang wortlos an. »Gedanken lesen können Sie auch?«

»Ich bin in einem Reservat im Bundesstaat Washington aufgewachsen, und auch bei uns zu Hause reichte es nur für das Nötigste. ›Kein Geld‹ war die Entschuldigung, auf die ich bei jeder Gelegenheit zurückgriff. Bis mein Großvater in der Familie genug zusammengebettelt hatte, um mir die Teilnahme an den nationalen Meisterschaften zu ermöglichen.«

»Haben Sie gewonnen?«

»Leider nicht. Beim Degenfechten habe ich den dritten Platz belegt, mit dem Florett den fünften. Beim Säbelfechten bin ich gleich rausgeflogen. Eine Bronzemedaille ist keine goldene, aber als ich sie nach Hause brachte, haben sie mich empfangen, als hätte ich ganz oben auf dem Treppchen gestanden. Kein Jugendlicher aus unserer Gegend hatte je gegen mehrere Weiße gewonnen.

Die Medaille liegt immer noch in der Vitrine im Büro des Direktors meiner Schule.«

Jamal lachte. »Wenn in meiner Schule so eine Vitrine aufgestellt würde, wäre sie am nächsten Morgen geklaut, selbst wenn sie am Boden festgenietet wäre.«

»Ja, ja, deine Schule ist mies. Schon mal einen Weißen über die Klinge springen lassen?«

Thorn hatte seine Frage mit unbewegter Miene gestellt, und einen Augenblick lang schien Jamal sie wörtlich zu nehmen. »Was soll der Schwachsinn?«

Thorn lachte. »Gib's zu, für einen Augenblick hast du meine Frage ernst genommen.«

»So ein Quatsch.« Doch auch Jamal grinste. »Also, Mr Thorn, was läuft mit Ihnen und der scharfen Braut? Ist es wahr, dass Sie heiraten wollen?«

»Allerdings.«

»Verschiedene Hautfarben, das gibt in beiden Lagern Ärger.«

»Wir leben im 21. Jahrhundert, Jamal. Bestimmt hatte Julian Huxley recht, als er sagte, in fünfzig oder hundert Jahren hätten wir alle hellbraune Haut, und dann sei diese Welt besser dran.«

»Hm.«

»Du scheinst nicht daran zu glauben.«

»Ich denke nicht, dass wir dann in Sachen Gleichberechtigung schon solche Fortschritte gemacht haben werden.«

Thorn zuckte die Achseln. »In meinem speziellen Fall ist es mir egal. Marissa ist es wert, dass man dafür Leiden auf sich nimmt. Wenn jemandem unsere Beziehung nicht passt, kann er mich mal.«

Jetzt grinste Jamal bis über beide Ohren. »Wenn ein Mann so über seine Frau redet … Sie sind in Ordnung, Mr. T.«

Thorn lächelte. Na hoffentlich.

U. S. Army Recon School
Fort Palaka, Hana, Maui, Hawaii

Der Militärstützpunkt war brandneu und klein, man hatte sich auf Aufklärung spezialisiert. Vermutlich befand er sich hier, weil die Militärs mit der Regierung irgendwelche Grundstücke getauscht hatten. Von den Einheimischen konnte sich niemand mit seiner Existenz anfreunden. Reichte es nicht, dass die enge Straße nach Hana mit Touristen überfüllt war, man kam schon so nirgendwo hin, und jetzt wurde sie durch Soldaten noch weiter verstopft? So wurde in den örtlichen Kneipen geredet, wenn man aufmerksam hinhörte, und Carruth war ein Mann, der immer aufmerksam war …

Jetzt lag er in der üppigen Vegetation in Deckung, die den Militärstützpunkt umgab, zehn Meter vor dem noch glänzenden Maschendrahtzaun, und dachte darüber nach, ob seine Aufgabe die lange Anreise lohnte. Aber Lewis hatte es so gewollt, sie war der Boss. Einerseits war sie eine attraktive Frau, die er gern näher kennengelernt hätte, andererseits eine abgebrühte Schlampe. Er zweifelte nicht daran, dass sie auf einen Mann schießen würde, nur um ihn bluten zu sehen. Im Augenblick war er aber noch bereit, sich ihr unterzuordnen, denn wenn alles nach Plan lief, würde er bald genug Geld haben, um sich eine eigene tropische Insel zu kaufen. Dann konnte er so viele attraktive Frauen antanzen lassen, wie es ihm gefiel. Dafür würde er sich schon ein bisschen herumschubsen lassen.

Diesmal hatte er nur zwei Männer dabei, Hill und Stark, und auch das nur für den Notfall. Er würde allein auf das Grundstück des Stützpunkts vordringen.

»In exakt zwei Minuten«, sagte er in das Mikrofon seines Headsets.

»Verstanden«, antwortete Hill.

»Ich auch«, fügte Stark hinzu.

Der am Zaun Wache schiebende Soldat hatte wahrscheinlich irgendetwas angestellt, wenn sein Vorgesetzter ihn zu so einer öden Aufgabe verdonnerte. Jetzt schlenderte er an der Stelle vorbei, wo Carruth in Deckung lag, das M-16 lässig auf dem Rücken. Meistens machte er sich nicht einmal die Mühe, den Zaun im Auge zu behalten. Wenn er außer Sicht war, würde es eine halbe Stunde dauern, bis er wieder an diese Stelle kam, und wahrscheinlich würde dem Schwachkopf das Loch im Zaun nicht einmal auffallen.

Wo er gerade beim Thema war … Die zwei Minuten waren um, und Carruth kroch zum Zaun, zog die Drahtschere hervor und schnitt ein Loch in den Maschendrahtzaun – gerade groß genug, um hindurchschlüpfen zu können. Wie viele andere wurde auch diese Stelle nicht durch eine Überwachungskamera beobachtet, und sie lag so weit abseits, dass ihn niemand sehen konnte. Abgesehen von dem Wachtposten, der gerade entschwunden war.

Als er auf dem Gelände des Stützpunkts stand, ging er fünfzig Schritte in südwestliche Richtung, dann sechsunddreißig nach Osten.

Nach seinen Informationen konnte er so jeder Überwachungskamera ausweichen.

Danach stolzierte er über den Stützpunkt, als würde er ihm gehören. Er trug exakt die Uniform, die die Army in heißen Gegenden ausgab, komplett mit den Rangabzeichen eines Master Sergeant. Wenn ihn jetzt jemand sah, der die Bilder der Überwachungskameras kontrollierte, würde er wahrscheinlich nicht die Militärpolizei rufen, sondern davon ausgehen, dass er hier Dienst tat.

Sein Ziel – auch dies eine Idiotie, wenn man ihn gefragt hätte – lag am südlichen Ende des Stützpunkts, das Gebäude mit dem Speisesaal für die Soldaten. Bis dahin brauchte er drei Minuten. Um halb elf durfte dort eigentlich nicht viel los sein. Frühstück wurde längst nicht mehr ausgegeben, und bis zum Mittagessen dauerte es noch.

Es zahlte sich aus, dass er Karten und Fotos studiert hatte, denn er fand problemlos den Weg.

Unterwegs kamen ein paar Soldaten vorbei, aber ein gutes Stück entfernt, und als er einmal einem Offizier begegnete, einem jungen Lieutenant, salutierte er zackig. Der Mann salutierte ebenfalls, sagte aber nichts.

Der Speisesaal war direkt vor ihm.

Carruth ging um das Gebäude herum, an dessen Rückseite eine ganze Reihe von Müllcontainern stand. Als er den Deckel des größten öffnete, benutzte er ein Taschentuch, um keine Fingerabdrücke zu hinterlassen. Der faulige Geruch verrottenden Essens stieg ihm in die Nase. Puh, was für ein Gestank!

Er zog die Bombe hervor, schaltete den Timer ein und ließ sie auf einen Haufen angebranntes Rührei fallen.

Die Bombe war primitiv – RDX/PETN gemischt mit Wachs und ein bisschen Öl, ein C4-Imitat aus Indien, speziell für heißes Klima stabilisiert. Das Material war billig und würde es niemandem ermöglichen, ihm auf die Spur zu kommen. Der elektronische Timer war eine billige Quartz-Stoppuhr, die er in einem K-Mart gekauft hatte. Sollte er eine weitere Bombe bauen, würde er sich etwas anderes einfallen lassen, damit die Experten der Strafverfolgungsbehörden keine persönliche Handschrift entdecken konnten.

In zehn Minuten würde der Deckel des Müllcontainers in die Luft fliegen – und mit ihm ein guter Teil seines stinkenden Inhalts. Die stählernen Seitenwände würden mit größter Sicherheit halten, so groß war die Explosivkraft der Bombe nicht, aber der arme Teufel, der Küchendienst hatte, würde eine ganz schöne Sauerei beseitigen müssen. Eine Reise nach Hawaii, um einen Müllcontainer in die Luft zu jagen? Nun, Lewis wollte es so, und wahrscheinlich hatte sie einen guten Grund, der ihm allerdings absolut schleierhaft war.

Er wandte sich um und machte sich auf den Weg. In zehn Minuten würde er schon die Hälfte der Strecke bis zu der Stelle zurückgelegt haben, wo sie das Boot festgemacht hatten. Und wenn die Militärs begriffen, was passiert war – hatte es etwa am Methangas gelegen? –, waren Hill, Stark und er schon verschwunden.

Er grinste. Diese armen Irren …

»Sergeant«, sagte eine männliche, wenn auch ziemlich hohe Stimme.

Überrascht schaute sich Carruth um. Drei Meter hinter ihm stand der Second Lieutenant, der ihm eben über den Weg gelaufen war. Ein großer Patzer, er hätte besser aufpassen sollen. »Sir?«

»Zu welcher Einheit gehören Sie?«

Am liebsten hätte Carruth geseufzt. Was für ein Glück, ausgerechnet einem frischgebackenen Offizier über den Weg zu laufen, der bestimmt jeden wiedererkannte, nur ihn nicht.

»Meine Einheit, Sir? Ich wurde von der 704th abgestellt, die in Arden Hills stationiert ist. USASOC, Sir. Bin gerade heute Morgen eingetroffen, um Ihren Soldaten einen Vortrag über Dekontaminierung zu halten.« Er trat einen Schritt auf den Lieutenant zu, der nicht älter als zweiundzwanzig oder dreiundzwanzig sein konnte.

Der Offizier runzelte die Stirn. »Ich kann mich nicht erinnern, am Schwarzen Brett einen Anschlag für so einen Vortrag gesehen zu haben.«

Carruth tat verstohlen einen weiteren Schritt. »Wusste bis vor kurzem selbst nichts davon, Sir. Ich tue, was man mir sagt, wohin man mich auch schickt. Aber wenn Sie meinen schriftlichen Befehl sehen möchten …« Er tat so, als wollte er ein Papier aus der Tasche ziehen.

Der Lieutenant machte eine wegwerfende Handbewegung. »Und warum machen Sie sich dann hier hinten an den Müllcontainern zu schaffen?«

»Hab mich verlaufen, Sir. Ich habe nur Abfall auf dem Boden liegen sehen und ihn aufgehoben.« Er hatte keine Zeit für solche Kapriolen. Die Uhr lief.

Jetzt stand er dicht genug vor dem Lieutenant, aber vielleicht musste er doch nicht ernst machen. Wenn dieser Idiot die Sache auf sich beruhen ließ, konnte er sich auf den Weg machen.

»Zeigen Sie's mir.«

»Was, Sir?«

»Den Abfall, den Sie aufgehoben haben. Ich will ihn sehen.«

Mist. Jetzt hatte er ein Problem. Das Gespräch dauerte schon so lange, dass der andere sich an ihn erinnern würde, wenn der Container in die Luft flog, und das war gar nicht gut. Und wenn er den Deckel des Containers öffnete, würde er die Bombe mit dem Timer sehen. Auf dem gelben Rührei hob sie sich ab wie eine rote Flagge.

»Ja, Sir.« Carruth holte aus und hämmerte dem Lieutenant die Faust an die Schläfe, wobei er sein ganzes Körpergewicht in den Schlag legte.

Der Lieutenant fiel, als hätte man ihm die Beine unter dem Leib weggezogen. Er war ausgeschaltet.

Aber in ein paar Minuten würde er wieder zu Bewusstsein kommen, und wahrscheinlich würde sein Gedächtnis noch prima funktionieren. Auch das war gar nicht gut.

Carruth warf den Körper des bewusstlosen Offiziers über seine Schulter, schleppte ihn zu dem Container, öffnete den Deckel und warf ihn hinein. Dann wischte er den Griff des Deckels ab und schloss ihn.

Er machte sich auf den Weg. Zu schade für den Soldaten, aber bei dem Job gehörte das zum Berufsrisiko. Vermutlich würde er die Explosion nicht überleben. Wenn doch, würde es sein Zustand vorläufig nicht zulassen, dass er den Mund aufmachte.

Besser er als ich …

Net-Force-Hauptquartier
Quantico, Virginia

Jay Gridley saß in Thorns Büro und wirkte, was häufig vorkam, wie ein Teenager, der zu spät zu einem Date erscheint.

»Haben Sie den Bericht über den Vorfall auf dem Militärstützpunkt in Hawaii bekommen?«, fragte Thorn.

»Ja, aber noch nicht gelesen«, antwortete Jay. »Ich wollte ihn mir gerade vornehmen, als Sie anriefen.«

»Jemand hat ein Loch in den Zaun geschnitten und einen Müllcontainer in die Luft gejagt.«

Jay lachte. »Wow. Ein richtig spektakulärer Anschlag.«

»Wie's aussieht, hat der Täter einen Second Lieutenant k. o. geschlagen und ihn mit der Bombe in den Container geworfen.«

»Himmel! Ist er tot?«

»Nein. Irgendwie hat der ganze Abfall die Wucht der Explosion gedämpft. Aber der Mann ist in einem üblen Zustand – geplatzte Trommelfelle, schwere Gehirnerschütterung, gerissene Milz, Lungenversagen, Verbrennungen und Schnittwunden.«

»Armer Hund.«

»Ich rechne jeden Augenblick mit dem Anruf eines verärgerten Generals, der wissen will, wie weit wir mit unserer Jagd auf diese Leute sind. Also, was haben wir bisher vorzuweisen?«

»Ich gebe mein Bestes, aber Sie wissen ja, wie das ist. Nämlich so, als würde man in einem Programm mit einer Million Codezeilen nach einer fehlerhaften suchen – man sieht sie erst, wenn man bei ihr angelangt ist.«

»Ich verstehe das, Jay, bei anderen ist es nicht so. Geben Sie mir etwas an die Hand, das ich dem Anrufer erzählen kann. Irgendetwas.«

»Das Computerspiel ist kompliziert und gut konstruiert. Folglich haben wir es mit einem ambitionierten Programmierer zu tun, der zudem clever genug ist, es unter die Leute zu bringen und wieder einzustampfen, ohne eine leicht zu entdeckende Spur zu hinterlassen. Ich arbeite mit Captain Lewis vom MILDAT daran, Anhaltspunkte zu entdecken.«

Thorn nickte. »Wer immer dahintersteckt, er will etwas beweisen. Ich weiß nicht genau was, aber wenn man einen Müllcontainer in die Luft jagt, kann ich dahinter kein bedeutsames strategisches Ziel erkennen. Genauso wenig in dem Vorfall in Oklahoma, wo sie ein gepanzertes Tor geknackt und ein paar Fensterscheiben zerstört haben, dann aber mit leeren Händen abgezogen sind. Für mich sieht es so aus, als wollten sie beweisen, dass sie nach Belieben auf Militärstützpunkte gelangen und dort tun können, was immer ihnen gefällt.«

»Vielleicht wollen sie ihr Wissen verkaufen, wie man da reinkommt«, sagte Jay.

Thorn nickte. »Schon möglich. Da draußen laufen genug Wahnsinnige herum, die Riesensummen dafür hinblättern würden. Man demonstriert ein paarmal, wie leicht es ist, auf einen Stützpunkt der Army zu kommen, und schon stehen die Durchgedrehten Schlange, um den Schlüssel zu kaufen.«

»Vielleicht waren die bisherigen Aktionen auch nur Ablenkungsmanöver, durch die sie die Militärs davon überzeugen wollen, dass sie sich eigentlich keine großen Sorgen machen müssen«, sagte Jay. »Tatsächlich planen sie unterdessen etwas sehr viel Schlimmeres. Auf einem der Stützpunkte, die als Vorbild für das Computerspiel gedient haben, befinden sich taktische Atomwaffen, und in den Teilen des DCP, die wir haben, fanden sich Informationen, wie die Maßnahmen der ersten Sicherheitsstufe zu knacken sind. Schwer zu sagen, was die Teile enthalten, die wir nicht kennen.«

»Haben Sie das den Militärs mitgeteilt?«

»Allerdings, steht alles in meinem Bericht, der auch irgendwo in Ihrem elektronischen Briefkasten stecken müsste. Auf allen Militärstützpunkten, zu denen ich ein Pendant in dem Computerspiel gefunden habe, sind die Sicherheitsmaßnahmen geändert worden – neue Codes, veränderte Pläne für die Wachtposten, erhöhte Alarmbereitschaft. Vielleicht haben wir ihnen ein Schnippchen geschlagen.« Jay runzelte die Stirn. »Halt. Ein Stützpunkt auf Hawaii, haben Sie gesagt?«

»Ja, ein neuer. In der Nähe von Hana, auf Maui. Eigentlich finden dort nur Schulungen über militärische Aufklärung statt.«

Jay schüttelte den Kopf. »Ich kann mich nicht erinnern, einen Stützpunkt auf Hawaii mit denen in dem Computerspiel verglichen zu haben.« Er schwieg kurz. »Scheiße!«

»Wie bitte?«

»Der Typ muss noch ein zweites Spiel im Umlauf haben!« Jay stand auf. »Ich muss ins Netz. Daran hätte ich eher denken müssen!«

»Dann an die Arbeit.«

Nachdem Jay verschwunden war, blieb Thorn nachdenklich an seinem Schreibtisch sitzen. Die Net Force verbrachte viel Zeit damit, kleine Feuer auszutreten, und hin und wieder musste auch ein großer Brand gelöscht werden, wie in diesem Fall oder wie bei der Geschichte mit dem chinesischen General. Er glaubte, sich als Boss der Net Force zunehmend besser geschlagen zu haben, ungeachtet der Tatsache, dass sie jetzt den Militärs unterstanden. Trotzdem entsprach der Job nicht dem, was er erwartet hatte, als er aus dem Geschäftsleben zur Net

Force gewechselt war. Er hätte sich schon vor ein paar Jahren zur Ruhe setzen und darüber nachdenken können, wie er sein Geld kreativ einsetzen konnte. Er war nicht superreich, hätte aber komfortabel von den Zinsen leben können, die seine Millionen abwarfen. Bisher war die Arbeit für die Militärs noch nicht belastend gewesen, doch er befürchtete, dass es irgendwann so weit sein würde. Wenn Hadden recht hatte und sie ihn tatsächlich zum General machten, was hatte das dann zu bedeuten? Selbst wenn es sich eher um eine Formalie handelte?

Er wollte für niemanden zum Problem werden. Den Job als Commander der Net Force hatte er angenommen, um sich bei seinem Land zu revanchieren, das ihn ziemlich gut behandelt hatte, einen armen Jungen, der in einem Indianerreservat aufgewachsen war. Heutzutage ging es den Menschen seines Stammes besser – sie hatten ein Kasino außerhalb von Walla Walla und feilschten mit den Behörden darüber, durch einen Landtausch ein zweites in der Nähe der Grenze zu Idaho eröffnen zu können. Es kam nicht genug Geld herein, um jeden zu einem reichen Mann zu machen, aber es war auch niemand arm. Das war erfreulich.

Und wenn er und Marissa erst einmal verheiratet waren? Was würde dann passieren? Sie konnte ihren Job bei der CIA aufgeben, wenn ihr danach war, musste es aber nicht. Das würde ganz allein ihre Entscheidung sein. Und vielleicht würde er seinen Job ebenfalls quittieren, wenn sie ihren aufgab. Auch er wurde nicht jünger. Sie konnten reisen, gemeinsam die Welt entdecken, das Leben genießen. Abgesehen vom Fechtsport und seiner Sammlung wertvoller Schwerter hatte er keine kostspieligen Hobbys. Er besaß ein hübsches Haus und war im Begriff, eine fantastische Frau zu heiraten. Das Leben war kurz – er konnte auch von einem Lastwagen überfahren oder von einem umstürzenden Baum erschlagen werden, dann spielte es keine Rolle mehr, wie reich er war. War es nicht vielleicht an der Zeit, seinen Schreibtisch zu räumen und die Zeit zu genießen, die ihm noch blieb?

Die Gegensprechanlage piepte.

»Ja bitte?«

»General Hadden auf Leitung eins.«

Natürlich. »Stellen Sie durch.«

Er griff nach dem Hörer. Das konnte ja lustig werden.

Es erschien ihm immer verlockender, sich zur Ruhe zu setzen ...

7

Net-Force-Hauptquartier
Quantico, Virginia

General Abe Kent wollte Thorn etwas zeigen.

Sie hatten sich vor dem Lagerhaus des Quartiermeisters verabredet, was von Thorns Büro aus einem netten zehnminütigen Spaziergang entsprach. Die beiden bewaffneten Wachtposten salutierten nicht, doch das wurde auch nicht erwartet – sie mussten nur blitzschnell mit ihren Maschinenpistolen reagieren, falls jemand auftauchte, der hier nichts zu suchen hatte.

Er sah Kent auf sich zukommen – nicht gerade wie auf dem Exerzierplatz, aber unter »schlendern« stellte man sich auch etwas anderes vor.

»Abe«, sagte Thorn.

»Sir. Direkt hier entlang.« Kent nickte in Richtung der beiden Wachtposten.

»Was soll ich mir ansehen?«

»Einen SWORD-Fighter«, antwortete Kent.

Thorn war verdutzt. Mit Schwertkämpfern glaubte er

sich auszukennen, aber heutzutage gab es beim Militär mit Sicherheit niemanden mehr, der mit dem Schwert kämpfte … »Pardon«, sagte er stirnrunzelnd, »aber haben Sie da gerade ›Sword Fighter‹ gesagt?«

»S-W-O-R-D. Steht für ›Special Weapons Observation Reconnaissance Detection Systems‹.«

Thorn lächelte. »Verstehe. Beim Militär sind sie ganz vernarrt in diese Abkürzungen, stimmt's?«

»Ja, Sir, da haben Sie recht.«

»Das ›Sir‹ können Sie sich sparen, Abe.«

»Nach dem, was man so hört, glaube ich das eigentlich nicht – General Thorn.«

Thorn schüttelte den Kopf. »So weit sind wir noch nicht. Also, was wollen Sie mir zeigen?«

Kent führte ihn zu einer leer geräumten Stelle des Lagerhauses. Jedoch nicht ganz leer.

»Was um Himmels willen …?«

»Im Grunde genommen ist es ein Roboter, Sir«, sagte Kent. »Er ist etwa einen Meter hoch und bewegt sich auf Ketten, wie ein Panzer, und tatsächlich sieht er wie eine Art Miniaturpanzer aus, oder? Dieses Modell wiegt ungefähr fünfzig Kilo und wird mit Lithium-Ionen-Batterien betrieben. Es hat einen Funktionsradius von tausend Metern, und kann sich mit einer Batterieladung ungefähr fünfunddreißig Kilometer fortbewegen – oder vier oder fünf Stunden an Ort und Stelle bleiben und die Lage beobachten. Sind die Batterien leer, kann man sie in zwei Minuten auswechseln. Der Roboter ist mit vier Weitwinkelkameras mit Zoomfunktion ausgestattet, von denen eine hinten angebracht ist und eine als elektronisches Visier dient. Das Modell ist mit einem M240-MG ausgerüstet, der Patronengürtel ist unsichtbar und enthält dreihundert Kugeln.«

Thorn starrte den Roboter an. Er wirkte lebensbedrohlich, selbst wenn er sich nicht vom Fleck rührte.

»Sollte das nicht reichen, ist auch ein Modell mit einem M202-A1-Raketenwerfer lieferbar.«

Thorn blickte erst Kent, dann wieder den Roboter an.

»Der SWORD-Fighter ist funkgesteuert«, fuhr Kent fort. »Man braucht nur einen Teenager, der mit einem Gameboy oder einer X-box aufgewachsen ist, und setzt ihm einen VR-Helm auf. Er hat ein Steuerungssystem, eigentlich ist es so, als würde man ein Videospiel spielen. Man kann ihn eine Straße hinabschlendern, in diese und jene Richtung blicken und aus einer geschützten Position feindliche Ziele attackieren lassen, die einen Kilometer weit weg sind.«

Thorn schüttelte den Kopf. Er war nicht sicher, ob er das faszinierend oder deprimierend finden sollte. »Und was kostet das Spielzeug?«

»Zwischen einer Viertelmillion und dreihundertfünfzig- bis vierhunderttausend Dollar. Hängt vom technischen Schnickschnack ab. Es gibt ein Modell mit einer hochsensiblen Schnüffelvorrichtung, die ein Munitionsdepot entdeckt, das einem Soldaten entgehen könnte. Eine andere Version verfügt über einen Detektor für Chemikalien oder radioaktive Strahlung. Dann gibt es noch eine Variante mit einem integrierten, rotierenden Flammenwerfer, der ausgefahren wird und eine Reichweite von fünfzig Metern hat. Und für weniger brisante Situationen hätten wir noch ein Modell, das Tränengas, Pfefferspray oder eine Substanz ausspuckt, die Erbrechen auslöst. Außerdem verfügt es noch über eine zusätzliche Batterie, die einen Kondensator auflädt, der jeden mit einem Stromstoß von neunzigtausend Volt begrüßt, der töricht genug ist, das Ding mit bloßen Händen zu berühren. Der landet dann ganz schnell auf seinem Hintern.«

»Hübsch.«

»Sie sagen es. Ursprünglich wurden sie von der Stryker Brigade im Irak eingesetzt. Diese Roboter waren ein

Nebenprodukt der Entwicklung jener Talon-Roboter, die Bomben entschärfen und von Foster-Miller in Massachusetts gebaut wurden. Irgendjemand sagte: ›Wenn unsere Erfindung Bomben entschärfen kann, warum sollen wir sie nicht mit einer Waffe bestücken?‹ Und das haben sie dann getan.«

Wieder schüttelte Thorn den Kopf. Er war sich nun ziemlich sicher, dass er es nicht faszinierend fand. »Hört sich für mich nach einem Science-Fiction-Film an.«

»Sie sagen es. Ursprünglich gab es einige Bedenken. Was, wenn die Funkcodes den bösen Buben in die Hände fallen und sie die Roboter auf unsere Leute ansetzen würden? Aber die verwenden verschlüsselte Kanäle, die nach dem Zufallsprinzip wechseln, sodass sich diese Sorgen als unbegründet herausgestellt haben. Dabei wird es noch einige Zeit bleiben.«

»Sind sie robust?«

»Robuster als ein GI mit kugelsicherer Weste. Die neuen Modelle verwenden als Panzerung Keramik und ein dichtes Gewebe aus geklonten Spinnenfäden. Durch einen Glücksstreffer kann man vielleicht eine Kamera zerstören, aber ansonsten widerstehen die Roboter Kugeln aus Kleinfeuerwaffen ziemlich gut.«

»Ich wette, dass der erste feindliche Kämpfer, der so ein Ding gesehen hat, sich in die Hosen gemacht hat.«

»Das denke ich auch, aber vermutlich ist ihm keine Zeit mehr geblieben, sie zu wechseln. Einige der Jungs, die die Roboter bedienen, verfeuern auch Nägel. Und was sie sehen, treffen sie auch. Mehrere hundert dieser Modelle sind schon im Einsatz, weitere hundert wurden bestellt.«

»Wie sind wir an dieses Exemplar herangekommen?«

»Über unseren alten Freund Julio Fernandez.«

Thorn lächelte.

»Der talentierteste Schacherer, der mir je über den Weg gelaufen ist«, sagte Kent.

»Arbeitet er immer noch mit John Howard zusammen?«

»Ja, Sir. Der Mann macht das Unmögliche möglich. Ich weiß nicht, wie er es geschafft hat, aber uns kostet dieser Roboter nur einige Ausrüstungsgegenstände, die wir nicht benötigen, und rund zwanzigtausend Dollar.«

»Die Frage ist nur, was wir mit dem Ding anstellen sollen, General.«

Kent zuckte die Achseln. »So genau weiß ich das auch nicht, aber es ist besser, den Roboter zu haben und ihn nicht zu brauchen, als ihn zu brauchen und nicht zu haben. Wenn's ganz eng wird, können wir ihn ja mit Gewinn an die Army weiterverkaufen.«

»Schon möglich.«

»Das war's, Sir.«

Thorn nickte. »Was treiben Sie denn heutzutage so, Abe? Wenn Sie nicht gerade Requisiten aus alten Schwarzenegger-Filmen sammeln?« Eine Zeit lang hatte Kent Thorn beigebracht, wie man mit einem *katana* umgeht, einem japanischen Schwert. Kents Großvater hatte seinen Enkel in Iaido unterwiesen, und Thorn interessierte sich für alles, was mit Schwertern zusammenhing.

»Ich nehme Gitarrenunterricht«, antwortete Kent.

»Tatsächlich?«

»Ich … Ich habe eine Gitarre geerbt, wie Sie wahrscheinlich noch wissen.«

Thorn erinnerte sich. Dieser georgische Killer, wie hatte er noch geheißen? Natadze? »Und, machen Sie Fortschritte?«

»Langsam, sehr langsam. Aber ich habe eine gute Lehrerin, sie ist sehr geduldig.«

Thorn glaubte, etwas in Kents Tonfall bemerkt zu haben, als er seine Gitarrenlehrerin erwähnte, aber er ging nicht weiter darauf ein.

»Und wie sieht's bei Ihnen aus?«

»Marissa plant die Hochzeit. Ich soll bald ihre Großeltern kennenlernen.«

»Gratuliere, Sir.«

»Sie bekommen eine Einladung, sobald sie sich auf
einen Termin einigen können.«

»Ich freue mich schon.«

»Ich mich auch.«

Die beiden lächelten.

»Waren Sie je verheiratet, Abe?«

»Ist lange her. Meine Frau ist vor einigen Jahren gestorben.«

»Das tut mir leid.«

»Es war schwer.« Dann, nach einer kurzen Pause:
»Sind wir bei der Geschichte mit den Einbrüchen auf die
Militärstützpunkte weitergekommen?«

Thorn schüttelte den Kopf. »Nein. Ich habe eben mit
Jay Gridley gesprochen. Er ist aus meinem Büro gestürmt,
um etwas zu überprüfen. General Hadden ist sehr unzufrieden.«

»An seiner Stelle wäre ich das auch«, sagte Kent. »Er
hat alles dafür getan, neue, kleinere und technisch ultra-
modern ausgerüstete Stützpunkte zu bekommen. Wollte die Army schneller ins 21. Jahrhundert katapultieren.
Dass es jetzt jemandem gelungen ist, auf zwei Stützpunkten einzudringen, lässt ihn schlecht aussehen. Und es ist
keine gute Idee, den Vorsitzenden der Vereinigten Stabschefs schlecht aussehen zu lassen.«

»Ich verstehe, was Sie meinen.«

Blue Parrot Café
Miami, Florida

»Sie sind eine Frau«, sagte der Mann in einem ungläubi-
gen Tonfall, den er vermutlich auch angeschlagen hätte,
wenn ihm ein Hund vor die Augen gekommen wäre.

»Ja«, sagte Lewis.

»Ihr Boss hat eine Frau geschickt.«

Lewis war nicht sonderlich überrascht, viele Fundamentalisten waren so. Natürlich war er beleidigt, und dabei trug sie extra ein Kopftuch, eine dunkle Brille und ein langärmeliges, unauffälliges Kleid, das nicht viel Haut sehen ließ, die ihren Gesprächspartner noch mehr empören konnte.

Sie saßen an einem Tisch vor dem Blue Parrot, einem kleinen Straßencafé in Miami. Niemals hätte sie sich mit so einem Mann in Washington oder auch nur in Baltimore getroffen. Es war ein warmer Tag mit hoher Luftfeuchtigkeit, und ihre Kleidung passte nicht besonders zu den klimatischen Verhältnissen. Wenigstens spendete der Sonnenschirm neben dem Tisch etwas Schatten. Im Rest des Landes herrschte Winter, doch hier unten konnte man am Strand liegen und sich rösten lassen. Wäre sie zum Vergnügen hier gewesen, hätte sie sich für Shorts und ein Achselhemd entschieden – und jede Menge Sonnenschutzcreme aufgetragen. Sie begriff, warum sich so viele Menschen in Florida zur Ruhe setzten. Wenn man in Chicago im Schnee versank, konnte man in Miami in Sandalen spazieren gehen – für alte Knochen war Wärme angenehmer.

Der große Mann ihr gegenüber – angeblich hieß er Mishari Aziz – war ungefähr vierzig. Er hatte dunkle Haut, einen dichten Schnurrbart und trug ein dunkelrotes Hawaiihemd, weiße Leinenhosen und Sandalen. Damit war er angesichts der Hitze mit Sicherheit passender gekleidet als sie.

»Man sagt, dass ein Mann, der nach Wölfen sucht, einen Fuchs übersieht, Mr Aziz.«

Er blinzelte, fast so, als wäre er erstaunt, dass sie sprechen konnte.

Wenn der Satz nicht so im Koran stand, fand sich vermutlich irgendein ähnlicher.

Ihr Gegenüber war ein Fanatiker, aber nicht dumm, und deshalb verstand er sie. »Ja, vielleicht ein weiser Spruch.« Er vertraute Frauen nicht, aber er war der Käufer, nicht der Verkäufer. Wenn er ins Geschäft kommen wollte, musste er mit ihr vorliebnehmen. Er konnte sich ja vorstellen, sie sei die Marionette eines Mannes, wenn er sich dann besser fühlte.

Er saß auf seinem Aluminiumstuhl auf der anderen Seite des Tisches und schaute sie an. »Reden Sie.« Das war ein Befehl.

»Mein Auftraggeber kann Codes, Wachpläne und eine Übersicht über die Sicherheitsmaßnahmen einer Reihe von Militärstützpunkten besorgen. Darunter sind auch einige, auf denen sich Atomwaffen befinden.«

Sie bemerkte ein fanatisches Blitzen in seinen Augen.

»Einem aufmerksamen Beobachter wird nicht entgangen sein, dass wir in der Lage sind, nach Belieben auf Militärstützpunkte zu gelangen.«

»Oklahoma und Hawaii«, sagte er.

Sie hielten also die Augen offen. Die Geschichte auf Hawaii war gerade erst passiert.

Aziz lehnte sich zurück und schaute skeptisch drein. »Müllcontainer in die Luft jagen und Eingangstore knacken? Nicht sehr beeindruckend.«

»Kennen Sie das Sprichwort mit dem tanzenden Bär, Mr Aziz? Es geht nicht darum, ob er gut tanzt, sondern dass er überhaupt tanzt. Unsere Leute waren in der Lage, die Sicherheitsmaßnahmen der Army zu überwinden – genauso mühelos hätten sie eine Kaserne voller Soldaten in die Luft sprengen oder sonst was stehlen können. Folglich ist unser Angebot attraktiv.«

»Sie hätten richtig zuschlagen können …«

»Das können Sie ja dann tun«, fiel sie ihm ins Wort. »Wir sind Geschäftsleute, Politik ist uns egal.«

Seine Kiefermuskeln verkrampften sich. Er mochte es nicht, unterbrochen zu werden, insbesondere von einer Frau. Und er mochte auch keine Leute, die politisch indifferent waren. Besonders verachtete er die, die nicht auf seiner Seite standen. Aber sie hatte etwas zu bieten, worauf er scharf war, und folglich musste er seinen Zorn hinunterschlucken.

»Sie verlangen ziemlich viel Geld«, sagte er.

»Man muss in Betracht ziehen, was man dafür bekommt. Für eine Atomwaffe sind zehn Millionen nicht besonders viel.«

»Sie verkaufen keine.«

»Wir verkaufen den Schlüssel zu dem Depot, wo sie sich befindet. Und eine Liste mit Hindernissen, die zwischen der Waffe und demjenigen stehen, der sie haben will. Es liegt an Ihnen.«

Aziz nickte. »Meine Leute werden eine weitere Demonstration verlangen.«

»Wodurch würden sie sich überzeugen lassen?«

»Durch eine vorzeigbare Aktion. Einen Einbruch und den Diebstahl eines materiell wertvollen Objekts.«

»Wir werden keine Atomwaffe liefern.«

»Das wird nicht erforderlich sein. Aber wir wollen sehen, ob Ihre Leute ein gut bewachtes Objekt in ihren Besitz bringen können. Etwas, das schärfer bewacht wird als ein Müllcontainer.«

»Das lässt sich machen.«

»Wann?«

»In ein paar Tagen oder einer Woche, hängt davon ab.« Sie stand auf, und auch Aziz erhob sich. »Wenn es passiert, werden Sie es schon mitbekommen. Wir nehmen dann auf dem üblichen Weg Kontakt zu Ihnen auf.«

Sie streckte ihm nicht die Hand entgegen. Auch er machte keine Anstalten, sich mit einem Händedruck zu verabschieden.

Als sie das Blue Parrot verließ, war Lewis klar, dass ihr Aziz' Leute folgen würden, aber sie machte sich nicht die Mühe, nach ihnen Ausschau zu halten. Sie winkte ein Taxi herbei und bat den Fahrer, sie zur Dolphin Mall zu bringen.

Es war eine etwas längere Fahrt. Unterwegs musste sie lächeln. Natürlich würde Aziz sie beschatten lassen. Wissen war Macht, und wenn er sie observieren ließ, konnte ihm das vielleicht einen Vorteil verschaffen.

Die Mall, ein gigantischer Komplex mit Hunderten von Läden, lag ein paar Kilometer westlich des Miami International Airport. Wenn es ihr dort nicht gelang, ihre Bewacher abzuschütteln, war sie in diesem Spiel eine Fehlbesetzung.

Es war angenehm, dass es in dem Taxi eine Klimaanlage gab. Dieses Kleid – und die Sachen, die sie darunter trug – waren verdammt warm.

Als sie angekommen waren, bezahlte sie den Taxifahrer und betrat die Mall. Es war viel los, selbst an einem Werktag. Shopper, Rentner, sich herumtreibende Jugendliche. Sie ging zielstrebig zu Lace and Secrets, denn sie hatte sich schon vor dem Treffen mit Aziz vor Ort umgesehen. Da er nicht mit einer Frau gerechnet hatte, war er auch bestimmt nicht auf die Idee gekommen, sie nach dem Gespräch von einer Geschlechtsgenossin observieren zu lassen. Zwar kam es gelegentlich vor, dass man einen Mann in einem Geschäft für Dessous sah, aber er fiel in jedem Fall auf. Wenn ein Beschatter dumm genug war, den Laden zu betreten, hatte er sofort sämtliche Verkäuferinnen auf dem Hals.

Sie schaute sich ein paar Dessous an, und dann sah sie den Beschatter. An einer der Bänke vor dem Geschäft stand ein junger, kleiner und dunkelhäutiger Mann mit Schnurrbart, der eine graue Hose und ein weißes Hemd trug. Er tat so, als würde er eine Zeitung lesen. Ein paar

Meter weiter gab ein identisch gekleideter zweiter Mann vor, an einem Münzfernsprecher zu telefonieren.

Beide warfen verstohlene Blicke in das Geschäft.

Es waren Amateure. Genauso gut hätten sie sich ein grelles Schild um den Hals hängen können – »Hier sind wir«.

Am liebsten hätte Lewis gegrinst, aber sie durfte sich nichts anmerken lassen. So vorhersehbar. Wenn Aziz wirklich so clever war, wie er glaubte, hätte er eine blonde Surferin in Shorts und T-Shirt als Beschatterin engagiert, die nicht ihr ganzes Leben eine Burka getragen hatte. Aber Leute wie Aziz liebten es, Familienangehörige zu beschäftigen. Lewis hätte darauf gewettet, dass die beiden jungen Männer Verwandte von ihm waren, Brüder, Cousins oder Neffen.

Sie suchte nach einer Verkäuferin und fand eine junge Frau mit einem Ring in der Nase und gepiercter Augenbraue, die knapp zwanzig zu sein schien.

»Bitte, Ma'am?«

Lewis gab sich Mühe, verängstigt zu wirken. »Könnten Sie mir vielleicht helfen? Mein Exmann ist da draußen, er verfolgt mich. Ich habe Angst, dass er mich töten wird.«

Die Verkäuferin war konsterniert. »Sie möchten, dass ich die Security rufe?«

»Nein, ich möchte keinen Ärger. Er … Er ist ein gewalttätiger Mann und hat mich geschlagen, als wir noch zusammenlebten. Er ist bewaffnet. Ich habe einen Gerichtsbeschluss, dass er sich nicht in meiner Nähe aufhalten darf, aber er schert sich nicht darum. Am besten wäre es, wenn ich unbemerkt entwischen könnte. Gibt es hier einen Hinterausgang?«

Natürlich wusste sie bereits, dass es einen gab, aber wenn man ihn einfach so benutzte, ging die Alarmanlage los, die deaktiviert werden musste.

»Ja.«

»Wenn Sie mich da hinauslassen, könnte ich es zu meinem Wagen schaffen. Ich werde die Stadt verlassen und bei meiner Schwester in Houston bleiben. Können Sie mir bitte helfen?«

»Kein Problem«, antwortete die Verkäuferin.

Als sie in dem Gang hinter dem Laden stand und die Verkäuferin die Tür wieder geschlossen hatte, zog Lewis das Kleid aus, unter dem sie Shorts und ein T-Shirt trug. Sie nahm ein paar Sandalen aus ihrer Tasche und warf das Kleid und die Schuhe in den nächsten Müllcontainer. Dann ging sie zum Parkplatz, wo sie ihren Mietwagen abgestellt hatte. Mit etwas Glück saß sie schon im Flugzeug nach Washington, bevor die beiden begriffen, dass sie abgehängt worden waren.

Natürlich gab es noch andere potenzielle Interessenten, und sie würde Kontakt zu ihnen aufnehmen, wenn das Geschäft mit Aziz nicht zustande kam. Bei ihrem nächsten Treffen mit ihm würde sie Carruth und zwei seiner Leute mitnehmen. Einem Fanatiker konnte man nicht trauen, und sobald Aziz begriffen hatte, dass sie die versprochenen Informationen liefern konnte, verließ ihn bestimmt die Lust, dafür zu bezahlen. Das war zu erwarten.

Lewis hatte Gründe, die Army zu hassen, aber ihr Land hasste sie nicht. Niemals würde sie es zulassen, dass eine Atomwaffe in die Hände eines religiösen Eiferers mit verzerrter Realitätswahrnehmung geriet, der Hunderttausende töten würde, ohne mit der Wimper zu zucken. Aziz musste daran glauben und wissen, dass sie liefern konnte, worauf er scharf war, und folglich musste sie es ihm beweisen. Aber es würde nicht so weit kommen, dass er zu einer Gefahr wurde. Schließlich hätte er sich ein Anschlagsziel in einer Stadt aussuchen können, wo sie sich zufällig gerade aufhielt. Sie würde ihm den Schlüssel verkaufen, aber Mr Aziz würde eine unangenehme Überraschung erleben, wenn er die Tür zu öffnen versuchte.

Und die Army würde ihr einen Orden dafür verleihen.
Wenn das keine ironische Wendung war.

8

Fine Point Salle d'Arms
Washington, D.C.

Thorn geriet wider Erwarten ins Schwitzen.

Er lieferte sich ein Gefecht mit Jamal, und sie waren ganz allein in dem kleinen, etwas heruntergekommenen Fechtsaal, den er vor kurzem eröffnet hatte.

Dies war sein Traum – oder zumindest einer seiner Träume.

Thorn hatte einen beschwerlichen Weg hinter sich. Er war unter schwierigen Bedingungen in einem Reservat aufgewachsen, und der Fechtsport war für ihn ein Ausweg gewesen. Jetzt wollte er dazu beitragen, anderen ebenfalls diese Chance zu eröffnen.

Deshalb hatte er vor ein paar Jahren in aller Stille dieses kleine Sportstudio in Washington gekauft, es renoviert und als Fechtsaal wiedereröffnet. Dann hatte er dafür gesorgt, dass man in der Nachbarschaft wusste, dass er Jugendliche suchte, die am Fechten Interesse hatten.

Jamal war einer von denen, die sich daraufhin gemeldet hatten.

Thorn spielte mit dem Gedanken, mehr Zeit hier zu verbringen, um wirklich etwas aus dem Laden zu machen. In New York war vor ein paar Jahren etwas Ähnliches passiert. Er konnte einen Trainer einstellen und etwas organisieren, durch das sich das Leben einiger Menschen ändern würde.

Doch es war noch nicht so weit. Ein Trainer allein

reichte nicht. Hier war jemand mit einer Vision gefragt, jemand, der sich ganz einem Traum verschrieben hatte. Und da es seine Vision und sein Traum war, konnte eigentlich niemand anders als er selbst zuständig sein. Aber es ging nicht, solange der Job bei der Net Force ihn so beanspruchte. Noch nicht, aber eines Tages vielleicht ...

Jamal ging sofort in die Offensive. Thorn reagierte schnell mit einer Parade und anschließender Riposte, die Jamals Handgelenk treffen sollte. Aber das Handgelenk war nicht mehr da – eine Finte.

Jamals Klingenspitze sank nach unten, umkreiste Thorns Glocke, drückte seine Klinge nach innen und zielte blitzartig auf Thorns Schulter.

Thorn lächelte und zog den Oberkörper so weit zurück, dass Jamals Klingenspitze seine Schulter nicht erreichte. Trotzdem, es war ein guter Versuch gewesen.

In der Rückwärtsbewegung riss er den Degen scharf hoch, zielte hinter Jamals Glocke und traf sicher seine Handkante.

»Hey!«, sagte Jamal. »Wie haben Sie das fertiggebracht? Eigentlich hätte ich Ihre Schulter treffen müssen!«

Thorn grinste. Er hatte durchaus im Hinterkopf, dass Marissa zuschaute, aber er gab sich deshalb nicht mehr Mühe als sonst.

Gut, vielleicht ein *bisschen* mehr ...

»Eine saubere Aktion, wunderbar vorbereitet«, sagte er. »Wichtig ist, dass man nicht zu viel denkt. Hätte ich deine Aktion genau beobachtet und vorauszusehen versucht, was als Nächstes kommt, hättest du den Treffer gelandet.«

Selbst durch die Fechtmaske konnte Thorn erkennen, dass sein junger Gegner die Stirn runzelte.

»Wie gesagt, Jamal, Antizipation kann tödlich sein. In diesem Fall hätte sie mich einen Treffer gekostet. Nein, es gibt noch eine andere Einstellung, über die du nachdenken solltest. Worauf konzentrierst du dich bei einem Gefecht? Mit den Augen, meine ich. Wohin schaust du?«

Jamal zuckte die Achseln. »Eigentlich konzentriere ich mich auf gar nichts, Sie haben es mir selbst beigebracht. Ich gucke mehr oder weniger geradeaus, aber indem ich mich auf nichts Spezielles konzentriere, nehme ich am Rande des Blickfelds mehr wahr.«

Thorn nickte. »Genau. Auf nichts schauen, aber alles sehen.«

»Sag ich doch.«

»Mit dem Kopf ist es das Gleiche. Wenn man sich gedanklich nicht auf etwas Spezielles konzentriert, wirft man Ballast ab und kann mit der Klinge verschmelzen, ganz in seinen Aktionen aufgehen.«

Jamal schüttelte den Kopf. »Das haben Sie schon mal gesagt, aber ich verstehe es trotzdem nicht.«

»Das kommt noch. Ich habe ein paar Bücher für dich, für deren Lektüre jetzt der richtige Zeitpunkt gekommen ist.« Er winkte Marissa zu, neben der ein Rucksack auf dem Boden lag. Er enthielt einige Bücher, die er extra für Jamal ausgesucht hatte: *Zen in der Kunst des Bogenschießens* von Herrigel, *Das Buch der fünf Ringe* von Musashi, *Das Tao ist Stille* von Smullyan. Und ein paar andere.

Er verschwieg, dass diese Bücher schon ein halbes Jahr hier lagen und darauf warteten, dass Jamal das Stadium erreichte, wo er am meisten von ihnen profitierte.

Außerdem hatte er zwei weitere Bücherstapel vorbereitet, die für die nächsten Stufen in Jamals Entwicklung vorgesehen waren.

»Nicht denken, lautet also die Devise?«, fragte Jamal.

»Genau. Nicht denken. Einfach nur sein.«

»Kapiert. In Ordnung, auf ein Neues.«

Und damit ging das Gefecht weiter.

Washington, D. C.

Carruth sah das Unheil nicht kommen, hatte keine Chance, es kommen zu sehen. Und als es so weit war, blieb ihm eigentlich keine Wahl mehr.

Er war zum Cairo Mirage gefahren, einem neuen Rave-Club in Southeast. Die Musik war nicht sein Ding, so wenig wie ihre Fans, die Pillen einwarfen und tanzten, bis sie umkippten. Aber er hatte die Bekanntschaft einer umwerfenden Rothaarigen gemacht, die sich beruflich um jugendliche Problemfälle in Anacostia kümmerte. Sie liebte diese Clubs und hatte Carruth wissen lassen, sie sei an diesem Abend im Cairo Mirage. Wenn er sie näher kennenlernen wolle – und das hatte er definitiv vor –, müsse er sich dorthin bemühen.

Für eine so attraktive Frau konnte man die Anfahrt und ein bisschen Krach in Kauf nehmen.

Southeast war nicht eben das vornehmste Stadtviertel, doch er hatte keine Angst vor dem Pöbel, der sich auf den Straßen herumtrieb. Er war groß, stark, durchtrainiert und bewaffnet und hätte in den Augen anderer als Cop in Zivil durchgehen können. In der Regel waren die Wölfe klug genug, sich nicht mit einem Löwen einzulassen, wenn es auch jede Menge Schafe gab.

Sein Auto war ein Mietwagen, und wenn sich irgendwelche Vandalen daran abreagierten, während er in dem Club mit dem Rotschopf schäkerte, war das eigentlich nicht sein Problem. Er fand eine Lücke am Bordstein, wenn auch im Halteverbot, aber was machte es schon, wenn er ein Strafmandat bekam. Er parkte den Wagen ein, aktivierte die Alarmanlage, stieg aus und rückte den schweren Revolver unter seinem Jackett zurecht. Der Club war einen Häuserblock weiter östlich, und es war noch früh, nicht einmal neun. Es schien unwahrscheinlich, an einem Werktag um diese Uhrzeit Probleme zu bekommen.

Als er gerade die Hälfte der Strecke zurückgelegt hatte, fuhr ein Streifenwagen der Washingtoner Polizei am Bordstein vor, und einer der beiden Cops schaltete die Sirene aus.

Carruth blieb stehen und starrte das weiße Polizeiauto an, auf dessen Seitentür eine stilisierte amerikanische Flagge prangte. Die Cops stiegen aus. Sie machten nicht gerade Anstalten, ihre Waffen zu ziehen, hatten aber definitiv vor, mit ihm zu reden.

Carruth sagte lächelnd guten Abend. Was hatte das zu bedeuten?

Der erste Cop, um die dreißig, stämmig und fast genauso groß wie Carruth, steckte seinen Schlagstock in die Gürtelschlaufe, ohne Carruth aus den Augen zu lassen. »Wir müssen ein paar Fragen stellen, Kollege.«

»Klar, kein Problem.« Carruth lächelte noch immer, machte sich aber allmählich Sorgen.

Er trug ein hübsches Jackett mit passender Hose. Sie mussten ihn nicht gleich umarmen, konnten ihn aber wie einen anständigen Bürger behandeln. Aber er hatte nicht einmal ein »Guten Abend, Sir« vernommen. Das war kein gutes Omen, denn in der Regel galt die Washingtoner Polizei als höflich.

»Wissen Sie zufällig etwas über einen Raubüberfall, der vor ein paar Minuten zwei Straßenecken weiter stattgefunden hat?«, fragte der zweite Cop, der kleiner und schmächtiger als sein Kollege war und ein schmales Oberlippenbärtchen trug. »Da hat jemand ein 7-Eleven überfallen.«

»Mir ist nichts aufgefallen«, sagte Carruth. »Ich habe einen halben Häuserblock weiter geparkt und bin auf dem Weg zu einem Rendezvous in einem Club.«

Die beiden Polizisten kamen ein Stück auf ihn zu, hielten aber untereinander Abstand. »Tatsache ist, dass der Räuber ein großer Weißer in einem Jackett war.«

Guter Gott, die beiden mussten Witze machen. Glaubten sie wirklich, er würde ein 7-Eleven überfallen und dann lässig die Straße hinabschlendern, als wäre nichts geschehen?

Carruth lachte. »Ich war's nicht. Ich bin kein Räuber, sondern nur auf dem Weg zu einem Rendezvous.«

»Ja, das sagten Sie bereits«, erwiderte der erste Cop. »Was dagegen, uns irgendwas zu zeigen, wodurch Sie sich ausweisen können?«

»Kein Problem. Meine Brieftasche steckt in der Gesäßtasche.«

»Wie wär's, wenn ich sie raushole?«, fragte der Cop mit dem Oberlippenbärtchen lächelnd.

»Wie bitte?«

Der erste Cop legte die Hand auf den Griff seiner Glock.

Diese Kunststoffknarren waren gefährlich, denn sie hatten keine Sicherung, wenn man von dem aufgesplitteten Abzug absah. Häufig löste sich bei einem nervösen Cop unabsichtlich ein Schuss. Etliche Großstädte waren verklagt worden und hatten viel Geld bezahlen müssen, weil schlecht ausgebildete Polizisten versehentlich auf unbescholtene Bürger geschossen hatten – selbst bei den Glocks mit einem schwergängigeren Abzug. Carruth hatte keine Lust, es darauf ankommen zu lassen.

»Sie machen einen Fehler«, sagte er.

»Umdrehen, Hände an die Wand und Beine spreizen«, befahl der stämmige Cop. »Wenn wir schiefliegen, können wir uns immer noch entschuldigen.«

Scheiße! Wenn sie seinen Revolver fanden, saß er ganz tief in der Patsche. Illegaler Waffenbesitz war in Washington keine Kleinigkeit – er musste auf jeden Fall damit rechnen, dass sie seine Waffe konfiszierten und ihn in den Knast steckten, bis sein Anwalt ihn wieder herausholte.

Das durfte nicht passieren, Lewis würde einen Wutanfall bekommen. Außerdem hatte er absolut keine Lust, sich seine Waffe abnehmen zu lassen.

»Okay, okay, kein Problem, immer mit der Ruhe.« Carruth drehte sich nach rechts, und als seine Hand durch seinen Körper verdeckt war, griff er nach dem Revolver …

Die beiden Cops begannen zu brüllen und griffen selbst nach ihren Waffen, aber Carruth war schneller. Er riss den Revolver aus dem Holster, zog den Hahn zurück, richtete ihn auf den stämmigen Cop, der gerade mal zwei Meter entfernt war, und drückte ab …

Obwohl er wusste, wie laut die Waffe war, hätten der Lärm und die Vibration Carruth fast paralysiert. Es war, als wäre direkt vor ihm eine große Bombe explodiert, deren Druckwelle die Haut wie heißer Wind traf. Wenn man mit einer Hand feuerte, war der Rückstoß so heftig, dass einem der Revolver fast aus der Hand flog.

Die kugelsichere Weste würde dem Cop nicht helfen. Carruth hatte genau die Mitte seines Oberkörpers getroffen, und selbst wenn die Kugel sich nicht durch die Kevlar-Weste bohrte, war der Aufprall auf der Brust so hart, dass er dem einer Kanonenkugel glich. Er würde Brustbein und Rippen zerquetschen und das Herz zusammendrücken, als wäre es von einem Presslufthammer getroffen worden.

Der Cop mit dem Oberlippenbärtchen riss fluchend seine Glock hoch, aber der Schuss löste sich schon, als die Mündung noch auf den Bürgersteig zeigte. Die Kugel prallte ab und schlug hinter Carruth in die Hauswand, als der schon seinen Revolver herunterriss, ihn diesmal mit beiden Händen umklammerte und sehr langsam und sorgfältig zielte …

Aus der Waffe des Cops löste sich ein zweiter Schuss, doch diesmal ging die Kugel links an Carruth vorbei, der seinerseits abdrückte.

Der Cop brach zusammen, wie sein Kollege an der Stelle getroffen, wo die Weste keinen wirksamen Schutz bot.

Verdammter Mist!

Das hatte gerade noch gefehlt. Es sah ganz so aus, als hätte er gerade zwei Cops der Washingtoner Polizei kaltgemacht.

Höchste Zeit, sich aus dem Staub zu machen.

Carruth blickte sich um. In der unmittelbaren Nähe war niemand, der ihn später identifizieren konnte. Aber in fünf Minuten würde es hier von Polizisten nur so wimmeln, und dann musste er weit weg sein.

Er schob seine Waffe ins Holster, bückte sich, zog ein Paar Gummihandschuhe aus der Gesäßtasche eines Cops und streifte sie über, während er zu dem Polizeiauto rannte. Als er hinter dem Steuer saß, schaltete er Sirene und Blaulicht ein und raste mit quietschenden Reifen davon.

Er musste so schnell wie möglich Land gewinnen. Das war eine üble Geschichte.

Eine ganz üble.

9

Washington, D.C.

Rachel Lewis war auf dem Heimweg. Sie fuhr ihren japanischen Hybridmotor-Kleinwagen, den sie vor einem Jahr gebraucht gekauft hatte. In diesem Stadium ihres Projekts wollte sie durch nichts Aufmerksamkeit auf sich ziehen, und das kleine Auto, das sie für sich auf den Namen »Priapus« getauft hatte, war so unauffällig wie nur möglich. Trotzdem brauchte auch dieses umweltfreundliche Modell eine gewisse Menge an Benzin, um den Elektromotor zu unterstützen. Jetzt war der Tank fast leer, und sie hielt ein paar Kilometer von ihrem Haus entfernt an einer Selbstbedienungstankstelle, stieg aus, schob ihre Kreditkarte in das Lesegerät und begann den Tank zu füllen. Noch ein oder zwei Jahre, dann konnte sie ihren Butler zum Tanken schicken, wenn ihr danach war.

Ein Notarztwagen fuhr auf den Parkplatz des angrenzenden kleinen Supermarkts, und der Fahrer stieg aus und ging hinein.

Schlagartig kam bei Lewis eine Erinnerung zurück. Es war wie in einer exzellenten VR-Simulation, fast wie die Realität selbst. Alles war wieder da, Anblicke, Gerüche, die warme Luft …

In der Nacht, als ihr Vater gestorben war, hatte sie im Krankenhaus am Bett der Mutter ihres Vaters gesessen. Nach dem Tod ihres Mannes war Rachels Großmutter langsam und unauffällig senil geworden. An einem guten Tag schien alles in Ordnung zu sein, am nächsten redete sie von Männern, die durch die Wände in ihr Haus eindrangen und sie durch ihr Schlafzimmer trieben. Eine traurige Geschichte – Großmutter war eine starke, kluge Frau gewesen, die zwei Söhne und eine Tochter großgezogen hatte, während sie zugleich noch als Buchhalterin arbeitete. In ihrem Haushalt hatte sie kommandiert wie ein Ausbilder auf dem Exerzierplatz, was ihr Mann tatsächlich gewesen war.

Ihr Arzt wollte sie einer Reihe von Tests unterziehen, um eine Bestätigung dafür zu bekommen, was sowieso jeder wusste – sie hatte Alzheimer und es lange vor ihrer Familie verborgen. Alle waren traurig.

In dem Krankenzimmer war es unerträglich heiß gewesen. Es war eine Augustnacht in Richmond, wo die Tage im Hochsommer fast tropisch heiß und auch die Nächte bei hoher Luftfeuchtigkeit noch unangenehm warm sind. Trotzdem fror die Großmutter, und sie stellten die Heizung an, sodass das Thermometer in dem Krankenzimmer dreißig Grad anzeigte. Rachel und zwei Cousins saßen abwechselnd nachts am Bett ihrer Großmutter, und an diesem Tag war sie an der Reihe gewesen.

Die Großmutter war teilweise geistig klar, dann lebte sie wieder in einer anderen Welt. In einem Augenblick erzählte sie, was sie in der Zeitung gelesen hatte, und gab einen intelligenten Kommentar dazu ab, im nächsten fragte sie, wie die Katze ins Zimmer und auf ihr Bett gekommen sei.

Lewis war damals gerade sechzehn geworden und selbst eine Art seelisches Wrack. Das Verfahren ihres Vaters vor dem Militärgericht hatte den erwarteten Ausgang genommen – er war schuldig gesprochen worden, weil er einen jungen Soldaten, Private Benjamin Thomas Little, durch einen Kopfschuss getötet hatte. Nach den Gründen wurde nicht gefragt. Er wartete auf die Verkündung des Strafmaßes, und alle wussten, dass er lebenslänglich bekommen würde. Oder eine so lange Haftstrafe, dass kaum noch ein Unterschied bestand. Es hing davon ab, wie viel Mitgefühl die Richter für Sergeant Lewis empfanden – zwei von ihnen hatten ebenfalls eine Tochter.

Benny, dieser Dreckskerl. Er war ihr Freund gewesen, jener junge Soldat von dem Militärstützpunkt. Groß, gut aussehend, humorvoll. Sie hatte geglaubt, ihn zu lieben. Noch zwei oder drei Dates, und sie wäre bereit gewesen, mit ihm zu schlafen.

Aber er konnte nicht warten. Er hatte ihr Nein ignoriert, als sie sich auf dem Rücksitz seines Wagens küssten, presste sie auf die Polster und drang gewaltsam in sie ein.

Als sie mit zerrissener Bluse und tränenüberströmtem Gesicht nach Hause kam, hatte ihrem Vater ein Blick genügt. Er war mit seiner Waffe zur Kaserne gefahren und hatte Benny durch einen Kopfschuss getötet.

Und dann diese Nacht am Bett ihrer Großmutter, in

einem Krankenzimmer, wo in einer warmen Augustnacht die Heizung aufgedreht war. Sie lauschte den Worten der bemitleidenswerten alten Frau, die über eine Katze schwadronierte, die nicht da war. Sie fühlte sich wie der letzte Dreck, denn es war ihre Schuld, dass ihr Vater den Rest seines Lebens im Gefängnis verbringen musste. Es sah so aus, als könnte es nicht schlimmer kommen.

Bis zu dem Augenblick, als ihre Mutter ins Zimmer trat ...

Sie sagte, ihr Vater habe seine Waffe gegen sich selbst gerichtet. Eine andere Pistole als bei Benny, aber das Resultat war dasselbe.

Als der Rettungssanitäter die Tür des Notarztwagens zuschlug, wurde Lewis in die Realität zurückkatapultiert. Der Fahrer schaltete das Blaulicht ein und fuhr mit quietschenden Reifen los. Als er auf die Straße bog, ertönte die Sirene.

Lewis schraubte den Tank ihres Wagens zu, noch immer geistesabwesend. Lange hatte sie sich die Schuld am Tod ihres Vaters gegeben, doch im Laufe der Jahre begann sie daran zu glauben, dass größtenteils die Army dafür verantwortlich gewesen war. Benny war Soldat gewesen – warum hatte man ihm nicht beigebracht, dass es verwerflich war, eine Frau zu vergewaltigen? Warum hatte die Army die Tat ihres Vaters nicht als etwas betrachtet, das jeder andere Vater auch getan hätte? Warum hatte sie nicht berücksichtigt, dass er einen Kriminellen nur seiner gerechten Strafe zugeführt hatte? Wäre sie damals zur Militärpolizei gegangen, hätte man Benny ins Gefängnis gesteckt, und in einer gerechten Welt hätte er es erst als alter Mann wieder verlassen.

Ja, sie war selbst zur Army gegangen – ihr Vater hatte sich in seinem Abschiedsbrief gewünscht, dass sie tat, was sie immer gemeinsam geplant hatten. Aber irgendwann war ihr klar geworden, dass die Army für das Schicksal ihres Vaters bezahlen musste, und da sie es nicht freiwillig tun würde, musste sie dafür sorgen.

Sie stieg wieder in ihren Wagen, warf die Quittung für die Tankfüllung auf den Beifahrersitz und ließ den schwachen kleinen Motor an. Es hatte Jahre gedauert, bis sie eine Position erreicht hatte, wo ihre Macht ausreichte, um der Army einen schmerzhaften Schlag zu versetzen. Ihre Leiden waren durch nichts wiedergutzumachen – so hart konnte sie die Army nicht treffen, dafür war der Apparat zu groß, aber wehtun sollte es schon. Es würde eine Blamage sein, sie Zeit, Mühe und Geld kosten, und sie würden nie erfahren, wer dafür verantwortlich war. Eventuell würde sie einen Brief schreiben, der erst nach ihrem Tod geöffnet werden durfte und in dem sie alles erklären würde. Vielleicht, vielleicht auch nicht.

Sie bog auf die Straße ein. Es hatte lange gedauert, die Geschichte einzufädeln, doch jetzt lief alles wie geplant. Sie würde sich rächen, und Rache war süß.

The Fretboard
Washington, D. C.

»Was machen Ihre Fingerspitzen?«, fragte Jennifer Hart.

Es war fast einundzwanzig Uhr. Kents Job machte es beinahe unmöglich, tagsüber Gitarrenunterricht zu nehmen, doch Jen war bereit, ihm auch abends Stunden zu geben. Der Gitarrenladen war geschlossen, aber sie hatte einen Schlüssel, und niemand schien etwas dagegen zu haben, dass sie kam und ging, wann es ihr passte.

Beim ersten Termin hatte Kent sich dafür entschuldigt, dass er sie in ihrer Freizeit in Anspruch nahm.

Sie hatte gelacht. Meistens, hatte sie gesagt, bestehe ihr abendliches Programm ohnehin nur darin, mit der Katze auf dem Schoß in einem bequemen Lehnsessel zu sitzen und ein Buch zu lesen.

»Meinen Fingerspitzen geht's gut«, antwortete Kent. Tatsächlich fühlten sie sich an der linken Hand empfindlich und wund an, und sein Daumen schmerzte, weil er ihn zu hart an die Hinterseite des Gitarrenhalses gepresst hatte. Aber vermutlich würde er Hornhaut bekommen und die Hand durch Übung stärken. Es war sinnlos, über so eine Kleinigkeit Worte zu verlieren.

Sie lächelte. Kent gefiel es, die Lachfältchen um ihre Augen und Mundwinkel zu betrachten. »Spielen Sie den stoischen Dulder?«

»Jetzt lässt es sich ohnehin nicht mehr ändern«, antwortete er lächelnd.

Sie nahm ein schwarzes Seidentuch und wischte damit das Griffbrett und den Korpus ihrer Gitarre ab. Kent hatte ein ähnliches Tuch in seinem Instrumentenkoffer, nahm seine Gitarre und folgte ihrem Beispiel. Selbst bei sauberen Händen ließ sich nicht ganz verhindern, dass die Saiten etwas verunreinigt und feucht wurden, wodurch sich Rost bilden konnte. Diesen Prozess konnte man verlangsamen, wenn man das Instrument nach dem Spielen schnell abwischte.

Mittlerweile hatte er einiges über die Saiten, die Mechanik und die Pflege des Holzes gelernt, allerlei merkwürdige Kleinigkeiten, die für die richtige Behandlung einer klassischen Gitarre wichtig waren, und er hatte kein Problem damit, den Instruktionen zu folgen. Als Junge hatte ihm sein Großvater beigebracht, wie man ein Messer schleift und ölt; der alte Mann hatte wenig Geduld mit Leuten, die sich nicht um die Pflege ihrer Werkzeuge kümmerten.

»Sie machen sich ganz gut«, sagte Jen.

»Es ist sehr viel schwieriger, als es aussieht, wenn man Ihnen zuschaut.«

Sie war mit dem Reinigen ihrer Gitarre fertig, steckte sie in den Instrumentenkoffer und schloss ihn. »Natürlich.

Jeder mit einigem Können lässt es für einen Anfänger einfacher erscheinen.«

»Werde ich je gut genug sein, um den Besitz dieser Gitarre zu rechtfertigen?« Er hob das Instrument mit einer Hand hoch und legte es dann in den Koffer.

»Offen und ehrlich? Wahrscheinlich werden Sie nie auf einer Konzertbühne sitzen und die Zuschauer dazu animieren, ihre CDs von Andrés Segovia aus dem Fenster zu werfen. Aber wenn Sie üben und am Ball bleiben, werden Sie in drei oder vier Jahren einige sehr hübsche Stücke spielen können, die andere sich gern anhören. Und Sie müssen sich keine Sorgen machen, dass Ihr Instrument Ihrem Fortkommen im Wege steht.«

Kent nickte. »Das würde mir reichen. Aber es ist schwer, daran zu glauben, wenn man sich stümperhaft mit ›Twinkle, Twinkle, Little Star‹ abmüht.«

Sie lachte. »Jeder muss irgendwo beginnen. Vor ein paar Wochen kannten Sie nicht mal die Namen der Saiten. Jetzt können Sie die Gitarre stimmen und ein paar simple Melodien spielen. Und Sie kennen ein paar grundlegende Akkorde. Will man akustische Rhythmusgitarre spielen, kommt man meistens mit zehn bis fünfzehn Akkorden aus, die man ›Cowboyakkorde‹ nennt.«

»Seltsamer Name.«

»Wahrscheinlich haben Sie doch als Teenager selbst nachts diese alten Cowboyfilme gesehen – Gene oder Roy oder sonst wer sitzen mit ihren Kumpels am Lagerfeuer, einer spielt Gitarre, ein anderer Mundharmonika … Wahrscheinlich kommt der Ausdruck daher.«

Kent nickte. Das klang plausibel.

»Für viele Bluesnummern kommt man mit drei oder vier Akkorden aus, beim Rock and Roll meistens mit einem halben Dutzend. Man muss kein Weltklassemusiker sein, um Spaß am Spielen zu haben.« Sie stand auf. »Nächsten Dienstag zur selben Zeit?«

»Kein Problem. Soll ich Sie zu Ihrem Wagen beglei-
ten?«

»Trauen Sie mir nicht zu, dass ich es alleine schaffe?«

»Ich habe ganz in der Nähe geparkt. Falls ich stürze,
können Sie mir aufhelfen.«

Das amüsierte sie. Kent mochte es, sie zum Lächeln zu
bringen.

»Sie waren mal verheiratet, stimmt's?«

Kent nickte. »Ja, Ma'am. Meine Frau ist vor einigen
Jahren gestorben.«

»Auch ich war früher verheiratet, aber mein Ehemann
interessierte sich mehr für seine Arbeit als für mich. Vor
zwanzig Jahren hat er sich aus dem Staub gemacht, um
die Welt der klassischen Musik zu erobern.«

»Hat er es geschafft?«

»Allerdings. Er ist Cellist und braucht sich hinter Yo-
Yo Ma nicht zu verstecken. Anfangs hat er in einigen
großen europäischen Orchestern das erste Cello gespielt,
dann sein eigenes Kammerensemble gegründet, mit dem
er hin und wieder eine CD aufnimmt, die gewöhnlich in
den Klassik-Charts ziemlich weit oben steht. Seit unserer
Trennung hat er noch dreimal geheiratet. Ich glaube, seine
jetzige Frau ist sechsundzwanzig und die Tochter irgendeines deutschen Barons. Eine wunderschöne Frau und
wahrscheinlich völlig unmusikalisch – Armand mag es
nicht, wenn ihm die eigene Ehefrau Konkurrenz macht.«

Kent hörte einen Unterton von Verbitterung aus ihren
Worten heraus, doch dann lächelte sie wieder.

»Alles Schnee von gestern.« Sie ging zum Ausgang
des Geschäfts. »Es ist sinnlos, alte Geschichten aufzurüh-
ren.«

Er enthielt sich eines Kommentars und folgte ihr zur
Tür. Vielleicht würde er versuchen, im Internet etwas
über diesen »Armand« herauszufinden. Möglicherweise
war es interessant, in Erfahrung zu bringen, was für ein

Mann eine Frau wie Jennifer Hart verließ. Je länger er in ihrer Nähe war, desto entspannter fühlte er sich. Auch das war interessant …

10

*Bramblett's Café
White Hope, Virginia*

Carruth war klar, dass es besser gewesen wäre, sich der Waffe zu entledigen. Die Polizei würde die Projektile finden, und wenn die Ballistiker je seinen Revolver in die Finger bekamen, war er geliefert. Wahrscheinlich gab es nicht besonders viele Handfeuerwaffen vom Kaliber 50 und noch weniger speziell nach Kundenwünschen gefertigte von Reeder. Aber die Knarre hatte drei Riesen gekostet, und er mochte sie. Und mittlerweile konnte auch an ihrer Effektivität kein Zweifel mehr bestehen. Mit ihr hatte er zwei Cops kaltgemacht, denen auch kugelsicheren Westen nichts genutzt hatten.

Wichtig war, dass der Revolver auf keinen Fall der Polizei in die Hände fiel, bis er es sich leisten konnte, einen neuen zu kaufen.

Die gelangweilte Kellnerin, eine abgemagerte Zwanzigjährige mit kurzem Haar, neun Ringen in jedem Ohr und gepiercter Augenbraue, Nase und Lippe, schenkte ihm von dem miesen Kaffee nach, ohne ihn anzulächeln.

Wahrscheinlich eine Lesbe, dachte Carruth. Oder drogensüchtig. Oder beides.

Es war ein unvorhersehbarer Zufall gewesen, dass die Cops ihn für einen Räuber gehalten hatten. Wie viel Pech musste man haben, dass einem so was passierte? Und wie groß war die Chance, dass es erneut passierte?

Ja, er hatte den Mietwagen stehen lassen müssen, aber als er in dem Streifenwagen flüchtete, hatte er sofort einen seiner Männer angerufen und ihm befohlen, den Mietwagen abzuholen, bevor die Cops Zeit fanden, die ganze Nachbarschaft abzuriegeln. Das war also kein Problem. Außerdem war der Wagen sowieso unter dem Namen einer Tarnfirma gemietet worden. Er war noch nie in dem Stadtviertel gewesen und würde sich auch nie mehr dort blicken lassen.

Eine üble Panne, aber ihm konnte nichts passieren.

Klar, irgendwann musste er den Revolver loswerden, doch für eine Weile sollte er ihm eigentlich nicht zum Verhängnis werden.

Natürlich war dabei Wunschdenken im Spiel, er wusste das. Er mochte die Waffe einfach zu sehr.

Es war nicht das erste Mal, dass er getötet hatte. Als Soldat hatte er ein paar »Aufständische« umgelegt, in denen der Rest der Welt Terroristen sah. Doch er hatte noch nie einen Zivilisten getötet, und mit Sicherheit keinen Cop. Das war eine üble Geschichte. Polizisten setzten immer alles in Bewegung, um den Täter zu finden, wenn es einen ihrer Kollegen getroffen hatte. Doch selbst dann mussten sie mit ihrer Fahndung erst einmal irgendwo ansetzen können, einen Anhaltspunkt finden, auf den sie sich in ihrem gerechten Zorn konzentrieren konnten. Und in seinem Fall hatten sie den nicht.

Vor allem war wichtig, dass Lewis nichts von dieser Geschichte erfuhr. Absolut nichts. Sie war so schon nervös genug. Wenn sie auch nur ahnte, dass er derjenige war, der zwei Cops von der Washingtoner Polizei kaltgemacht, es auf die Titelseite der Zeitungen und in die Abendnachrichten der Lokalsender gebracht hatte, würde er jede Menge Ärger bekommen. An die Polizei ausliefern konnte sie ihn nicht, dafür wusste er zu viel, aber sie durfte nicht zulassen, dass durch ihn ihr Projekt gefährdet wurde. Und sie würde erst recht einen Wutanfall bekommen, wenn sie erfahren hätte, dass er die Tatwaffe immer noch bei sich trug …

Die Geschichte mit den beiden Cops war ihm durch einen blanken Zufall eingebrockt worden, ihn traf keine Schuld. So etwas würde nie wieder passieren. Es war sinnlos, sich deswegen weiter Gedanken zu machen.

Er sah Lewis hereinkommen. Bramblett's Café war ein weiterer mieser Laden, fünfzig Kilometer von dem entfernt, wo sie sich zuletzt getroffen hatten. Sie war vorsichtig. Ihm sollte es recht sein. Schließlich wollte man nicht mit einer Hasardeurin zusammenarbeiten, wenn das eigene Schicksal auf dem Spiel stand. Carruth hatte nichts gegen Risikobereitschaft, nur durfte man eben nicht das Gehirn ausschalten.

Lewis setzte sich. Bei der Kellnerin musste man damit rechnen, dass es zehn Minuten dauerte, bis sie Lewis eine Tasse von ihrem miesen Gebräu brachte. Zumindest hatte er so lange gewartet. Damit erübrigte sich die Frage, warum außer Lewis und ihm nur noch ein Gast da war, ein alter Mann, der an der Theke saß. Wahrscheinlich waren seine Geschmacksnerven längst abgestorben.

»Sie wirken nervös«, sagte Lewis.

»Quatsch, ich bin nur müde. War heute Morgen im Fitnessstudio, vielleicht habe ich es etwas übertrieben.« Das stimmte sogar. Wann immer er Probleme hatte, trainierte er, um sich zu entspannen. Manchmal funktionierte es. Heute nicht. »Was gibt's?«

»Unser Käufer besteht auf einer etwas überzeugenderen Demonstration. Wir müssen was mitgehen lassen, das ihm den Mund wässrig macht.«

»Ja? Und was?«

»Mir ist schon etwas eingefallen.«

Die gepiercte Kellnerin kam herbeigeeilt. Es gab noch Wunder. Teufel, das ging fix.

Sie schenkte Lewis ein breites Lächeln. »Was darf ich bringen, Honey?«

Aha. Definitiv eine Lesbe.

Als die Kellnerin verschwunden war, weihte Lewis ihn ein.

»Verdammt, das wird schwierig. Sie denken, das wird ihn überzeugen?«

»O ja. Der Mann ist so ein Macho, dass Sie dagegen ein Weichling sind. Wenn wir es schaffen – wenn *Sie* es schaffen –, wird er es gar nicht abwarten können, das Geschäft zu machen.«

»Ich werde es schaffen. Wann?«

»So bald wie möglich. Geben Sie die Informationen in Ihr VR-Programm ein, und lassen Sie es ein paarmal laufen. Wenn Sie fertig sind, legen wir los.«

Er nickte. Es war gut, sich mit etwas beschäftigen zu können. Das lenkte ihn von der Geschichte mit den toten Cops und den potenziellen Konsequenzen ab …

Net-Force-Hauptquartier
Quantico, Virginia

»Kannst du deinen Schreibtisch für ein paar Tage verlassen, Tommy?«

Thorn nickte in Richtung des Bildtelefons, das Marissas Gesicht zeigte. »Ich wüsste nicht, was dagegen sprechen würde. Ob ich in Georgia bin oder hier, das Verteidigungsministerium kann mich über mein Virgil erreichen.«

»Gut, dann sage ich meinen Großeltern, dass wir kommen.«

»Möchtest du, dass wir den Jet nehmen?«

Sie lachte. »Den Jet? O ja, kommt alle Tage vor, dass Jets auf dem Lehmweg zur Pinehurst-Farm landen. Die Hühner würden ein Jahr lang keine Eier mehr legen. Wir nehmen mein Auto. Ich möchte nicht, dass dein Pilot oder dein Chauffeur sich verirrt. Ab wann bist du frei? Ab morgen?«

»Es spricht nichts dagegen. Gibt die CIA dir Urlaub?«

»Ich denke schon. Ich könnte ja auch kündigen, da ich bald einen reichen Mann heiraten werde, aber ich habe noch sechs Wochen Urlaub. Die Sachen, an denen ich im Moment arbeite, können gut ein paar Tage warten. Pack warme Sachen ein, um diese Jahreszeit ist es dort kühl.«

»Ja, Ma'am.«

Nach dem Ende des Gesprächs meldete sich Thorn bei seiner Sekretärin. »Ich werde ein paar Tage nicht im Büro sein. Dringende Anrufe können an mein Virgil durchgestellt werden. Meine E-Mails und Voicemails überprüfe ich selbst, während ich weg bin.«

»Gut, Sir. Wohin fahren Sie?«

»Nach Georgia. Marissa will mir ihre Großeltern vorstellen.«

Alien World
Stützpunkt Nr. 13

Jay lag in hohem, rötlichem Gras in Deckung, auf einem Abhang, von dem aus man einen der Stützpunkte der Aliens überblickte. Der Himmel, über den elektrisch blaue Wolken trieben, war orangefarben, die Sonne dunkelblau, der Stützpunkt der Außerirdischen eine Studie in grellen Grüntönen. Die optischen Kontraste waren verblüffend. In der Luft hing ein seltsamer, ozonartiger Geruch, man hörte ein merkwürdiges Ächzen und Knirschen, und fremdartige Tierlaute vervollständigten die Illusion. Jay fühlte sich tatsächlich, als befände er sich in einer völlig anderen Welt.

In diesem Teil des Planeten würde es gleich zu dämmern beginnen. Die blaue Sonne warf lange, unheimliche Schatten. Er wusste noch nicht, welche Färbung das Licht der Sterne haben würde, doch das spielte keine Rolle.

Gleich war es so weit.

Jay hatte seine Attacke für die Zeit unmittelbar nach Sonnenuntergang geplant. Die einsetzende Dunkelheit würde etwas Schutz bieten, und vielleicht waren die Wachtposten weniger aufmerksam, solange es noch nicht ganz finster war.

Er spähte durch das Zielfernrohr und zoomte das Wachhaus neben dem Tor heran, das knapp zweihundert Meter entfernt war. Dort standen zwei purpurfarbene Aliens, Kreaturen aus einem Albtraum, die futuristisch wirkende Schusswaffen trugen. Sie hatten riesige, flache und etwas abgerundete Köpfe mit monströsen Kieferknochen und drei Augen – zwei vorn, eines hinten. Sich ihnen zu nähern würde verdammt gefährlich werden.

Außerdem waren die Kreaturen mindestens zweieinhalb Meter groß und hatten drei dicke kurze Beine und drei Arme.

Auf einen menschlichen Zweifüßler wirkten sie absurd.

Doch das trug zum Reiz des Spiels bei. Wie schwer würde es werden, diese Kreaturen zu besiegen? Die perfekte Illusion war das Kennzeichen jedes erstklassigen Computerspiels, bei dem dem Spieler eine schwierige Aufgabe gestellt wurde.

Ein Erdenwurm gegen entsetzliche Monster.

Jay überprüfte seine Waffe, eines der präzisesten Scharfschützengewehre überhaupt, ein Accuracy International AW-SP mit schwerem Lauf und Schalldämpfer.

Es war sein dritter Besuch an diesem Stützpunkt. Er hatte mit Waffen mit kürzerer Reichweite versucht, sich den Wachtposten zu nähern, doch es war nicht möglich, ohne von ihnen entdeckt zu werden.

Deshalb würde er es jetzt aus weiter Distanz mit dem Scharfschützengewehr versuchen.

In das Computerspiel *Krieg gegen die Aliens* war eine riesige Datenbank integriert – der Spieler konnte sich von Messern über Schwerter bis hin zu modernen Gewehren und Pistolen jede Waffe aussuchen, mit der man auch auf der Erde einen Militärstützpunkt angreifen konnte. Was plausibel war.

Man konnte auch im Team spielen, entweder mit anderen VR-Spielern oder mit künstlich programmierten, doch Jay agierte lieber allein.

Diesmal glaubte er über die richtige Ausrüstung und Strategie zu verfügen.

Entscheidend war präzises Timing. Alle zwanzig Minuten kam eine Patrouille vorbei, die den ganzen Stützpunkt umrundete. Sie durfte gerade erst verschwunden sein, wenn er zuschlug. Dann blieb ihm Zeit für die Wachtposten am Tor, und es würde eine Weile dauern, bis die patrouillierenden Aliens ihre erledigten Artgenossen am Eingang fanden. Er hatte versucht, alle auf einen Schlag aus dem Verkehr zu ziehen, war aber nicht schnell genug gewesen – einer hatte es immer geschafft, Unterstützung anzufordern, und das war gar nicht gut. Zwei auf einmal war das Maximum, die Kreaturen waren verdammt schnell für ihre Größe.

Wenn er auf dem Stützpunkt war, wollte er die Tresorkammer des Waffendepots in die Luft jagen. Den erforderlichen Sprengstoff hatte er dabei, doch um sein Ziel zu erreichen, musste er erst einmal hineingelangen – der Raum hatte gepanzerte Wände und eine schwere Stahltür. Er hatte einen elektronischen Codeknacker dabei, weil er über Informationen verfügte, nach denen das Schloss nur durch Eingabe der richtigen Kombination zu öffnen war. Das konnte bis zu fünf Minuten dauern.

Der Zeitfaktor war entscheidend. Zwanzig Minuten,

bevor die rotierende Patrouille zurückkam, abzüglich
fünf für das Knacken der Tür. Außerdem benötigte er Zeit,
um den Hügel hinab zu dem Stützpunkt und dort zum
Waffendepot zu gelangen. Alles musste schnell gehen, er
wollte den Stützpunkt schließlich auch wieder verlassen.

Die rotierenden Wachtposten konnte er auch erledigen,
wenn er auf dem Gelände war, doch es war nicht herauszufinden, an wie vielen Checkpoints diese Patrouille
vorbeikam und wann auffallen würde, dass sie *nicht* vorbeikam.

Jetzt gingen sie unter ihm her, auf drei stämmigen Beinen. Bumm-bumm-bumm.

Jay wartete, bis die Patrouille außer Sichtweite war,
und zählte bis zwanzig. Dabei stellte er die Vergrößerung
seines Zielfernrohrs ein.

Jetzt …

Er drückte ab. Das Geräusch des Schusses konnte nicht
völlig erstickt werden, würde aber nicht weit zu hören
sein. Der erste Wachtposten ging zu Boden, aus seinem
Kopf spritzte gelbes Blut.

Der zweite war für einen Augenblick durch den Schock
gelähmt, dann wandte er sich zu dem Alarmknopf um.

Doch Jay hatte alles sorgfältig geplant – bis zu dem
Alarmknopf waren es drei Meter, und damit blieb Zeit
für einen zweiten Schuss …

Die Kugel traf den zweiten Alien in die Brust und wirbelte ihn herum – glücklicherweise nicht in Richtung des
Alarmknopfes.

Doch dieser Posten war widerstandsfähiger. Er versuchte, zu der Tastatur mit den Knöpfen zu kriechen.

Jay drückte erneut ab. Diesmal blieb die Kreatur reglos
liegen.

Dann rannte er den Hügel hinab, auf dem Rücken den
Rucksack mit Sprengstoff.

An der Peripherie seines Blickfelds läutete ein Timer

den Countdown ein … 18:50 … Er rannte an dem Wachhaus am Tor vorbei …

Die VR-Illusion war makellos, das Bild jederzeit scharf und klar, ohne an den Rändern auszufransen.

Er sprang über die einfache Schranke, die den Zugang versperrte.

Zu seiner Rechten sah er die Rücken der patrouillierenden Wachtposten, doch sie waren mehrere hundert Meter entfernt. Er wollte keine Aufmerksamkeit auf sich ziehen, durfte aber auch keine Zeit verlieren … 17:45 …

Er rannte an mehreren Gebäuden vorbei in Richtung seines Ziels. Niemand zu sehen.

So weit hatte er es bisher nie geschafft, und er merkte sich jedes Detail. Nach dem Sonnenuntergang waren auf Pfählen montierte Scheinwerfer mit bläulichem Licht angegangen, und er hielt sich auf seinem Weg zu dem Waffendepot im Schatten.

Ich hab's fast geschafft …

Er zog das Gerät zum Knacken des Codes aus der Gürteltasche und schaltete es ein. In der anderen Hand hielt er eine schallgedämpfte HK-USP, Kaliber 45, komplett mit Laser-Zielpunktvorrichtung. Eigentlich durfte nur er den roten Punkt erkennen, da die Sehfähigkeit der Aliens der menschlichen nur ähnlich, aber nicht mit ihr identisch war.

16:10 …

Jays Herz klopfte schneller. Das war häufig so, wenn er in einem Computerspiel einen wichtigen Etappensieg errungen hatte. Manchmal spielte man Dutzende von Malen auf einem Level, um stets an der gleichen Stelle hängen zu bleiben, doch gelegentlich überwand er das Hindernis und schaffte es beim nächsten Versuch, die gesamte Strecke zurückzulegen.

Und es sah so aus, als könnte das auch jetzt wieder passieren.

Er überprüfte, ob von links oder rechts Gefahr drohte. Wenn man zu aufgeregt war, konnte das dazu führen, dass man nachlässig wurde. Die Luft war immer noch rein.

Er war an dem Waffendepot.

Mach schnell, vorwärts …!

Er legte den Codeknacker auf die Tastatur des elektronischen Schlosses und aktivierte ihn.

Grelle Lichtblitze flammten auf.

Verdammt!

Plötzlich änderte sich die VR-Perspektive. Er befand sich hinter seinem Körper, blickte aus drei Meter Höhe auf ihn hinab.

In einer sechs bis zehn Meter entfernten Tür tauchte ein Alien in Wachtpostenuniform auf. Er grinste. Wenn man diesen ekelhaften Ausdruck ein Grinsen nennen wollte.

Mist.

Er hatte es nicht kommen sehen. Das konnte passieren, wenn man so weit kam wie noch nie zuvor. Man hatte das Ziel direkt vor Augen und wurde sorglos. Das grüne VR-Menü leuchtete auf, und es ertönte ein basslastiger Techno-Rhythmus.

Game over. Spiel neu starten?

Jay überprüfte, was die Uhr in der wirklichen Welt zeigte. Viertel vor eins. Wenn er sich jetzt nicht losriss, würde er das Mittagessen verpassen. Dann blickte er noch einmal auf den Timer des Computerspiels. 15:21. Er hätte es schaffen können, wenn ihn dieser verdammte Wachtposten nicht erwischt hätte.

Ja. Und wenn meine Tante Räder hätte, wäre sie ein Teewagen.

Zum Teufel mit dem Mittagessen.

Als er gerade mit seiner VR-Hand das Spiel neu starten wollte, hielt er plötzlich inne, weil ihm etwas eingefallen war. *Du bist nicht hier, um das Spiel zu besiegen, kleiner Schlingel. Schon vergessen?*

Er schüttelte den Kopf.

Eines musste man dem Programmierer lassen, das Spiel war exzellent. Kein Wunder, dass es so großen Erfolg hatte – es war suchtbildend. Aber er musste herausfinden, wer das Szenario programmiert hatte und wie er ihm auf die Spur kommen konnte. Das Spielen musste er anderen überlassen. Seine Aufgabe war es, den Sumpf trockenzulegen und die Alligatoren zu besiegen.

Er lächelte. Zum Vergnügen konnte er noch genug Videogames spielen. Hier hatte er es mit einem ernsthaften beruflichen Problem zu tun, und es war besser, das nicht zu vergessen.

11

Huachuca City, Arizona

Der Terrorist Abu Hassan – oder »Freiheitskämpfer«, wie ihn Leute mit einer anderen politischen oder religiösen Überzeugung nannten – war gebürtiger Palästinenser, lebte aber unter dem Namen Ibrahim Sidya seit etlichen Jahren in den Vereinigten Staaten. Seinen Decknamen hatte er ausgerechnet einem alten Popeye-Comic über Ali Baba und die vierzig Räuber entnommen. Dort hatte er ihn gefunden, aber der Name stammte nicht ursprünglich daher und war in gewissen Ländern durchaus nicht ungewöhnlich.

Nur in Amerika …

Doch dieser Abu Hassan hatte nichts mit einer harmlosen Comicfigur zu tun, sondern war ein kaltblütiger Killer, verantwortlich für Hunderte von Toten, die durch Bomben, Kugeln und in ein paar Fällen sogar durch Gift ums Leben gekommen waren. Neun Jahre lang war er der Anführer der radikalsten Splittergruppe im Nahen und Mittleren Osten gewesen, und fast alle Welt fahndete nach ihm. Selbst die Syrer hassten ihn, denn ihm war egal, wo er gerade zuschlug. Fast jeder war sein Feind, und Kollateralschäden kümmerten ihn nicht. Allah würde seinen wahren Sohn erkennen, und was der Rest der Welt dachte, war ihm völlig egal.

An einem Maimorgen des Jahres 2012 trank Terry »Butch« Reilly, damals Major der U.S. Army, in einem Starbucks Kaffee, das sich direkt an der alten Grünen Zone Bagdads befand. Plötzlich kamen Abu Hassan und einige seiner Männer vorgefahren, um mit Maschinengewehren auf eine Polizeistation auf der anderen Straßenseite zu feuern. Kurz darauf lagen vier Polizisten und sechs Passanten am Boden, doch als Hassans Land Cruiser davonfuhr, musste etwas passiert sein. Später stellte sich heraus, dass irgendjemand, wahrscheinlich ein irakischer Polizist, eine Kugel abgefeuert hatte, die die Kühlerhaube durchschlug und einen Batterieanschluss zerstörte. Der Wagen blieb stehen, der Motor wollte nicht wieder anspringen. Die fünf Terroristen sprangen heraus und flüchteten zu Fuß.

Abu Hassan rannte mit seinem AK-47 in das Starbucks, um von einem Kunden die Herausgabe seiner Autoschlüssel zu erzwingen. Major Reilly, in Zivil und beim Beginn der Schießerei mit anderen Gästen in Deckung gegangen, war plötzlich die Ruhe selbst. Er zog seine Beretta unter seiner ärmellosen Anglerweste hervor und feuerte aus vier Metern Entfernung zweimal auf Abu Hassan. Eine Kugel traf ihn in die Brust, die andere in den Kopf.

Niemand war mehr erstaunt über diese Tat als Reilly selbst, denn er hatte sich während seiner gesamten militärischen Karriere nur mit Papierkram und Bildschirmarbeit herumgeschlagen. Er war für Informationspolitik und Öffentlichkeitsarbeit zuständig, und in den Irak hatte es ihn nur verschlagen, weil er sonst nie mehr befördert worden wäre. Dort hatte er bloß einen »Beobachterstatus«, und seit seiner Grundausbildung hatte er nur noch einmal jährlich bei einem obligatorischen Kursus auf dem Schießplatz eine Waffe in die Hand genommen, wobei er immer nur äußerst mäßig abschnitt.

Dass der gefährlichste Terrorist in der Region ausgerechnet von einem Computerfreak aus dem Verkehr gezogen worden war, der den ganzen Tag an seinem Schreibtisch hockte und kaum wusste, an welchem Ende seiner Beretta die Kugel herauskam, wurde von den Medien ausgiebig breitgetreten.

Als Reilly zu dem am Boden liegenden Terroristen ging, um sich zu vergewissern, dass er nicht wieder aufstehen und andere umbringen würde, fiel ihm auf, dass der Tote nicht nur mit dem AK-47, sondern auch mit einer Walther PPK .380 mit Elfenbeingriff bewaffnet war, die, wie er bald erfahren sollte, von einem meisterhaften Waffenschmied in Laredo in Texas nach speziellen Wünschen modifiziert worden war. Außerdem erfuhr er, dass Abu Hassan sie von einem anderen Terroristen geschenkt bekommen hatte, der einst ein hohes Tier in der PLO und ein enger Vertrauter von Jasir Arafat gewesen war.

Reilly glaubte nicht, dass Abu Hassan noch eine Verwendung für die Pistole hatte, und hätte es bedauert, wenn sie in irgendeiner irakischen Asservatenkammer gelandet wäre. Also steckte er sie ein. Keiner der verdutzten Gäste des Starbucks sagte etwas – entweder war es niemandem aufgefallen, oder es war ihm gleichgültig.

Wenn man einen der weltweit meistgesuchten Terroristen ausschaltete, war das einer Offizierskarriere natürlich nicht abträglich. Ein paar Monate später wurde aus Major Reilly plötzlich Colonel Reilly, und schließlich wurde er zum Kommandeur eines jener neuen, ultramodernen Militärstützpunkte in den Vereinigten Staaten ernannt, der eine Art Nebenstelle von Fort Huachuca war. Die beiden militärischen Einrichtungen lagen direkt nebeneinander nördlich von Huachuca City, nördlich der mexikanischen Grenze. Colonel Reillys Leute waren in erster Linie für Informationsmanagement zuständig, darüber hinaus für die Einschätzung militärischer Operationen vor Ort sowie die technische Unterstützung diverser kämpfender Einheiten und privater Sicherheitsdienste.

Ein Haufen von Stubenhockern, dachte Carruth. Manipulateure, die alles so drehen, wie die Army es haben will.

Aber: An der Wand hinter Colonel Reillys Schreibtisch hing in einem Schaukasten aus Eichenholz jenes Souvenir, das ihm seine einzige soldatische Heldentat eingetragen hatte – Abu Hassans Pistole.

Das war kein Geheimnis – als Carruth noch bei der Navy gewesen war, war viel darüber geredet worden. Es hatte in allen Zeitungen gestanden, und auch im Fernsehen war darüber berichtet worden. Wenn er zur richtigen Zeit am richtigen Ort war, konnte selbst ein Bürohengst zum Helden werden.

Unter Terroristen herrschte immer noch eine gewisse Scham darüber, dass ein eiskalter Killer wie Abu Hassan von jemandem aus dem Verkehr gezogen worden war, den man schwerlich als glorreichen Krieger bezeichnen konnte. Es war eine Sache, von einem hinterlistigen und heimtückischen David mit einer überlegenen Waffe erledigt zu werden, eine andere, sich als Goliath von Davids trotteligem, kurzsichtigem Bruder abknallen zu lassen, der bei Starbucks Kaffee trank.

Um auf Colonel Reillys Stützpunkt zu gelangen, reichten trotz der jüngsten Vorfälle Führerschein, Fahrzeugpapiere, Versicherungsnachweis und eine Kopie des Befehls des Vorgesetzten. Carruth kannte einen Drucker, der *Falschgeld* herstellte, mit dem es keine Probleme gab – ein paar Dokumente waren eine Kleinigkeit für ihn.

Er präsentierte seine Papiere, wurde durchgewunken und fuhr zu Reillys Dienststelle, wo er weitere gefälschte Dokumente vorlegte. Als alle beim Mittagessen waren, schlenderte er lässig zu Reillys Büro.

Neben der Tür befand sich ein Kästchen mit einer kleinen Tastatur. Er hätte Gewalt anwenden können, doch dadurch wurde Alarm ausgelöst, und deshalb hatte er sich vorsorglich den Code besorgt, der angeblich wöchentlich gewechselt wurde. Tatsächlich geschah es zweimal im Jahr. Er gab die Kombination ein und spazierte in das Büro.

Sicherheitsmaßnahmen. Was für ein Witz.

Er nahm den Schaukasten von der Wand, öffnete ihn, ließ die Waffe in der Tasche verschwinden und ersetzte sie durch eine Spielzeugpistole, die einer Walther PPK nachgebildet war und die er mit Griffen aus Elfenbeinimitat versehen hatte. Genau hingucken durfte man nicht, doch wenn man nur einen flüchtigen Blick darauf warf, fiel der Schwindel vielleicht nicht sofort auf. Das würde ein Spaß werden, wenn der Colonel das nächste Mal irgendwelchen Besuchern seine Trophäe präsentierte …

Abu Hassan war mit einer Spielzeugpistole bewaffnet, als Sie ihn erschossen haben? Vielleicht war sein AK-47 auch nur eine Wasserpistole?

Man musste es neidlos anerkennen, Lewis' Idee war brillant. Für einen unverbesserlichen Fanatiker war diese Trophäe Gold wert, praktisch eine heilige Reliquie …

Lächelnd verließ Carruth das Büro. Draußen stieg er in seinen Wagen und fuhr davon. Wenn das kein Kinderspiel gewesen war.

Aber der Möchtegern-Terrorist, den Lewis an der Angel hatte, musste nicht wissen, wie einfach es gewesen war.

Wenn der Austausch nach einiger Zeit noch nicht aufgefallen war, würde er, sobald Lewis alles in den Stiel gestoßen hatte, mit einem anonymen Anruf nachhelfen. Natürlich nicht bei Colonel Reilly, der geneigt sein dürfte, den Vorfall für sich zu behalten, sondern bei einem Journalisten. Lewis' Käufer würde sehr bald davon erfahren und es gar nicht abwarten können, das Geld herauszurücken, wenn er die Walther sah ...

Bis jetzt lief alles ziemlich gut.

Churchill, Virginia

Kent lehnte sich zurück. »Die beste Pasta, die ich je gegessen habe«, sagte er lächelnd.

Nadine Howard erwiderte das Lächeln. »Ob ich das glauben soll?«

»Na gut, dann eben die beste Pasta, die ich diese Woche gegessen habe.«

»Schon besser.«

»Ich habe noch ein paar kubanische Zigarren«, sagte John Howard. Er blickte seine Frau an. »Lass die Teller ruhig stehen, Liebes, ich räume sie weg, bevor ich ins Bett gehe.«

»Geht schon und raucht euer giftiges Kraut. Ich mache hier Ordnung.«

Kent hatte die Zigaretten schon vor fünfunddreißig Jahren aufgegeben, aber zwei bis drei kubanische Zigarren pro Jahr würden ihn wohl nicht umbringen, wenn bis jetzt noch nichts passiert war. Außerdem schlug jedem irgendwann das letzte Stündchen.

»Die Zigarren werden erst in der Garage angezündet«, sagte Nadine. »Ich dulde den ekligen Gestank in meinem neuen Haus nicht.«

Howard und Kent lächelten.

Draußen war es kalt, aber Howard hatte einen kleinen Raumheizkörper in seiner Garage, die zwei Autos Platz bot, jedoch nur eines beherbergte. Es gab ein altes Sofa und zwei kleine Tischchen mit Aschenbechern darauf. Howard schaltete den Heizkörper ein und reichte Kent eine versiegelte, transparente Kunststoffröhre mit einer dicken, zwölf bis vierzehn Zentimeter langen Zigarre. Als Kent sie öffnete, entwich mit einem zischenden Geräusch etwas Gas.

»Ein Edelgas, das verhindert, dass der Geschmack leidet«, erklärte Howard. »Helium oder Argon, irgendwas in der Art. Besser als eine Vakuumverpackung, wie man hört.«

Der wohlriechende Duft des Tabaks stieg Kent in die Nase.

»Hermoso Number Four«, fuhr Howard fort. »Handgerollt, direkt aus Havanna. Ich habe die Zigarren von einem britischen Diplomaten, der sie in großen Mengen kauft.«

»Danke.«

Howard zog einen Zigarrenabschneider hervor, den sie beide benutzten, riss ein Streichholz an und ließ es einen Augenblick brennen, bevor er Kent Feuer gab und dann seine eigene Havanna anzündete.

Für einen Augenblick standen sie schweigend da und pafften. Bald waren ihre Köpfe in den blaugrauen, aromatischen Rauch gehüllt.

»Ein hübsches Haus«, sagte Kent schließlich. »Großer Garten.«

»Im Frühjahr müssen wir einen Gärtner einstellen.«

»Kann Tyrone nicht den Rasen mähen?«

Howard lächelte. »Wenn er aus Genf zurück ist. Dieser Schüleraustausch dauert bis Juni. Wenn ich bis dahin warte, reicht mir das Gras bis zu den Knien, und wir haben jede Menge Unkraut. Ich selbst habe keine Lust, als Junge musste ich oft genug den Rasen schneiden. Es ist bequemer, das anderen zu überlassen.«

»Ihr Beraterjob muss ziemlich gut dotiert sein«, bemerkte Kent.

»Kann man wohl sagen. Wenn Sie Ihren Job schmeißen wollen, bei uns lässt sich's gut leben. Ich könnte Sie an einige Leute verweisen, die nur zu glücklich wären, sich von einem altgedienten Marine beraten zu lassen. Würde zwei- oder dreimal so viel einbringen wie der Job bei der Net Force.«

Kent lächelte. »Wenn ich eine Frau und einen jugendlichen Sohn hätte, würde mich das Angebot vielleicht interessieren, aber ich brauche kein Haus und gebe nicht mal das Geld aus, das ich jetzt verdiene. Was glauben Sie, wie viel Platz ein alter Marine benötigt?«

Howard nahm einen tiefen Zug aus seiner Zigarre und blies den Rauch so aus, dass ein großer Ring in Richtung Decke stieg. »Vielleicht heiraten Sie ja wieder und werden Vater von ein paar kleinen Kindern, die ›Daddy‹ zu Ihnen sagen.«

Kent lachte und hätte wegen des Rauchs fast einen Hustenanfall bekommen. »Ja, bestimmt. Damit ich jemanden habe, der meinen Rollstuhl schieben kann, wenn er aus der Schule kommt?«

»Glauben Sie, dass Sie mit solchen Lastern so lange durchhalten werden?« Er zeigte auf die Zigarre.

Die beiden lächelten.

»Nadine hat in der Kirche eine nette Frau kennengelernt, die gerade hierher gezogen ist. Eine Witwe, ein paar Jahre älter als Sie, aber laut Nadine mit einem sehr ansprechenden Charakter …«

Wieder musste Kent lachen. »Sagen Sie Ihrer Frau, dass ich auf diesem Gebiet keinen Beistand benötige.«

Howard musste etwas an Kents Tonfall aufgefallen sein. »Tatsächlich? Treffen Sie sich mit jemandem?«

»Nicht so, wie Sie meinen. Ja, ich sehe regelmäßig eine Frau, nehme aber eher ihre … beruflichen Dienste in Anspruch.«

Howard wirkte überrascht.

Kent ließ ihn einige Sekunden darüber nachdenken und grinste dann. »Sie liegen falsch, John. Jennifer gibt Gitarrenunterricht. Ich lerne bei ihr, mein Instrument zu beherrschen. Zumindest versuche ich es.«

»Im Ernst?«

»Wenn Sie mich auf der Klampfe dilettieren hören, werden Sie es für einen Witz halten, aber ich nehme wirklich Unterricht. Zweimal pro Woche.«

»Unter ›auf den Putz hauen‹ stelle ich mir etwas anderes vor, Abe.«

»In meinem Alter wird man mit Partybesuchen zurückhaltend. Da ist es schon angemessener, bequem im Sessel zu sitzen und Gitarre zu spielen.«

»So alt sind Sie gar nicht.«

»Wiederholen Sie das, wenn Sie mich in fünfzehn Jahren wiedersehen. Vorausgesetzt, es gibt mich dann noch.«

»Wird gemacht. Vorausgesetzt, ich lebe noch. Möchten Sie ein Bier?«

»Klar.«

Howard beugte sich über die Armlehne der Couch.

»Sie haben hier einen Kühlschrank?«

»Nur einen kleinen.«

Kent schüttelte den Kopf.

Howard zauberte zwei Flaschen Bier hervor. »Was macht die Jagd auf die bösen Buben, die sich illegal Zugang zu unseren Militärstützpunkten verschaffen?«

Kent nahm seine Bierflasche, prostete Howard zu und trank einen Schluck. »Wie erfährt ein Berater aus dem Zivilleben von solchen Dingen?«

Das war eine rhetorische Frage. Beim Militär funktionierten alte Seilschaften genauso gut wie anderswo. Howard war kein aktiver General der Army mehr – oder genau genommen der Nationalgarde, die für den militärischen Flügel der Net Force zuständig gewesen war, bevor sie dem Verteidigungsministerium unterstellt wurde –, aber wenn man es bis zu diesem Rang gebracht hatte, kannte man immer etliche Leute, mit denen man zum gegenseitigen Nutzen Informationen austauschen konnte.

»Gridley ist ihnen auf der Spur«, fuhr Kent fort, als Howard nicht antwortete. »Er ist wie die Jungs von den Royal Canadian Mounties – wenn er jemanden jagt, kriegt er ihn. Zumindest, soweit ich weiß.«

Howard hob seine Bierflasche und trank einen Schluck. »Auf unsere Männer in Uniform, Sie eingeschlossen.«

»Das will ich meinen.«

»Also, erzählen Sie von der Gitarrenlehrerin.«

»Da gibt's nicht viel zu erzählen. Ungefähr fünfzig, geschieden, spielt gut Gitarre und ist eine gute Lehrerin. Sie sagt, sie hat eine Katze.«

»Nichts Romantisches?«

Kent zuckte die Achseln. »Sie ist hübsch anzuschauen.«

»Aber Sie haben Interesse?«

»Ich habe gesagt, dass ich alt bin. Nicht tot.«

»Werden Sie die Initiative ergreifen?«

Wieder zuckte Kent nur die Achseln. »Ich weiß nicht. Vielleicht.«

Howard zog an seiner Zigarre und übte sich in einem vielsagenden Schweigen.

Auch Kent paffte schweigend vor sich hin. Er hatte sich im Internet über Jens Ex kundig gemacht – er war sich ziemlich sicher, den Richtigen erwischt zu haben. Es konnte nicht so viele Cellisten namens »Armand« geben, die CDs herausbrachten und kürzlich eine sehr viel jüngere Frau geheiratet hatten. Oder es gab sie, und sie waren nicht im Internet präsent. Er hatte einmal einen Mann namens Ted McCall gekannt, der ein Buch über – kaum zu glauben – Stacheldraht geschrieben hatte. Offenbar waren im Lauf der Jahre Tausende verschiedener

Fabrikate produziert worden, und es gab sogar ein Häuflein Sammler, die Drahtstücke auf Brettern befestigten. Für seltene Produkte zahlten sie gutes Geld. Auch McCall besaß eine umfangreiche Sammlung, und deshalb hatte er ein Buch geschrieben, in dem die verschiedenen Fabrikate identifiziert wurden. Es hieß: »Klassifikation seltener Stacheldrahttypen«.

Eines Tages ging er auf eine Webseite, wo das Buch verkauft wurde, und gab seinen Namen ein, um zu sehen, wie es um den Absatz bestellt war. In einem Fenster erschien der Titel »Unübliche Stacheldrahttypen«, Autor Ted McCall. Sieh mal an, hatte er gedacht, diese Idioten führen das Buch unter einem falschen Titel. Darauf klickte er auf den Link, um zu sehen, was sie sonst noch falsch gemacht hatten, und erblickte ein Konterfei, das definitiv nicht seines war. Anscheinend gab es einen anderen Ted McCall, der ein anderes Buch über dasselbe Thema geschrieben hatte. McCall war kein besonders seltener Name, aber wie verschwindend gering war die Chance, dass ein Mann mit demselben Namen auch ein Buch über Stacheldraht verfasste? Er war fassungslos.

Also war durchaus denkbar, dass es zwei oder sogar noch mehr Armands mit identischen Persönlichkeitsmerkmalen gab, doch es war sehr unwahrscheinlich. Je mehr Details stimmten, desto größer die Chance, dass dieser Armand Jens Ex war. Es gab einige Andeutungen, Armand sei in professioneller Hinsicht »schwierig« und ein Perfektionist, und das stimmte mit Jens Beschreibung überein.

Warum hatte er sich die Mühe gemacht, wenn er sich nicht für Jen interessierte? Er war sich nicht sicher, wie er diese Frage beantworten sollte.

12

Greenville, South Carolina

»Ich bin glücklich, dass wir uns entschieden haben, das Auto zu nehmen«, sagte Thorn.

»Gut, dass ich fahren kann«, bemerkte Marissa. Sie saßen in ihrem kompakten Geländewagen, einem sportlichen Honda, der alles bot, um die Fahrt auf dem Highway zwischen Charlotte und Greenville angenehm zu machen.

»Dass ich nicht selbst Auto fahre, heißt nicht, dass ich es nicht könnte. Aber wenn man einen Chauffeur hat, kann man unterwegs eine Menge Arbeit erledigen.«

»Das geht auch im Bus oder im Zug.«

»Damit ich mit dem Pöbel unterwegs bin?«

Sie lachte. »Schön zu sehen, dass du mal etwas lockerer bist, Schatz. Es würde mir gar nicht gefallen, wenn meine Großeltern dich für steif oder verklemmt halten würden. Es ist schlimm genug, dass du kein Schwarzer bist.«

»Ich kann ja ins Bräunungsstudio gehen.«

»Auch mit deiner Indianerhaut wirst du in meiner Familie immer ein Bleichgesicht bleiben.«

Er kicherte.

»Bist du viel Auto gefahren, bevor du so viel Geld gescheffelt hattest, dass du mit dem Privatjet losfliegen konntest, um irgendwo Hamburger zu essen?«

Thorn lächelte. »O ja. Willst du die Kurzfassung der Geschichte hören? Oder den kompletten Reisebericht?«

»Letzteres, Tommy. Es ist noch ein gutes Stück bis zum Haus meiner Großeltern.«

»Okay. Als ich noch jung und dumm war – in jenem Sommer wurde ich gerade dreizehn –, hat mein Großvater mich auf eine Reise mitgenommen. Obwohl unsere

Familienangehörigen meistens aus der Gegend um Spokane kamen, hatten wir doch einige entfernte Cousins sowie Großtanten und Großonkel, die zum Indianervolk der Choctaw gehörten, und mein Großvater nahm mich mit, damit ich sie kennenlernte.

Ich weiß nicht, ob du die Geschichte der Choctaw kennst. Sie wurden zwangsumgesiedelt, gemeinsam mit den Stämmen der Cherokee, Chickasaw, Creek und Seminole. Im Zuge der Landnahme der Weißen wurden sie nach Oklahoma geschickt, auf den Weg der Tränen. Meinen entfernten Verwandten gelang es, unterwegs in die Sümpfe zu flüchten, irgendwo in Louisiana. Dort behaupteten sie, dunkelhäutige Niederländer oder irgendwas in der Art zu sein. Man ließ sie in Ruhe, die meisten wurden Farmer oder Fischer. Reich geworden ist keiner von ihnen, aber sie sind auch nicht gestorben, wie so viele in den elenden Reservaten in Oklahoma. Wie auch immer, mein Großvater fand, es sei an der Zeit, dass ich sie kennenlerne. Also hat er ein paar Sachen in seinen Pickup gepackt, einen alten Chevy, und los ging's.«

Die zurückkehrenden Erinnerungen ließen Thorn lächeln.

»Es war eine lange Fahrt, über dreitausendfünfhundert Kilometer pro Weg. Mein Großvater mochte die Interstates nicht besonders, deshalb nahmen wir Highways und manchmal auch kleinere Landstraßen. Auf dem Weg nach Louisiana fuhren wir durch Idaho, Utah, Wyoming, Kansas, Oklahoma und Texas, auf dem Rückweg nach Spokane noch durch New Mexico, Arizona, Nevada, Kalifornien und Oregon.

Mein Opa war als junger Mann viel herumgekommen. Wir fuhren mit neunzig Stundenkilometern durch Kansas, und urplötzlich hielt er am Straßenrand, stieg aus und erzählte: ›Dies sind die Spooky Hills, das da drüben ist der Pawnee Rock. Die Spanier waren hier, auch die

Franzosen. Amerikaner ließen sich erst 1896 blicken. Hier ist es immer windig.‹

Wir gingen pinkeln, streckten uns, stiegen wieder in den alten Pick-up und fuhren weiter. Mal war es heiß und sonnig, dann folgten Dauerregen und Gewitter, einmal haben wir sogar einen Tornado gesehen. Wir hielten immer mal wieder an, im ganzen Land, kauften in einem Laden Brot, Käse und Fleisch, machten Sandwiches, aßen einen Apfel und tranken Limo. Nachts krochen wir in einen Schlafsack, entweder hinten auf dem Pick-up oder auf dem Boden. Wir blickten auf die Sterne, und mein Großvater erzählte Geschichten über Orte, die er gesehen, Menschen, die er gekannt, und Bars, in denen er sich betrunken hatte.«

Thorn sah die Erinnerungen klar und deutlich vor sich.

»Dieses Land hatte eine lange und reiche Geschichte, bevor die Weißen über den Atlantik segelten. Mein Großvater wusste einiges darüber und hat es mir erzählt. Leider war ich damals oft zu sehr mit mir selbst beschäftigt, sodass mir einiges entgangen ist. Aber an manches erinnere ich mich.«

Marissa nickte. »Zu der Zeit, als die Weißen die Indianer abschlachteten, haben sie auch meine Leute in Ketten geworfen und in Schiffsbäuchen hierher gebracht. Viele von ihnen werden beim Jüngsten Gericht einiges zu erklären haben.«

Auch Thorn nickte. »Schlimme Zeiten. Übrigens hatte ich bis zu der Fahrt mit meinem Großvater keine Vorstellung davon, wie groß dieses Land ist. Die Kleinstädte, das riesige Niemandsland dazwischen. Wir hielten vor Läden der Cherokee in Oklahoma und vor Bars in Texas, campten in der Prärie und in Wäldern. Einmal haben wir in einer alten Schule mit nur einem Raum übernachtet, deren Fenster schon seit Jahren zugenagelt waren. Eine der schönsten Erinnerungen meines Lebens, diese Reise.«

»Du hast deinen Großvater geliebt.«

»Oh, ja. Gesprochen wurde unter Männern über so etwas nicht, aber er war immer für mich da. Er fehlt mir.«

»Kann ich verstehen. Ich bin froh, dass meine Großeltern noch leben.«

»Du hast doch nicht erzählt, dass ich diese Gemälde von ihnen in deinem Haus gesehen habe?«

Marissa lachte. »Sie wissen, dass wir miteinander schlafen, Tommy. Sie selbst haben mir geraten, mich vor einer Heirat zu vergewissern, ob es auf diesem Gebiet klappt. Also ist ihnen klar, dass du bei mir übernachtet hast, und sie wissen auch, dass diese Bilder bei mir an der Wand hängen.«

Er nickte. »Verstehe.« Die fraglichen Gemälde zeigten Amos und Ruth, ihre Großeltern, als junge Erwachsene, und die Frau war auf ihrem Bild splitternackt. In jungen Jahren war sie verdammt attraktiv gewesen.

»Meine Großmutter hat sich ziemlich gut gehalten für eine Frau, die auf die achtzig zugeht. Wenn du sie bittest, macht sie vielleicht einen Striptease und zeigt dir, wie wenig ihr das Alter anhaben konnte.«

»Mein Gott, Marissa!«

Sie lachte. »Doch noch ein bisschen verklemmt, was? Daran müssen wir arbeiten.«

Circle S Ranch
Oatmeal, South Dakota

Jay glaubte, in einer früheren Inkarnation ein Pionier aus dem Wilden Westen gewesen zu sein – vielleicht war er ein noch größerer Romantiker, als er annahm. Unter seinen selbst programmierten Szenarios gab es auf jeden Fall etliche, die in dieser Welt angesiedelt waren.

In diesem speziellen war er ein Cowboy, der anderen Cowboys dabei zusehen wollte, wie sie halb wilde Pferde zuritten. Informationsaustausch und Datenübertragung konnten sterbenslangweilig sein, und alles, was die Geschichte interessanter machte, war ihm hochwillkommen.

Doch als er gerade auf den Holzzaun klettern wollte, um den anderen zuzuschauen, fiel sein Blick auf die alte Scheune, und er sah Siddharta Gautama alias Buddha in einem gelben Gewand lächelnd an der Wand lehnen.

Jay lächelte. Saji. Nur sie hatte uneingeschränkten Zugang zu seinen Szenarios. Selbst Thorn musste vorher anklopfen …

Er kletterte vom Zaun herab und schlenderte zu der schlanken, lächelnden Gestalt hinüber. Buddha wurde manchmal als lachendes Dickerchen dargestellt – Hotai –, aber historisch gesehen war Siddharta in einem gewissen Stadium seines Lebens ein Asket gewesen, der fast verhungert wäre. Später hatte Buddha sich an den Mittleren Weg gehalten und sich nie der Schlemmerei hingegeben. Jay wusste dies, weil Saji ihn teilweise in die buddhistische Philosophie und ihre Geschichte eingeweiht hatte, ohne dass er ein wirklich überzeugter Anhänger geworden wäre.

»Hey, Buddy, wie geht's?«, fragte er die als Buddha auftretende Saji.

»›Buddy‹ statt Buddha, den schlechten Witz machst du jedes Mal. Außerdem ist dein Cowboyakzent lausig.«

»Ganz schön gemein für einen Heiligen. Was gibt's?«

»Nichts Besonderes. Wir haben fast keine Milch mehr, und ich möchte, dass du auf dem Heimweg welche mitbringst.«

»Kein Problem. Diesmal kaufe ich auch die richtige.«

»Das will ich hoffen. Ansonsten kannst du dir die Nacht um die Ohren hauen und den Kleinen beruhigen.«

Er lachte.

Buddha begnügte sich mit einem rätselhaften Lächeln und war urplötzlich verschwunden.

Jay ging kopfschüttelnd zu dem Korral zurück. Mütter dieser Welt, lasst eure Kinder bloß nicht Programmierer werden ...

Pinehurst, Georgia

Marissas Großmutter Ruth war, wie Thorns Großvater gesagt hätte, ein echtes Energiebündel. Sie umarmte ihre Tochter und Thorn und schüttelte diesem noch die Hand. Ob sie auf die achtzig zuging oder nicht, ihr Händedruck verriet Kraft. Danach studierte sie eingehend Thorns Gesichtszüge. »Elegante Wangenknochen«, sagte sie. »Wahrscheinlich doch mehr indianisches Blut als weißes.«

Thorn lächelte. »Habe ich von meiner Mutter. Der weiße Mann in unserer Familie ist schon eine Weile tot.«

Ruth' Lachen war laut und guttural. »Dein Freund scheint doch nicht ganz so verkrampft zu sein.«

Marissa grinste breit, und Thorn schüttelte den Kopf. »Ich sehe, woher Marissa ihre direkte Ausdrucksweise hat.«

»Hereinspaziert, sonst kommt die Kälte rein. Amos bringt gerade Sheila zum Physiotherapeuten, müsste aber in etwa einer halben Stunde wieder hier sein.« Sie schloss die Haustür.

Draußen war es an diesem Morgen in Georgia kühl und windig, doch im Haus verbreitete ein großer, vor dem Kamin stehender Holzofen eine wohlige Wärme. »Ich habe gerade Brötchen in den Backofen geschoben«, sagte Ruth. »Bringt eure Klamotten nach oben ins Schlafzimmer und kommt dann frühstücken. Sie wirken wie ein Mann, der gut ein paar Pfunde zulegen könnte, und von dem, was Marissa kocht, nehmen Sie bestimmt nicht zu. Sie hat Sie doch hoffentlich gewarnt?«

»Ja, Ma'am, Sie hat eingeräumt, keine besonders gute Köchin zu sein.«

»Ich habe es dem Kind beizubringen versucht, aber sie hatte immer mehr Interesse daran, auf Bäume zu klettern und Jungs zu verprügeln. Also, geht nach oben und lasst mich ein paar Eier holen.«

Sie eilte davon.

Das Haus war ziemlich groß und wahrscheinlich deutlich über hundert Jahre alt. Es hatte ein großes Wohnzimmer mit hoher, holzgetäfelter Decke, und gegenüber dem Ofen stand ein zweieinhalb Meter langes, dunkelblaues Sofa. Es gab einen Polstersessel, zwei Beistelltischchen und einen Kaffeetisch. Letztere schienen aus matt glänzendem, wahrscheinlich gewachsten Kirschbaumholz zu sein. In der Ecke stand ein dazu passender Schrank, und als Thorn einen Blick durch die aufstehende Tür warf, fiel ihm ein ziemlich großer Fernseher auf. Wahrscheinlich gab es draußen irgendwo eine Satellitenschüssel. Das Haus stand so weit abseits der nächsten Stadt, dass die Verlegung eines Kabels unrentabel gewesen wäre.

Eine Wand wurde fast völlig durch Bücherregale in Anspruch genommen, die mindestens viereinhalb Meter lang waren und vom Boden bis zur Decke reichten. Thorn sah viele gebundene Ausgaben und ein paar Taschenbücher.

Hier fühlte er sich fast sofort zu Hause – Ruth' Heim war komfortabel und von Leben erfüllt.

Vom Flur ging links noch ein anderes Zimmer ab, die Küche lag direkt geradeaus. Alles war sauber, die Wände schienen vor nicht allzu langer Zeit gestrichen worden zu sein. Aus der Küche kam der Duft frisch gebackener Brötchen. Seine eigene Großmutter hatte immer ein großartiges Frühstück zubereitet, aber er hatte es sich schon vor Jahren abgewöhnt, morgens mehr als nur eine Kleinigkeit zu essen.

»Wer ist Sheila?«, fragte er, als sie die Treppe hinaufstiegen.

»Die Hündin. Sie hat Probleme mit der Hüfte. Mein Opa bringt sie zweimal pro Woche zur Krankengymnastik.«

»Einen Hund?«

»Gab's in deinem Reservat keine Haustiere, Tommy?«

»Natürlich, aber keine Physiotherapeuten für Köter. Nur einen Tierarzt, der vollauf mit Pferden und Kühen beschäftigt war. Wer gibt so viel Geld für einen Hund aus?«

»Wieder mal eine deiner Bildungslücken.«

Oben angekommen, zeigte ihm Marissa das Schlafzimmer. Es hatte ein großes Fenster, das helles Licht hereingelassen hätte, wenn es nicht so ein bedeckter, trüber Tag gewesen wäre. Es gab ein Doppelbett mit einer schweren, farbig gemusterten Steppdecke und einem Kopfbrett aus Messing in der Form eines großen »H« mit einem zweiten Querbalken. Hier war es kühler als unten, und Thorn vermutete, dass der Holzofen die wichtigste, wenn nicht sogar die einzige Wärmequelle war. Wenn man die Tür schloss, würde es hier an einem Winterabend ganz schön kalt werden.

»Das kleine Badezimmer ist am Ende des Flurs, und es gibt einen Raumheizkörper. Du kannst dort duschen, aber die Badewanne steht unten.«

»Schön.«

»Das war früher mein Zimmer. Glücklicherweise haben es meine Großeltern nach dem Ende meiner Jugend nicht zum Museum gemacht. Deshalb siehst du nicht mehr die Poster von Wesley Snipes, Denzel Washington und Tom Cruise, die ich hier mit vierzehn aufgehängt habe.«

»Tom Cruise?«

»Ich hatte schon damals eine Schwäche für süße weiße Jungs.«

Thorn kicherte. »Wolltest du mir nicht mehr über Sheila erzählen?«

»Wenn jemand ›ist doch nur ein Hund‹ sagt, hat er nie ein Tier richtig kennengelernt. Sheila gehört zur Familie, meine Großeltern haben sie seit zehn Jahren. Vor ihr gab es andere Hunde, Titus, Laramie und Winslow. An die kann ich mich erinnern.«

»Ich hatte als Kind nie einen Hund. Bei uns gingen immer so viele Cousins aus und ein, dass der Platz nicht mal für einen Hamster gereicht hätte.«

»Die Leute lieben ihre Haustiere. Einige bekommen besseres Essen als viele Menschen in diesem Land. Ihre Eigentümer bringen sie zum Tierarzt, wenn sie krank oder verletzt sind, verabreichen ihnen Medikamente, lassen sie operieren. Fast alles, was man bei Menschen mit einem Skalpell anstellen kann, hat man auch schon an Haustieren ausprobiert. Tierärzte behandeln Bänderrisse und Knochenbrüche, entfernen Tumore, können sogar Hüftgelenke austauschen. Röntgen, Kernspintomografie, alles kein Problem. Ich kannte einen Mann, der sechshundert Dollar ausgegeben hat, um den gebrochenen Flügel eines Wellensittichs behandeln zu lassen, den er für dreißig Dollar gekauft hatte.«

»Guter Gott!«

»Wenn ein Hund sich draußen das Hinterbein bricht, kann man ihn einem erstklassigen Chirurgen anvertrauen, dessen Spezialität Orthopädie für Hunde ist. Danach schickt man ihn in ein Reha-Zentrum, wo ihn ein Tierarzt im Wasser auf einem Laufband trainieren lässt. Das stärkt die Muskeln, ohne zu viel Druck auf die behandelte Stelle auszuüben, was bei einem Spaziergang durch die Nachbarschaft anders wäre. So einer Behandlung unterzieht sich Sheila.«

»Wirklich?«

»Das ist das nächste große Ding. Reha für Tiere gibt es schon seit Jahren, ursprünglich für Zirkustiere oder Hunde, die Frisbees fangen oder bei Geschicklichkeitswettbewerben antreten. Als andere sahen, dass die Therapie erfolgreich war, brachten sie auch ihre gewöhnlichen Haustiere und Schoßhunde zum Physiotherapeuten. Wie meine Großeltern es mit Sheila machen.«

Thorn schüttelte den Kopf. »Ich hatte keine Ahnung, dass es so etwas gibt. Und eines dieser Reha-Zentren ist hier, im tiefsten Georgia?«

»Louella leitet es, eine meiner Cousinen zweiten Grades«, antwortete Marissa. »Sie hat eine Ausbildung bei einer Frau namens Helfer gemacht, in Raleigh Hills in Oregon. Louella hat alle Hände voll zu tun, selbst hier in der Provinz.«

»Vermutlich sollte ich häufiger mal vor die Tür gehen.«

»Unbedingt, Tommy. Nach diesen langen Jahren als Computerfreak lässt dein Wissen über das wirkliche Leben sehr zu wünschen übrig. Aber keine Sorge, das bringe ich schon in Ordnung.«

Er lächelte. »Ja, Ma'am.«

Sie hörten den Motor eines sich nähernden Autos. Thorn trat ans Fenster und schaute hinaus. Ein alter, dunkelgrüner Pick-up bremste vor dem Haus, und ein großer, sportlich wirkender Schwarzer stieg aus und zog einen kurzhaarigen Manchesterterrier aus dem Wagen. Das musste Amos sein, Marissas Großvater. Er setzte die Hündin behutsam auf den Boden. Sie wackelte mit dem Schwanz und ging in Richtung Haustür, wobei sie das rechte Hinterbein stärker belastete.

»Lass uns nach unten gehen, damit du Amos und Sheila kennenlernst. Wenn der Hund dich beißt, werden wir noch einmal über unsere Beziehung nachdenken müssen.«

Thorn grinste, aber nur für eine Sekunde. Marissas Gesicht blieb ernst. Als er sich gerade Sorgen zu machen begann, lächelte sie. »Sehr komisch«, sagte er.

»Bin ich. Gib dir Mühe. Niemand mag einen weißen

Jungen mit langer Leitung, selbst dann nicht, wenn er süß ist.«

13

New Orleans, Louisiana

Diesmal hatte sich Lewis entschlossen, den potenziellen Käufer, Mishari Aziz, in New Orleans zu treffen. Hier war es sehr viel kühler als in Miami, fast kalt, so um die fünf Grad, und es ging ein böiger Wind. Aber trotz der niedrigen Temperatur hing Feuchtigkeit in der Luft. Als sie vor zwei Tagen zum ersten Mal hier gelandet war, hatte sie fast damit gerechnet, beim Blick aus dem Fenster in den Sümpfen um den Flughafen herum Dinosaurier zu sehen.

Keine Dinosaurier, auch heute nicht – es sei den, man betrachtete Aziz mit seiner altmodischen, frauenfeindlichen Haltung als einen.

Sie fuhr in ihrem Mietwagen zur FedEx-Filiale am Flughafen und holte das Päckchen ab, das sie sich vor ihrer Abreise aus Washington selbst geschickt hatte. Als sie wieder in ihrem Auto saß, riss sie das Paket auf und nahm den kleinen .38er-Revolver heraus, Modell Smith & Wesson Chief. Natürlich war es immer noch möglich, auf einer Flugreise eine Pistole mitzunehmen, aber man musste sie deklarieren, und bei einigen Fluglinien klebte man den Passagieren einen großen Sticker mit der Aufschrift »Waffe« auf den Koffer. Darauf hatte sie keine Lust gehabt. Außerdem lungerten Diebe an der Gepäckabholung herum, die besonders auf die Sticker achteten. Wenn die Leute glaubten, mit aufgegebenem Gepäck könne nichts passieren, hatten sie sich geschnitten.

Nachdem sie den Revolver in die Jackentasche gesteckt hatte, zog sie die Walther PPK aus dem Paket, die sie wie ein Geburtstagsgeschenk eingepackt hatte.

Carruth hatte sie noch nicht gesehen. Er sollte drei Stunden vor ihrer Ankunft am Flughafen sein, und sie war sich sicher, dass er ihr mittlerweile folgte. Er würde sich unbemerkt im Hintergrund halten, gerade darum ging es.

Sie zog ihr Handy aus der Gürteltasche und wählte die gespeicherte Nummer.

»Zu Ihren Diensten, Ma'am«, sagte Carruth.

»Wo sind Sie?«

»Am anderen Ende des FedEx-Parkplatzes. Ich sitze in dem weißen Lieferwagen mit dem Magnetschild an der Tür.«

Lewis sah ihn. Auf dem Schild stand »Schnelle Kurierdienste«.

»Okay, auf geht's.«

»Bin schon unterwegs. Lassen Sie mir fünfundvierzig Minuten Vorsprung, damit ich alles vorbereiten kann.«

»Geben Sie Gas.«

Sie bemühte sich, ihre Stimme ruhig klingen zu lassen, doch tatsächlich war sie nervös. Diesmal konnte es brenzlig werden. Bis jetzt hatte sich Aziz zurückhaltend gezeigt. Vielleicht war er sich nicht sicher, ob sie wirklich Wort halten konnte. Je mehr er davon überzeugt war, desto gefährlicher wurde es.

Eigentlich durfte es keine Rolle spielen, aber sie hatte auch ihn vorgeführt, als sie in Miami die beiden Beschatter abgehängt hatte. Ein vernünftiger, rational denkender Mann würde es hinnehmen und nicht weiter darüber nachdenken, doch ein vernünftiger, rational denkender Mann hatte auch nicht solche Pläne wie Aziz.

Wenn er erst einmal daran glaubte, dass sie ihm den begehrten Schlüssel zu dem Waffendepot besorgen würde, konnte er versuchen, ihn zu stehlen, statt dafür zu bezahlen.

Es war schwer zu sagen, wie clever er wirklich war, doch unglücklicherweise ließ sich das nur herausfinden, wenn man sich einer einigermaßen riskanten Situation aussetzte. Sie traute ihm nicht über den Weg, aber sie konnte immerhin das Risiko minimieren.

Perfekte Planung, perfekte Performance. Die Erinnerung ließ sie lächeln. Das war das Motto ihres Vaters gewesen, doch leider hatte er sich im entscheidenden Moment nicht daran gehalten und im Affekt gehandelt. Sie dagegen hatte fast alles getan, um die Geschichte perfekt vorzubereiten. Sie hatte die Örtlichkeit ausgekundschaftet, alles arrangiert und den Ablauf noch ein Dutzend Mal in ihrem Kopf durchgespielt. Natürlich überstand kein Schlachtplan die erste Feindberührung unbeschadet, aber sie hätte darauf gewettet, besser präpariert zu sein als Aziz, der über den Treffpunkt erst informiert werden würde, wenn Carruth dort eintraf.

Das Treffen würde im Woldenberg Riverfront Park stattfinden, einer zwanzig Morgen großen Grünanlage am Mississippi, in der Nähe des Französischen Marktes. Trotz der Kälte würden sich dort Touristen aufhalten – es gab einen Weg namens »The Moonwalk«, der zu einer Stelle am Flussufer führte, von wo aus man die große Brücke und den Toulouse Street Wharf sehen konnte. Außerdem gab es eine alte Fähre, die ein Stück weiter flussaufwärts vertäut war. Eine echte Touristenattraktion.

New Orleans war keine ideale Stadt für Autofahrer, zumindest nicht im Französischen Viertel, das aus einer Zeit stammte, bevor Automobile gängige Verkehrs- und Transportmittel wurden. In den engen Straßen kam man wegen des Verkehrs mit dem PKW nur langsam voran, und wenn man schnell verschwinden musste, hatte man vielleicht ein Problem. Außerdem waren heutzutage an jeder Straßenecke Überwachungskameras angebracht. Das kaum zu kontrollierende Mardi-Gras-Spektakel fand jedes Jahr statt, und der örtlichen Polizei war es immer lieber, die Dinge über die Kameras im Auge zu behalten.

Doch wo sie sich mit Aziz treffen würde, gab es keine Kameras, zumindest keine von den Behörden installierten. Sie hatte es vorgestern persönlich überprüft.

Vom Flughafen aus dauerte die Fahrt eine Weile, aber sie hatte es nicht eilig. Als sie schließlich einen Parkplatz gefunden hatte und ausstieg, war es drei Uhr nachmittags. Vom Fluss her, der hier sehr breit war, wehte ein kalter Wind.

Sie hielt die in Geschenkpapier gewickelte Walther in der linken Hand. Die rechte steckte in der Tasche ihrer Windjacke, und ihre Finger umklammerten den Griff des Smith & Wesson-Revolvers. Am schnellsten zog man eine Waffe, wenn man sie im Notfall schon in der Hand hatte. Falls es dazu kam, sie war bereit.

Als sie den Weg zum Treffpunkt hinabging, erblickte sie den weißen Lieferwagen, und der Mann darin hatte ein Scharfschützengewehr mit Zielfernrohr und ein freies Schussfeld. Ganz wie geplant.

In der Luft hing der Geruch von Gräsern, vielleicht mit dem toter Fische vermischt, aber nicht wie am Meer, da es nicht nach Salzwasser roch. Ein unangenehmer Gestank. Sie hatte die Haare unter einer Baseballkappe versteckt, und ihre Kleidungsstücke waren weit geschnitten. Aus der Ferne hätte man sie für einen schmächtig gebauten Mann oder einen Teenager halten können.

Aziz wartete bereits. Seine Kleidung war dem Wetter angemessen – eine lange Jacke über einer dicken Hose, Mütze mit Ohrenschützern, Lederhandschuhe. Zu frieren schien er trotzdem.

Als er sie kommen sah, musste er unwillkürlich auf die Schnelle einen Blick nach rechts werfen.

Genauso gut hätte er in die Richtung zeigen und verkünden können: *Hey, mein Kumpel versteckt sich da drüben.*

Sie machte sich nicht die Mühe, zu der Stelle hinüberzublicken. Carruth musste Bescheid wissen.

Aziz blickte sie mit seiner üblichen herablassenden Haltung gegenüber einer Frau an. »Was haben Sie zu bieten?«

»Sehen Sie selbst.«

Sie reichte ihm das Päckchen.

In der unmittelbaren Nähe war niemand zu sehen. Aziz riss das Geschenkpapier auf und sah die Waffe.

»Aha«, sagte er lächelnd. Hübsche Zähne. Regelmäßig, gerade, weiß.

Natürlich wusste er Bescheid, aber sie fragte trotzdem nach. »Erkennen Sie die Waffe?«

»Selbstverständlich. Sie gehörte dem Freiheitskämpfer und Märtyrer Abu Hassan. Ich habe es gestern in der Zeitung gelesen.« Er streichelte die Pistole, als berührte er eine religiöse Reliquie.

»Glauben Sie jetzt, dass wir liefern können, worüber wir gesprochen haben?«

»Ja, wir glauben es.«

Endlich. Die Worte, auf die sie so lange gewartet hatte.

Doch sein nächster Satz machte ihre Freude zunichte. »Ist sie geladen, die Waffe?«

Sie spürte, wie sich ihr Magen zusammenzog. »Nein.«

Für wie dumm hielt er sie? Glaubte er wirklich, sie würde einem Fanatiker, der unbedingt etwas von ihr wollte, eine geladene Waffe in die Hand drücken? Wahrscheinlich glaubte er es tatsächlich.

»Auch gut, spielt keine Rolle.« Er schob die freie Hand in die Jackentasche, doch bevor er die Waffe herausziehen konnte, hatte sie schon zweimal geschossen, durch den Stoff ihrer Windjacke. Er stand so dicht vor ihr, dass sie nicht zu zielen brauchte, und sie traf ihn zweimal in die Brust. Er trug keine kugelsichere Weste. Seine weit aufgerissenen Augen verrieten Schmerz und Angst. Er wollte sprechen, brachte aber nur ein gurgelndes Geräusch hervor, als er auf die Knie fiel.

Sie hörte das scharfe Krachen eines Gewehrschusses, der hinter ihr abgegeben worden war, und sah einen von Aziz' Männern zusammenbrechen, der in zwanzig Metern Entfernung aus dem Schutz der Bäume getreten war. Genau an der Stelle, wo Aziz hingeblickt hatte.

Einen Augenblick später fiel ein weiterer Schuss aus dem Gewehr, doch sie sah nicht, ob die Kugel jemanden getroffen hatte, denn sie hatte Wichtigeres zu tun.

Mist!

Auch wenn keiner in der Nähe war, musste doch jemand die Schüsse gehört haben, und zwei oder drei Leichen in einem Park würden sehr bald auffallen, selbst in New Orleans.

Sie packte die Walther, die Aziz fallen gelassen hatte, schob sie in die linke Jackentasche und lief schnell in Richtung Ufer. Das Loch in ihrer rechten Tasche rauchte ein bisschen, wo das Mündungsfeuer den Stoff versengt hatte. Na großartig. Sie musste die Jacke loswerden.

Zwei Tage zuvor hatte sie gut hundert Meter entfernt ein kleines Boot am Ufer festmachen lassen. Sie benötigte nur eine Minute, um es zu erreichen, hineinzuspringen und den Motor anzulassen. Sie stieß das Boot vom Ufer ab und fuhr flussaufwärts.

Sie hatte gehofft, dass es nicht so weit kommen würde, war aber glücklich, diese Möglichkeit bedacht zu haben.

Bisher hatte sie noch nie jemanden erschossen und erwartet, dass man Angst, Reue oder Entsetzen empfinden würde. Stattdessen war sie wütend. Dieser gierige Idiot hatte sich sein Ende selbst zuzuschreiben. Er hatte geplant, sie zu entführen und an die Informationen heranzukommen, ohne dafür zu bezahlen. Nun, bezahlt hatte er, das war verdammt sicher, und zwar teurer, als ihm lieb sein konnte.

Erklär das mal Allah, wenn du ihm begegnest. Getötet durch die Hand einer Frau. Was für eine Schande ...

Etwas weiter weg hatte sie auf einem Langzeitparkplatz einen zweiten Mietwagen abgestellt. Nur für den Fall, dass so etwas geschah.

Sie sprang aus dem Boot und zog es ans Ufer. Um Fingerabdrücke musste sie sich wegen der Handschuhe keine Gedanken machen. Sie eilte zu dem Auto und fuhr los. Wahrscheinlich würde die örtliche Polizei Aziz ziemlich schnell als Terroristen identifizieren und vermuten, dass irgendein Geschäft in einem Streit mit tödlichem Ausgang geendet hatte, aber sie war nicht damit in Verbindung zu bringen. Der erste Mietwagen würde irgendwann abgeschleppt werden, aber sie hatte ihn unter Vorlage gefälschter Papiere gemietet – eine Frau mit Baseballkappe und dunkler Brille, die angeblich aus New Mexico kam.

Mist! Sie würde ganz von vorn beginnen, einen neuen Käufer suchen müssen. Das erforderte ein behutsames Vorgehen und kostete Zeit.

Sie blickte finster drein, doch nach einem Augenblick hellten sich ihre Züge auf. Vielleicht war diese Geschichte positiv zu werten. Es würde sich herumsprechen, dass mit ihr nicht zu spaßen war. Diese Fanatiker hatten bestimmt Kontakt untereinander.

Schon gehört, was Aziz zugestoßen ist? Dass er von einer Frau umgelegt wurde?

Carruth musste unterdessen längst verschwunden sein. Auch er hatte sich vorab einen Fluchtweg ausgesucht. Mit ihm würde sie reden, wenn sie wieder in Washington waren.

Verdammt!

Unter dem Sitz lag ein leerer FedEx-Karton, und sie

steckte ihren .38er und die Walther hinein, schloss den Karton und umwickelte ihn mit Klebeband. Sie würde das Paket am Flughafen aufgeben und es in Washington von einem von Carruth' Männern abholen lassen. Damit ihr die Ballistiker nicht auf die Spur kamen, musste sie ihren Revolver verschwinden lassen, aber sie hatte noch einen zu Hause. Die Walther? Die würde sie an einem sicheren Ort deponieren, um später den nächsten Kunden damit zu beeindrucken.

Es hätte schlimmer kommen können. Aziz war tot, aber in seinen Kreisen fanden sich noch mehr Kandidaten. Potenziell Interessierte gab es auf der ganzen Welt. Und sie war wohlauf.

Lewis blickte auf die Uhr. Sie hatte unter verschiedenen Namen, für die sie jeweils passende Papiere besaß, Tickets für drei verschiedene Flüge gebucht, die während der nächsten sechs Stunden gingen. Ursprünglich hatte sie geplant, den dritten zu nehmen, nach Atlanta, von wo sie nach Washington weiterfliegen wollte. Es sah so aus, als stünde dem nichts im Wege.

Für vier Uhr nachmittags hatte sie in ihrem Büro ein Treffen mit Jay Gridley vereinbart, und auch das musste eigentlich klappen.

Okay, das mit Aziz war ein Rückschlag, aber keine Katastrophe. Der Zug war nicht entgleist.

Jetzt musste sie losgehen und sich vergewissern, dass Jay Gridley in seinem Schlafwagenabteil war …

14

Club Young
Chicago, Illinois – April 1943

Der Club Young war dunkel, verraucht und überfüllt, jeder einzelne Tisch besetzt. Die Hälfte der Gäste waren Soldaten in Uniform, auch von der Navy. Mitten auf der Bühne stand im Spotlight des Scheinwerfers eine große, gertenschlanke Brünette im schwarzen Seidenkleid, die von einer kleinen Swingband begleitet wurde. Die Stimme der Sängerin war so dunkel und verraucht wie die Atmosphäre in dem Raum, als sie »Mean to me« sang.

Ihre Gesichtszüge haben entfernte Ähnlichkeit mit denen Rachels, dachte Jay. Aber vielleicht bildete er sich das auch nur ein.

Alle lauschten der Sängerin, ansonsten hörte man nur gelegentlich, wenn Gäste mit ihren Cocktailgläsern anstießen.

Eine üppige blonde Zigarettenverkäuferin in einem knappen Kleid, mit schwarzen Netzstrümpfen und hohen Pfennigabsätzen trat zu Jay und lächelte ihn an. Als sie sich mit ihrem Tablett vorbeugte, konnte er einen tiefen Blick in ihr Dekolleté tun. »Sehen Sie etwas, das Ihnen gefällt, Sir?«

Jay schüttelte den Kopf. »Nein, ich rauche nicht. Besten dank.«

Die Sängerin verstummte kurz, und es folgte ein Solo mit gestopfter Trompete, wodurch ein spezieller Klangeffekt erzeugt wurde.

Neben Jay fragte Rachel Lewis: »Angenehm hier?«

Es war wieder eines ihrer Szenarios und erneut ein gut programmiertes. Man roch den Rauch, schmeckte die Cocktails. »Sehr.«

Für diese Umgebung hatte Rachel ihr äußeres Erscheinungsbild ein klein wenig verändert. Sie trug ihr langes Haar offen und mit Innenrolle, nach der Mode der Vierzigerjahre, die Jay immer mit Filmen aus der Zeit des Zweiten Weltkriegs in Verbindung brachte. Ihr hellbraunes Kleid hatte gepolsterte Schultern, und sie hielt eine Zigarettenspitze aus Elfenbein zwischen den Fingern. Soweit Jay sah, rauchten in dem Club alle außer ihm, und alle ohne Filter. Neben Rachels Ellbogen lag ein Zigarettenpäckchen der Marke Carefree auf dem Tisch, auf dem ein Bild eine Blondine im Badeanzug am Strand zeigte. Sie blickte einen markanten Kerl an, der in Badehose vor ihr stand. Neben den Zigaretten lag eine Streichholzschachtel, auf der ein stilisiertes, rosafarbenes »Y« zu sehen war. Wahrscheinlich stand es für den Namen des Clubs, aber es wirkte leicht obszön.

»Also, was gibt's Neues?«, fragte er.

Sie zog an ihrer Zigarette und blies den Rauch aus. »Ich glaube, ich habe eine Spur zu einem Backbone-Server, den ein Hacker für die Distribution benutzt hat.«

»Tatsächlich? Wie das? Ich habe es nicht geschafft.«

Die Sängerin beendete ihr Lied. Das Publikum applaudierte, und der rhythmische Beifall schwoll an, bis er nach längerer Zeit wieder verebbte. Es wurde etwas heller, wenn auch nicht richtig, und die Band stimmte Glen Millers »In the Mood« an.

Hinter sich hörte Jay ein Lachen, ein tiefes, sehr sinnliches Lachen.

Die meisten Besucher standen auf und stürmten in Richtung Tanzfläche. Ihre Stimmen klangen glücklich und aufgeregt, als würden sie sich bestens amüsieren. Es lag wohl an dem Song.

Auch Rachel stand auf und streckte ihm die Hand entgegen. »Wie wär's, Jay? Lass uns das Tanzbein schwingen.«

Er schüttelte den Kopf. »Nicht meine Stärke.«

»Das ist mein Szenario. Lass dich einfach gehen. Ich schwör's, du bist der King des Jitterbug.«

»Rachel …«

»Komm schon. Macht nichts, wenn's nicht gleich klappt.«

Er stand widerwillig auf, und Rachel ergriff seine Hand.

Auf dem Parkettboden stellte Jay fest, dass sie recht hatte. Wenn er sich entspannte, gelangen ihm die Schritte und Drehungen, und er packte sie sogar und wirbelte sie in die Luft. Ihr Rock flog hoch und entblößte Seidenstrümpfe mit schwarzen Strumpfhaltern.

Definitiv, sie hatte einen Sinn für die kleinen Details.

Ein sehr sportlicher Tanz.

Der Song endete in einem Crescendo.

Die beiden lächelten sich an.

Als die Band wieder zu spielen begann, stimmte sie eine langsame Nummer an – »Stormy Weather«.

Rachel lächelte und hob eine Augenbraue. »Noch mal?«

Jay zuckte die Achseln. Er nahm ihre rechte Hand in seine Linke und legte seine Rechte auf ihren Rücken.

Sie drückte sich mit der Brust und den Hüften an ihn und legte den Kopf auf seine Schulter.

Sie wiegten sich im Takt der Musik.

Sehr schön, war sein erster Gedanke.

Keine gute Idee, war der nächste.

»Rachel …«

»Lass uns den Tanz beenden, Jay, dann können wir wieder über die Arbeit reden.«

»Okay.« Es spielte sich ja nur in der VR ab, oder?

Aber es fühlte sich nicht gut an, oder besser, es fühlte sich *zu* gut an. Er versuchte, an Saji und seinen kleinen Sohn zu denken, doch es fiel ihm schwer, und Lewis machte es nicht leichter.

Er dachte daran, erneut die Feedback-Sensoren zu deaktivieren, damit sein VR-Körper keine Reaktionen aus der Wirklichen Welt widerspiegelte, aber er hielt sie in seinen Armen, und wenn er jetzt die Hand hob, um die Funktion auszuschalten, würde es auffallen.

Natürlich wusste sie das, und zweifellos hatte sie ihn deshalb auf die Tanzfläche bugsiert.

Was hatte sie vor? Er knirschte mit den Zähnen und versuchte erneut, das Bild von Saji und seinem Sohn heraufzubeschwören.

Während sie tanzten, genoss Lewis das Gefühl seines Körpers an ihrem. Natürlich, es war eine Illusion, deren Überzeugungskraft sich hochmoderner Elektronik und Biofeedback-Sensoren verdankte. Daher war es nur zu leicht, Illusion und Realität zu verwechseln. Sie konnte sich tatsächlich dem Glauben hingeben, sie befänden sich im Chicago der Kriegsjahre in einem Nachtclub, wo sie zur Musik von Billie Holiday tanzten, die lange vor Rachels Geburt gestorben war. Jay sah nicht übel aus und hatte einen messerscharfen Verstand. Sie hatte sich schon immer ausschließlich für intelligente Männer interessiert. Natürlich musste sie ihn emotional durcheinanderbringen, weil er ihr gefährlich werden konnte, doch das war keine unangenehme Aufgabe. Was in der VR möglich war, konnte schließlich auch in der Wirklichen Welt passieren …

Auch sie gehörte wahrlich nicht zu den Unterbelichteten. Sie hatte ihr Szenario mit Anreizen gespickt, die bei Jay Reaktionen des Unterbewussten hervorrufen würden. Es war ein alter psychologischer Trick – man unterzog jemanden einem Sprachtest, bei dem er aus fünf oder sechs Wörtern kurze Sätze bilden musste. Aber man suchte die Wörter für jeden Satz so aus, dass sich ein thematischer Zusammenhang aufdrängte und in eine bestimmte Richtung wies. Der Autopilot des Unterbewussten, daran gewöhnt, schnelle Entscheidungen zu treffen, würde bevorzugt auf bestimmte Anreize reagieren, etwa auf Charakterisierungen wie »selbstbewusst«, »verlässlich«, »intelligent«, »clever« und »fähig«. Verwendete man diese Wörter in einem Test, würde der Proband überdurchschnittlich gut abschneiden.

Entschied man sich hingegen für Charakterisierungen wie »dumm«, »begriffsstutzig«, »ungeschickt«, »verwirrt« und »schwerfällig«, würde die Testperson ein unterdurchschnittliches Resultat erzielen.

Gewisse persönliche Einstellungen waren viel wichtiger, als die meisten glaubten, und wenn man diese über das Unterbewusste manipulierte, war die Mehrheit der Menschen leichter zu beeinflussen, als ihnen bewusst war. Der Autopilot nahm bestimmte Dinge als gegeben an, neigte dazu, gewisse gängige Überzeugungen zu spiegeln. Große, gut aussehende, lächelnde Menschen wurden in der Regel als intelligent und irgendwie überlegen eingeschätzt, kleine, unansehnliche und mürrische hingegen als minderwertig, zumindest auf der Ebene des Unterbewussten. Auch, wenn die Testpersonen es auf Nachfrage nie zugegeben hätten. Es gab sehr viel mehr große als kleine Unternehmensbosse, und das sagte eine Menge.

Ihr Szenario war förmlich übersät mit stimulierenden Anreizen, die Jay Gridley dazu bringen sollten, sich gehen zu lassen und sich sinnlichen Eindrücken hinzugeben. Im Zentrum seines Interesses sollte natürlich Rachel Lewis stehen. Aber nicht nur. Die von der Band gespielten Songs sollten seine Aufmerksamkeit auf die Sängerinnen lenken, die »Mean to Me« oder »Stormy Weather« sangen. Und das Instrumental, »In the Mood«? Die ganze Inszenierung war eigentlich ziemlich durchsichtig. Das Zigarettenmädchen, dessen Dekolleté tiefe

Einblicke gewährte, das Bild auf dem Zigarettenpäckchen, der Jitterbug, bei dem Jay sie durch die Luft wirbeln konnte, wie es ihm gefiel, der direkte Körperkontakt bei der langsamen Nummer, selbst der Trompeter, der seinen Dämpfer vor- und zurück bewegte – all das zielte darauf ab, Jay Gridley einen Weg zu weisen, der letztlich in ihr Schlafzimmer führen würde.

Ihr Kopf lag auf seiner Schulter, sodass er ihr verräterisches Lächeln nicht sah. VR-Sex war nicht verboten und kein Scheidungsgrund, solange geistige Untreue nicht zählte. Und sie zählte tatsächlich nicht, zumindest vor Gericht. Ihre Absicht war es, Jays Sinne zu verwirren, und wenn es dann schließlich in der wirklichen Welt ernst wurde, woran sie nicht zweifelte, konnte sie seine Schuldgefühle ausnutzen. Ein glücklich verheirateter Vater, der plötzlich in eine Affäre verstrickt ist. Das würde ihn innerlich so beschäftigen, dass er gar nicht erst auf die Idee kommen würde, Captain Rachel Lewis könnte die Übeltäterin sein, die er eigentlich zur Strecke bringen sollte …

Was seine Arbeit betraf, war Jay ein Meister seines Fachs, doch auch sie beherrschte ihr Metier. Ein Mann, der sich einer intelligenten und alles andere als unattraktiven Frau gegenübersah, die ihn unbedingt haben wollte, war definitiv im Nachteil …

Die Musik hörte auf, der Tanz war zu Ende. Seiner befriedigten Miene konnte sie unschwer entnehmen, dass ihr Plan aufging. »Es war schön«, sagte sie lächelnd. »Nun, wollen wir wieder an die Arbeit gehen?«

Als sie zu ihrem Tisch zurückgingen, begann die Band »Smoke Gets in Your Eyes« zu spielen.

Und das traf exakt auf Jay Gridley zu.

Pinehurst, Georgia

Amos Jefferson Lowe lud Thorn zu einem Spaziergang ein, damit der Hund etwas Auslauf bekam. Thorn war einverstanden.

Marissas Großvater war einen halben Kopf größer als Thorn und wahrscheinlich knapp dreißig Kilo schwerer, und obwohl seine sehr kurz geschnittenen Haare schon eher weiß als grau waren, bewegte er sich nicht wie ein Mann, der Ende siebzig oder Anfang achtzig sein musste. Er trug ein Flanellhemd, eine Latzhose und Arbeitsstiefel, und soweit Thorn sehen konnte, hatte er kein Gramm Fett auf den Rippen.

Sie gingen über die mit Kies bestreute Auffahrt. Das nächste Haus war wahrscheinlich einen halben Kilometer weit weg. Es war kalt, und Thorn spürte den schneidenden Wind sogar durch seine Jacke. Dem alten Mann schien das unangenehme Wetter nichts auszumachen.

Der Hund rannte hin und her und beschnüffelte den Boden, als wollte er die Fährte irgendeines Tieres aufnehmen. Er humpelte ein bisschen, schien aber gut damit leben zu können.

Für eine Weile sagte keiner der beiden etwas. Thorn erinnerte sich, als Junge mit seinem Großvater solche Spaziergänge gemacht zu haben. Manchmal waren sie eine Stunde schweigend nebeneinander her gewandert. Dann war der alte Mann plötzlich stehen geblieben und hatte auf den Boden gezeigt: »Siehst du das? Rotwildspuren. Eine Ricke und ein Kitz, erkennst du die kleinen Abdrücke da?«

Sein Großvater hatte Dinge entdeckt, die für Thorns Augen unsichtbar waren – vermutlich auch für die der meisten anderen Menschen. Er hatte eine Verbindung zur Natur, die anderen für immer verschlossen blieb.

Die Erinnerung ließ Thorn lächeln.

Amos hob eine Augenbraue.

»Ich habe nur an meinen Großvater gedacht«, sagte Thorn. »Als ich noch ein Junge war, sind wir häufig zusammen gewandert.«

»Ist er tot?«

»Ja, Sir. Seit einiger Zeit.«

»Er fehlt Ihnen.«

»Ja.«

Der alte Mann nickte. Dann beugte er sich vor und hob einen Stock auf. »Sheila!«

Die Hündin drehte sich um und sah den Stock. Amos warf ihn ein Stück weit weg, und der Manchesterterrier lief los, um zu apportieren. Der Alte lächelte.

»Jetzt kommt das Verhör, ohne das Sie der Heirat nicht zustimmen?«

Amos lächelte. »Marissa hat sich entschieden, und die Wahl ist auf Sie gefallen. Wenn sie nicht genug auf dem Kasten hat, um sich in einer so wichtigen Frage richtig zu entscheiden, können wir auch nichts mehr ändern.«

Thorn nickte. »Aber ...?«

»Nichts da, kein Aber. Meine Frau und ich möchten nur wissen, was Marissa in Ihnen sieht. Ruth hat Sie vom ersten Augenblick an gemocht. Sie spürt so etwas sehr schnell, bei mir dauert es etwas länger – ich muss gewöhnlich erst darüber nachdenken.«

Sheila brachte den Stock zurück und ließ ihn vor Thorns Füße fallen. Er hob ihn auf und warf ihn ein paar Meter weit weg. Die Hündin lief los, um ihn erneut zu holen.

»Ruth hatte schon immer eine unbestechliche Menschenkenntnis. Wenn meine Frau glauben würde, Sie könnten unserer kleinen Enkelin gefährlich werden, hätte sie Ihnen Gift ins Frühstück gemischt.«

Thorn blinzelte. Er brauchte einen Augenblick, um zu begreifen, dass der alte Mann ihn auf den Arm nehmen wollte. Zumindest hoffte er, das Grinsen des anderen richtig zu interpretieren.

»Ich möchte Ihnen eine Frage stellen. Gehen Sie häufiger eine Beziehung mit Farbigen ein?«

»Nein, Sir.«

Die Hündin kam zurück und ließ den Stock fallen. Thorn hob ihn auf und warf ihn erneut.

»Und warum fangen Sie jetzt damit an?«

Thorn wollte die Achseln zucken, ließ es aber bleiben. Irgendwie schien es ihm unangemessen. »Normalerweise fühlte ich mich von großen Frauen vom nordischen Typ angezogen. Von intellektuellen Frauen – Professorinnen, Programmiererinnen, auch eine Ärztin war darunter. Marissa protzt nicht mit ihrer Intelligenz, aber sie ist klüger als ich. Und sie ist auf eine Art … weise, die mir abgeht. Sie hat Humor und sieht großartig aus. Es würde mir auch nicht viel ausmachen, wenn sie grüne oder blaue Haut hätte. Was sie in mir sieht, weiß ich nicht genau.«

Die Hündin kam zurück und ließ den Stock erneut vor Thorns Füße fallen, schien aber etwas außer Atem zu sein.

»Das reicht jetzt, Sheila«, sagte Amos. »Ich habe keine Lust, dich auf dem Rückweg zu tragen, weil du zu müde bist.«

Thorn hätte schwören können, dass die Hündin lächelte und nickte. Sie ließ den Stock liegen und beschnüffelte wieder den Boden.

»Heute Nachmittag wird es regnen«, bemerkte Amos. »Wenn das Thermometer noch ein paar Grad fällt, wird Schnee fallen, aber so häufig passiert das hier unten nicht.«

Thorn nickte.

»Sie haben einen ziemlich guten Job bei einer Regierungsbehörde«, sagte Amos.

»Ja, Sir.«

»Gefällt er Ihnen wirklich?«

»Meistens schon. Aber es gibt Tage, wo ich darüber nachdenke, ihn zu quittieren.«

»Das ist bei jedem Job so. Dann können Sie also für unsere Enkelin sorgen, wenn sie nicht mehr arbeitet und zu Hause bleibt? Vielleicht möchte sie ein Kind haben?«

Thorn grinste.

»Ist mir etwas Lustiges entgangen?«

»Hat Marissa nicht erwähnt, dass ich eine eigene Firma hatte, bevor ich bei der Net Force eingestiegen bin?«

»Ich erinnere mich nicht, dass über dieses Thema gesprochen worden wäre.«

Thorn lächelte. »Ich hatte Glück, dass sich die von mir entwickelte Software sehr gut verkaufte. Wenn man mich feuert, werden wir trotzdem etwas zu essen haben.«

Der alte Mann nickte. »Das reicht völlig. Marissa sagt, dass Sie fechten?«

»Ich trainiere privat. Meine Glanzzeit liegt schon zwanzig Jahre zurück.«

»Florett, Degen oder Säbel?«

Thorn war überrascht. »Meistens Degen.«

Amos beantwortete Thorns unausgesprochene Frage. »Wahrscheinlich hat Marissa Ihnen erzählt, dass ich ein großer Verehrer von Shakespeare bin. Bei einigen Rollen muss man auf der Bühne ein bisschen fechten. Im Laufe der Jahre habe ich ein klein wenig darüber gelernt. Nun, ich möchte nicht, dass mein betagter Hund zu sehr ermüdet. Wir sollten zurückgehen. Ruth wird gleich das Mittagessen machen, und ich will ihr vorher noch sagen, dass sie das Gift weglassen soll.«

Er streckte die Hand aus, und Thorn ergriff sie. Amos hatte einen festen Händedruck.

»Willkommen in der Familie, Thorn.«

»So schnell geht das?«

»Marissa hat sich für Sie entscheiden, meine Frau mag Sie auch.«

»Was ist mit Ihnen?«

»Auch das ist kein Problem. Als meine Hündin den Stock vor Ihre Füße fallen ließ, war mir klar, dass Sie okay sind. Sheila hat eine noch bessere Menschenkenntnis als meine Frau und ich.«

15

Eastern Seabord Airlines – Flug 1012
Irgendwo über Tennessee

Carruth lehnte sich zurück. Er saß in der ersten Klasse des Jets und schlürfte einen Drink, Bourbon auf Eis. Lächelnd musste er daran denken, dass es für ihn eine erstklassige Woche gewesen war – zumindest in der Hinsicht, dass er etliche Leute kaltgemacht hatte. Zuerst zwei Washingtoner Cops, dann diese beiden Möchtegern-Terroristen in New Orleans. Es war beruhigend zu wissen, dass er in Hochform war, wenn es hart auf hart kam. Das Training auf dem Schießplatz war schön und gut, und die VR wurde immer besser, aber die echte Erfahrung ließ sich durch nichts ersetzen – der plötzliche Adrenalinstoß, wenn man von null auf hundert beschleunigte. Der Rückstoß des Gewehrkolbens, der Geruch des Schießpulvers, das scharfe Krachen, wenn die Kugel aus dem Lauf trat und die Schallmauer durchbrach. Ein Geräusch, das selbst die Ohrenschützer nicht ganz ersticken konnten …

Abdrücken, den Ladehebel zurückziehen, noch mal abdrücken, er war schon ein schwerer Junge …!

Ihm war klar, dass Lewis die drei Leichen am Mississippi nicht als großen Sieg verbuchen konnte, aber immerhin war sie mit heiler Haut davongekommen. Eben deshalb war er vor Ort gewesen, er hatte seinen Job erledigt. Lewis selbst hatte den potenziellen Käufer mit zwei Kugeln getötet, während der rote Punkt seiner Laserzielvorrichtung sich bereits auf der Brust des Mannes einpendelte, der sich ein paar Meter weiter versteckte. Er erledigte ihn, noch bevor der andere seine Waffe ziehen konnte.

Den zweiten Typ sah er erst, als er sich bewegte, aber er hatte eine ziemlich genaue Vorstellung davon, wo er sich verbarg. Folglich war er bestens vorbereitet, als der andere sich zeigte.

Zwei Schüsse, zwei Volltreffer, zwei Tote – viel besser hätte er es nicht anstellen können.

Drei Leichen am Boden, da musste man sich schleunigst aus dem Staub machen.

Lewis war zu dem Boot gerannt, das sie am Ufer festgemacht hatte. Ob sie es schaffte oder nicht, war ihre Sache. Er ließ den Motor des Lieferwagens an und fuhr davon.

Er hatte sich drei Fluchtrouten zurechtgelegt, brauchte aber über die zweite und dritte gar nicht mehr nachzudenken. Es war, als meinte Gott es gut mit ihm – alle Ampeln standen auf Grün, keine Verkehrsunfälle, keine Straßenbauarbeiten, es hätte nicht besser laufen können. An manchen Tagen hatte man eben Schwein, und glücklicherweise war dies einer von ihnen.

Er überquerte den Mississippi auf der Brücke des Highway 90, fuhr nach Gretna hinein, schlug eine westliche Richtung ein und nahm dann eine nicht asphaltierte Straße nach Süden. Schließlich hielt er an einem verschlammten Teich in der Nähe der Eisenbahnschienen. In dieser Gegend gab es jede Menge Wasser – Teiche, träge Flüsse, Kanäle, Seen …

Nachdem er sich vergewissert hatte, dass niemand in

der Nähe war, nahm er das Gewehr aus dem Lieferwagen.

An dem Jagdgewehr hing sein Herz nicht. Er warf es in den Teich, stieg wieder in den Lieferwagen und hielt sich weiter in westlicher Richtung, bis er das St. Charles Parish Hospital hinter sich gelassen hatte. Dann fuhr er auf der Interstate 310 zum Airline Highway und auf ihm weiter zum Flughafen. Wenn die Waffe jemals gefunden wurde, was unwahrscheinlich schien, hatte er nichts zu befürchten. Es gab keine Fingerabdrücke, und sie war durch nichts mit ihm in Verbindung zu bringen. Einer seiner Männer hatte sie auf einer Waffenausstellung im Orange County in Kalifornien gekauft. Der Verkäufer hatte keinen Stand gehabt, sondern ein Schild mit der Aufschrift »Zu verkaufen« am Lauf des Gewehrs befestigt. Ein Bargeschäft – Carruth' Mann hatte seinen Namen nicht genannt und kannte auch den des Verkäufers nicht.

Er stellte den Lieferwagen ab, entfernte das Magnetschild, warf seine Handschuhe in einen Abfalleimer und betrat das Terminal, wo ihm noch zwei Stunden Zeit blieben. Hinter ihm lag ein von vorn bis hinten blitzsauber durchgeführter Auftrag.

Da das Winchester-Gewehr auf dem Boden des Teichs lag, war er mehr oder weniger unbewaffnet. Den Revolver mitzunehmen war ihm als zu riskant erschienen, deshalb lag er unter Verschluss bei ihm zu Hause.

Carruth trank einen Schluck Bourbon. Nun, nicht ganz unbewaffnet. Er hatte einen dieser schweren Aktenkoffer aus Aluminium dabei, und darin befanden sich zwei so dicke gebundene Bücher, dass er Mühe gehabt hatte, den Deckel zu schließen. Das musste reichen, um eine Pistolenkugel abzufangen und unschädlich zu machen. Selbst wenn sie durch den Aktenkoffer drang, war ihre Durchschlagskraft nicht mehr groß genug, um ihn zu töten. Falls jemand auf die Idee kam, das Flugzeug zu entführen, bot der Aktenkoffer Schutz, wenn er den Hijacker unschädlich zu machen versuchte. Und wenn der mit einem Messer bewaffnet war? Das würde nicht reichen gegen einen Mann, der in der Navy bei einer Spezialeinheit ausgebildet worden war und mit einem fünf Kilo schweren Aktenkoffer ausholte. Er würde den Hijacker mit der Wucht eines Presslufthammers treffen.

Schon seit einer Weile war in den Vereinigten Staaten keine Linienmaschine mehr entführt worden – nachdem diese Verrückten die Twin Towers zum Einsturz gebracht hatten, war Flugzeugentführung zu einem riskanten Geschäft geworden. Früher waren die Leute still sitzen geblieben und hatten darauf gewartet, dass ihnen jemand zu Hilfe kam. Falls heutzutage jemand auf die Idee kam, ein Flugzeug in seine Gewalt zu bekommen, sprang noch die letzte Oma auf und versuchte, den Entführer mit allem anzugreifen, was nicht niet- und nagelfest war. Wenn man vor Augen hatte, dass die Maschine in einen Wolkenkratzer gesteuert werden würde, kam einem ein Entführer mit einem Teppichmesser nicht mehr so furchterregend vor. Stichwunden konnte man gut überleben, aber wenn eine Maschine mit ein paar hundert Stundenkilometern in ein Hochhaus krachte und explodierte, kam niemand mit dem Leben davon.

Carruth leerte sein Glas. Einen Augenblick dachte er daran, sich einen zweiten Drink zu genehmigen, entschied sich aber dagegen. Er musste nüchtern bleiben, nur für den Fall der Fälle. Entsetzlich, worüber man sich heutzutage in den Vereinigten Staaten von Amerika Gedanken machen musste.

Nun, er war auf alles vorbereitet. Diesen Jet würde niemand entführen. Nicht, solange er darin saß.

FBI-, Net Force-, Marines-Hindernisbahn
Quantico, Virginia

Es gab Tage, an denen sich Abe Kent wie ein Neun-
zehnjähriger fühlte. Er sprang erholt aus dem Bett, ohne
Schmerzen und Beschwerden, und hätte er nicht im Badezimmer in den Spiegel schauen müssen, hätte er fast für
einen Augenblick vergessen können, dass er schon über
vierzig Jahre keine neunzehn mehr war.

Dies war keiner der guten Tage. Normalerweise wärm-
te er sich vor dem Absolvieren der Hindernisbahn mit
zehn oder zwölf Klimmzügen, fünfzig Liegestützen und
einigen Sit-ups auf. Dazu kamen Dehnübungen, um die
Gelenke zu lockern und die Blutzirkulation anzuregen.
Aber heute war eine Kaltfront aufgezogen, und es fiel ein
unangenehmer Nieselregen, sogar mit einigen Schneeflo-
cken durchsetzt. Nach acht Klimmzügen war ihm klar,
dass er aufhören musste, wenn er keine Zerrung riskieren
wollte.

Liegestützen schaffte er vierzig, ohne schlappzuma-
chen, doch bei den Sit-ups ließ er es diesmal langsamer
angehen. Trotzdem war er hinterher so erschöpft, dass
ihm der bloße Gedanke an die Hindernisbahn abschre-
ckender als nötig erschien.

Ein kleiner Teufel auf seiner Schulter sagte: *Hör zu,
Abe, du bist jetzt General und kannst alles delegieren. Niemand erwartet, dass du bei Nieselregen die ganze Hindernisbahn schaffst, wie ein Rekrut in der Grundausbildung! Du
musst nicht gegen junge Männer bestehen, die deine Enkel sein
könnten! Vergiss es! Fahr nach Hause, stell dich unter die heiße
Dusche, mach noch ein Nickerchen – du hast es dir verdient!*

Kent lächelte. Genau, so fing es an. Wenn man auf diese
Stimme hörte, saß man bald nur noch mit einer Bierdose
vor dem Fernseher und erinnerte sich daran, was für ein
harter Bursche man in der guten alten Zeit gewesen war.

Man konnte immer einem plötzlichen Herzinfarkt zum Opfer fallen, doch wenn es schon sein musste, dann lieber hier als vor der Glotze.

Er ging zur Hindernisbahn.

Zu dieser frühen Stunde waren an einem nasskalten Morgen kaum andere Leute da, aber einer kam ihm vertraut vor …

»John?«

»Morgen, Abe.«

Die beiden schüttelten sich die Hand.

»Ich wusste nicht, dass Sie immer noch herkommen.«

»Muss sein«, sagte Howard. »Für einen Zivilisten besteht immer die Gefahr, vor dem Fernseher fett zu werden.«

»Sie könnten ein angenehm warmes Fitnessstudio besuchen.«

Howard lachte. »Wenn ich hier umsonst trainieren kann? Außerdem laufen im Fitnessstudio zu viele hübsche junge Dinger in hautengen Klamotten herum, und meine Frau hat etwas dagegen, wenn ich sie anstarre. Dort ist es schwer, sich auf das Training zu konzentrieren. Mit alten Marines in verschwitzten Sweatshirts hat man dieses Problem nicht.«

Kent lachte.

»Einen Augenblick hatte ich den Eindruck, Sie würden für heute aufgeben«, sagte Howard.

»Das stimmt. Es gibt Tage, da ist die Trägheit schwer zu überwinden.«

»Verstehe. Soll ich Ihnen einen Vorsprung lassen?«

»Nicht nötig. Ich denke schon, dass ein altgedienter Marine mit einem fetten und schlappen ehemaligen General mithalten kann. Selbst dann, wenn er zwanzig Jahre älter ist.«

Beide lachten.

Richmond, Virginia

»Glaub's mir, Tommy, es hätte nicht besser laufen können. Sollten meine Eltern je von ihrem Urlaub in Kanada
zurückkehren, wird der Antrittsbesuch bei ihnen ein Spaziergang im Vergleich zu dem bei Ruth und Amos.«

Thorn nickte. »Ich mag deine Großeltern.«

»Schön zu hören.«

»Also, wann werden wir heiraten?«

Sie zuckte die Achseln. »Von mir aus am Freitag, aber
es geht nicht nur nach mir. Meine Mutter wird auf einer
groß aufgezogenen kirchlichen Trauung bestehen. Vermutlich hat sie nicht mehr daran geglaubt, dass es noch
passieren würde, und auch wenn ich ein bisschen zu alt
bin für ein weißes Brautkleid, werde ich mich vor dem
ganzen Drum und Dran nicht drücken können. Das bin
ich ihnen schuldig.«

»Werden zwei Monate reichen, um alles vorzubereiten?«

Sie lachte. »Zwei Monate? So lange dauert es schon,
wenn man wegen einer ungewollten Schwangerschaft
heiraten muss. Für eine richtige Hochzeit braucht man
mindestens ein Jahr Vorbereitungszeit.«

»Machst du Witze?«

»Du wirst schon sehen.«

»Was gibt's da groß zu planen? Man sucht die Kirche
aus, kauft das Brautkleid, lässt ein paar Einladungen dru-
cken und kümmert sich um den Geistlichen.«

Sie lachte erneut. »So viel zu lernen, so wenig Zeit …«

16

Washington, D. C.

Während sie zu ihrem Treffen mit Carruth fuhr, dachte Lewis über ihr neues Problem nach. Gestartet hatte sie dieses Projekt in dem Bewusstsein, dass Risiken unvermeidlich waren, wenn man sich mit Leuten einließ, die wissen wollten, wie man sich illegal Zutritt zu amerikanischen Militärstützpunkten verschaffte. Wie das Beispiel Aziz gezeigt hatte, kannten solche Leute keine Skrupel, notfalls Menschen aus dem Weg zu räumen, um an ihr Ziel zu gelangen. Sie hatte geglaubt, das Risiko minimieren zu können. Zuerst hatte sie versucht, potenzielle Interessenten für ihre Informationen durch E-Mails zu finden, die sie aufs Geratewohl rund um die Welt verschickte. Dafür benutzte sie einen Server in Nordafrika, einen geostationären militärischen Kommunikationssatelliten über den Virgin Islands und einen kabellosen Plexus, die, zusammen mit weiteren Servern, ihre Signale hin- und herschickten, bevor sie diese an einen generischen Server übermittelten, den sie in einer Mietwohnung in Delaware installiert hatte. Der Server legte Material in einer Datei ab, die sie anonym öffnen konnte, jedoch nur mit einem Passwort, und eigentlich durften von der Existenz dieses Servers nur sie selbst und der Provider etwas wissen. Dieses Geflecht war kompliziert und undurchdringlich genug, um sicherzustellen, dass nicht plötzlich irgendjemand unvermutet auf ihrer Türschwelle stand. Und wenn jemand die Tür der Wohnung in Delaware aufbrach, aktivierte er den Zünder einer Ladung Plastiksprengstoff. Die Explosion würde nicht nur den Server zerstören, sondern auch jeden auslöschen, der zu sehr in seine Nähe kam. Selbst wenn jemand es so weit schaffte, es würde ihm nichts nutzen …

Einige der Antworten, die sie erhielt, waren dubiose Angebote, von denen ihrer Meinung nach etliche von Strafverfolgungsbehörden aus verschiedenen Ländern kamen, zu denen wahrscheinlich auch die USA gehörten.

Nur sehr wenige schienen interessant, und diese hatte sie später aussortiert.

Sie engagierte einen extrem diskreten Mitarbeiter und ließ ihm die Namen zukommen. Simmons hatte für den militärischen Geheimdienst und später für die CIA und NSA gearbeitet, bis er bei Schwarzmarktgeschäften in Syrien geschnappt worden war. Da er offenbar wusste, welche Leichen die Amerikaner im Keller hatten, wurde er nicht vor Gericht gestellt, sondern nur still und heimlich als Agent gefeuert. Man riet ihm, ein unauffälliges Leben zu führen und die Klappe zu halten, ansonsten würden ihm die Antiterrorgesetze zum Verhängnis.

Und einen Mann zu haben, der herausfand, wer welche Leichen im Keller hatte, war äußerst nützlich für Lewis.

So war sie schließlich auf Aziz gestoßen, und wenn der nicht zu gierig geworden wäre, hätte vielleicht alles plangemäß geklappt.

Doch jetzt war er tot, und sie musste ganz von vorn beginnen. Schließlich hatte sie die Namen von zwei neuen Interessenten.

Einer war angeblich ebenfalls aus dem Mittleren Osten, der andere ausgerechnet Australier. Doch bevor sie sich mit ihnen traf, musste sie sicherstellen, dass sie keine Mitarbeiter von Sicherheitsbehörden waren und überprüfbare Referenzen hatten. Also ließ sie wiederum Simmons die Namen zukommen, wie zuvor bei Aziz. Dies war der riskanteste Teil der gesamten Operation, man musste sehr vorsichtig vorgehen.

Sie konnte nicht davon ausgehen, dass der nächste potenzielle Kunde erneut ein fundamentalistischer Terrorist

163

war, der sich von der Waffe eines toten Märtyrers beeindrucken ließ. Also sah es so aus, als müsste sich Carruth erneut einen Militärstützpunkt vorknöpfen, und am besten wäre es, wenn er diesmal mit etwas wertvollerem zurückkam als einer legendären Pistole.

Die Uhr lief. Aber Simmons hatte sich nicht bei ihr gemeldet, und das war beunruhigend. Zwar konnte es dafür eine Reihe guter Gründe geben, doch selbst wenn er nichts Nützliches fand, ließ er sie das in der Regel schnell wissen. Wenn sie ihm etwas mitzuteilen hatte, kaufte sie ein billiges Einwegtelefon und schickte Simmons die Nummer in einer verschlüsselten Datei. Er meldete sich dann meistens noch am selben Tag, manchmal am nächsten.

Doch jetzt hatte sie seit drei Tagen nichts mehr von ihm gehört.

Sie hatte den mit Carruth vereinbarten Treffpunkt fast erreicht – ein heruntergekommenes Lokal an einer Straße, die wegen Bauarbeiten aufgerissen war. Man musste einen Häuserblock entfernt parken und sich zu Fuß hinbemühen – nicht, dass es der Mühe wert gewesen wäre. Das Essen war lausig, der Kaffee jenes ungenießbare Gebräu, das sich den ganzen Tag in einer Warmhaltekanne befand …

Sie grinste. Wenn sie sich weiter mit Carruth in Lokalen traf, wo der Fraß so mies war, würden sie beide noch abnehmen.

Sie parkte den Wagen und stieg aus.

Dino's Grill

»Er heißt Simmons«, sagte Lewis. »Hier ist die Adresse.«

»Wer ist das?«

»Ein ehemaliger Schlapphut, hat für einen Nachrichtendienst der Army und später für die CIA und NSA gearbeitet. Jetzt ist er selbständig. Er ist der Mann, den ich mit den Nachforschungen über die potenziellen Käufer unseres Produkts beauftragt habe.«

Carruth nickte. »Okay. Und warum soll ich mich mit ihm treffen?«

»Um herauszufinden, warum er meine E-Mails nicht beantwortet und nicht den Hörer abnimmt.«

»Vielleicht hat er vergessen, die Telefonrechnung zu bezahlen.«

»Und vielleicht hat er sich auch in einen Schmetterling verwandelt und ist nach Mittelamerika geflogen.«

Carruth blickte auf die Adresse und grinste. »Was mache ich, wenn ich ihn gefunden habe?«

»Ihn fragen, warum er mir keine Informationen über seine Recherchen hinsichtlich der beiden Namen geliefert hat.«

»Wie lauten sie?«

»Müssen Sie nicht wissen.«

Er lachte. »Schon vergessen, wie Sie in New Orleans auf dem Parkweg standen und Abdul und sein unangenehmer Bruder aus den Büschen traten, um Sie zu erschießen?«

»Ich erinnere mich.«

»Wir sitzen bei dieser Geschichte in einem Boot, Captain, und ich habe meine Loyalität demonstriert, als ich die beiden aus dem Verkehr gezogen habe. Ich werde schon nicht davonlaufen und mich mit meinem Wissen geschäftlich selbständig machen. Außerdem, wenn ich diesen Simmons nach den Namen frage, könnte er sie vielleicht unfreiwillig ausplaudern.«

Lewis dachte ein paar Augenblicke darüber nach. »Okay, verstehe. Einer der beiden ist ein Australier namens Brian Stuart, der andere ein weiterer Kandidat aus dem Mittleren Osten, der den Namen Ali bin Rahman bin Fahad Al-Saud benutzt.«

Carruth schüttelte den Kopf. »Einer von diesen Prinzen? Diese Jungs haben es mit ihren Namen, was? Binsowieso und so weiter.«

»Vermutlich ein Deckname. Wahrscheinlich versteckt sich dahinter jemand, der genauso wenig ein Prinz ist wie Sie.«

»Und wenn ich alles Wichtige über Stuart und Binsowieso aus Simmons heraushole, sind wir wieder im Geschäft?«

»Ja, wenn einer von den beiden so viel Geld hat, wie wir uns das vorstellen. Aber ich denke, sie werden nicht sonderlich beeindruckt sein von der PPK, die Sie geklaut haben. Wahrscheinlich müssen wir uns einen weiteren Militärstützpunkt vorknöpfen und etwas Nützlicheres mitbringen.«

»Zum Beispiel?«

»Oh, ich habe schon ein paar Ideen. Wenn Sie zurück sind, treffen wir uns.« Sie reichte ihm einen gelben, von einem Notizblock abgerissenen Zettel. »Darauf steht neben der Adresse des nächsten Treffpunkts auch die neue Telefonnummer – zum einmaligen Gebrauch.«

»Wieder so ein Loch mit miesem Kaffee?« Carruth blickte auf den Zettel, prägte sich die Adresse und Telefonnummer ein, rollte ihn zusammen und steckte ihn in die Tasche.

»Genau. Wo es guten Kaffee gibt, sind auch Kunden, und wir wollen keinerlei Aufmerksamkeit auf uns ziehen.«

»Sie können mich jederzeit in meiner Wohnung besuchen«, sagte er. »Bei mir bekommen Sie Kaffee aus frisch gemahlenen Bohnen.«

»Ja, und eines Tages friert die Hölle zu.«

Carruth lachte.

Cleveland Park
Washington, D.C.

Simmons' Büro befand sich an der Connecticut Avenue, nicht weit vom alten Uptown Theater mit der Art-déco-Fassade. Ein hübsches Viertel, keine Wolkenkratzer, und immer noch ein Teil von Cleveland Park. Das Büro befand sich im ersten Stock eines Backsteingebäudes, über einem Geschäft. Ganz so schlecht konnte der Mann nicht verdienen.

Carruth hielt nach Überwachungskameras Ausschau, sah aber keine, die auf das Haus mit Simmons' Büro gerichtet war. Wenn der Mann früher Agent gewesen war, hatte er sich bestimmt eine Adresse ausgesucht, wo er nicht auffallen würde.

Auf dem Klingelschild, das zu Simmons' Büro gehören musste, stand kein Name. Carruth drückte auf den Knopf und wartete.

Keine Reaktion.

Es gab noch vier andere Büros, und er hätte dort schellen und darauf warten können, dass jemand auf den Türöffner drückte. Aber ihm war es lieber, wenn sich nach Möglichkeit niemand an seinen Besuch erinnerte.

Die Haustür umfasste eine Stahlzarge, die wie gehämmertes Schmiedeeisen aussah, und bestand aus Metall und Glas. Sie hatte einen Schnappriegel und Sicherheitsbeschläge und konnte entweder durch den Türöffner oder einen Schlüssel geöffnet werden.

Kein Problem für ihn, diese Tür sollte lediglich anständigen Menschen den Zutritt verwehren. In seiner Brieftasche hatte er ein flexibles Stück Federstahl, ein bisschen kleiner als eine Kreditkarte. Er zog ein paar Nike-Handschuhe aus seiner Jackentasche, eigentlich für Receiver beim Football gedacht. Gegen Kälte ließ sich damit nur wenig ausrichten, aber sie waren dünn genug, um genug

Gefühl in den Fingern zu haben, und man hinterließ keine Abdrücke.

Er wischte mit dem Handschuh den Türknauf ab und drückte die Feder in den Türspalt.

Für vorbeikommende Passanten sah es so aus, als würde er die Tür ganz normal mit einem Schlüssel öffnen.

Mit dem Federstahl brauchte er gerade vier Sekunden, um den Schnappriegel zurückzuschieben und die Tür zu öffnen. Teufel, es hätte genauso gut ein Schlüssel sein können.

Grinsend eilte er die Treppe hoch. Auf dem Schild an Simmons' Tür stand keine Name, nur eine 4, die Nummer des Büros, das rechts am Ende des Ganges lag. Alle Türen waren solide, kein Glas. Da es keine Fenster gab, die auf den Flur gingen, sah ihn niemand. Auch hier schien es keine Überwachungskamera zu geben.

Simmons' Tür war nicht abgeschlossen, und Carruth öffnete sie einen Spalt weit. »Hallo? Mr Simmons?«

Als er eintrat, stieg ihm sofort der Geruch in die Nase, dieser süßliche, Übelkeit erregende Gestank, den man nie wieder vergaß.

Er machte sich nicht die Mühe, seine Waffe zu ziehen, sondern ging sofort durch das Vorzimmer und einen kurzen Gang hinab, der vor einer verschlossenen Tür endete. Wenn die Leiche schon so lange hier lag, dass sie stank, würde bestimmt nicht noch ein schwerer Junge daneben stehen, ihr beim Verwesen zusehen und auf Besucher warten ...

Die innere Tür war ebenfalls nicht abgeschlossen, und dahinter lag – nicht weiter überraschend – ein toter Mann auf dem Boden, direkt neben einem großen Schreibtisch.

Etwa fünfundfünfzig, stämmig, Glatze. Jackett mit passender Hose, blassblaues, am Kragen offenes Hemd. Ein Schuh lag neben der Leiche. Hellgraue Socken.

Hinter dem Schreibtisch befand sich ein Fenster, aber die Jalousie war zugezogen.

Carruth hockte sich neben die Leiche. Wahrscheinlich schon zwei, drei Tage tot. Keine sichtbare Schuss- oder Stichwunde. Kein Blut.

Er schob den Kopf des Mannes ein bisschen zurück – die Totenstarre war längst eingetreten – und entdeckte Würgemale am Hals. Stranguliert, mit einem dünnen Seil oder einem Draht. Ein Amateur war es nicht gewesen. Bald würde es in dem geheizten Gebäude richtig stinken. Noch ein oder zwei Tage, dann machten die Leute aus den benachbarten Büros eine fatale Entdeckung.

Er zog Simmons' Brieftasche aus der Gesäßtasche seiner Hose. Zweihundert Dollar in Zwanzigern, dazu ein paar Fünfer und Kleingeld. Eine hübsche Uhr. Ein Raubmord war es nicht.

»Hallo, Mr Simmons«, murmelte er, während er auf das Foto auf dem Führerschein schaute. Tatsächlich gab es drei Führerscheine, aus Washington, Virginia und – ausgerechnet – Oklahoma. Und einen Waffenschein für Washington, D. C. Beeindruckend, da war schwer dranzukommen. Schließlich fand er einige sehr offiziell wirkende Plastikkarten mit Fotos für das FBI, die CIA, die NSA und die Washingtoner Polizei. Hochinteressant.

Carruth packte alles in die Brieftasche zurück und schob sie wieder in die Gesäßtasche. Dabei fiel ihm ein kleines Holster an Simmons' Gürtel auf, aber die Waffe fehlte.

Auf dem Schreibtisch stand ein Computer. Er setzte sich und berührte die Maus. Der Computer lief im Sleep-Modus und schaltete in den Betriebszustand um.

Er klickte das E-Mail-Programm an, doch als er den Posteingang öffnen wollte, wurde ein Passwort verlangt. Er war kein Computerfreak, der den Zugang zu Dateien knacken konnte. In einer der Schreibtischschubladen fand er eine Packung mit DVD-Rohlingen und schob einen in den Brenner. Er kopierte das E-Mail-Programm und so viele andere Dateien, bis der Datenträger voll war. Dann nahm er ihn aus dem Laufwerk und steckte ihn ein. Anschließend wiederholte er die Prozedur noch dreimal, bis er den kompletten Inhalt der Festplatte kopiert hatte. Lewis kannte sich mit diesen Dingen aus. Sollte sie sich damit befassen.

Er formatierte die Festplatte neu und hoffte, dass damit alle Dateien gelöscht waren und von den Cops nicht wiederhergestellt werden konnten.

Danach drückte er einige Tasten des Telefons. Simmons hatte ein Service-Paket, das unter anderem Funktionen wie automatische Anruferkennung und Weiterleiten einschloss. Ein weiterer Knopfdruck zeigte ihm eine Liste der letzten Gespräche. Er zog ein Notizbuch aus der Tasche und schrieb die Informationen auf. Dann löschte er die Liste. Eine Aufstellung der Anrufe konnten die Cops auch von dem Telekomunternehmen bekommen, aber man musste es ihnen ja nicht zu leicht machen.

Schließlich durchsuchte er noch einige Aktenschränke und den Schreibtisch, fand aber nichts Nützliches – außer einem Scheckbuch und einem aktuellen Kontoauszug, nach dem Simmons über ein Guthaben von über vierzigtausend Dollar verfügte. Wahrscheinlich war alles Wichtige in den durch ein Passwort geschützten Daten enthalten, die er soeben kopiert hatte.

Es war eine Versuchung, aber er ließ das Scheckbuch in der mittleren Schreibtischschublade liegen.

Er stand auf. Irgendjemand hatte Mr Simmons ermordet. Ein Mann mit seiner beruflichen Vergangenheit hatte vermutlich allerlei Feinde, und die ganze Geschichte musste nichts mit seinem und Lewis' Projekt zu tun haben. Aber es wäre nicht klug gewesen, das als gegeben anzunehmen. Es konnte sich um einen bloßen Zufall handeln, doch sicher war das keineswegs. Es war gefährlich, sich einer Illusion hinzugeben.

Bei der Navy hatte man ihm beigebracht, immer von dem schlimmsten denkbaren Szenario auszugehen und sich darauf vorzubereiten. Wenn man mit fünfzehn feindlichen Soldaten rechnete und es dann nur fünf waren, war das eine positive Überraschung. Rechnete man mit fünf und stand schließlich fünfzehn gegenüber, hatte man ein Problem. Es konnte einen das Leben kosten.

Wer immer Mr Simmons erwürgt hatte, er war ein Profi und höchstwahrscheinlich bewaffnet. Eine gefährliche Person – wenn er allein gewesen war. Falls Simmons über Informationen verfügt hatte, die dem Killer auch nur die geringste Chance ließen, Captain Rachel Lewis zu finden, war es ratsam, von diesem Szenario auszugehen. Wie ging man am besten mit diesem Problem um, wenn es sich stellte?

Es war an der Zeit, sich aus dem Staub zu machen. Er hatte hier nichts mehr zu gewinnen, aber einiges zu verlieren angesichts der Tatsache, dass er wieder in Washington war und die Waffe bei sich trug, mit der er die beiden hiesigen Cops getötet hatte. Falls es wieder eine Überraschung wie diese gab, musste er noch einmal darüber nachdenken, ob es klug war, den Revolver zu behalten. Wenn diese Geschichte überstanden war, hatte er mehr als genug Geld, um sich, falls er Lust hatte, ein identisches Paar zu kaufen und auf Löwenjagd zu gehen. Vielleicht sollte er den Revolver zumindest irgendwo verstecken, wo er nicht gefunden wurde, bis er ein reicher Mann war? Schließlich konnte er bis dahin auch eine andere Waffe benutzen.

Doch darüber konnte er sich später Gedanken machen. Zuerst musste er unbemerkt dieses Gebäude verlassen.

Carruth spähte in den Flur. Niemand zu sehen. Er eilte den Gang und die Treppe hinab, trat dann in den kühlen

Nachmittag hinaus. Als er das Haus hinter sich ließ, tat er es nicht so schnell, dass es Aufmerksamkeit erregt hätte, aber er trödelte auch nicht.

Wahrscheinlich war Lewis gar nicht glücklich, diese Neuigkeit zu hören, aber es war besser, wenn sie es wusste.

Und was hatte seine Entdeckung für Konsequenzen für ihr gemeinsames Projekt?

17

Sinclair's Fast Stop Market and Café
Washington, D.C.

Lewis hatte die Liste der Telefonnummern durchgesehen, die Carruth ihr gegeben hatte. Wie auch den Inhalt der Dateien, die er kopiert hatte – es war kein Problem gewesen, den Zugang zu knacken. Simmons hatte das Datum seines Geburtstags als Passwort benutzt, was so einfallslos war, dass für den Killer vielleicht zumindest eine vage Spur in ihre Richtung führte. Die Nummer eines ihrer Telefone, die sie nur einmal benutzte, stand zweimal auf der Liste, und sie hatte Simmons auch E-Mails geschrieben.

Das billige Einwegtelefon hatte sie mit dem Absatz zerbrochen und an einer Straßenecke in einen Müllcontainer geworfen. Von der E-Mail-Adresse führte natürlich keine Spur zu ihr, aber sie annullierte sie trotzdem. Ende der Geschichte.

Wer immer Simmons getötet hatte, vielleicht wollte er gar nichts von ihr, doch es war besser, auf Nummer sicher zu gehen. Der Inhalt der Dateien konnte ihr nicht zum Verhängnis werden. Das Telefon hatte sie gegen Barzahlung in einem Best-Buy-Elektronikladen gekauft, an einem Samstagmorgen, als dort jede Menge los war; die E-Mail-Adresse war bei einem Provider in Hongkong registriert, und sie hatte sie mit Kreditkarte bezahlt. Von ihr führte die Spur nur zu einem Postfach, das sie unter einem falschen Namen gemietet hatte. Sie würde sich nie mehr dort blicken lassen.

Aber: Ein Problem gab es – sie hatte sich ein paarmal mit Simmons getroffen. Natürlich, ohne ihren richtigen Namen zu nennen, aber er hatte gewusst, wie sie aussah. Wenn der Mörder nach ihr suchte – was unwahrscheinlich, aber nicht auszuschließen war –, hätte Simmons ihm eine Beschreibung geben können, wenn er unter Druck gesetzt worden war.

Was war, wenn Simmons getötet worden war, um ihr auf die Spur zu kommen?

Wahrscheinlich hatte er ihr Äußeres beschrieben, aber mit Auskünften wie »blonde junge Frau« ließ sich natürlich nichts anfangen. Wenn Simmons' Mörder nicht mehr in der Hand hatte, würde er sie in einer Million Jahre nicht finden. Trotzdem war sie beunruhigt. Was hatte das alles zu bedeuten?

Carruth trank nicht einmal einen Schluck von dem Kaffee, der vor ihm auf dem zerkratzten grünen Kunststofftisch stand, sondern ließ ihn einfach kalt werden.

»Also, wird die Geschichte zum Problem für uns?«

Lewis schüttelte den Kopf. »Ich denke nicht. Wer ihn auch umgebracht hat, mit uns hat das nichts zu tun. Und selbst wenn es so wäre, es gibt nichts, das uns gefährdet.« Zumindest hoffte sie das.

Carruth nickte. »Okay. Wie geht's weiter?«

»Wir attackieren den nächsten Militärstützpunkt. Oder besser: Sie.«

»Hat die Army nicht mittlerweile alle Codes geändert und sich sonst was einfallen lassen?«

Sie lächelte. »Ich bin die Army, schon vergessen? Gridley glaubt vielleicht, alle Probleme beseitigt zu haben, doch sicher sein kann er sich nicht. Ich habe die neuen Codes für unser nächstes Ziel.«

»Ich höre.«

Sie weihte ihn in ihren Plan ein.

Carruth lächelte. »Gefällt mir. Endlich mal eine Aktion, bei der wir ein paar Dollars machen können. Wann?«

»Jetzt oder nie. Wie lange brauchen Sie?«

»Ein oder zwei Tage, um das Szenario durchzuspielen und meine Jungs vorzubereiten, dann fliegen wir nach Kentucky. Ich würde sagen, wir können ziemlich schnell zuschlagen.«

»Gut. An die Arbeit.«

Nachdem Carruth verschwunden war, blieb Lewis noch einige Minuten sitzen und starrte auf ihre Tasse, in der der Kaffee ebenfalls kalt wurde. Es gefiel ihr nicht, dass Simmons tot war, aber es gab noch andere. Sie würde einen neuen Schnüffler finden, der bestimmte Dinge für sie in Erfahrung bringen konnte. Noch lief alles nach Plan.

Bill Curtis' Saloon
Thirteenth Street, Third District – Chestnut Valley
St. Louis, Missouri
Heiligabend 1895

Jay wusste, es war nur um den Hut gegangen. Es gab Dutzende, vielleicht sogar Hunderte von Versionen, wie alles passiert war und wer wem was angetan hatte, aber im Zentrum der Geschichte stand der Hut.

Einige behaupteten, er habe aus Menschenhaut bestanden und sei vom Teufel persönlich gefertigt worden, um das Schicksal der Seele des Zuhälters Lee Shelton zu besiegeln, doch nach dem, was Jay herausgefunden hatte, gestützt auf das exzellente Buch von Cecil Brown über die ganze Affäre, hatte es sich um nichts anderes als einen Cowboyhut gehandelt, einen milchweißen großen Stetson mit breiter Krempe …

Heiligabend 1895 – der Curtis Saloon lag mitten im sündigen Viertel von St. Louis, umgeben von Bars, Bordellen und Billardhallen.

In dem Lokal war die Luft zum Schneiden dick, es roch nach Zigarren- und Pfeifenrauch und verschütteten alkoholischen Getränken. Die Männer tranken oder aßen Soleier und Frauen von ganz und gar nicht tugendhaftem Charakter offerierten stundenweise ihre Dienste. Normalerweise änderte Jay seine Hautfarbe in seinen Szenarios nicht, doch diesmal hatte er eine Ausnahme gemacht, weil er einfach zu blass war, um in diese Umgebung zu passen. Hier trat er, wie man damals sagte, als Neger auf – groß genug, um auf streitsüchtige Trunkenbolde einschüchternd zu wirken. Er trug einen braunen Anzug und dazu passende braune Schuhe und interessierte sich nicht besonders für seine Umgebung.

Billy Lyons und Henry Crump, zwei gut gekleidete Schwarze, standen zusammen an der Bar, unter Männern von einer etwas zweifelhafteren Sorte. Das Lokal wurde meistens von Ganoven besucht, und Lyons hatte sich für den Fall der Fälle vorsorglich ein Messer von Crump geliehen. Jay kannte die Vorgeschichte. Die beiden hatten den Abend in besseren Etablissements begonnen und wollten ihn in Bill Curtis' Saloon beschließen, ungeachtet aller dort drohenden Gefahren.

Alkohol machte die meisten Männer nicht klüger.

Da es eine kalte und windige Nacht war, stellten sich Billy und Henry dicht neben den Ofen, der in einer Ecke neben der Bar stand. Eine Ragtime-Band, bestehend aus einem Pianisten, Gitarristen und Banjospieler, gab ein Weihnachtslied zum Besten, danach ein Stück von Scott Joplin. Auf einer hölzernen Bühne im Hintergrund, wo

175

ein paar Männer würfelten, wurde es gelegentlich laut. Der Laden war nicht übermäßig gut besucht, aber immer noch passabel, denn Weihnachten blieben die meisten Leute zu Hause bei ihren Familien.

Billy und Henry hatten noch nicht genug und tranken weiter Bier, während sie über Weihnachten und das bevorstehende neue Jahr plauderten.

Jay stand in der Nähe, seinerseits ein Bier schlürfend, und beobachtete die beiden. Er zog seine Taschenuhr hervor und schaute darauf. Bald war es so weit …

Lee Sheldon, alias »Stack Lee«, alias »Stagolee« schneite herein, und selbst bei dieser trüben Beleuchtung war seine Erscheinung imposant. Maßgefertigte spitze Schuhe mit flachen Absätzen, oben mit kleinen Spiegeln versehen, auf denen sich das Licht reflektierte. Graue Gamaschen, graue Nadelstreifenhosen, ein an den Schultern dick gepolstertes Jackett. Rote Weste über einem gelben, bestickten Hemd mit hohem, steifen Kragen. Ein Spazierstock aus Ebenholz mit goldenem Knauf. Und der Stetson, bestickt mit einem Bild seiner Frau Lillie, vervollständigte Stacks elegantes Outfit. Er war ein bekannter Zuhälter, der seinen Auftritt mit Pomp zelebrierte, einer der berüchtigtsten »Macks«, wie sie von den Ortsansässigen genannt wurden. Angeblich besaß er einen eigenen Club, und die Frage, warum er sich an diesem Abend nicht dort aufhielt, sollte nie beantwortet werden.

In anderen Versionen der Story war er ein Kellner, Barkeeper oder Droschkenfahrer, jeder konnte es sich aussuchen. Aber alle waren sich einig, dass er ein sportlicher Mann gewesen war, mit reichlich Bargeld in der Tasche und immer wenigstens vier oder fünf Frauen im Schlepptau, darunter auch seine Angetraute.

Jay beobachtete, wie sich Stack – dieses Alias ging angeblich, je nach Quelle, auf ein Riverboat oder seinen Kapitän zurück – eine dicke Zigarre anzündete und mit jemandem in der Nähe zu plaudern begann. Jay war zu weit weg, um mithören zu können, aber es hieß, Stack habe gefragt, wer an diesem Abend die Spendierhosen anhabe.

Es stellte sich heraus, dass Billy Lyons an diesem kalten Weihnachtsabend großzügig Runden schmiss, und Stack stolzierte langsam zu ihm herüber, damit jeder seine Garderobe bewundern konnte.

Da beide schon eine Ewigkeit in der Stadt lebten, kannten sich Stack und Billy. Nach einer Version der Geschichte gab es böses Blut zwischen ihnen – angeblich hatte Charlie Brown, Billys Stiefbruder, Stacks Freund Harry Wilson getötet, wofür Stack sich rächen wollte. Doch in dieser Nacht standen sie trinkend beisammen, unterhielten sich friedlich und lachten. Zumindest eine Weile.

Jay pirschte sich näher an die beiden heran, um den Wortwechsel verfolgen zu können. Mittlerweile ging es um Politik, und es war eine hitzige Debatte.

»Du hast von nichts eine Ahnung«, sagte Stack kopfschüttelnd.

Billy trank einen Schluck Bier. »Ich weiß mehr darüber als du – ich war *dabei* und habe mit eigenen Ohren gehört, was der Mann gesagt hat.«

»Ach wirklich?«

»Soll ich's dir schriftlich geben, ignoranter Hurensohn?«

Stack stellte sein Glas ab und richtete sich zu voller Größe auf. Imposant war das nicht, er maß vielleicht eins siebzig. Er streckte die Hand aus und versetzte Billys Hut, einer Melone, einen kleinen Klaps.

»Du nennst mich ignorant? Pass gut auf deinen Hut auf.«

»Du auch.« Billy, größer als der andere, schlug auf Stacks Stetson, der danach schief auf dessen Kopf saß.

Stack Lee rückte grinsend seinen Hut zurecht und riss

177

Billy dann urplötzlich die Melone vom Kopf. Er hielt sie in der linken Hand und versetzte ihr mit der Rechten einen Schlag, durch den er die Kopfbedeckung ruinierte.

»Du hast meinen Bowler ramponiert!«, sagte Billy.

»Darauf kannst du einen lassen.« Stack warf die aus der Form gegangene Kopfbedeckung auf die Bar. »Aber auch vorher sah er beschissen aus, wenn du mich fragst.«

»Du schuldest mir einen neuen Hut. Ich will fünfundsiebzig Cents von dir.«

»Fünfundsiebzig Cent? Dafür kann ich eine ganze Regalladung von diesen Hüten kaufen! Das Ding war keinen Nickel wert.«

Billy mochte sturzbetrunken sein, war aber immer noch schnell und riss Stack den Stetson vom Kopf. »Dann tauschen wir eben.«

»Her mit dem Hut«, sagte Stack.

»Nichts da, das kannst du vergessen. Erst will ich mein Geld.«

»Du gibst sofort den Hut zurück, sonst blas ich dir dein beschissenes Gehirn aus dem Schädel.«

»Das werden wir sehen.«

Jay beobachtete die Entwicklung aufmerksam – sie war ein Schulbeispiel für eine gewalttätige Eskalation und dafür, dass es nie eine gute Idee war, sich in so einer Spelunke betrunken in einen Streit verwickeln zu lassen.

Stack zog einen .44er Smith & Wesson aus der Jackentasche und schlug Billy Lyons damit auf den Kopf.

Der prallte sprachlos vor Erstaunen gegen die Bar und starrte Stack mit funkelndem Blick an. So brutal war der Schlag nicht gewesen, aber immerhin so hart, dass er die Schnauze gestrichen voll hatte.

In der Bar wurde es sehr still.

»Rück den Hut raus, du Arschloch, oder ich knall dich ab!«

Lyons, noch immer den Stetson in der Linken haltend,

schob seine Rechte in die Tasche, in der, wie Jay wusste, das geliehene Messer steckte.

»Das wollen wir doch mal sehen, verdammter Hurensohn.«

Plötzlich fiel den meisten der etwa zwei Dutzend Gäste ein, dass sie anderswo dringend etwas zu erledigen hatten, und sie eilten zum Ausgang. In dieser Gegend der Stadt wurden häufig Waffen gezogen, und oft blieb es nicht beim Ziehen. Allein an diesem Weihnachtsabend gab es im näheren Umkreis in Bars, Billardhallen und Bordellen noch mindestens vier oder fünf weitere Schießereien. Einige der Schützen konnten nicht besonders gut mit ihren Waffen umgehen, und mehr als einmal trafen die fehlgegangenen Kugeln Unbeteiligte, die gerade in der Nähe waren. Es war schon schlimm genug, sich mit Grund eine tödliche Kugel einzufangen, jedoch noch schlimmer, zufällig ums Leben zu kommen. Tot war man in beiden Fällen.

Jay rührte sich nicht vom Fleck, als Stack drei Schritte zurücktrat und mit seiner Waffe auf Billy zielte.

Dann drückte er ab, nur einmal, und die Kugel traf Billy in den Bauch. Das Geräusch des Schusses hallte sehr laut in dem Saloon, und eine dünne graue Rauchfahne, die sich mit dem Tabakqualm vermischte, verströmte unverkennbar den Geruch von Schießpulver.

Billy Lyons sackte gegen die Bar, noch immer Stacks Stetson in der Hand haltend.

Niemand sagte etwas, die noch anwesenden Gäste und die Barkeeper standen wie versteinert da. Keiner wollte selbst zur Zielscheibe werden.

Billy rutschte an der Bar hinab und ließ den Hut fallen. Stack trat auf ihn zu. »Ich hab doch gesagt, du sollst mir meinen Hut wiedergeben!« Und damit bückte er sich nach dem Stetson und setzte ihn wieder auf.

»Du hast auf mich geschossen«, sagte Lyons.

»Hast du dir selbst zuzuschreiben. Du hast mir den Hut vom Kopf gerissen.«

Damit steckte Stack die Waffe weg und ging zur Tür.

Schlenderte zur Tür, ohne jede Eile.

Jay wusste, dass Billy noch nicht sofort sterben würde. Sie würden ihn in ein Krankenhaus bringen, wo er gegen vier Uhr morgens seinen letzten Atemzug tun sollte. Er hatte sich nicht eben intelligent verhalten. Wer weigerte sich schon, einen Hut zurückzugeben, wenn er in den Lauf einer Waffe schaute?

Nur ein Lebensmüder.

Stack ging zu einem seiner Häuser – er besaß mehrere –, lud seine Waffe nach, steckte sie in eine Schublade und ging dann zu Bett, augenscheinlich völlig unbesorgt. Dort fand ihn die örtliche Polizei um drei Uhr morgens, eine Stunde vor Billy Lyons' Tod.

So war es tatsächlich gewesen, als Stagger Lee Billy erschoss.

Keine nächtliche Pokerrunde, Lyons hatte Stack nicht sein gesamtes Geld abgenommen. Lyons hatte zwar drei Kinder von einer ortsansässigen Frau, war aber weder mit ihr noch mit sonst jemandem verheiratet. Die meisten später erzählten Versionen des Vorfalls waren falsch. Die Geschichte hatte sich in St. Louis abgespielt, nicht in Memphis, Chicago oder New Orleans. Und es blieb Jay ein Rätsel, wie Stack Lee Sheldon es geschafft hatte, trotz eines kaltblütigen Mordes wegen eines Huts zum Helden zu werden.

Er wurde zweimal wegen des Verbrechens verurteilt. Beim ersten Verfahren kam er davon, weil sich die Jury nicht einigen konnte. Stacks weißer Rechtsanwalt hatte Selbstverteidigung geltend gemacht, weil Billy Lyons ein Messer in der Tasche gehabt hatte. Aber der Anwalt, ein Alkoholiker, starb kurz darauf nach einer exzessiven Sauftour, und Stacks nächster Rechtsbeistand war offenbar nicht so gewieft wie sein Vorgänger. Beim zweiten Prozess wurde er zu fünfundzwanzig Jahren Gefängnis verurteilt. Nach einer kurzen Bewährungszeit wurde Stack erneut eingebuchtet, und er starb am 11. März 1912 im Missouri State Prison an Tuberkulose.

Einer der Songs, die um die Jahrhundertwende auf den Flussdampfern auf dem Missouri gesungen wurden, hatte eine abschließende Strophe, die Jay die Dinge auf den Punkt zu bringen schien und die ihm gefiel:

If you evah in St. Louis
And you goes to the Curtis Club
Well, every step you walk in
You walk in Billy Lyon's blood
Talkin' 'bout a dead man
kilt by mean ole Stagolee …

Jay beobachtete, wie Barkeeper und Gäste Billy Lyons aus dem Lokal trugen. Was hatte er hier herausgefunden? Nun, nicht so viel, wie er gehofft hatte, aber zumindest war es interessant gewesen. Und sollte er einmal keine Lust mehr haben, für die Net Force zu arbeiten, konnte er in die Unterhaltungsindustrie wechseln. Er konnte eine ziemlich gute Geschichte erzählen und in Bilder umsetzen. Wenn man Szenarios seiner Güteklasse programmieren konnte, fand man immer einen Arbeitsplatz.

Vielleicht sogar in *Hollywood* …

18

Fort Thomas Braverman
Winslow, Kentucky

Es lief doch alles so gut, dachte Carruth. Sie hatten den Job erledigt und waren schon auf dem Rückzug, als plötzlich, wie aus dem Nichts, jener unberechenbare Faktor ins Spiel kam, der alles in einem Fiasko enden ließ. Irgendein Typ, der nicht schlafen konnte, wegen eines Krampfs ein paar Schritte machen musste oder draußen eine Zigarette rauchen wollte, hatte sie gesehen. Er fing an zu brüllen, und schon gingen die Scheinwerfer an.

Carruth hatte ihn zum Schweigen gebracht, sich dabei aber zu einem Fehler hinreißen lassen. Er hatte seinen Revolver gezogen und abgedrückt, ohne nachzudenken, fast instinktiv.

Der Schuss war so laut, als wäre eine Bombe explodiert, und jeder, der keinen extrem festen Schlaf hatte, war bestimmt sofort hochgeschreckt.

Jetzt waren sie ungefähr drei Kilometer von dem Stützpunkt entfernt. Ihr Lastwagen fuhr viel zu schnell durch eine S-Kurve, und ihnen saß ein Humvee voller Militärpolizisten im Nacken. Carruth war klar, dass sie tief in der Patsche saßen. Vielleicht würden sie den Militärpolizisten entkommen, doch die hatten Funkgeräte, und wenn die Army clever war, würde sie um externe Hilfe bitten. In der Regel wollte man dort Probleme selbst lösen, aber wenn er und seine Männer entkamen, würden bei den Militärs Köpfe rollen. Das würde letztlich den Ausschlag geben, in diesem Fall nicht allein zu agieren.

Und eine von Polizisten des Bundesstaates errichtete Straßensperre war jetzt alles andere als hilfreich.

Auf der Ladefläche des Lastwagens lag mühsam atmend Stark, der von einer Kugel aus einem M-16 getroffen worden war, die vermutlich in seiner Lunge steckte. Dexter hatte versucht, mit einem improvisierten Verband die Blutung zu stoppen und ihm Morphium gespritzt, um die Schmerzen zu lindern, doch seine Chancen standen nicht gut. Wenn ein Laster mit hundertzwanzig Sachen über eine holprige Landstraße raste und der Verwundete hin- und hergeworfen wurde, konnte das seinen Zustand schwerlich bessern.

»Mach eine startklar«, sagte Carruth zu Hill.

Er meinte die Spielzeuge, die sie gerade geklaut hatten, vier halbautomatische M-47-Raketenwerfer, auch unter dem Kürzel FGM-77 oder dem Namen Dragon bekannt. Die von McDonnell-Douglas produzierten Dragons waren mit ihrer verdrahteten Fernbedienung ziemlich altmodisch und für die Ausmusterung vorgesehen. Ersetzt worden waren sie durch den komfortabler zu bedienenden FGM-148-Raketenwerfer Javelin, aber es gab noch einige Restbestände in den Waffendepots der Army, und das alte Modell funktionierte bestens. In der Handhabung war der Dragon-Raketenwerfer unkompliziert. Man musste nur das Fadenkreuz auf das Ziel richten und feuern. Solange man das Objekt mit sicherer Hand ins Visier nahm, schlug die Panzerabwehrrakete auch dort ein. Die Reichweite betrug zwischen zwölf- und fünfzehnhundert Metern, und die Rakete konnte eine Panzerung von vierhundert Millimetern durchbohren.

»Aus dem Lastwagen können wir die nicht abfeuern, Boss«, sagte Hill. »Der Hitzeschwall wird uns rösten.«

Ein triftiger Einwand. Die alten Raketenwerfer hatten kein abgefedertes Startsystem und keine Infrarot-Zielerkennung wie das neuere Javelin-Modell, das man in einem Haus oder Lastwagen umgehend nachladen konnte – man brauchte nicht zu warten und konnte in der Nähe bleiben. »Stimmt. Mach den Raketenwerfer trotzdem startklar. Wirf zwei Granaten, um sie aufzuhalten.

Hinter der nächsten Kurve bremsen wir so stark ab, dass ich rausspringen kann.«

»Das ist Wahnsinn«, sagte Hill.

»Besser, als lebenslang im Knast zu sitzen oder draufzugehen.«

Hill nickte, nahm eine von den olivgrünen M-61-Splittergranaten mit dem gelben Streifen, riss den Stift heraus, wartete einen Augenblick und schleuderte die Granate über die Heckklappe des Lasters. Es war eine Antipersonenwaffe, nicht dafür bestimmt, ein Fahrzeug zu stoppen, aber sie würde mit einem Blitz explodieren, einen Riesenlärm machen und den Humvee mit Splittern bombardieren, was ihnen einen kleinen Vorsprung verschaffen würde.

Carruth sah die Funken, als die Granate auf dem Asphalt aufschlug, und kurz darauf ging sie in die Luft.

Der Fahrer des Humvee legte eine Vollbremsung hin.

Humvees waren nicht gut gepanzert, wenn überhaupt. Eine Granate konnte Löcher in die Karosserie reißen und möglicherweise einen Insassen töten. Die Verfolger wussten das besser als jeder andere.

»Da kommt eine Kurve, Boss. Zweihundert Meter.«

»Sobald sie hinter uns liegt, bremst du. Und such nach einer Stelle, wo ich mir nicht alle Knochen breche!«

Carruth schnappte sich den Raketenwerfer, der etwa zweiundzwanzig Kilogramm wog. Er hoffte, dass er ihn nicht fallen lassen würde und dass er nicht kaputtging, wenn er auf dem Boden landete.

Und dass er selbst die Landung heil überstand.

Hill warf eine weitere Granate, diesmal so, dass sie in der Luft explodierte.

Der Lastwagen bremste ab. Carruth sprang heraus, landete am Straßenrand, rollte sich ab, kam auf die Beine und fiel wieder hin. Es hatte ihm den Atem verschlagen.

Der Laster beschleunigte.

Carruth kroch in Deckung und ließ sich fallen.

Die Scheinwerfer des Humvee kamen um die Kurve, dann fuhr er an ihm vorbei. Ein Militärpolizist lehnte aus dem Fenster auf der Beifahrerseite und zielte mit seinem M-16 auf den Laster.

Carruth richtete sich auf, schaltete die elektronische Zielvorrichtung ein und nahm die Rückseite des Humvee ins Visier, der jetzt hundert Meter entfernt war. Noch nicht weit genug, er hatte keine Lust, Metallsplitter zu fressen …

Zweihundert Meter, zweihundertfünfzig …

Er feuerte und wurde von einem heftigen Schwall heißer Luft erfasst. Die Rakete hatte eine Geschwindigkeit von nur zweihundert Metern pro Sekunde, es würde noch ein Augenblick dauern.

Dann schlug sie hinten in den Humvee ein, der mit einem grellen Blitz und einer lauten Explosion in die Luft flog.

Es schien lange zu dauern, bis der Laster zurückkam, um ihn abzuholen, doch tatsächlich konnten es höchstens zwei Minuten gewesen sein. Sie fuhren an dem brennenden Wrack vorbei.

»Tut uns leid, Jungs«, bemerkte Carruth.

»Stark ist tot«, sagte einer von den anderen.

Carruth nickte. »Wir müssen diese Karre möglichst schnell einäschern. Fahr zur Tanke.«

Hinter einer aufgegebenen Tankstelle warteten zwei Pick-ups. Als sie dort waren, luden sie die Raketenwerfer um und bedeckten sie mit Planen.

Carruth zapfte reichlich Benzin aus dem Tank des Lasters ab und besprenkelte damit Starks Leiche und das Wageninnere. Dann stieg er in einen der Pick-ups und schleuderte eine Leuchtkugel aus dem Fenster, als sie an dem Laster vorbeifuhren. In ihm befand sich nichts, was die Cops mit Stark in Verbindung bringen konnte, und wenn jemand das brennende Wrack entdeckte, war von ihm ohnehin nichts mehr übrig.

»Gib Gas!«

Die beiden Pick-ups beschleunigten.

Hinter ihnen explodierte der Laster in einem orangefarbenen Feuerball.

»Adios, amigo«, sagte Carruth, der in Richtung des äußeren Rückspiegels salutierte. Wenigstens hatten sie Stark eine anständige Feuerbestattung zukommen lassen.

Wenn man aus dem Rückfenster guckte, war der Feuerschein des brennenden Lasters noch eine ganze Weile zu sehen.

Was für eine Nacht.

Lewis würde gar nicht glücklich sein.

Pentagon
Washington, D. C.

Diesmal ließ General Bretton Thorn in seinem Büro antanzen. Und er war kein Mann, der lange um den heißen Brei herumredete.

»Ich bin unzufrieden mit den Fortschritten, die Ihre Leute in dieser Sache machen, Thorn. Letzte Nacht hat jemand vier Raketenwerfer auf einem meiner Stützpunkte entwendet und einige meiner Soldaten getötet. Wir haben sechs Männer verloren, als sie einen Humvee voller Militärpolizisten in die Luft gejagt haben!«

»Das bedauere ich sehr. Wir verfügen über die weltweit besten Spezialisten, und sie arbeiten so zügig wie möglich an ihrer Aufgabe. Besser geht's nicht.«

»Das sagen Sie, aber ich sehe keine Resultate. Stattdessen aber eine Bilanz von sechs Toten!«

»Bei allem Respekt, Sir, hier geht es nicht darum, Hamburger mit Pommes zuzubereiten. Manchmal läuft es nicht so, wie man es sich wünscht. Wer immer dahintersteckt, er ist gerissen und will sich nicht schnappen lassen. Unsere Leute sind ihm auf der Spur, und sie kommen voran. So läuft das nun mal.«

»Es gibt immer Mittel, durch die man den Ablauf der Dinge beschleunigen kann«, sagte Bretton. »Fragt sich nur welche. Vielleicht brauchen Ihre Computerfreaks etwas zusätzliche Motivation. Durch jemanden, der Ihnen direkt auf die Finger guckt. Soweit ich weiß, ist es Ihre Art, Ihren Leuten freie Hand zu lassen. Sie stehen nicht daneben und passen auf, dass sie am Ball bleiben.«

Thorn schüttelte den Kopf. »Ich habe in der Computerbranche gearbeitet, bevor ich zur Net Force kam, Sir. Folglich habe ich sehr lange mit ›Computerfreaks‹ zusammengearbeitet, war sogar selbst einer. Diese Leute kommen mit Zeitdruck meistens gut klar, aber wenn man ihnen ständig über die Schulter guckt und sie kontrolliert, bringt das gar nichts. Die besten Spezialisten auf diesem Gebiet gleichen Künstlern; wenn man ihnen die Daumenschrauben ansetzt, verschränken sie die Arme vor der Brust und stellen die Arbeit ein. Die machen keinen Dienst nach Vorschrift.«

»Ich rede nicht von jemandem, der mit einer Peitsche hinter Ihren Leuten steht, Thorn. Vielmehr habe ich daran gedacht, Ihnen vielleicht einen Assistenten zur Seite zu stellen. Einen Effizienzexperten, der vielleicht die Abläufe optimieren kann.«

Thorn lachte.

»Ich bin nicht daran gewöhnt, dass man über meine Ideen lacht.«

»Sie sind nicht daran gewöhnt, mit Zivilisten umzugehen, General. Meine Leute können Sie nicht zum Narren halten, indem Sie ihnen einerseits vorgaukeln, ich wäre weiter der Boss, und ihnen andererseits einen Sklaventreiber vor die Nase setzen, der sie auf Trab bringen soll. Diese Mitarbeiter wissen, dass ich so jemanden nie einstellen würde. Taucht er doch auf, ist ihnen klar, wer ihn aus welchem Grund geschickt hat. Jeder unserer Topleute kann heute Nachmittag kündigen und zum Abendessen schon einen besseren Job haben – mehr Geld, mehr Zusatzleistungen, unabhängiges Arbeiten. Wenn er will, kann er vom heimischen Schreibtisch aus arbeiten. Schon möglich, dass Sie sie einziehen und dienstverpflichten können, aber ohne ihre volle Kooperationsbereitschaft werden Sie die gewünschten Resultate nie bekommen.« Thorn schwieg kurz, blickte Bretton aber weiterhin direkt in die Augen. »Und wenn Sie mich feuern wollen, soll's mir auch recht sein, Sir. Ich habe meinen Schreibtisch bis heute Nachmittag ausgeräumt.«

»Kein Mensch will Sie feuern.« Thorn glaubte ein unausgesprochenes »noch nicht« zu hören.

»Na gut. Aber solange mein Name an der Tür steht, schickt mir niemand einen Assistenten, den ich weder will noch benötige. Meine Leute werden diesen Job so schnell wie möglich erledigen. Wenn Sie am Spielfeldrand stehen und sie zur Eile antreiben, bringt das überhaupt nichts.«

Der Vorsitzende der Vereinigten Stabschefs unterstand einem Zivilisten, dem Präsidenten der Vereinigten Staaten, aber Thorn vermutete, dass er nicht daran gewöhnt war, sich von normalen Sterblichen offene Worte anzuhören. Er sah, dass Bretton gar nicht amüsiert war.

»Es ist, als müsste man an einem Strand ein einzelnes Sandkorn suchen, Sir. Wenn meine Leute darauf stoßen, werden sie es erkennen, aber sie können nicht einfach in die Dünen spazieren, sich zielsicher ein Sandkorn herauspicken und ›Aha!‹ sagen.«

Bretton schwieg.

Thorn hatte früher schon mit ähnlichen Charakteren zu tun gehabt, zum Beispiel mit CEOs von Großunternehmen, die immer alles unter Kontrolle haben und sich selbst um jedes Detail kümmern wollten – so waren sie an die Spitze gelangt. Und die Armee der Vereinigten Staaten war von anderem Kaliber. »Ich verstehe, dass Sie auf heißen Kohlen sitzen und für allerlei Dinge verantwortlich sind, von denen ich keine Ahnung habe. Aber so wird bei uns gearbeitet. Wenn man die Hunde von der Leine gelassen hat, muss man warten, bis sie Witterung aufgenommen und das Wild zur Strecke gebracht haben.«

»Warten macht mir keinen Spaß.«

»Verstehe, Sir, mir auch nicht. Es muss Ihnen nicht gefallen, aber Sie müssen es verstehen. So läuft es nun mal.«

Bretton dachte einen Augenblick darüber nach. »In Ordnung, aber Sie knöpfen sich diesen Gridley noch mal vor und sorgen dafür, dass er mit Vollgas arbeitet.«

»Ja, Sir.«

Aber Thorn hatte nicht vor, mit Jay zu reden. Der General glaubte, ein bisschen Zeitdruck und das Gefühl, dass ihnen jemand über die Schulter blickte, würde seine Leute zu Höchstleistungen antreiben. Aber er irrte sich. Bei seinen Mitarbeitern konnte das alles nur schlimmer machen.

Als er das Pentagon verließ und zu seinem Wagen ging, in dem sein Chauffeur auf ihn wartete, sah er Marissa auf sich zukommen.

»Hallo, Tommy. Lustig, dich hier zu treffen.«

Er glaubte nicht eine Sekunde an einen Zufall. »Beschattest du mich jetzt?«

»Na klar. Oder hast du es für einen Zufall gehalten?«

Er lächelte. »Warum?«

»Da du manchmal ganz schön dumm bist, hättest du ja tatsächlich glauben können, ich wäre rein zufällig in der Gegend.«

»Nein, Marissa. Warum folgst du mir?«

»Ich war besorgt, du hättest dem Vorsitzenden der Vereinigten Stabschefs vielleicht gesagt, er solle seinen Kram allein machen.«

»Dicht dran. Aber er hat mich nicht gefeuert, und ich habe die Brocken nicht hingeschmissen.«

»Das ist gut. Du lernst, Geduld aufzubringen. Gefällt mir. Tatsächlich bin ich hier, weil ich etwas für dich habe, in meiner Eigenschaft als Verbindungsglied der CIA zur Net Force – wozu immer das heutzutage auch noch gut sein soll.«

Er hob eine Augenbraue. »Geht's um den Diebstahl, bei dem der M-47-Dragon-Raketenwerfer geklaut wurde? Mit dem sie die Militärpolizisten getötet haben, die ihnen folgten?«

»Genau. Es hat sich herausgestellt, dass wir einen von den Jungs kennen. Er kam durch eine Kugel aus einem M-16 ums Leben. Die Täter wollten seine Leiche mit ihrem Lastwagen verbrennen, aber sie konnte geborgen und identifiziert werden. Durch Röntgenbilder seiner Zähne.«

»Großartig.«

»Für dich vielleicht. Er war einer von uns, ein Mitarbeiter der CIA.«

»Im Ernst?«

»Ja. Kein fester Agent, eher ein freier Zulieferer. Hieß Stark, war mal Soldat, ein Ranger. Danach war er Söldner im Kongo, später tauchte er im Irak auf, wo er für eine private Sicherheitsfirma arbeitete. Offenbar haben unsere dortigen Leute ihn engagiert, damit er Informationen sammelt – er sprach etwas Arabisch und ein bisschen Kurdisch. Vor zwei Jahren haben wir ihn aus den Augen verloren. Laut Pass ist er immer noch im Mittleren Osten.«

»Wenn ihr seine Leiche in einem Lastwagenwrack in Kentucky gefunden habt, muss er wohl einen anderen Pass benutzt haben.«

»Hundert Punkte, Tommy. Ich habe deinen Leuten die

Informationen zukommen lassen, über Kontakte, Verwandte, seine alte Einheit und so weiter. Vielleicht findet Gridley etwas, das uns entgangen ist.«

»Ich hoffe es. Dieser Raketenwerfer, den sie geklaut haben – wie leicht wäre es, damit eine Passagiermaschine vom Himmel zu holen?«

»Ist technisch überholt, mittlerweile haben sie bessere. Aber er ist sehr einfach zu bedienen. Wenn sie damit beispielsweise auf fünfhundert Meter ans Weiße Haus herankommen, könnten sie es schaffen, eine Rakete durchs Fenster des Oval Office zu jagen.«

»Davor hat Bretton wirklich Angst«, sagte Thorn.

»Ja, und mit Recht. Mit kugelsicherem Glas kann man gegen eine Panzerabwehrrakete nichts ausrichten. Sie bohrt sich durch eine Hauswand, als wäre sie aus Butter.«

Thorn nickte. »Kann ich dich irgendwo absetzen?«

»Ich habe ein Auto dabei. Ruf an, wenn du Feierabend hast.«

»Ja, Ma'am.«

Während er zu seinem Wagen schlenderte, dachte Thorn über die neue Information nach. Begreiflich, dass General Bretton beunruhigt war. Diese Leute schienen nach Belieben die Sicherheitsmaßnahmen auf Militärstützpunkten knacken zu können, und bei ihrer letzten Aktion hatten sie Waffen erbeutet, die jede Menge Schaden anrichten konnten.

Was wollten sie beim nächsten Mal stehlen?

Vielleicht musste er das gegenüber Jay Gridley doch erwähnen …

19

Im Dschungel
Tiefstes, finsterstes Afrika
1940

Jay Gridley, nur mit einem Lendenschurz bekleidet und einem Messer bewaffnet, schwang sich an einer dicken Ranke von Baum zu Baum und spürte die heiße Dschungelluft auf seiner Haut. Dann stieß er den Ruf aus:

»Uhhh-ahhh-uhhh-ahhh-uhhh-ahh-uhh!«

Er grinste. Mittlerweile hatte er den Ruf des Affenmenschen ziemlich gut raus. In jungen Jahren hatte er oft Tarzan-Filme geguckt und den von Johnny Weissmüller berühmt gemachten Schrei geübt. Natürlich, es hatte noch andere Tarzan-Darsteller gegeben, davor und danach, einige gut, andere entsetzlich, aber seiner Meinung nach gab es nur einen Tarzan – wie es nur einen James Bond gab, nämlich Sean Connery …

Er griff nach einem dicken Ast, ließ die Ranke los und dachte daran, erneut den Ruf auszustoßen, doch das war überflüssig. Keine Frage, die Bewohner des Dschungels wussten, dass er hier war. Jay, der Affenmensch.

Wie in den meisten seiner Szenarios verbanden sich auch in diesem Fakten und Fiktion zu einem harmonischen Ganzen. Da war zum Beispiel der Schrei, über dessen Herkunft es reichlich Spekulationen gab. Johnny Weissmüller hatte behauptet, er habe den Schrei erfunden, weil er schon als Junge so gut gejodelt habe, doch das war reine Erfindung. Johnny Sheffield, der die Rolle erstmals 1939 übernahm, gab zu Protokoll, ein Filmkomponist habe eine Taste auf dem Klavier angeschlagen, seine Stimme aufgenommen und dann beides soundtechnisch bearbeitet. Tatsache war, dass der Ruf – die Originalversion von Metro-Goldwyn-Mayer – auf einen Tontechniker namens Douglas Shearer zurückging, der wahrscheinlich Weissmüllers Stimme aufgenommen hatte, was sich aber nie mit letzter Sicherheit beweisen ließ. Mithilfe der notdürftigen technischen Ausrüstung der Vierzigerjahre hatte er den Schrei verstärkt, bearbeitet und rückwärtslaufen lassen. Da die zweite Hälfte des Schreis die Umkehrung der ersten Hälfte war, klang er von vorn wie von hinten identisch, wie ein akustisches Palindrom.

Später, als die Tarzan-Filme nicht mehr von MGM, sondern von RKO Radio Pictures produziert wurden, entwickelte Weissmüller seinen eigenen Schrei, der es auch auf die Leinwand schaffte. Er hörte sich anders an, und obwohl ihn einige besser fanden als das Original, war Jay immer der MGM-Version treu geblieben. Er beherrschte ihn ziemlich gut, aber wenn man sich an Ranken durch den Urwald schwang, musste alles echt klingen.

Aber genug davon. In dem Dschungel hielten sich bösartige Schatzsucher auf, und er musste sie finden und zweifelsfrei herausbekommen, was für ein Ziel sie hatten. Er packte die nächste Ranke und stieß sich ab

Woher kamen all diese Ranken, die genau an den richtigen Stellen hingen? Besorgte Cheetah das jeden Morgen? Es wäre schon ziemlich peinlich, wenn der Affenmensch auf einem Ast landete und dann ins Leere sprang, weil jemand vergessen hatte, für eine Ranke zu sorgen …

Ach, warum nicht, er konnte ruhig noch einmal den Schrei ausstoßen:

»Uhhh-ahhh-uhhh-ahhh-uhhh-ahh-uhh!«

Es machte einfach zu viel Spaß.

Nach einiger Zeit stand er auf dem Boden und spürte die angenehm weiche Erde unter seinen nackten Füßen. Das Camp der Schatzsucher war nicht weit entfernt, und er pirschte sich vorsichtig heran.

Eine Besonderheit dieses Szenarios war die Abwesenheit von Moskitos.

Er hatte sich schon immer gefragt, ob hartgesottene Dschungelveteranen einen natürlichen chemischen Widerstand gegen die Viecher entwickelten, denn ansonsten hätten sie ständig aussehen müssen, als hätten sie die Pocken. Es gab einige große Würge-, jedoch keine Giftschlangen. Trat man barfuß auf eine Viper, war das alles andere als ein Vergnügen: »Uhhh-ahhh-uhhh – oh, Mist, ich bin von einer Schlange gebissen worden!«

Immerhin sah alles wenigstens fast so aus wie in der Filmversion des Dschungels.

In der Nähe des Camps der Schatzsucher gab es einen riesigen Baum, und Jay erklomm ihn mühelos. Er setzte sich auf einen Ast, gut fünf Meter über der Erde. Es dämmerte – in den Tropen brach die Nacht sehr schnell herein –, und die Schatzsucher saßen um ein großes Lagerfeuer, während die Träger, sämtlich Eingeborene, um zwei andere Feuerstellen Platz genommen hatten und irgendwelche Tiere brieten. Simbas Brüllen hallte durch die Dämmerung, und Jay nahm befriedigt zur Kenntnis, dass der Löwe den Schatzsuchern und Trägern Angst einjagte. Obwohl die Jagd größtenteils von weiblichen Löwen übernommen wurde, war der männliche Gegenpart mit seiner Mähne höchst beeindruckend, und er brüllte gern laut.

Im 21. Jahrhundert bot es keinen Schutz vor unerwünschten Beobachtern, wenn man in der Dämmerung auf einem dicken Ast saß. Es gab Nachtgläser, Infrarot-Nachtsichtgeräte, Wärmedetektoren, – allerlei Spielzeuge, mit deren Hilfe man selbst in stockfinstere Nacht einen fast nackten Mann in einem Baum entdecken konnte. In den Vierzigern gab es sie noch nicht, und niemand dachte daran, den Blick zu heben und Baumkronen abzusuchen. Was ganz in Ordnung war, denn Jay konnte sich nur auf seinen Verstand und das Messer verlassen, während die Schatzsucher über Pistolen, Gewehre und Schrotflinten verfügten, die ihnen von den Eingeborenen hinterher-getragen wurden.

Die Stimmen der fünf Weißen drangen bis zu Jays Versteck hinauf.

»Ich sag's dir, ich glaube nicht an den Dämonenzauber der Eingeborenen«, verkündete Stone, der Anführer. Er war der gefährlichste unter ihnen, jederzeit bereit zu feuern, und würde sich durch nichts davon abhalten lassen, den Schatz in seinen Besitz zu bringen. In gewissen Kreisen fand man ihn mit seinem extrem dünnen Schnurrbart bestimmt äußerst attraktiv.

»Du nicht, aber unsere Träger«, antwortete Mackay mit weinerlicher Stimme. Er war ein Feigling, hatte aber kein Problem damit, jemanden von hinten zu erschießen, wenn sich die Gelegenheit bot. »Wer wird uns beim Abtransport des Schatzes helfen, wenn die Träger sich im Dschungel verdrücken?«

»Jeder kann seinen eigenen Anteil schleppen«, sagte Stone. »Aber wenn du dir solche Sorgen machst, kannst du ja nach Boombahbah zurückkehren.«

»Gentlemen, das führt doch nicht weiter«, schaltete sich der grauhaarige, bärtige Professor ein, das älteste und gebildetste Mitglied der Gruppe. Eigentlich war er aus wissenschaftlichen Gründen in Afrika, hatte die Einladung der anderen aber angenommen, an dieser Exkursion teilzunehmen. Was nicht besonders klug war – wenn es hart auf hart kam, würde der Professor verdutzt zur Kenntnis nehmen müssen, wie bösartig seine Begleiter waren.

»Der Professor hat recht«, verkündete Armstrong, ein nicht ganz so zweifelhafter Charakter. Ein anständiger Kerl, wie die Briten sagen, und er war hauptsächlich wegen Josephine mit von der Partie, der wunderschönen Tochter des Professors. Sie trug einen Khakirock und eine Bluse, und der Dschungel machte ihr Angst.

»Ich muss immer noch an den armen Jungen denken, der von dem Krokodil gefressen wurde«, verkündete sie. Es wäre besser gewesen, wenn sie zu Hause geblieben und Plätzchen gebacken hätte. Für eine Frau wie sie war der Dschungel nicht der richtige Ort.

Allgemeines Achselzucken. »Ja, zu schade für ihn.«

Die Einstellung der Weißen zu den eingeborenen Trägern, wie sie in den alten Filmen dargestellt wurde, ließ sich etwa so zusammenfassen, dass ihnen die Lakaien ziemlich egal waren.

Im weiteren Verlauf der Dinge war es einzig Josephine vorherbestimmt, den Dschungel lebend wieder zu verlassen, und auch das nur mit Jays Hilfe. Die Schatzsucher hatten Löwen, Nashörner, Krokodile, Gorillas und Elefanten gesehen, doch jetzt würden sie bald auf hungrige Kannibalen stoßen, deren Daseinszweck nur darin zu bestehen schien, die berühmten Edelsteine von Alabara zu bewachen und potenzielle Diebe aufzufressen.

Die einheimischen Träger, in solchen Dingen sehr viel klüger als ihre weißen Herren, hatten bereits bemerkt, aus welcher Richtung der Wind blies, und tatsächlich vor, sich umgehend zu verdrücken, sobald die Schatzsucher eingeschlafen waren.

Wenn diese die Höhle erreichten, würde Mackay gierig werden, sich die Taschen mit Edelsteinen vollstopfen und schließlich vom Treibsand verschlungen werden. Armstrong würde dafür bezahlen müssen, dass er sich schützend vor Josephine stellte, und von einem tödlichen Pfeil getroffen werden. Als Nächstes musste der Professor dran glauben, der einen Pfeil aus einem Blasrohr abbekam. Stone würde auf die anstürmenden Kannibalen feuern, bis die Trommel seines Revolvers leer war, und dann von den hungrigen Kannibalen aufgefressen werden. Aber Josephine würde im letzten Moment gerettet werden, von Jay, dem König des Dschungels, genau in dem Moment, wenn die Höhle einstürzte und der Schatz für immer begraben wurde.

Bald würde sie sich an Baumhäuser und Schimpansen gewöhnen und es vor allem mögen, nackt mit Jay zu baden. Nur, dass es nie so weit kommen würde.

Jay lächelte. Es war alles so ... einfach. Ach, die gute alte Zeit, als niemand Fragen stellte und die bösen Buben ihre gerechte Strafe erhielten ...

Tatsächlich suchte er nach einer Verbindung zwischen dem toten Terroristen Stark und seinen lebenden Komplizen. Ein Haufen Edelsteine war als Metapher so gut wie irgendeine andere.

Wie war ein solcher Schatz an Diamanten, Rubinen, Smaragden, Goldbechern und anderen Preziosen in dieser Höhle gelandet, mitten im tiefsten, finstersten Dschungel eines namenlosen afrikanischen Landes? Hier lebten keine Azteken oder Mayas, die eine hohe Kultur hervorgebracht hatten, sondern nur Eingeborene, die sich gerade selbst erhalten konnten und in Lehmhütten wohnten. Die Edelsteine waren sämtlich eingefasst, wofür man kundige Juweliere oder Goldschmiede brauchte, die es hier nie gegeben hatte. Und warum sollten Menschen, die tatsächlich in der Lage waren, solche unbezahlbaren Schmuckstücke zu fertigen, sie über eine weite Strecke durch den tiefsten Dschungel schleppen, wo etliche Gefahren drohten, von wilden Tieren bis zur Malaria, und sie in einer Höhle verstecken?

Weil der Drehbuchschreiber es so gewollt hatte. Einen anderen Grund gab es nicht, und wenn er noch so viel von alten Zivilisationen schwafelte. Jay benutzte nur eine fertige Vorgabe, selbst kreiert hatte er sie nicht.

Er grinste. Realismus spielte nicht die erste Geige in einem Szenario, wo er sich Schreie ausstoßend von Baum zu Baum schwang, böse Jungs erledigte und edle Fräuleins rettete ...

Aber zurück zum Thema. Er war hier, um etwas herauszubekommen, und irgendwann würde er es schaffen. Wo genau befand sich die Höhle? Noch wusste er es nicht, aber wenn er sich an diese Schatzsucher hielt, würde sich das bald ändern.

Sie saßen um das Feuer, und ihre Gesichter glühten im Schein der Flammen, während Funken in die Finsternis stieben. Jay wartete auf seinem Ast und lauschte.

Der Schrei eines unsichtbaren Tieres durchschnitt die Nacht.

Ein hübsches Detail. Er musste es ja wissen …

»Jay?«

Er brauchte einen Augenblick, aber diese Stimme klang hier fremd …

Thorn. Neben seiner Frau der einzige Mensch, der in seine VR-Welt eindringen durfte.

Die Schatzsucher würden warten müssen. Wenn der Boss von der Möglichkeit Gebrauch machte, ihn in der VR zu stören, musste es wichtig sein.

»Szenario beenden«, sagte er.

Der Dschungel löste sich auf, und Jay fand sich in seinem Büro wieder, in seinem Datenanzug.

Thorn stand in der Tür.

»Was gibt's, Boss?«

»Ich hatte gerade ein ganz wundervolles Gespräch mit General Bretton«, antwortete Thorn.

»Ich ahne Schlimmes.«

»Ganz recht.«

20

In der Nähe des Mare Ingenii
Mond

Das FBI und der militärische Nachrichtendienst hatten
genug Leute, die sich um Informationen über den toten
Terroristen kümmern konnten, und nach dem Gespräch
mit Thorn glaubte Jay, seine Zeit sinnvoller nutzen zu
können, wenn er sich um Dinge kümmerte, mit denen sie
sich nicht auskannten. Er verzichtete darauf, das Tarzan-
Szenario erneut zu starten, und katapultierte sich via VR
auf die andere Seite des Mondes.

Vom Rand eines Kraters aus hatte er einen guten Blick
auf den Stützpunkt der Aliens. Angesichts der Tatsache,
dass er sich auf der »dunklen« Seite des Mondes befand,
war es erstaunlich hell, aber es war ein unnatürliches,
künstliches Licht. Das Terrain war steinig direkt nördlich
des Mare Ingenii – das Meer der Begabung, ein angemessener Ort für einen Jay Gridley.

Mittlerweile hatte er ein hohes Level des Computerspiels erreicht, doch jetzt war er mit seiner Weisheit am
Ende – er konnte nicht herausfinden, welchem Militärstützpunkt in der Wirklichen Welt die Festung der Aliens
entsprach.

Er stieß sich von der Wand des Kraters ab. Durch die
geringere Schwerkraft hatte ein Körper auf der Oberfläche des Mondes, verglichen mit der Erde, nur ein Sechstel
seines Gewichts, aber es gab die Trägheit, und deshalb
benutzte er Bremsraketen, um seinen Fall weiter zu verlangsamen. Er schwebte nach unten wie ein Blatt.

Die VR-Programmierung war großartig. Dynamische
Beleuchtung und spezielle Effekte machten die optische
Illusion so perfekt, dass er sich beinahe wirklich auf dem
Mond geglaubt hätte. Das grelle Licht, die unheimliche

Stille und der sehr realistisch wirkende Stützpunkt der Aliens jagten ihm einen Schauer über den Rücken. Als er landete, stieg unter seinen Stiefeln träge feiner Staub auf, der wie in Zeitlupe wieder zu Boden sank.

Das Spiel lief nicht, es war eingefroren. Sein Ziel war es, den Stützpunkt zu untersuchen und herauszufinden, ob den Mitgliedern seines Teams etwas entgangen war.

Er rannte auf den Stützpunkt zu, weiteren Staub aufwirbelnd.

In Echtzeit würden sie mich mit Sicherheit kommen sehen.

Der Stützpunkt war sechseckig angelegt, der ungewöhnlichste Grundriss, den er je bei so einer Einrichtung gesehen hatte. Er war von tiefblauer Farbe und ein bisschen transparent, fast so, als würde er aus riesigen Saphirkristallen bestehen. An allen sechs Seiten gab es Luftschleusen für die Aliens, an dreien größere Schleusen für Fahrzeuge.

Die Mauern wirkten so monumental, dass sie an Gebäude der Sumerer oder aus Babylonien erinnerten. Fast hätte er damit gerechnet, riesige Götterdarstellungen oder über den Mauern ein Zikkurat aufragen zu sehen.

In den hintersten Ecken seines Gehirns regte sich eine Erinnerung. Es kam ihm so vor, als hätte er schon einmal etwas in der Art gesehen – nicht exakt so, aber ähnlich.

Er drückte einen Knopf auf seinem Raumanzug und wurde von einer kleinen Rakete auf seinem Rücken in die Höhe getragen. Die Mauer schien ihm nicht ganz so gut programmiert wie der Rest des Szenarios. Die kristallinische Struktur wirkte so, als befände sich darunter ein älterer Code. Dieses Detail wirkte nicht so perfekt integriert wie der Rest.

Er erreichte die Oberseite der Mauer und blickte auf das Dach.

Das wirkte schon professioneller – eine fischgrätenartige Anordnung riesiger Kristalle.

Das Dach ist jüngeren Datums.

Er hielt das Szenario an und veränderte die Dimensionen – er selbst wurde größer, während der Stützpunkt auf das Format eines Couchtischs schrumpfte.

»Neuere Komponenten gemäß eingestellter Parameter entfernen«, sagte er zu seinem Analyseprogramm.

Für einen Augenblick verschwand der Stützpunkt in einem grellen Flimmern, doch dann war er wieder da, noch immer sechseckig, aber ohne Dach und eher an eine alte, von einer Mauer umgebene Stadt erinnernd.

Diesen Anblick kannte er. Aber woher?

Er hielt das Szenario erneut an und entschwebte in seinen persönlichen Cyberspace, wo er sich kurz darauf in einem holzgetäfelten Flur mit lederbespannten Türen wiederfand. Dies war der Game Room, wo er im Laufe von über zwanzig Jahren entstandene Computerspiele archivierte. Die ältesten stammten aus einer Zeit, als er noch eine Junge gewesen war. Jede Tür war mit einem Messingschild versehen, in das eine Jahreszahl eingraviert war.

Wann hatte er diesen Anblick gesehen? In welchem Jahr?

Nach ein paar Bewegungen des Datenhandschuhs wölbten sich die Wände des Korridors nach außen, bis er schließlich in einem riesigen, mit Eichendielen ausgelegten Raum mit Ausstellungsobjekten stand, von denen jedes für eines seiner bevorzugten Videospiele stand.

Hier eine an Rodin erinnernde Statue von Gordon Fremaux aus *Half-Life 4*, dort das Modell eines fantastischen Fortbewegungsmittels aus *Halo*. An der gegenüberliegenden Wand hing ein Ölgemälde des zehnten Levels der Nintendo-21-Version von *Goldeneye*.

Natürlich war es keines von diesen Spielen, aber die Richtung stimmte.

Er ging zu der Abteilung von VR-Spielen mit realistischen Dioramen.

Neben dem Exponat für *Dome 5* sah er ein riesiges Gebäude auf einem Hügel, eine von einer Stadtmauer eingefasste Ortschaft aus der Bronzezeit.

Die Form der Stadt war nicht sechseckig, doch das konnte ein Programmierer mit ein paar Zeilen Code schnell ändern. Wichtig war, dass es sich – abgesehen von der Form und den aktuelleren Komponenten – um die gleiche Basisstruktur handelte.

Er las die Karte auf dem Exponat.

Belagerung von Troja, Version 1, Massachusetts Institute of Technology. Auch ein Datum war angegeben – zwei Jahre nach seiner Abschlussprüfung.

Aber er erinnerte sich. VR-Spiele waren damals noch ziemlich neu, und jemand hatte die Online-Version eines Spiels programmiert, bei dem Hunderte von Spielern die antike Stadt Troja attackierten.

Damals hatte ihm ein Freund davon erzählt. Der Ausflug in die VR hatte dazu geführt, dass er wochenlang mit anderen spielte, was letztlich zur Zerstörung der antiken Stadt führte. Es war ein wundervolles, gut durchdachtes, komplexes Szenario. Seinerzeit war er fasziniert gewesen, und auch heute noch war es beeindruckend. Helena, Paris, Achilles, die Götter …

Er klinkte sich wieder in das Computerspiel mit den Aliens ein.

Keine Frage, die gleichen Mauern, die gleichen Zugänge.

Der Sinn aller anderen Ebenen des Spiels hatte darin bestanden, Wege aufzuzeigen, wie die Sicherheitsmaßnahmen von realen Militärstützpunkten zu knacken waren, doch hier stimmte etwas nicht. Was hatte er nicht bemerkt?

»Analyse der Kraterwände und später hinzugefügten Schichten, Suche nach identischen Stützpunkten auf der Erde.«

Die Suche wurde akustisch durch das Geräusch eines näher kommenden Zuges begleitet, ihr Ende durch das Ertönen einer Dampfpfeife signalisiert. Vielleicht ging es um etwas ganz anderes als einen real existierenden Militärstützpunkt?

»Ein Treffer gefunden«, verkündete eine sexy klingende Frauenstimme wie bei den meisten seiner Such- und Analyseprogramme.

Er streckte den Datenhandschuh aus, und vor ihm tauchte ein rotierender blauer Globus auf. Nachdem er eine spezielle Funktion aktiviert hatte, flog er in Menschengröße über die Oberfläche des Globus, unterwegs zu der Stelle, wo das Programm fündig geworden war.

Da.

Er überflog die nördliche Spitze Südamerikas Richtung Karibik, bewegte sich dann im Sturzflug auf das Meer zu.

Schließlich fand er sich unter Wasser wieder, wo er sich auf dem Meeresboden einem riesigen Stützpunkt mit mehreren Kuppeln gegenübersah, an dem ein atomares Unterseeboot festgemacht war.

Er hatte die Antwort. Dies war ein VR-Konstrukt der Army, dem kein realer Stützpunkt entsprach. Eine Art Testlauf, um bestimmte Details richtig hinzubekommen.

Er grinste. Zumindest der Teil des Problems war gelöst.

Entweder hatte jemand die Daten des Computerspiels vom MIT geklaut, oder der Programmierer der *Belagerung von Troja* war derjenige, der das Material als Basis für das Szenario mit den Aliens benutzt hatte. Wie auch immer, es war ein wichtiger Anhaltspunkt, und jetzt wusste er, wie er das Problem eingrenzen und dem Verantwortlichen auf die Spur kommen konnte.

Vor mir ist niemand in Sicherheit.

The Fretboard
Washington, D. C.

Kent wischte seine Gitarre mit dem schwarzen Seidentuch ab und verstaute sie in dem Instrumentenkoffer, wie Jen es auch gerade tat.

Er atmete tief durch. »Haben Sie zufällig Hunger?«

Sie hielt einen Moment damit inne, die Schnappverschlüsse ihres Instrumentenkoffers zu schließen, und schaute ihn fragend an.

»Ich meine, wie wär's, wenn wir zusammen zum Abendessen gehen würden? In einem Restaurant.«

Sie schwieg.

»Helfen Sie mir«, sagte Kent. »Ich bin ein bisschen aus der Übung.«

»Mit dem Essen?«

Er lachte.

»Klar, ich komme gern mit«, sagte sie. »Vielleicht sollten wir unsere Gitarren besser hier lassen? Aus dem Auto könnten sie gestohlen werden.«

»Einverstanden. Kennen Sie ein gutes Restaurant in der Nähe?«

»Zwei oder drei.«

»Möchten Sie fahren, oder beschreiben Sie mir den Weg?«

»Ich fahre.«

Es war ein kühler Abend. »Also, wie lange ist es her, seit Sie zum letzten Mal eine Frau gefragt haben, ob sie mit Ihnen ausgehen möchte?«, fragte Jen, als sie zu ihrem Wagen gingen.

Kent dachte einen Augenblick nach. »Vier, fünf Jahre.«

»Tatsächlich?«

»Ja, Ma'am.«

Sie schüttelte den Kopf. »Wow.«

»Es kommt noch besser – sie hat mir einen Korb gegeben.«

Jen lachte.

»Ich werde Sie nicht zu lange aufhalten. Schließlich möchte ich nicht, dass Ihre Katze hungrig wird.«

»Machen Sie sich deshalb keine Sorgen. In meiner Küche steht ein Futterdosierer, an dem sie sich selbst bedienen kann. Sie wird nicht verhungern.«

Kent lächelte. Es ließ sich gut an …

Kurz darauf hielten sie vor einem kleinen italienischen Restaurant, das etwa anderthalb Kilometer von dem Gitarrenladen entfernt war. Dino's war eines dieser kleinen Lokale mit karierten Tischdecken, auf denen Kerzen in leeren Weinflaschen standen. Es gab etwa zehn Tische, die fast alle besetzt waren. Ein gut aussehender, dunkelhaariger Mann Anfang zwanzig lächelte Jen zu, als er sie sah. »Guten Abend, Miss Jennifer, wie geht es Ihnen?«

»Gut, Gino. Gibt's noch einen Tisch für zwei Personen?«

»Kein Problem.« Er griff nach zwei Speisekarten und führte sie zu einem kleinen Tisch in einer dunklen Ecke. »Heute Abend empfehlen wir Pasta mit Muscheln.«

Sie hatten sich kaum gesetzt, als schon ein Kellner Gläser mit Wasser, einen Korb mit Knoblauchbrot und eine Flasche Rotwein mit zwei weiteren Gläsern brachte.

Kent wunderte sich über den nicht bestellten Wein, als er nach der Speisekarte griff. »Was empfehlen Sie?«

»Suchen Sie sich irgendwas aus, hier bin ich noch nie enttäuscht worden. Ich komme ein- oder zweimal in der Woche her. Ginos Vater ist der Koch, seine Mutter sitzt hinter der Kasse, und zwei seiner Schwestern arbeiten ebenfalls hier.«

Die Kellnerin, eine junge Frau, die ganz offensichtlich mit Gino verwandt war, trat an ihren Tisch. »Guten Abend, Miss Jen.«

»Hallo, Maria. Das ist General Abe Kent, einer meiner Schüler.«

Die junge Frau lächelte Kent an. »Willkommen in unserem Restaurant, *Generalito*.«

Jen bestellte das Tagesgericht, Kent Spaghetti mit Hackfleischsoße. Als Maria verschwunden war, probierte er das Knoblauchbrot, während Jen von dem roten Hauswein einschenkte. Beides schmeckte hervorragend. »Woher wissen Sie, dass ich General bin?«

»Ich habe einen Computer mit Internetzugang und mich kundig gemacht.«

»Aha.«

»Aha?«

»Nun, auch ich habe über Sie recherchiert. Sie haben nie erzählt, dass Sie zwei CDs eingespielt haben.«

»Die ruhmreichen Tage liegen schon ein paar Jahre zurück.«

»Mir haben sie sehr gefallen. Ich wusste, dass Sie Ihr Instrument beherrschen, aber hier waren Sie wirklich sehr gut.«

Sie zuckte die Achseln. »Ich bin keine Ana Vidovic. Vielleicht haben Sie mal Gelegenheit, ihre Version des Präludiums aus Bachs vierter Lautensuite zu hören. Die beste Interpretation seit zwanzig Jahren, wenn Sie mich fragen, auch wenn sie vielleicht ein bisschen zu sehr ihr Virtuosentum demonstriert. Aber hin und wieder habe auch ich einen guten Tag.«

Sie trank einen Schluck Wein und blickte Kent über das Glas hinweg an. Das Kerzenlicht funkelte in ihren Augen. »Dann haben wir uns also gegenseitig ausspioniert.«

»Sieht so aus.«

»Worauf soll das hinauslaufen, General Kent?«

»Im Augenblick auf ein gemeinsames Abendessen.«

»Und danach?«, fragte sie mit einem etwas anderen Lächeln. »Würdest du gern mit zu mir kommen?«

Kent schwieg und trank einen Schluck Wein. Es war sehr, sehr lange her, seit er zuletzt mit so einer Situation konfrontiert gewesen war.

»Ja«, sagte er schließlich. »Wäre mir eine Ehre.«

Jen lächelte erneut, und sie stießen an.

Washington, D. C.

Als Jay nach Hause kam, saß Saji mit dem kleinen Mark auf dem Schoß in ihrem quietschenden Schaukelstuhl. Es war ein langer Tag gewesen, und dann hatte er noch eine Ewigkeit im Verkehr festgesteckt. Der Präsident hatte irgendeinen Termin wahrnehmen müssen, und es waren so viele Straßen gesperrt, dass er anderthalb Stunden für die Heimfahrt benötigt hatte. Er musste unbedingt mehr online vom heimischen Schreibtisch aus arbeiten, am besten sofort, wenn es nicht mehr nötig war, persönlich in diesem verdammten Pentagon aufzutauchen …

»Hallo, Baby«, sagte er.

»Hallo.«

»Alles in Ordnung? Du siehst müde aus.«

»Nein, mir geht's gut.« Dann, nach einer langen Pause: »Vor ein paar Minuten hat eine Rachel Lewis angerufen.«

Jay bekam ein flaues Gefühl im Magen. Warum rief sie bei ihm zu Hause an?

»Sie möchte, dass du so schnell wie möglich zurückrufst. Angeblich ist es wichtig.«

»Ja, natürlich.« Warum hatte sie ihn nicht auf dem Virgil angerufen, wenn es so wichtig war? Sie hatte die Nummer. Sein Magen verkrampfte sich noch mehr. Warum empfand er ein Schuldgefühl? Er hatte nichts Schlimmes getan!

Er zuckte die Achseln. »Das ist die Computerspezialistin der Army, von der ich erzählt habe.«

»Komisch, du hast nicht erwähnt, dass sie eine verdammt attraktive Blondine ist.«

Lewis hatte das Bildtelefon benutzt. Mist.

»Ist mir kaum aufgefallen. Nicht mein Typ.«

»Was du nicht sagst.«

Jay ging zu ihr und gab ihr einen Kuss. Dann strich er seinem kleinen Sohn über den Kopf. Er liebte es, sein seidiges Babyhaar zu berühren. »Sehr komisch«, erwiderte er. Dann: »Ich liebe dich.«

Das Bildtelefon stand auf dem Tisch neben dem Sofa, und er rief die Nummer des letzten Anrufs auf und wählte. Es war nicht besetzt, und Rachel nahm ab. Sie hatte erneut die Kamera ihres Telefons eingeschaltet und offenbar gerade geduscht. Ihr Haar war nass, und sie hatte ein Handtuch um ihren Körper gewickelt.

»Hallo, Jay.«

»Captain Lewis.«

»Captain Lewis? Was soll das, über das Stadium sind wir doch längst hinaus!« Sie schüttelte lachend den Kopf.

Plötzlich dämmerte ihm, dass es klüger gewesen wäre, sie aus dem Büro anzurufen. Zwar war der Bildschirm des Telefons so gedreht, dass Saji ihn nicht sehen konnte, aber sie war nicht taub.

»Was gibt's?«

»Ich habe etwas gefunden, das im Hinblick auf unser Spiel interessant ist. Es sieht so aus, als hätte jemand vor ein paar Jahren etwas bei einer Universität ins Netz gestellt, das ähnliche Strukturen aufweist.«

»Ja, das habe ich selbst herausgefunden«, sagte Jay. »Auf einer gemeinsamen Website vom MIT und CIT, zwei Jahre nach meinem Abschluss. Aber das Material wurde anonym ins Netz gestellt. Als ich die Spur zurückverfolgen wollte, bin ich in einer Sackgasse gelandet.«

»Ich auch. Aber ich habe einen in der Software versteckten Link gefunden, und zwar nicht im Programminfo, sondern in einer Zeile des Quellcodes. Einen alten URL. Die Website gibt es zwar längst nicht mehr, aber ich habe eine Kopie der Seiten aus dem Archiv Antique Pages. Wir sollten uns das gemeinsam ansehen. Vielleicht hat es etwas zu bedeuten.«

»Gute Arbeit.« Jay empfand ein merkwürdiges Gefühl. War es Verärgerung? Darüber, dass sie etwas gefunden hatte, das ihm entgangen war? Nun, er hatte keine Zeit, jede Programmierzeile eines alten Spiels zu überprüfen, selbst dann nicht, wenn es Ähnlichkeiten zu dem mit den Aliens aufwies. Wahrscheinlich hatte das Ganze ohnehin nichts zu bedeuten.

»Wie gesagt, wir sollten uns zusammensetzen und der Sache auf den Grund gehen.« Lewis lehnte sich zurück.

Dabei rutschte des Handtuch herunter, und urplötzlich starrte Jay auf Lewis' entblößte Brüste.

Mit Sommersprossen und erigierten Brustwarzen, ein ziemlich spektakulärer Anblick.

Himmel!

Es schien ziemlich lange zu dauern, bis sie das Handtuch wieder an die alte Stelle gerückt hatte. »Hoppla, das wollte ich nicht«, sagte sie. »Wir werden später noch mal telefonieren, damit wir ausmachen können, wann wir uns die Seite ansehen.«

Nach dem Ende des Gesprächs bereitete es Jay Mühe, seine Frau anzusehen.

»Alles in Ordnung?«, fragte Saji.

Er ging zu ihr und hob seinen Sohn in die Höhe. »Wie geht's dem tollsten Baby der Welt heute?«

Der kleine Mark lachte.

Auch Jay lächelte. Er hatte eine wundervolle, kluge und liebevolle Frau, dazu ein großartiges, glückliches Baby. Mehr brauchte er nicht. Und mit Sicherheit konnte er gut auf alles verzichten, das sein Familienleben bedrohte.

Aber Lewis war eine hochintelligente, umwerfende

Blondine, die ihn offenbar auch nicht allzu hässlich fand. Wenn so eine Frau mit einem flirtete, fühlte man sich geschmeichelt, und solange man das nicht ausnutzte, war doch alles in Ordnung, oder?

Aber warum war sein Mund so trocken? Weil er einen Blick auf Rachels Brüste geworfen hatte, die genauso aussahen wie bei dem Strandausflug in der VR, bis hin zu den Sommersprossen?

»Hey, kleiner Mann«, sagte Jay, während er den Kopf seines Sohnes auf seine Schulter drückte. »Wie wär's, wenn Daddy einen kleinen Spaziergang mit dir macht?«

Genau, draußen an der frischen Luft, wo er sich selbst etwas abkühlen konnte …

Nach dem Ende des Gesprächs musste Lewis lächeln. Gridley hatte sich mit dem Rückruf reichlich Zeit gelassen. Fast zwei Stunden lang hatte sie in einem feuchten Handtuch in ihrer Wohnung herumgesessen, und alle dreißig Minuten musste sie ins Bad, um ihr Haar wieder nass zu machen. Für Gridley sollte alles so aussehen, als wäre sie direkt aus der Dusche zum Telefon geeilt. Nicht die angenehmste Art und Weise, den Abend zu verbringen, aber wirkungsvoll im Sinne ihrer Absichten.

Sie hatte das Handtuch so lose um ihren Körper gelegt, dass es schon herunterrutschte, wenn sie nur tief einatmete. Jays weit aufgerissene Augen, als er auf ihre Brüste gestarrt hatte, das war mit Geld nicht zu bezahlen. Ihre Strategie, Mr Gridley zu verführen, schien aufzugehen. Dazu gehörte auch, bei ihm privat anzurufen und mit seiner Frau zu reden. Mutter und Kind, die zu Hause festsitzen und auf Daddy warten, vielleicht gelangweilt, vielleicht auch ein bisschen neidisch, weil er sich den ganzen Tag draußen herumtreiben kann? Und wenn sich Jays Frau ihm gegenüber nun ein bisschen frostig verhielt, war das ganz in ihrem Sinn.

Die Geschichte mit dem Computerspiel vom MIT fand sie überaus raffiniert. Natürlich hatte sie es selbst programmiert, und es war zu gut, um nicht darauf zurückzugreifen, doch es ließ sich nicht zu ihr zurückverfolgen. Und der URL, den sie in den Code eingeschmuggelt hatte? Das hatte sie erst in der letzten Woche erledigt. Sie hatte damit gerechnet, dass Gridley das alte Spiel allein finden würde, und falls nicht, hätte sie ihn mit der Nase darauf gestoßen. Die nachträgliche Manipulation mit dem URL hätte kompliziert werden können, aber sie hatte schon zu Studentenzeiten sichergestellt, dass ihr auch nach dem Abschluss weiter ein Hintertürchen im Betriebssystem des MIT offen stehen würde. Brillante Arbeit, denn sie wurde ständig informiert, wenn sich an dem Betriebssystem oder bei dem Server etwas änderte. Sie hatte keinen Virus, keinen Wurm und auch keinen Trojaner eingeschmuggelt, sondern eine Art Einmal-VR-Cookie, das ihr Zugang zu den Upgrades verschaffte und es ihr ermöglichte, die Hintertür offen zu halten. Wann immer sie ihr Passwort aktualisierte, programmierte sie das Cookie neu, was ihr weiterhin Zugang zum System des College ermöglichte. Von ihrem versteckten Server aus, den niemand finden würde. Falls jemand nach von einem Hacker verursachten Problemen suchte, würde er nichts entdecken, weil ihr Cookie keinen Speicherplatz fraß, nichts durcheinanderbrachte, sich nicht selbst vervielfältigte und den E-Mail-Verkehr nicht sabotierte. Es war einfach nur da, wartete auf Veränderungen im Betriebssystem und unterrichtete sie darüber. Entdecken konnte man das Cookie nur, wenn man genau im richtigen Moment an der richtigen Stelle hinsah, was fast ausgeschlossen war.

Es wäre nett gewesen, Jay mit der Nase darauf zu stoßen, bevor er fündig wurde, aber es war auch keine schlechte Variante, selbst etwas in dem Spiel »gefunden«

zu haben, das ihm entgangen war. Etwas, das jüngeren Datums war, was sich jedoch unmöglich feststellen ließ.

Lewis lachte. Es war wunderbar, alles unter Kontrolle zu haben.

Sie stand auf, um sich anzuziehen. Es gab noch andere Dinge, um die sie sich zu kümmern hatte. Zuerst musste sie mit Carruth reden, und dann war da noch Simmons' Nachfolger, der Hintergrundinformationen über potenzielle Käufer beschaffen und überprüfen sollte. Sie musste ihn testen und sich vergewissern, dass er ihr echte Informationen besorgte. Deshalb würde sie ihm eine Aufgabe geben, deren Lösung sie bereits kannte. Dann würde sie sehen, wie gut er war. Wenn er sich bewährte, war sie einen großen Schritt weiter.

Es hatte zwei Rückschläge gegeben, doch damit musste man rechnen. Im Großen und Ganzen lief alles gut.

21

Washington, D.C.

»Wow«, sagte Kent.

»Ich nehme es als Kompliment«, erwiderte Jen.

Sie lagen nebeneinander in ihrem Bett, und die Katze lag schlafend zu Kents Füßen. Sie hieß Almiron, nach einer berühmten klassischen Gitarristin, die 1914 in Argentinien geboren worden war.

»Ja, ich bitte darum.«

Jen stützte sich auf dem Ellbogen auf und schaute ihn lächelnd an. »Warum hat es so lange gedauert, bis du mich eingeladen hast, Abe? Ist dir entgangen, dass ich dich vom ersten Augenblick an anziehend fand?«

»Ich habe in dieser Hinsicht eine lange Leitung.«

Sie lachte. »Besser spät als nie.«

»Ja …«

Es war erstaunlich, wie entspannt er sich fühlte. Vielleicht auch nicht, nach dem, was gerade geschehen war, aber es war eigentlich immer so, wenn er mit ihr zusammen war.

»Falls du glaubst, dass ich das bei allen Männern so mache, möchte ich dich gleich aufklären. Ich kann mich schon gar nicht mehr erinnern, wie lange es her ist, seit ich zuletzt einen Mann zu mir eingeladen habe … Du bist eine Ausnahme.«

»Ich fühle mich geehrt.«

»Solltest du auch.«

»Warum ist die Wahl auf mich gefallen?«

»Versteh mich nicht falsch, aber du gleichst einem alten Paar Schuhe, die man plötzlich in seinem Schrank wiederfindet. Sie passen, sie sind bequem und sehen auch ganz passabel aus.«

Er lachte. »Vielleicht solltest du Komödiantin werden.«

»Warum? Glaubst du nicht, dass ich im Bett besser bin?«

»Ja, ohne jeden Zweifel.«

Es machte Kent immer ganz glücklich, wenn er sie zum Lachen brachte. So wie jetzt.

New York City
Ostküsten-Fechtmeisterschaft

»Jamal ist ziemlich gut, oder?«, fragte Marissa.

Thorn nickte. »Auf dem Weg an die Spitze.«

Sie waren gekommen, um Jamal fechten zu sehen an diesem letzten Tag des Turniers, das nur noch von der Landesmeisterschaft übertroffen wurde, und Thorns Schützling kämpfte um den Titel. Er hatte gerade einen

Treffer gelandet und war damit in Führung gegangen. Beim nächsten hatte er gewonnen, punktete dagegen zuerst sein Gegner, stand es unentschieden. In diesem Fall würde das Gefecht noch etwas dauern, denn nach dem Reglement musste der Sieger mindestens zwei Punkte Vorsprung haben.

Die leichten Tribünen in der kühlen, klimatisierten Halle waren zurückgeschoben worden, um Platz für mehr Fechtbahnen zu schaffen. Es war ein sehr leises Publikum, das allenfalls im Flüsterton über den letzten Treffer debattierte.

Der Obmann beorderte die beiden Fechter an die Startlinie, fragte, ob sie bereit seien, und sagte dann »Allez!«.

Mit dem nächsten Treffer konnte Jamal alles klarmachen.

Es war mucksmäuschenstill.

Jamals Gegner, Michael Sorenson, war der Favorit. Mit seinen zweiundzwanzig Jahren war er bereits einmal Titelgewinner auf nationaler Ebene gewesen, und alle hatten damit gerechnet, dass er dieses Gefecht gewinnen würde. Die Tatsache, dass Jamal nicht nur energischen Widerstand geleistet hatte, sondern jetzt sogar nur noch einen Punkt vom Sieg entfernt war, sorgte für einiges Aufsehen.

Marissa packte Thorns Arm. »Ich kann nicht mehr hinsehen. Sag du mir, was passiert, Tommy.«

Thorn lächelte. Sie nahm ihn auf den Arm. Er war bestimmt nervöser als sie, und sie wusste es.

Jamal focht zu ihrer Linken, was ungünstig war. Da er Rechtshänder war, hatten sie einen guten Blick auf seinen Rücken, konnten ihn aber nicht so genau beobachten, wie sie es sich gewünscht hätten. Pech, aber es ließ sich nicht ändern. Es war nicht abzusehen, wer auf welcher Planche antreten musste, aber als Zuschauer war man an seinen Sitz gefesselt.

Doch als Fachmann sah Thorn auch so alles, was er sehen musste.

Sorenson war in der Offensive.

Für eine Weile waren nur das Quietschen der Schuhsohlen, das Klirren der Klingen und ein gelegentliches Stöhnen der Fechter zu hören.

Sorenson rückte weiter vor, und Jamal blieb nichts anderes übrig, als Schritt für Schritt zurückzuweichen.

»Er kommt der Endlinie verdammt nahe, findest du nicht, Tommy?«

Thorn nickte.

»Und wenn er mit beiden Füßen die Endlinie überschreitet, erhält er doch einen Straftreffer, oder?«

»So weit wird's nicht kommen«, sagte Thorn.

Aber brisant war die Situation schon. Mit einem Fuß hatte Jamal die Endlinie schon übertreten, und Thorn rechnete damit, dass Sorenson eine bestimmte Finte vorbereitete. Vermutlich würde er Jamal weiter hart attackieren, wahrscheinlich ziemlich weit oben, und dann überraschend auf seinen vorderen Fuß zielen.

Normalerweise reagierte man darauf reflexhaft so, dass man den vorderen Fuß zurückzog und mit einem Stoß in Richtung Maske des Gegners konterte.

In diesem Fall gab es allerdings ein Problem. Was jetzt kam, konnte Jamal den Sieg bringen oder ihn wieder in weite Ferne rücken. Wenn er seinen vorderen Fuß zurückzog und dieser auch nur für einen Sekundenbruchteil den Boden hinter der Endlinie berührte, bevor seine Klingenspitze Sorensons Maske traf, würde der Obmann den Punkt nicht ihm, sondern seinem Gegner zuschreiben, und damit stand es wieder unentschieden.

»Schau genau hin«, sagte Thorn. »Und sag mir, was du siehst.«

»Wenn sie an dem Ende der Planche fechten, sehe ich nicht viel mehr als Sorensons Rücken.«

»Siehst du Jamals Gesicht?«

»Ja, durch die Maske.«

»Achte auf seine Augen.«

Sorenson machte weiter Druck, aber Jamal leistete Widerstand, mit einem Fuß schon hinter der Endlinie.

Das Geklirr der Klingen. Angriff, Parade, Riposte, Parade, Rimesse, Parade ...

Innerlich war Thorn angespannt. Er hatte Jamal trainiert, und es war schwer, in die Rolle des hilflosen Beobachters gedrängt zu sein. Es war sehr lange her, seit er selbst an einem Turnier teilgenommen hatte, doch wenn er als Zuschauer ein Gefecht sah, hätte er am liebsten wieder selbst auf der Planche gestanden.

»Pass auf, es ist so weit«, flüsterte er.

Jamals Parade war nicht optimal, und Sorenson reagierte sofort und startete einen zusammengesetzten Angriff, wobei er zuerst auf Jamals rechtes Handgelenk zielte, dann eine Attacke auf den rechten Ellbogen antäuschte und schließlich seine Schulter ins Visier nahm. Während Jamal noch zu reagieren versuchte, schoss Sorensons Klinge plötzlich nach unten, in Richtung von Jamals vorderem Fuß.

Neben sich hörte Thorn Marissa nach Luft schnappen. Er lächelte.

Auf der Planche war Sorenson in die Hocke gegangen, um etwas Zeit zu gewinnen, bevor Jamals Gegenangriff seine Maske treffen konnte. Es war also ein echter Angriff auf Jamals rechten Fuß. Sorenson wollte einen Treffer landen oder Jamal hinter die Endlinie drängen.

Doch der reagierte anders, als alle vermuteten. Als Sorensons Klingenspitze sich nach unten bewegte – später sagte sogar jemand, es habe so ausgesehen, als hätte er schon einen Sekundenbruchteil *vor* Sorensons Angriff geschaltet –, sprang Jamal in die Luft, statt sich von der Planche drängen zu lassen. Er sprang hoch, mit angezogenem rechten Bein, und traf mit der eigenen Klingenspitze direkt Sorensons Maske.

Touché.

Der alles entscheidende Treffer.

Der Obmann rief »Halt!« und sprach Jamal den Punkt zu, doch es war nur noch eine Formalität. Jamal hatte gewonnen.

»Wie hat er das fertiggebracht, Tommy?«

Thorn lächelte. »Sag mir, was dir aufgefallen ist.«

»Seine Augen, meinst du? Gut sind sie durch die Maske nicht zu erkennen, aber irgendwie wirkten sie anders. Unkonzentriert, zumindest weniger konzentriert als sonst, wenn du weißt, was ich meine.«

Thorn nickte. »Was noch?«

Marissa dachte einen Augenblick nach und sagte dann: »Am merkwürdigsten war sein Gesichtsausdruck. Mittlerweile habe ich Jamal schon ein paarmal zugeschaut, und es sieht immer so aus, als würde er lächeln, die Zähne zusammenbeißen oder auf seiner Unterlippe herumbeißen. Aber diesmal, gegen Ende des Gefechts, wirkte sein Gesicht völlig ausdruckslos.« Sie blickte ihn an. »Warum, Tommy? Hat das etwas zu bedeuten?«

Sie traten zu der kleinen Gruppe, die Jamal umringte.

Thorn schüttelte ihm die Hand. »Großartig, Jamal.«

Jamal grinste. »Danke.«

Auch Marissa gab ihm die Hand. »Ja, wirklich erstaunlich.«

Sie ließen die anderen stehen und gingen zu der Bank, wo Jamal seine Fechtausrüstung liegen hatte.

»Trotzdem, eines würde ich gern wissen«, sagte Marissa. »Wie war das mit dem letzten Treffer? Es sah fast so aus, als hättest du schon vorher gewusst, was Sorenson vorhatte, aber das kann doch nicht sein, oder? Tommy sagt immer …«

»Antizipation kann tödlich sein«, fiel Jamal ihr ins

Wort, doch dann wurde er ernst. »Ganz ehrlich, eigentlich weiß ich selbst nicht, was passiert ist. Ich spürte, wie er Druck machte, und wusste, dass er etwas im Schilde führte. Und natürlich war mir auch klar, dass ich nach hinten keinerlei Spielraum mehr hatte. Und dann, keine Ahnung … Urplötzlich war ich in der Luft und traf seine Maske, ohne eigentlich zu wissen, wie es dazu gekommen war.« Er zuckte die Achseln und schien etwas beschämt, es nicht besser ausdrücken zu können. Dann schaute er Thorn an.

Der nickte. »Es war, als wäre dein Gegenangriff ganz automatisch gekommen.«

Jamals Augen wurden groß, und er nickte. »Genau. Fast so, als wäre nicht ich der Handelnde.«

»Großartig. Mein Glückwunsch.«

Es wurden bereits Fechter zur Medaillenverleihung gerufen. »Na los, hol sie dir«, sagte Thorn.

Jamal zog grinsend ab.

»Tommy?« Marissas Stimme hatte einen drohenden Unterton, als wollte sie sagen: Spuck's sofort aus, oder du wirst es bereuen.

Thorn lächelte. »Es geht darum, das Gehirn auszuschalten. Mit dem westlichen Denken hat das nichts zu tun, aber es ist eine sehr gute Sache. Man wird so sehr eins mit dem Augenblick, dass nicht der Fechter, sondern die Klinge selbst zu reagieren scheint. Paraden und Angriffe kommen wie von selbst. Das geht noch weiter, bis zu dem Punkt, dass der Treffer vor dem Angriff erfolgt und dass das Gefecht schon vorbei ist, bevor es beginnt, doch dieses Thema sparen wir uns besser für ein anderes Mal auf.«

Sie blickte ihn stirnrunzelnd an. »Warum?«

Er grinste. »Weil ich sehen möchte, wie Jamal seine Medaille in Empfang nimmt.«

Die Große Wüste
Nordafrika

Eines hatte Lewis im Laufe der Jahre über die Männer gelernt – am sichersten bissen sie an, wenn man gleich mehrere Köder auswarf. Einige mochten es, wenn man sie für körperlich attraktiv hielt, andere wollten lieber wegen ihrer geistigen Fähigkeiten, Persönlichkeit oder ihres Sinns für Humor bewundert werden. Wieder andere wollten, dass man sie wegen ihres Geldes oder ihrer Macht beeindruckend fand. Ein Mann, der vielleicht laut auflachen würde, wenn man ihn als »sexy« oder gar als »Sexbombe« bezeichnete, konnte bis über beide Ohren selbstgefällig grinsen, wenn man ihm etwas von seiner Intelligenz oder Menschlichkeit vorschwärmte.

Bei einem Mann wie Gridley musste man mindestens an zwei Fronten angreifen. Am wichtigsten war es, dem Computergenie zu schmeicheln, sich als Fan von Smokin' Jay zu outen. Was nicht weiter schwerfiel, denn er *war* gut, Klassen besser als die meisten. Hier war also keine große Verstellung erforderlich.

Doch was das Körperliche anging, waren Computerfreaks häufig unsicher, und die zweite Stoßrichtung ihres Angriffs würde dahin gehen, ihn wissen zu lassen, dass sie ihn auch in dieser Hinsicht äußerst attraktiv fand. Er war ein ganz normaler Mann mit Frau und Kind, und sie würde ihm zu verstehen geben, dass sie zu sexuellen Abenteuern bereit war, die bei ihm zu Hause, wo das Baby im Nachbarzimmer schlief, bestimmt nicht auf dem Programm standen.

Sie musste ihm schmeicheln und ihn neugierig machen.

Wenn sie an der Reihe gewesen wäre, hätte sie ein maßgeschneidertes Szenario ausgewählt, eigens dazu geschaffen, Jay Gridley zu verführen – gespickt mit Anreizen für das Unterbewusste, die seine Hormone verrücktspielen lassen würden. Das hätte sie ausnutzen können, wie sie es schon einmal mit dem Nachtklub-Szenario versucht hatte. Doch Jay hatte ziemlich hartnäckig darauf bestanden, diesmal seinerseits das Szenario aussuchen zu dürfen, was schon zeigte, dass er in dieser Hinsicht etwas nervös war. Das war gut. Sie musste ihn weiter aus dem Gleichgewicht bringen.

Lächelnd ging sie hinter Jay her. Sein Szenario hatte sie in eine Wüste versetzt, und sie trugen weiße Gewänder und Sandalen, wie Beduinen. Um sie herum erstreckten sich hohe Sanddünen mit ein paar dürren Grashalmen. Sie trug ein Kopftuch, das nur ihre Augen und ihre Stirn sehen ließ, und tatsächlich war mit Ausnahme der Hände ihr gesamter Körper verhüllt, was ein weiteres Lächeln wert war.

In den Händen hielt sie einen Stab, aber nicht aus Holz, wie der eines Schäfers, sondern aus Aluminium oder Titan. Er hatte eine Schlaufe an dem gepolsterten Griff, war ausziehbar und am unteren Ende spitz. Ein paar Zentimeter über der Spitze war er mit einem runden »Teller« aus Metall versehen, wie ein Skistock, der einem aber nicht nur im Schnee, sondern auch im Sand mehr Halt gab. Am oberen Ende des Griffs befand sich eine hochklappbare Kappe mit einem Knopf darunter, und wenn man darauf drückte, konnte man beispielsweise einer Schlange über den Teller einen Stromschlag versetzen. Wenn das nicht funktionierte, konnte man das Reptil immer noch mit der Spitze selbst erledigen oder den Stab als Schlagstock einsetzen.

Außerdem war die scharfe Spitze auch bedrohlich genug, um jemanden abzuschrecken, der einem das Portemonnaie klauen oder die Klamotten vom Leib reißen wollte.

Wie Jay wohl reagieren würde, wenn sie ihm damit in den Hintern pikste?

Der Gedanke ließ sie lachen.

Jay drehte sich um, ganz Lawrence von Arabien mit dem Gewand und der typischen Kopfbedeckung. Wie nannte man das Ding noch? *Kaffiyeh*? Genau, das war es. Und wie stellte man sicher, dass die Kopfbedeckung nicht verrutschte …? Ach, egal.

»Sorry«, sagte sie. »Hab mich nur an einen alten Witz erinnert.«

Jay blickte sie fragend an, aber Lewis ließ die Geschichte auf sich beruhen.

»Hinter der nächsten großen Düne«, sagte er schließlich, »müssten der URL und die Website sein.«

Die sie nachträglich in ihrem alten Spiel versteckt hatte, damit Jay sie fand, aber es war natürlich ein reines Ablenkungsmanöver. Er würde nichts finden, das ihm zur Entdeckung von etwas Brauchbarem verhelfen würde. Zugleich würde er aber einiges bemerken, das auf den ersten Blick nach einem vielversprechenden Anhaltspunkt aussah. Und wenn er falsche Spuren verfolgte, war das immer gut. Irgendwann würde er merken, dass er in einer Sackgasse steckte, doch bis dahin hatte sie mehr Zeit als genug gewonnen.

Sie umrundeten die sanft abfallende, zwanzig Meter hohe Düne. Der leichte Schirokko blies ihnen feine Sandkörnchen ins Gesicht.

Dreihundert Meter vor ihnen lag eine Oase, ein grüner Fleck mit Gräsern, Palmen und Olivenbäumen um ein Wasserloch. Natürlich. Was sonst sollte man hier erwarten?

Etwa zehn Meter weiter sah Lewis eine Viper, deren Körper in der Bewegung an den Buchstaben »S« erinnerte. Zweifellos auf der Suche nach Schatten, dachte sie – viel Glück.

Trotz des dem Klima ideal angepassten hellen Gewandes war es sehr heiß, und wenn es nach ihr gegangen wäre, hätte sie es lieber ganz weggelassen und ein starkes Sonnenschutzmittel aufgetragen. Was bei Jay bestimmt Anlass für eine Herzattacke gewesen wäre, wenn er sich umgedreht hätte.

In dem schattigen Bereich um das Wasser war es bestimmt sieben Grad kühler, so um die dreißig Grad. Obwohl es Jays Szenario war, wusste sie genau, wonach er suchte, und sie würde mühelos die »Spuren« finden, die dort versteckt waren.

»Ich habe etwas in der Palme da entdeckt und muss das überprüfen«, sagte Jay.

»Dann werde ich meine Füße nass machen und mich dabei am Wasserloch umsehen.«

»Wir treffen uns dann dort.«

Lewis streifte am sandigen Ufer des Wasserlochs ihre Sandalen ab. Es war ziemlich groß und wurde zweifellos durch eine unterirdische Quelle gespeist. Das Wasser war kühl und klar. Dagegen wäre es in der Wirklichen Welt eher grünlich gewesen, trüb und voller Bakterien. Hier sah das kostbare Nass aus, als wäre es gerade aus dem Hahn gekommen.

Sie machte ein paar Schritte auf dem feuchten Sand, hob dann den Saum ihres Gewandes bis zur Hüfte an und watete in das Wasser, bis es zur Hälfte ihrer Oberschenkel reichte.

Auf Unterwäsche hatte Jay in diesem Szenario verzichtet, eine gute Idee.

Nach ein paar Augenblicken hörte sie, dass Jay durch die dunklen Büsche auf sie zukam. Sie drehte sich um und gönnte ihm einen Blick. Aus dem Szenario mit dem Strand wusste er bereits, dass sie naturblond war, doch es konnte nicht schaden, ihn daran zu erinnern.

Während sie zum Ufer zurückwatete, ließ sie das Gewand langsam wieder sinken.

Er beobachtete sie äußerst interessiert.

»Irgendwas gesehen?«, fragte sie in einem zugleich coolen und unschuldigen Tonfall. *Außer dem Tor zum Glück, meine ich?*

Es schien, als hätte es ihm die Sprache verschlagen. Er streckte wortlos die Hand aus, in der ein kleines elektronisches Gerät lag, etwa von der Größe einer Streichholzschachtel. Da sie es selbst versteckt hatte, wusste sie natürlich, was es war.

»Sieht wie ein Minisender aus«, sagte sie.

Jay schien seine Sprache endlich wiedergefunden zu haben. »Wahrscheinlich sendet er in einem schmalbandigen Radiowellenbereich. Wir müssen herausfinden, wohin er sein Signal geschickt hat.«

Sie musste ihm einen weiteren kleinen Sieg gönnen. »Aber es ist so unglaublich klein.«

»Ganz recht, das Ding hat nicht genug Leistung. Wahrscheinlich ist hier irgendwo eine Parabolantenne versteckt, die das Signal verstärkt und weiterleitet. Wenn wir die finden, wissen wir, in welche Richtung wir uns orientieren müssen.«

Lewis nickte. »Alle Achtung, Jay, darauf wäre ich nicht gekommen.«

»Du hast die Website gefunden.«

»Was für dich auch kein Problem gewesen wäre, wenn du danach gesucht hättest.«

Das stimmte natürlich. Aber er hätte nicht gewusst, dass er nur fand, was er finden sollte.

Sie musste sich nicht dümmer stellen, als sie war. Wirklich intelligente Männer fühlten sich oft auch von intelligenten Frauen angezogen. Dass sie sich auf seinem Spezialgebiet auskannte, war ein Pluspunkt, denn so begriff sie, wie beeindruckend seine Fähigkeiten waren, was ihm nicht entgehen konnte. So wie ein guter Amateurspieler das Können eines Basketballprofis besser einschätzen konnte als jemand, der überhaupt keine Ahnung hatte, war auch sie in der Lage, Jay zumindest ein Stück weit zu folgen. Jeder wusste ein aufmerksames Publikum zu schätzen, doch wenn man Leute beeindrucken konnte, die sich auf diesem Gebiet ebenfalls auskannten, war das besser, als irgendwelchen Trotteln zu imponieren. Und alles, was Jay ab jetzt tat, würde sie ungeheuer beeindrucken. *Oh, Jay, du bist so intelligent. Und siehst dabei auch noch so gut aus …*

»Wir sollten nach der Parabolantenne suchen«, sagte er.

»Wo soll ich nachsehen?«, fragte sie. Sollte er ruhig den Chef spielen. *Ich tue alles, was du sagst, Jay. Alles, ein Wort genügt …*

»Am besten in den Büschen da hinten links. Ich nehme mir die rechte Seite vor.«

»Du bist der Boss.«

Sie wusste, dass sich die Parabolantenne auf ihrer Seite befand, doch sie würde sie absichtlich übersehen und Jay den Vortritt lassen. Dann konnte er sie stolz auf seinen Fund hinweisen. Ein weiterer Sieg, für den sie ihn bewundern würde. *Du bist so clever, Jay. So raffiniert. Ich wette, dass du im Bett genauso gut bist. Willst du es mir beweisen?*

Sie grinste. *Lass dich vernaschen …*

Es war nur eine Frage der Zeit, bald war er reif. Sie würde ihn ins Bett bekommen und es genießen. Und auch noch in anderer Hinsicht davon profitieren.

22

Washington, D. C.

Carruth hatte das Gefühl, dass ihm jemand folgte.

Vielleicht litt er an Paranoia, aber eigentlich glaubte er es nicht. Einen anständigen Blick auf den Fahrer hatte er noch nicht erhascht, nur auf seinen Wagen, ein aktuelles Modell jener kastenförmigen und fast identisch aussehenden kleinen Autos, die in den letzten zehn Jahren in Amerika produziert worden waren und blödsinnige Namen wie Springa oder Preemele trugen. Ein Chevy, ein Ford, ein Dodge? Es spielte keine Rolle.

Er kam vom Safeway-Supermarkt, wo er seine Einkäufe erledigt hatte. Obwohl er kein guter Koch war, gab es diese Tage, an denen er keine Lust hatte, außer Hauses zu essen. Deshalb sorgte er immer dafür, dass sein Gefrierschrank mit Burritos, Sandwiches oder Fertiggerichten mit Hühnerfleisch gefüllt war, die er nur in die Mikrowelle schieben musste. Meistens fettarme Kost. Außerdem hatte er Cornflakes, Milch, Kaffee und Bier eingekauft. Und Obst, jede Menge Äpfel, Birnen, Bananen, Orangen und Grapefruits. Von zu viel Junkfood wurde man nur fett, man brauchte frische Produkte, um die Maschine zu ölen. Obst war großartig.

Also füllte er alle zwei Wochen einen Einkaufswagen, das reichte dann für eine Weile.

Als er sein Haus verließ, um zum Supermarkt zu fahren, war ihm unter vier oder fünf vorbeikommenden Fahrzeugen das unscheinbare graue Auto aufgefallen, als er gerade mit der Fernbedienung die Tür seines Wagens öffnete. Eher ein Zufall, es gab keinen Grund, dem Auto größere Aufmerksamkeit zu schenken. Er hatte es bemerkt, doch es war nicht wichtig.

Der Supermarkt war sechs Blocks von seinem Haus entfernt, und als er die Hälfte der Strecke zurückgelegt hatte, erhaschte er im Rückspiegel erneut einen Blick auf das graue Auto.

Die Alarmglocke schrillte immer noch nicht – es gab Tausende dieser Autos. Doch wenn man in einem Geschäft war, wo man halblegalen oder schlicht illegalen Aktivitäten nachging, musste man seiner Umgebung mehr Beachtung schenken. Auf keinen Fall durfte er die Geschichte mit den beiden Cops vergessen, diese verfluchte Panne.

Nachdem er den Supermarkt verlassen hatte, lud er seine Einkäufe in den Wagen und ließ den Motor an. Als er von dem Parkplatz abbog, sah er, wie hinter ihm das graue Auto zurücksetzte. Lesen konnte er das Nummernschild nicht, aber er war sich sicher, dass es aus Washington stammte.

Dreimal war ein bisschen viel.

Noch immer war denkbar, dass ihm seine Paranoia einen Streich spielte, aber er durfte kein Risiko eingehen. An der nächsten Kreuzung bog er ab. Es war zu früh, direkt nach Hause zu fahren.

Nach seinem Ausscheiden aus der Navy war er eine Art Söldner gewesen, ein Glücksritter, der für jeden gearbeitet hatte, der genug Geld bot, unter anderem in Nordafrika und Südamerika. Danach hatte er sich im Irak und Iran bei einer privaten Sicherheitsfirma verdingt, was finanziell äußerst lukrativ gewesen war. Und dort hatte er einige der Männer getroffen, die jetzt zu seiner Truppe gehörten. Im Mittleren Osten lernte er damals auch einen ehemaligen Geheimagenten namens Dormer kennen. Vielleicht war er noch aktiv, bei Schlapphüten wusste man das nie. Sie kletterten eher auf einen Baum, um zu lügen, als auf dem Boden die Wahrheit zu sagen. Aber Dormer war ein alter Hase, der sich auskannte, und wenn nicht viel zu tun war, wie meistens, weihte er Carruth in die kleinen Geheimnisse seines Geschäfts ein.

Dormer war etwa sechzig und eine absolut unauffällige Erscheinung – durchschnittliche Größe und durchschnittliches Gewicht, und in jenen Ländern färbte er sich die Haare und den Schnurrbart schwarz, sodass er mit seiner gebräunten Haut fast überall als Einheimischer durchging. Er sprach Arabisch und kleidete sich wie der

Mann von der Straße. Einmal hatte Carruth beobachtet, wie er so sehr mit einer Menschenmenge verschmolz, dass man den Eindruck hatte, er wäre plötzlich unsichtbar geworden.

Dormer machte ihn mit den Usancen seiner Profession vertraut, brachte ihm bei, wie man geheime Nachrichten deponiert, weihte ihn in Observationstechniken ein und erklärte auch, wie man einen Beschatter erkennt, ohne sein Wissen darum zu verraten.

»Einen Verfolger zu entdecken ist relativ leicht«, hatte er gesagt. »Es kommt alles darauf an, dass der Typ, der dir im Nacken sitzt, nicht merkt, dass du ihn entdeckt hast.«

»Warum?«

»Wenn er glaubt, dass er verbrannt ist, wird er verschwinden und durch einen anderen ersetzt, mein lieber Freund von der Navy. Es ist besser, wenn man seinen Beschatter kennt, als seinen Nachfolger entdecken zu müssen.«

Carruth nickte. Klar, das war einleuchtend.

»Falls du also glaubst, dass dich der Typ an der nächsten Straßenecke observiert, gleichgültig ob zu Fuß oder im Auto, drehst du dich nicht um und starrst ihn an. Du fährst weiter, ohne am Straßenrand zu halten, um ihn vorbeizulassen. Genauso fährst du nicht bei Rot über eine Ampel, um dich zu vergewissern, ob er ebenfalls gegen die Verkehrsvorschriften verstößt. Du spielst den völlig Ahnungslosen, denn der Beschatter soll dich für blind, taub und dumm halten.«

»Und wie verhalte ich mich?«

Der Ältere hatte gegrinst. »Hör gut zu …«

Ein paar Monate nach diesem Gespräch war Dormer spurlos verschwunden. Er war mit ein paar anderen Männern in einem Lieferwagen in Richtung Süden aufgebrochen, um irgendeine heikle Fracht durch die Wüste zu einer irakischen Hafenstadt zu bringen. Soweit Carruth wusste, war niemand von ihnen je wieder gesehen worden. Wahrscheinlich bleichten Dormers Knochen irgendwo im Sand, doch manchmal schien es ihm durchaus plausibel, dass der alte Schlapphut noch immer irgendwo dort unten windige Geschäfte machte.

Während er durch die Straßen von Washington fuhr, erinnerte er sich an Dormers Lektion. Er würde nicht sofort nach Hause fahren, sondern noch einen kleinen Zwischenstopp einlegen, und zwar genau an der richtigen Stelle.

Nach ein paar weiteren Häuserblocks bog er nach links ab, fuhr einen knappen Kilometer geradeaus, setzte dann den Blinker nach rechts. Er hatte es nicht eilig und bog so oft ab, dass es schon ein extrem großer Zufall sein musste, wenn der graue Wagen ihm nach einer gewissen Zeit immer noch folgte.

Er hatte ein bestimmtes Ziel, das er auf einer wohldurchdachten Route ansteuerte, ein Spezialgeschäft für Messer, ohne die man in seinem Geschäft nicht auskam. In der Regel hatte er ein Klappmesser dabei, manchmal auch einen kleinen Dolch, der bei oberflächlichem Hinsehen nur eine Gürtelschnalle war. Oder ein Messer, das an einem Lederband um seinen Hals hing und unter dem Hemd verborgen war. Außerhalb der Stadt trug er einen großen, in einer Scheide steckenden finnischen Dolch, oder, wofür er eine besondere Schwäche hatte, ein Tanto-Messer.

In diesem Fall ging es jedoch in erster Linie darum, dass das Messergeschäft an einer Straße lag, deren Form einem »P« glich. Man konnte nur auf einem Weg von der Hauptstraße in sie einbiegen und sie wieder verlassen. Der Laden befand sich auf der rechten Straßenseite, direkt vor der höchsten Stelle des Halbkreises.

Als Dormer ihm den Trick erklärte hatte, glaubte Carruth sofort verstanden zu haben. »Man lockt den Beschatter in eine Sackgasse, und wenn er einem folgt, hat man ihn, stimmt's?«

»Nein«, hatte Dormer geantwortet. »Heutzutage sind die meisten Sackgassen ausgeschildert. Der Beschatter weiß, wie er sich zu verhalten hat. Er folgt dir nicht in die Sackgasse, sondern wartet an der Einmündung, bis du zurückkommst.«

»Aha.«

»Und wenn er unbedingt wissen muss, was genau dein Ziel in dieser Straße ist oder mit wem du redest? Er kann seinen Wagen abstellen und zu Fuß gehen, aber ein gewiefter Beschatter wird es nicht riskieren, wenn er befürchten muss, entdeckt zu werden. Er wird ein Fernglas und eine Kamera dabeihaben und wahrscheinlich sehen, wo du aus dem Auto steigst. Später kann er dann zurückkommen und herauszufinden versuchen, wem du einen Besuch abgestattet hast. Da er weiß, dass du die Sackgasse auf dem gleichen Weg wieder verlassen musst, braucht er nur an einer Stelle warten, von der aus er die Einmündung beobachten kann.«

»Verstehe.«

»Also lockst du ihn in eine Straße, die keine klassische Sackgasse ist, aber trotzdem nur auf einem Weg wieder verlassen werden kann, und wenn du sie verlässt, stellst du sicher, dass du die Kreuzung sehen kannst.« Er schwieg kurz. »Es kann sich natürlich immer noch um einen Zufall handeln – vielleicht hatte der Typ tatsächlich etwas in der Gegend zu erledigen. Aber wenn du vorher schon eine lange und im Kreis herumführende Strecke zurückgelegt hast, ist das eher unwahrscheinlich.«

Carruth musste lächeln, als er an Dormers Ratschläge dachte.

Der Besuch in dem Geschäft fiel kurz aus, er brauchte eigentlich kein neues Messer. Trotzdem sah er sich zwei

Modelle von Cutter's Knife and Tool an – das bengalische Karambit war wirklich hübsch und nicht zu teuer. Einige Experten hatten mit der kleinen gebogenen Klinge ihre Probleme, aber sie wussten eben nicht, was ein wahrer Könner damit anstellen konnte. Falls jemand einem unbedingt Ärger machen musste, würde er das kleine Messer erst bemerken, wenn es zu spät war. Wenn man die richtige Stelle traf, konnte er auf dem Weg zum Krankenhaus verbluten, und Carruth hatte schon mehr als einmal die richtige Stelle getroffen.

Nach kurzem Nachdenken verschob er den Kauf auf seinen nächsten Besuch.

Als er wieder in seinen Wagen stieg, war von dem grauen Auto nichts zu sehen. Er bog um die Kurve, beschleunigte auf dem Weg zur Kreuzung leicht, zweigte nach rechts auf die Hauptstraße ab und fuhr etwas langsamer.

Nach ungefähr fünfzehn Sekunden erreichte der Beschatter in dem grauen Auto die Kreuzung.

Carruth spürte, wie sich sein Magen verkrampfte.

Er wurde tatsächlich verfolgt. Dazu fiel ihm nichts ein.

Wer?

Und warum?

Er nahm Gas weg, bis er das Kennzeichen lesen konnte, zog einen Stift aus der Hemdtasche und schrieb die Nummer auf seinen Handrücken.

Er musste Lewis informieren. Vielleicht war sie es, die ihn beschatten ließ. Eigentlich hatte sie keinen Grund, aber es waren schon seltsamere Dinge passiert. Wenn jemand anders dahintersteckte, musste er es wissen. Außer seiner Zusammenarbeit mit Lewis und den beiden toten Cops fiel ihm kein Grund ein, warum ihn jemand observieren sollte.

Er glaubte nicht, dass es etwas mit den Cops zu tun

hatte. Wenn die Polizei ihn im Verdacht hatte, zwei Kollegen getötet zu haben, wäre sie nicht so behutsam vorgegangen, sondern ihm mit einer ganzen Horde auf den Leib gerückt. Lewis kannte sich mit Computern aus, vielleicht konnte sie etwas mit der Autonummer anfangen.

Carruth zog sein Einweghandy aus der Gürteltasche und wählte ihre Nummer.

Pentagon, Nebengebäude
Washington, D. C.

Während Lewis sich durch Informationsberge durchkämpfte – in ihrem VR-Szenario wurden sie als Erde und Erz aus einer Goldmine dargestellt, die sie durch ein riesiges Sieb filterte –, entdeckte sie einen faustgroßen Goldklumpen.

Der Goldklumpen platzte auf, und eine Stimme ertönte. Etwa eine halbe Minute lang hörte sie zu …

Mist!

»Szenario beenden«, sagte sie.

Sie war in ihrem Büro und atmete ein paarmal tief durch, um ihren Herzschlag zu beruhigen. Die Information war in mehr als nur einer Hinsicht äußerst unangenehm.

Carruth' telefonische Nachricht, dass ihn jemand observiert hatte, war schon übel genug gewesen, als sie noch nicht gewusst hatte, wer ihm im Nacken gesessen hatte.

Jetzt war eine ganz üble Geschichte daraus geworden.

Ihr neuer Schnüffler, Simmons' Nachfolger, hatte sich mit dem Kennzeichen beschäftigt. Glücklicherweise war der Fahrer dumm oder sorglos genug gewesen, kein neues Nummernschild zu klauen oder auf einen Mietwagen umzusteigen. Ihr Mann hatte erst herausgefunden, wer Carruth beschattet hatte, und dann, für wen er arbeitete – eine zugleich überraschende und gefährliche Neuigkeit.

Hätte man sie gefragt, wen von den beiden Interessenten für ihre Informationen sie verdächtigte, hätte sie auf Ali bin Rahman bin Fahad Al-Saud getippt. Und sie hätte falschgelegen. Nein, es war Brian Stuart, der »Australier«.

Ihr dummer Fehler ließ sie den Kopf schütteln. Es hätte schlimmer kommen können. Glücklicherweise hatte Carruth den Verfolger entdeckt, und sie konnte die Sache überprüfen lassen.

Auch mit ihrem neuen Schnüffler wurde es gefährlich. Möglicherweise würde er in den Besitz von Informationen gelangen, die er nicht haben durfte. Wenn es so kam, würde er sich in die große Detektivagentur im Himmel verabschieden müssen. So wie es im Moment aussah, machte ein weiterer Toter die Dinge auch nicht mehr schlimmer, und sie musste daran denken, ihre Spuren zu verwischen. Als sie damit begonnen hatte, ihren Plan umzusetzen, hatte es nicht in ihrer Absicht gelegen, dass Menschen zu Tode kommen würden. Aber wenn es so kam, musste man sich mit dem Problem befassen.

Die ganze Situation war total verfahren. »Brian Stuart«, der »Australier«, kam als Käufer ihrer Informationen nicht in Betracht. Tatsächlich stammte er aus Katar und hieß Yusuf bin Abdulla Al-Thani, und wenn die Auskünfte ihres Schnüfflers stimmten, war er der ältere Bruder eines Mannes namens Mohammed bin Abdulla Al-Thani. Was ihr überhaupt nichts gesagt hatte, bis ihr Schnüffler berichtete, dass Mohammed, der kürzlich das Land der Lebenden verlassen hatte und Allah im Paradies Gesellschaft leistete, den Decknamen »Mishari Aziz« benutzt hatte. Zwei Brüder, beide einigermaßen berüchtigte Terroristen.

Aziz/Al-Thani hatte sie gekannt, schließlich hatte sie ihn persönlich in einem Park in New Orleans erschossen, als er nach seiner Waffe greifen wollte.

Scheiße, Scheiße, Scheiße …!

Die Al-Thani-Brüder waren Tamimaraber und entfernte Verwandte der Herrscherfamilie von Katar, aus der sie allerdings inzwischen aufgrund ihrer äußerst radikalen politischen Einstellung ausgeschlossen worden waren. Und Terroristen waren nicht die vertrauenswürdigsten Kunden.

Es war ziemlich offensichtlich, dass Yusuf alias Brian Jagd auf sie machte. Sie hatte seinen Bruder getötet, was ihn verständlicherweise aufbrachte, doch dass er mit seinen Nachforschungen überhaupt so weit gekommen war, ließ ihr keine Ruhe. Wie weit war er tatsächlich vorgedrungen? Sie war sich ziemlich sicher, dass es Yusuf mit Hilfe von ein oder zwei Freunden gelungen war, auf Simmons zu stoßen, ihren vormaligen diskreten Schnüffler. Dann hatten sie ihn getötet, jetzt suchten sie nach ihr. Wenn Simmons keinen alten Feind gehabt hatte, der zufällig über ihn gestolpert war, schien das die einzig sinnvolle Schlussfolgerung.

Aber wie hatten sie es geschafft?

Es spielte eigentlich keine Rolle, sie musste sich die Gefahr vom Hals schaffen. Aber neugierig war sie trotzdem.

Sie hatte keine Ahnung, wie viel diese Männer aus Simmons herausgequetscht hatten, aber wahrscheinlich wussten sie, dass der Boss eine Frau war. Wenn die beiden Männer, die mit Aziz/Al-Thani am Flussufer in New Orleans ums Leben gekommen waren, nicht mit denen identisch waren, die sie nach ihrem ersten Treffen mit Aziz in der Mall in Florida verfolgt hatten, war es wahrscheinlich, dass Bruder Yusuf etwas mehr über sie wusste, als dass sie eine junge blonde Frau war.

Doch selbst wenn er mehr über ihr Äußeres wusste, war das immer noch nicht dasselbe, als hätte er ihren Namen gekannt, und die Vereinigten Staaten waren ein großes Land. Trotzdem war es ein Stolperstein, und sie wollte nicht stürzen.

Wie um alles auf der Welt waren sie auf Carruth gestoßen? Sie hätte das für völlig unmöglich gehalten. Und doch gehörte das Auto, das ihn verfolgt hatte, laut Auskunft ihres Schnüfflers einer Tarnfirma Al-Thanis. Konnte das noch ein Zufall sein? Dass jemand Carruth observierte und dass dieser Jemand Verbindungen zum Bruder jenes Mannes unterhielt, den sie in New Orleans kaltgemacht hatte?

Das konnte man nicht mit einem Achselzucken abtun.

Eine üble Geschichte. Ein Terrorist, der nach ihr suchte, um den Mord an seinem kleinen Bruder zu rächen. Wenn er auftauchte, kam bei der Umsetzung ihres Plans mit Sicherheit jede Menge Sand ins Getriebe. Ganz zu schweigen von der Gefahr, die ihr persönlich drohte.

Also, was war zu tun?

Vielleicht hatte der Mann hinsichtlich ihrer Identität keine Ahnung. Simmons hatte sie nicht gekannt, also führte aus der Richtung keine Spur zu ihr. Doch dass Yusuf Al-Thani überhaupt so weit gekommen war, konnte nur bedeuten, dass er über verdammt gute Möglichkeiten verfügte. Simmons mochte irgendeinen Fehler gemacht haben, aber falls nicht, war es äußerst beunruhigend, dass Al-Thani ihm einen Besuch in seinem Büro abgestattet hatte.

War Simmons vielleicht über jemandes Zuträger gestolpert, als er über Aziz recherchiert hatte? Möglich war es.

Aber selbst wenn, Simmons hatte nichts von Carruth gewusst.

Und doch machte Yusuf oder einer seiner Leute Jagd auf Carruth.

Sie überflog den Rest der Datei, die ihr der neue Schnüffler gemailt hatte. Wenigstens wusste sie jetzt, wer er war und wie er aussah. Immerhin etwas, auch wenn es ihr möglicherweise nicht weiterhelfen würde, wenn er sie spätnachts mit einem bewaffneten Begleiter in ihrem Schlafzimmer erwartete.

Sie dachte nach. Hatte man erst einmal zur Gewalt Zuflucht genommen, war es schwer, die Entwicklung zu stoppen; sie hatte den Bruder dieses Mannes getötet, und das ließ sich nicht herunterspielen, wenn er sie jemals finden sollte.

Er hat zuerst nach der Waffe gegriffen! war wahrscheinlich keine plausible Entschuldigung, wenn man einem aufgebrachten und blutrünstigen Bruder gegenüberstand.

Wie konnte sie sich am besten schützen? Sie hatte keine Lust, für den Rest ihres Lebens über die Schulter zu blicken, um zu sehen, ob ihr ein rachsüchtiger Fanatiker folgte, der sie einen Kopf kürzer machen wollte.

Sie griff nach ihrem Einweghandy und gab manuell die Nummer für Carruth' aktuelles Einwegtelefon ein.

»Ja?«

»Ich habe die gewünschte Information. Wir treffen uns heute Abend um sieben, am vereinbarten Ort.«

»Verstanden.«

Lewis unterbrach die Verbindung, schaltete das Handy ab und schob es in ihre Handtasche. Nach dem Verlassen des Pentagons würde sie es entsorgen und zu Hause ein neues einstecken. Sie hatte ein Dutzend davon, alle vom gleichen Typ. Die Wachtposten am Eingang überprüften nie die Nummern, sie wollten nur wissen, ob es auch wirklich ein Telefon war.

Ein Mann wie Carruth hatte seine Vorzüge, und sein nächster Job war bestimmt ganz nach seinem Geschmack.

Dark Horse Restaurant
Richardson, Maryland

»Sie verarschen mich«, sagte Carruth.

»Wenn es bloß so wäre.«

Er schüttelte den Kopf. »Allmählich reicht's mir mit den verdammten Turbanträgern. Wie haben die mich gefunden?«

»Ich habe nicht die geringste Ahnung.«

Er zuckte die Achseln. »Wie geht's jetzt weiter?«

»Wir arrangieren ein Treffen mit ›Brian‹. Sie werden mit einigen Ihrer Leute vor Ort sein, und wenn er auftaucht, wahrscheinlich ebenfalls nicht allein, werden sie eliminiert.«

Carruth nickte. Das war die beste Lösung. Wenn von dem Dreckskerl nichts übrig blieb, konnte er nicht zurückkommen, um ihn von hinten abzustechen. Trotzdem, wie waren sie auf ihn gestoßen? Er hätte es gern gewusst, doch wenn sie erst mal von der Bildfläche verschwunden waren, spielte es keine Rolle mehr. »Lässt sich machen. Aber sie werden versuchen, Ärger zu machen.«

»Wir arrangieren das irgendwo im Niemandsland, wo sie mit dem Auto hinfahren müssen und wo es nur eine Straße gibt. Sie sind mit Ihren Männern schon dort, bevor wir ihnen den Treffpunkt mitteilen. Bewaffnet werden sie bestimmt sein, da haben Sie recht, aber das Überraschungsmoment liegt auf unserer Seite.«

»Sie könnten eine ganze Wagenladung Schießwütiger mitbringen. Ich an ihrer Stelle würde es tun. Könnte eine blutige Angelegenheit werden.«

»Sie haben die Raketenwerfer doch nicht etwa weggeworfen?«

Carruth grinste. »Wo denken Sie hin, Ma'am?«

»Wenn Sie einen geeigneten Ort ausgekundschaftet haben, lassen Sie mich wissen, was wir brauchen. Aber diese Geschichte muss schnell über die Bühne gehen. Ich möchte nicht, dass dieser Typ mir mit seinen Freunden zu Hause zum Abendessen einen Besuch abstattet.«

Carruth war auch nicht gerade begeistert darüber, dass sie ihn gefunden hatten. »Verstehe. Daran habe ich ebenfalls kein Interesse.«

23

*Net-Force-Hauptquartier
Quantico, Virginia*

»Mr Gridley?«

Jay schaute auf das Display seines Bildtelefons. »Wer sollte es sonst sein? Sie haben meine Nummer gewählt.«

»Doyle Samuels vom FBI. Ich habe ein paar Informationen für Sie.«

»Schießen Sie los.«

»Wie Sie zweifellos wissen, sind neben der Net Force auch wir und der Militärische Nachrichtendienst an der Untersuchung der Einbrüche auf die Stützpunkte beteiligt.«

»Tatsächlich?«

»Hier geht es um Private First-Class Jerome Jordan, einen der Soldaten, die bei dem Angriff auf das Fort Thomas Braverman ums Leben kamen.«

»Und?«

»Private Jordan war das erste Opfer, das noch auf dem Stützpunkt starb, vor der Zerstörung des Humvee und dem Mord an seinen Insassen.«

Jay unterdrückte ein Seufzen. *Warum kommen die Jungs vom FBI nie direkt zur Sache?*

»Unsere Ballistiker haben herausgefunden, dass Jordan

237

mit einer Handwaffe getötet wurde und dass die Kugel eine Variation des Kalibers .500 Maximum war.« Der FBI-Beamte schwieg einen Moment, als müssten seine Worte Jay etwas sagen.

»Und weiter …?«

»Ein ungewöhnliches Kaliber für eine Handwaffe. So schwer, dass seine Herstellung in den Vereinigten Staaten gerade noch erlaubt ist.«

»Mr Samuels, mit Waffen kenne ich mich nicht aus. Ich bin Computerexperte. Kommen wir jetzt bald zur Sache?«

»Es stellte sich heraus, dass man die Projektile einer Waffe zuordnen konnte, die bei einer Schießerei in Washington benutzt wurde, der kürzlich zwei Polizisten zum Opfer fielen.«

»Wow.« Davon hatte er natürlich gehört.

»Ferner wissen wir, dass diese spezielle Munition – .510 GNR – in kleinen Stückzahlen für eine spezielle Kundschaft produziert wird. Wie die Waffen, mit denen sie abgefeuert wird, und wir haben begonnen, Informationen darüber zu sammeln. Angesichts der größeren Computerkapazitäten der Net Force könnten Sie uns vielleicht helfen, die gesuchte Waffe zu finden.«

»O ja, das können wir.« Plötzlich war Jay sehr interessiert.

»Ich lasse die Datei sofort an Ihre sichere Adresse senden.«

»Ja, Sir, tun Sie das. Und vielen Dank.«

»Sie halten mich auf dem Laufenden?«

»Sobald ich etwas herausgefunden habe, hören Sie von mir.«

»Es ist ein Vergnügen, mit Ihnen zusammenzuarbeiten, Mr Gridley.«

»Ganz meinerseits.«

Lächelnd unterbrach Jay die Verbindung. Das war ein

Durchbruch. Er hatte Zugang zum Super-Cray, ohne Begrenzung der Rechenzeit, und er kannte Leute, die dafür ihre Großmutter umgebracht hätten. Was verständlich war, der Zugang zu dem Großrechner war mit Geld nicht zu bezahlen. Wenn er die richtigen Suchparameter fand, konnte er das Material adäquat filtern, und falls diese Information verfügbar war, konnte er sie finden.

Würde er sie finden.

Lächelnd wartete er, bis der Download der Datei abgeschlossen war.

Er konnte es kaum abwarten.

Science-Fiction-Messe Galactica
Phoenix, Arizona
Labor-Day-Wochenende

Der Ort war selbst für ein VR-Szenario ziemlich verrückt. Die von Tausenden von Menschen besuchte Science-Fiction-Messe fand in Phoenix in Arizona statt, in einem Konferenzzentrum, direkt gegenüber dem Hotel einer großen Kette. An Hunderten von Verkaufsständen stapelten sich vergilbte Groschenhefte, alte Science-Fiction-Videos und aller mögliche Schnickschnack für Sci-fi- und Fantasy-Fans, wobei die Palette von piependen und blinkenden Spielzeug-Strahlenpistolen über Filmplakate bis hin zu echten Schwertern reichte, die denen von Conan dem Barbar und dem Highlander nachgebaut waren.

Es war ein Riesenspektakel, laut und farbenfroh.

Jeder dritte oder vierte Besucher hatte sich nach Vorbildern aus einem Science-Fiction- oder Fantasy-Film verkleidet – es gab Darth Vaders, Captain Kirks und Mr Spocks, Klingonen, Elfen, Druiden, Batmen und Supermen, rosafarbene Aliens und Luke Skywalkers, dazu Prinzessinnen mit Haarknoten und weißen Gewändern. Und Mädchen in knappen Fell-Bikinis, von denen einige

239

großartig aussahen, andere aber so, als wäre ein Toten-
hemd angemessener …

Einmal kam es ihm so vor, als wäre gerade die ganze
Belegschaft der Rocky Horror Picture Show an ihm vor-
beidefiliert.

Er schüttelte den Kopf. Als Teenager hatte er das alles
zur Kenntnis genommen, war aber nie zum Fan geworden. Immerhin hatte er einmal eine Worldcom besucht,
nur aus Neugier, und dort hatte es genauso ausgesehen
wie hier in seinem Szenario. Eine riesige Party von Pa-
radiesvögeln …

Irgendwo in dieser Menschenmenge versteckte sich
ein Alien-Cowboy mit einem großen Revolver, und seit
seinen Nachforschungen am Großrechner wusste er, dass
es der Mann sein musste, den das FBI suchte. Derjenige,
der die Waffe gekauft hatte, mit der zwei Washingtoner
Polizisten und ein Soldat aus Kentucky getötet worden
waren. Wahrscheinlich auch noch andere.

Jay hoffte, dass der Käufer des Revolvers nicht mit
diesem Stark identisch war, dessen Leiche man aus dem
Lastwagenwrack geborgen hatte.

Abwarten.

Er war über eine Spur gestolpert, die ihm vielversprechend schien – ein Typ, der eine Adresse in Alexandria
als Wohnort angegeben hatte, was sich jedoch als falsch
herausstellte. Nun, es gab jemanden gleichen Namens,
der dort wohnte, nur war das ein kleines, keine sechzig
Kilo wiegendes, achtundsechzigjähriges Männchen, das
im Rollstuhl saß und keinen speziell angefertigten Revolver für dreihundert Dollar gekauft hatte. Hätte er mit so
einer Waffe gefeuert, hätte ihm wahrscheinlich der Rückstoß das Handgelenk gebrochen. Irgendjemand hatte
seinen Namen und seine Adresse geklaut, um sie bei der
Registrierung der Waffe zu verwenden. Vielleicht war er
nicht der Gesuchte, doch eine bessere Spur gab es bisher

nicht. Gut möglich, dass er kein Computerfreak war, aber in den Industrienationen hinterließ heutzutage jeder eine elektronische Spur. Eine heiße war es noch nicht, aber Jay arbeitete daran.

Irgendwo in dem Konferenzzentrum musste er sein. In diesem Szenario musste Jay ihn nur finden und ihm die Verkleidung vom Leib reißen, um seine wahre Identität herauszubekommen. Dann konnte er den Namen an andere weiterreichen, die ihn einbuchten würden, und damit war die Geschichte erledigt. Wenn das FBI erst einmal einen der Terroristen hatte, würde man ihn dort wahrscheinlich davon überzeugen, die anderen zu verraten.

Doch in dieser Unmenge kostümierter Besucher würde es bestimmt nicht leicht werden, den Verdächtigen zu finden …

Ein sehr stämmiger Mann, als Klingon Warrior verkleidet, rempelte Jay an. »Pass auf, wo du hintrittst, *p'tahk*!«

»Tut mir leid«, sagte Jay.

»*Qui'yah!*«

Für einen Augenblick dachte Jay daran, den Clown über den Haufen zu schießen. Er kannte die Sprache nicht – vermutlich war es Klingonisch –, doch wenn er beleidigt wurde, bekam er das sehr wohl mit.

Andererseits, warum regte er sich auf? Wahrscheinlich war dieser Typ sonst irgendein Schreiber oder Buchhalter, und wenn es ihm Spaß machte, für ein paar Stunden den Star-Trek-Alien zu geben und unverständliches Zeug zu brabbeln, tat das letztlich niemandem weh. Es war ein harmloser Spaß. Wenigstens trieb er sich nicht auf der Straße herum, um alten Omas die Handtasche zu klauen oder Crack zu verkaufen.

Jeder nach seiner Fasson, solange es niemandem wehtat.

Er hob die rechte Hand und spreizte die Finger zum

Abschied, wie Spock im Fernsehen. »Möge dir ein langes Leben beschieden sein, Warrior.«

Der Möchtegerne-Klingon grinste höhnisch und verzog sich.

Aber wo war der Alien-Cowboy?

Jay schob sich an einem Spielzeugstand mit Plastikraketen und -raumschiffen vorbei, dann an einem Tisch mit Groschenheften, auf deren Umschlägen dralle Frauen in Messingbikinis abgebildet waren, die von Monstern mit Tentakeln bedroht wurden. Auf einem Fernseher lief eine alte Schwarzweißserie, der Ausschnitt zeigte Flash Gordon beim Kaiser Ming. Die Musik kam ihm bekannt vor. Stammte die Melodie aus einem von Liszts Préludes?

Als er sich von dem Fernseher abwandte, erhaschte er einen Blick auf einen weißen Hut. Definitiv ein Cowboyhut, ein Stetson.

Lächelnd erinnerte er sich an das Stagolee-Szenario. Alles war nur wegen des Hutes eskaliert …

Er versuchte sich näher an den weißen Hut heranzuarbeiten, aber die Menschenmenge war so dicht, dass es kaum ein Durchkommen gab. Als er versehentlich einem Alien auf den Fuß trat, wurde er mit einem Fluch bedacht, den er diesmal sehr wohl verstand. Er kam an einem Glatzkopf mit grünem Make-up im Gesicht und auf den Händen vorbei, der extrem lange Fingernägel hatte und mit einer umwerfenden Blondine Händchen hielt, die eng anliegende rosa Klamotten, Lederstiefel und eine futuristische Waffe an ihrem Gürtel trug.

Fast wäre er auf einen Alien getreten, der sich auf allen vieren vorwärtsbewegte und offenbar das Haustier des glücklichen Pärchens war. Die Kreatur bellte ihn an, doch das Geräusch erinnerte zugleich an ein Stöhnen.

Er blickte auf, doch von dem weißen Stetson war nichts mehr zu sehen.

Mist!

Ein sehr großer Mann, verkleidet als Amazone, komplett mit Perücke, Speer und einem Kunststoffharnisch über riesigen falschen Brüsten, stand vor einem Stand, an dem Videokassetten mit Samstagmorgenserien aus den Fünfzigern feilgeboten wurden, beispielsweise Folgen von *Howdy Doody*. Die Amazone war fast zwei Meter groß und musste eine gute Sicht haben.

»Entschuldigung, ich suche einen Cowboy«, sagte Jay.

»Sind wir das nicht alle, Honey?«, fragte die Amazone zurück. »Ihre« Stimme war so tief und rauchig wie die von Lola Lola und erinnerte eher an die des Darth Vader als an die irgendeiner Frau, die Jay kannte. Die Amazone hätte locker die tiefen Partien in der Oper singen können.

Nach einer Viertelstunde vergeblichen Suchens, während der er sogar einmal auf einen leeren Tisch gesprungen war, um besser zu sehen, gab Jay auf, zumindest fürs Erste. Der Cowboy mit dem Revolver musste irgendwo auf der Messe sein, hatte aber anscheinend diesen Saal verlassen.

War er vielleicht in dem Hotel auf der anderen Straßenseite? Dort fanden alle möglichen begleitenden Veranstaltungen statt.

Als er sich den Weg zum Ausgang bahnte, kam er zu dem Schluss, dass das alles doch ganz lustig gewesen war. Trotzdem fragte er sich, was ein normaler Mensch sagen würde, wenn er sich unversehens in diesem Saal mit den extravagant kostümierten Besuchern wiederfand.

Wahrscheinlich würde er sie samt und sonders für völlig übergeschnappt hallten.

Die Realität übertraf fast immer mühelos jede Fiktion.

Jay trat in die Nachmittagshitze hinaus. Es kam ihm so vor, als wäre er von einem Brett getroffen worden. Die Luftfeuchtigkeit war angenehm niedrig, aber wenn man aus einem klimatisierten Raum mit zwanzig Grad nach draußen kam, wo das Thermometer auf über vierzig

Grad geklettert war, konnte man das nur als extrem heiß empfinden. Es grenzte an ein Wunder, dass die Menschen nicht zusammenbrachen.

Er überquerte die Straße.

Ging da nicht gerade jemand mit einem Cowboyhut in das Hotel?

Er rannte los, trotz der Hitze.

24

Townenda Hollow
Virginia

Carruth hatte sich für einen Ort entschieden, den er schon seit seiner Zeit bei der Navy kannte. Damals hatte er mit ein paar Kumpels in den Wäldern von Virginia gezeltet, und unterwegs waren sie an dieser verfallenen, abseits gelegenen Scheune vorbeigekommen, die am Ende einer unbefestigten Straße lag. Das einst dazugehörende Bauernhaus war abgebrannt, mit Ausnahme des mit Efeu bewachsenen Kamins.

Es gab andere Farmen in der Nähe, aber sie waren alle mindestens zwei Kilometer entfernt.

Er hatte Dexter, Hill und Russell mitgenommen, und sie verbrachten zwei Stunden damit, die Gegend zu inspizieren. Vielleicht kamen gelegentlich Jäger oder Camper hier vorbei, doch auf der Straße fanden sich keine frischen Spuren, was darauf hindeutete, dass in letzter Zeit niemand in der Nähe der Scheune gewesen war.

Nachdem sie sich die Gegend angesehen hatten, wandten sie sich der konkreten Planung zu. In zwei Bäume zu beiden Seiten der Straße brachten sie zwei tückische, per Fernsteuerung zündbare Sprengladungen mit Nägeln an, direkt in Augenhöhe. Es war eine Maßnahme für den Notfall, doch wenn die improvisierten Splittergranaten gezündet wurden, würde von einem vorbeikommenden Fahrer nicht viel übrig bleiben, unabhängig davon, ob er das Fenster hochgekurbelt hatte oder nicht.

Abgesehen davon mussten sie sich eigentlich nichts Extravagantes einfallen lassen. Carruth war klar, dass die einfachen Pläne meistens am besten funktionierten, weil sie das Risiko von Pannen minimierten.

Die Scheune war von Bäumen und dichten Büschen umstanden. Aufhalten konnte sich dort niemand mehr, denn das Holz war so morsch, dass man das Gebälk schon durch ein kräftiges Niesen zum Einsturz bringen konnte. Sie würden mit zwei Autos kommen, von denen sie eines gut sichtbar platzieren und das andere verstecken würden. Wenn Al-Thani und seine Männer auftauchten, würden sie sofort zuschlagen. Bumm, bumm, besten Dank, das war's …

Carruth klappte sein Handy auf, und auf dem Display erschien die Meldung KEIN SIGNAL. Sehr gut.

»Okay, Jungs, wir treffen uns morgen früh um sechs vor meinem Haus. Für die Hardware sorge ich. Seht zu, dass ihr ausreichend Schlaf bekommt, ich brauche ausgeruhte Männer.«

Die anderen drei nickten.

Das als Köder dienende Auto – von Hill geklaut und mit gestohlenen Nummernschildern versehen – stand genau an der richtigen Stelle, und sie hatten sich in dem umliegenden Wald versteckt. Hill und Russell hatten sich überlappende Schussfelder. Sie waren mit M-16s bewaffnet, doch wenn alles nach Plan lief, würden sie die Schnellfeuergewehre allenfalls brauchen, um Überlebenden den Gnadenschuss zu geben.

Schon eine Stunde vor Lewis' Anruf bei Al-Thani waren sie bereit. Eigentlich sollte das Treffen vier Stunden nach dem Telefonat stattfinden, doch Al-Thani und sein Anhang würden nur ungefähr zwei für die Fahrt hierher benötigen, wenn sie sich in Washington oder Umgebung aufhielten. Wäre Carruth an Al-Thanis Stelle gewesen, hätte er alles darangesetzt, es noch schneller zu schaffen. Aber er und seine Männer brauchten auch keine neunzig Minuten, denn von ihnen aus konnte es sofort losgehen ...

Carruth hatte den Dragon-Raketenwerfer mitgebracht, und der Plan war ganz einfach. Sobald Al-Thani und seine Lakaien eintrafen, würde er eine Rakete durch ihre Windschutzscheibe feuern. Bye-bye, Boys.

Falls jemand überlebte und es schaffte, sich aus dem Autowrack zu retten, würden ihm Hill und Russell mit ihren automatischen Waffen den Rest geben, und dann war die Party vorbei.

Es würde ein bisschen laut werden, doch bis irgendein Neugieriger vor Ort auftauchte, waren sie längst verschwunden.

Sollte Al-Thani so clever sein, ein zweites Auto nachkommen zu lassen, würden dessen Insassen Bekanntschaft mit den improvisierten Splittergranaten machen, und wenn das nicht reichte, würden Dexter und Hill den Rest besorgen. Sofort zuschlagen, viel einfacher ging es nicht.

Sie waren mit LOSIR-Kommunikationsgeräten ausgerüstet, deren Reichweite nur einen Kilometer betrug. So konnten sie sich über jede eventuelle Änderung des Plans umgehend verständigen. Carruth spürte schon jetzt den einsetzenden Adrenalinschub, aber so war es immer in solchen Situationen, wenn alle Sinne hellwach und die Nerven bis zum Zerreißen gespannt waren ...

Doch fünfundvierzig Minuten später lief auf einmal gar nichts mehr nach Plan.

Dexter hörte es zuerst. Sie trugen alle Ohrenschützer,

die lauten Krach dämpften und leise Geräusche verstärkten. Dieses Geräusch war extrem leise, aber Dexter hatte schon immer so gute Ohren gehabt, dass er eine Maus im Nachbarzimmer hörte.

»Da kommt ein Helikopter«, sagte er.

Einen Augenblick später hörte auch Carruth das Geräusch. Mist!

Er glaubte nicht eine Sekunde an einen Zufall.

Dass Al-Thani über solche Mittel verfügte, hatte er nicht eingeplant.

Er überlegte. Dreihundert Meter weiter südlich gab es eine Lichtung, groß genug für eine Landung. Keine Frage, der Pilot würde sich für diese Möglichkeit entscheiden. Al-Thanis Männer würden aus dem Helikopter springen, ausschwärmen und die Scheune umzingeln. Das war gar nicht gut – er und seine Männer konnten sich sehr wohl einer Überzahl gegenübersehen, und der Überraschungseffekt würde nicht lange vorhalten. Er musste sie auf einen Schlag erledigen.

»Los, zu der südlichen Lichtung!«, befahl er.

Es war anstrengend, mit dem schweren Raketenwerfer zu laufen. Nach hundert Metern war er schon völlig außer Atem, doch der Rotor des Helikopters wurde lauter. Für einen gemächlichen Spaziergang blieb keine Zeit.

Es schien eine Ewigkeit zu dauern, und als sie endlich die Lichtung erreichten, hatte der Helikopter noch eine Flughöhe von zweihundert Metern. Soweit Carruth es erkennen konnte, schien es ein Sikorsky zu sein, vom Typ 76 oder S-76A. Beide Modelle boten ausreichend Platz für zwei Piloten und sechs bis acht Passagiere, inklusive Ausrüstung, aber man konnte auch ein Dutzend Leute hineinzwängen und trotzdem beim Start mühelos abheben. Selbst wenn der Pilot hinter seinem Steuerknüppel sitzen blieb, mussten sie mit zehn oder elf Männern rechnen – zu viele für ein vierköpfiges Team.

»Ausschwärmen«, befahl Carruth. »Und dass mir keiner von hinten kommt.«

Irgendjemand lachte.

Carruth setzte sich, presste den Raketenwerfer an die Schulter und richtete ihn auf den langsam an Flughöhe verlierenden Helikopter.

Er feuerte die Rakete ab, und der heiße Luftschwall teilte die Blätter und Büsche hinter ihm.

Der Pilot musste den Blitz oder die Bewegung des Laubs gesehen haben, denn er versuchte, den Helikopter herumzureißen. Zu spät. Praktisch im gleichen Moment schlug die Rakete ein und ließ den Helikopter explodieren. Mit einem solchen Lärm, dass selbst Carruth' Ohrenschützer das Geräusch nicht ganz dämpfen konnten.

Der große Rotor war durch die Explosion abgerissen worden, der kleine wirbelte den brennenden Helikopter wie einen Kreisel herum, während er in die Tiefe stürzte.

Bei einer Höhe von zweihundert Metern war es unwahrscheinlich, dass jemand den Aufprall überlebte, aber zur Not waren Hill und Russell da. Jetzt schlug der lichterloh brennende Sikorsky auf, und der Boden erzitterte wie bei einem Erdbeben.

Hill und Russell rannten los, konnten sich dem brennenden Wrack wegen der extremen Hitze aber nur bis auf zwanzig Meter nähern. Doch eines war Carruth klar – wer den Aufprall überlebt hatte, war jetzt mit Sicherheit den Flammen zum Opfer gefallen.

Schwarzer Rauch stieg in einer riesigen Wolke in den klaren Himmel auf. Selbst wenn in einer Stunde noch ein zweiter Wagen mit Verstärkung auftauchen würde, er und seine Jungs würden ihn mit Sicherheit nicht mehr sehen. Die starke Rauchentwicklung würde Ortsansässige neugierig machen und sie sehr schnell diese Stelle aufsuchen lassen. Was bedeutete, dass sie auf der Stelle verschwinden mussten.

Carruth justierte sein Mikrofon. »Dex, du sammelst die Sprengladungen ein, setzt dich in den zweiten Wagen und haust ab. Halt auf keinen Fall an, bevor du am Treffpunkt bist.«

»Verstanden.«

»Auf geht's, Jungs. Wenn wir bleiben, bekommen wir bald Gesellschaft.«

Sie rannten zu dem versteckten Lieferwagen.

Früher oder später würden auch Experten von der Federal Aviation Agency vor Ort sein, und sie würden nicht daran glauben, dass ein Helikopter voller bewaffneter Insassen wegen eines Pilotenfehlers vom Himmel gefallen war. Wenn man davon absah, dass der Pilot tatsächlich einen Fehler gemacht hatte, nämlich den, ausgerechnet dort aufzukreuzen, wo Carruth mit seinem Raketenwerfer auf ihn wartete.

Dass der Vogel mit einem Raketenwerfer vom Himmel geholt worden war, würde ebenfalls schnell entdeckt werden. Man würde Überreste der Rakete und des Werfers finden, und das war wie ein Fingerabdruck. Damit führte die Spur zu dem Dragon-Raketenwerfer, und man musste nicht besonders intelligent sein, um darauf zu kommen, woher der stammte.

Wer hatte in dem Helikopter gesessen, und warum war er abgeschossen worden? Diese Frage mochte schwerer zu beantworten sein, doch wahrscheinlich standen die Toten auf irgendeiner Liste. Vielleicht würde man vermuten, dass eine terroristische Splittergruppe einer anderen den Garaus gemacht hatte, und damit hatte das Heimatschutzministerium etwas zu tun.

Ihnen konnte es egal sein. Zu diesem Zeitpunkt würden sie schon weit weg sein.

Lewis würde vermutlich nicht besonders erfreut sein, wenn sie von der Geschichte hörte. Wahrscheinlich hatte der Boss in dem Helikopter gesessen, nicht in dem Auto, das vielleicht noch nachgekommen wäre, weil das unter seiner Würde war, aber sicher sein konnte sich Carruth in diesem Punkt nicht. Vielleicht litt der Typ unter Flugangst. Doch plausibler schien, dass er in dem brennenden Wrack ums Leben gekommen war. Carruth zuckte innerlich die Achseln. Die Dinge ließen sich nicht mehr ändern. Man tat, was man unter den gegebenen Umständen tun konnte, und alles andere … Zum Teufel damit.

25

Net-Force-Hauptquartier
Quantico, Virginia

»Boss?«

Thorn blickte auf und sah Jay Gridley in der Tür stehen. »Womit kann ich dienen?«

»Ich habe gerade einen wichtigen und brandaktuellen Bericht vom Heimatschutzministerium und der Federal Aviation Agency erhalten, der bald auch in Ihrem elektronischen Briefkasten eingehen müsste. Ein Helikopter ist explodiert und abgestürzt, irgendwo im Niemandsland von Virginia. Neun Menschen sind dabei ums Leben gekommen.«

»Mein Gott.«

»Es kommt noch besser. Die Jungs in dem Helikopter hatten genügend Waffen und Munition dabei, um einen kleinen Krieg loszutreten – M-16s, AK-47s, Handgranaten. Das Heimatschutzministerium hat einige der Toten identifiziert, und sie standen auf einer Liste von Leuten, die unbedingt an einer Einreise in dieses Land gehindert werden sollten.«

»Terroristen?«

»Offiziell spricht man von ›mutmaßlichen‹ Terroristen, aber im kleinen Kreis heißt es, es seien Terroristen der übelsten Sorte gewesen. Zwei stammten aus Katar, einer aus dem Iran. Der Pilot war ein Saudi, der Rest ist noch nicht identifiziert. Der Helikopter war gemietet.«

Thorn schüttelte den Kopf.

»Und an dieser Stelle kommen wir ins Spiel. Die Jungs von der Federal Aviation Agency behaupten, der Helikopter sei mit einer Rakete vom Himmel geholt worden, die aus einem FGM-77-Dragon-Raketenwerfer abgefeuert worden sei. Sie haben Teile des Werfers und Überreste der Rakete gefunden, was ihre Annahme bestätigt.«

»Und der Raketenwerfer ist vom gleichen Typ wie der, der auf dem Militärstützpunkt in Kentucky gestohlen wurde.«

»Sie sagen es. Ein seltsamer Zufall, was?«

»Kann man wohl sagen.« Thorn runzelte die Stirn. »Aber warum holt der Dieb, wer immer er sein mag, damit schwerbewaffnete Terroristen vom Himmel?«

»Weil er Patriot ist? Oder sich für einen Job im Heimatschutzministerium empfehlen will?«

Ein Bimmeln von Thorns Computer signalisierte, dass der verschlüsselte Top-Priority-Bericht eingegangen war. Thorn überflog ihn, aber er sagte nicht mehr als das, was Jay ihm soeben erzählt hatte.

»Warum erhalten Sie so etwas vor mir?«

»Hab ein paar Freunde in subalternen Stellungen.«

Thorn seufzte. »Sie werden doch alles tun, um der Geschichte auf den Grund zu gehen?«

»In meiner reichlich bemessenen Freizeit.«

»Danke, Jay.«

»Kein Problem, Boss.«

Nachdem Gridley verschwunden war, dachte Thorn weiter über die Neuigkeit nach. Dass die Rakete gegen

Terroristen eingesetzt worden war, konnte man als gute Nachricht werten, doch die Diebe hatten noch zwei übrig, und niemand wusste, auf wen die abgefeuert werden würden. Er wollte die Verantwortlichen fassen und dafür sorgen, dass sie keine Chance bekamen, noch einmal zuzuschlagen, bei welchem Ziel auch immer …

»General Bretton möchte Sie sprechen«, verkündete seine Sekretärin über die Gegensprechanlage.

»Wer sonst«, sagte Thorn. Kopfschüttelnd griff er nach dem Hörer.

Tex's Truck Stop and Grill
Alexandria, Virginia

Lewis lauschte Carruth' Bericht, ohne ihn zu unterbrechen. Als er fertig war, nickte sie. »Da kann man nichts machen. Auch wenn Sie gewusst hätten, dass sie mit einem Helikopter kommen, hätten Sie ihn vom Himmel holen müssen. War eine kluge Idee, den Raketenwerfer mitzunehmen.«

Jemand steckte eine Münze in eine Jukebox, die neben den Billardtischen stand, und kurz darauf ertönte ein Country-und-Western-Song. Die Sängerin lamentierte über einen lügnerischen, untreuen Mann.

Sind sie nicht alle so, Honey?

Carruth nickte. »Vermutlich saß unser Kandidat in dem Vogel, und wenn seine Leiche nicht restlos verbrannt ist, werden sie ihn irgendwann identifizieren.«

»Ist bereits geschehen«, sagte Lewis. »Und er ist in den Flammen umgekommen – eine gute Nachricht für uns. Es sieht so aus, als würde es unter seinen Verwandten keine weiteren Terroristen geben. Damit haben wir das Problem vielleicht vom Hals.«

»Muss nett sein, zu all diesen Informationen Zugang zu haben.«

»Sie sagen es. Noch netter ist, dass sie keine Ahnung haben, wem sie die Informationen tatsächlich geben.«

»Sie hassen die Army, was?«

Sie wirkte irritiert. »Warum sagen Sie das?«

»Ich bin möglicherweise nicht der Hellste, Captain, aber auch nicht völlig unterbelichtet. Außerdem habe ich Ohren. Wann immer Sie über die Army reden, hat Ihre Stimme einen unangenehm verächtlichen Unterton.«

Lewis enthielt sich eines Kommentars. Eigentlich hätte man es ihr nicht anmerken dürfen. Wenn es schon Carruth nicht entging, der nicht eben zu den sensibelsten Naturen gehörte, würde es anderen erst recht auffallen. Sie musste daran arbeiten. Andere durften sie auf keinen Fall misstrauisch anblicken, besonders nicht Mr Jay Gridley.

»Wie geht's jetzt weiter?«, fragte Carruth.

»Wir bemühen uns um einen soliden Käufer. Wenn er in Ordnung ist, machen wir das Geschäft, wenn nicht, müssen wir weitersuchen.«

»Glauben Sie, dass eine weitere Demonstration unserer Möglichkeiten erforderlich sein wird?«

Lewis zuckte die Achseln. »Vielleicht. Sobald ich Neuigkeiten habe, setze ich mich mit Ihnen in Verbindung.«

»Genau, Ma'am. Tun Sie das.«

Nachdem Lewis gegangen war, bestellte Carruth ein Bier und lauschte der Musik aus der Jukebox. Er mochte Country-Musik, und man konnte sie sich genauso gut in einer Kneipe für Trucker anhören, in der die im Western-Look gekleideten Gäste bestimmt alles andere als Cowboys waren. Vielleicht waren aber doch ein paar echte darunter, noch gab es in diesem Teil der Welt Farmen und Ranches. Er war auf dem Land aufgewachsen, zumindest teilweise, in der Gegend um Denver. An diese Zeit hatte er einige schöne Erinnerungen zurückbehalten – die erste Frau, das erste Bier, die erste Kneipenschlägerei. Dass er schließlich zur Navy gegangen war, hatte mit der letzten dieser Kneipenschlägereien zusammengehangen. Ein großmäuliges Arschloch hatte ihn provoziert und mit einem einwöchigen Krankenhausaufenthalt dafür bezahlt. Der Richter, ein ehemaliger Marine, war der Ansicht, die Streitkräfte seien der richtige Ort für rauflustige Teenager, und Carruth war ganz seiner Meinung – die Alternative hätte darin bestanden, für ein paar Monate ins Gefängnis zu kommen und Straßenbauarbeiten in einer Häftlingskolonne verrichten zu müssen.

Also war er zur Navy gegangen und bestand bald darauf die Aufnahmeprüfung für die Spezialeinheit SEAL, wo er sich wirklich gut schlug. Er war noch nie wasserscheu und schon immer ein guter Schwimmer gewesen. Die körperlichen Herausforderungen waren groß, aber er stellte sich ihnen mit Freude. Er war ein großer, starker, bestens ausgebildeter Mann, niemand legte sich mit ihm an. Es gab sehr viel unangenehmere Wege, sich über Wasser halten zu müssen.

Er nahm einen Schluck aus seiner Bierflasche. Natürlich war irgendwann unvermeidlich der Zeitpunkt gekommen, wo er Ärger bekam, und die Navy hatte ihn vor die Wahl gestellt, entweder freiwillig zu gehen oder unehrenhaft entlassen zu werden. Aber er hatte einiges gelernt und sich seitdem gut geschlagen. Dieses Geschäft mit Lewis war sein Ticket in die Freiheit. Er würde reisen, ein Luxusleben genießen und nur dann arbeiten, wenn er wirklich Lust dazu hatte. Risikolos war das Geschäft nicht, aber zum Teufel, das ganze Leben war ein einziges Risiko. Man konnte in ein Erdbeben geraten, von einem Betrunkenen über den Haufen gefahren oder von einem Herzinfarkt ereilt werden – man wusste nie, wann man an der Reihe war. Er glaubte, dass es am besten war, das Leben in vollen Zügen zu genießen, bis der liebe Gott einen abberief.

Er trank sein Bier aus. Am nächsten Poolbillardtisch stritten sich ein paar Typen mit Baseballkappen, und es hatte eine Zeit gegeben, wo er sich eingemischt hätte und möglicherweise in eine Schlägerei geraten wäre. Heutzutage durfte er so etwas nicht mehr riskieren, er hatte andere Probleme. Es war am besten, wenn er nach Hause fuhr. Die Geschichte mit den beiden Washingtoner Cops hatte ihn ernüchtert. Der große Revolver unter seiner Jacke konnte ihn Kopf und Kragen kosten, einfach nur, weil er ihn immer noch bei sich trug ...

Plötzlich schoss ihm ein Gedanke durch den Kopf, so schnell, dass er ihn kaum zu fassen bekam. Der Revolver, es hatte irgendetwas mit dem Revolver zu tun ...

Verdammter Mist! Der Soldat!

Er saß verdutzt da, unfähig, sich zu bewegen, wie paralysiert. *Wie konnte es passieren, dass er das völlig vergessen hatte? Er musste einen Dachschaden haben!*

Schon klar, die Erinnerung an den Humvee, den sie ein paar Minuten später mitsamt Insassen in die Luft gesprengt hatten, war stärker als die an den Soldaten, den er noch auf dem Stützpunkt erschossen hatte, aber es war trotzdem eine Dummheit ohnegleichen gewesen, ihn einfach zu vergessen.

Er warf ein Geldstück für das Bier auf den Tisch und eilte zu seinem Wagen. Der große Revolver musste verschwinden. Heutzutage stand jeder mit jedem in Verbindung – die Cops, die Jungs vom FBI, die Mitarbeiter des National Crime Information Center –, und früher oder später würde einem Ballistiker auffallen, dass der Soldat in Kentucky und die beiden Washingtoner Polizisten durch identische Kugeln aus der gleichen Waffe ums Leben gekommen waren. Möglicherweise würde es noch nicht in nächster Zeit auffallen, doch irgendwann war es unvermeidlich. Er hatte drei Kerben im Griff des großen Revolvers, und es gab eine Verbindung zwischen den

Opfern. Sein Name stand noch nicht darauf, aber es war wirklich keine gute Idee, die Waffe weiter zu tragen. Falls er damit notgedrungen noch jemanden erschoss, würde sich die Schlinge immer enger zusammenziehen. Schon jetzt hatten sie zu viele Informationen, er durfte ihnen keine weiteren liefern.

Er musste die Waffe ja nicht gleich zerstören, konnte sie in einer Plastiktüte unter seinem Haus verbuddeln. Zufällig würde sie dort niemand finden, und wenn sie gezielt danach suchten, saß er sowieso ganz tief in der Patsche.

Ihm war klar, dass es besser gewesen wäre, die Waffe sofort nach der Geschichte mit den beiden Cops verschwinden zu lassen, aber er hatte es einfach nicht *gewollt* – er mochte den Revolver, das Gefühl, ihn dabeizuhaben, die Waffe eines echten Mannes.

Möglich, dass er nicht zu den Hellsten gehörte, aber er war auch nicht völlig blöde und wusste, was zu tun war. Er hatte noch zwei andere Pistolen, die auch nicht zu verachten waren. Wenn dieses Geschäft in trockenen Tüchern war, hatte er so viel Geld, dass er sich ein oder zwei neue Exemplare seines geliebten Revolvers kaufen und vielleicht sogar irgendwo hinziehen konnte, wo man ihn ganz legal tragen durfte. Er würde sich einen Waffenschein besorgen und sich darüber nie mehr Gedanken machen müssen. Ja, jetzt wusste er, welcher Weg einzuschlagen war.

Er schloss seinen Wagen auf. Wenn er nach Hause gelangte, ohne von einem Polizisten an den Straßenrand gewunken zu werden, war alles in Ordnung. Und er würde sämtliche Verkehrsvorschriften beherzigen …

Grahamland
Weddellmeer, Antarktis

Hoch über dem Eis schwebend, dachte Jay Gridley über die Schrullen von Programmierern nach. Seit langem wusste er, dass es in den meisten Berufen einen Hang zu Insider-Jokes gab, doch seine Branche trieb es auf die Spitze.

Zum Beispiel in diesem VR-Szenario. Es war nicht sein eigenes, doch sein Schöpfer hatte eine Menge Gedanken daran verschwendet. Eine Menge törichter Gedanken …

Unter ihm watschelten Tausende von Adeliepinguinen, die an einer riesigen weißen Pyramide kleine Eisblöcke abholten. Adeliepinguine waren jene nach ihrem Aussehen »Tuxedo« – Smoking – genannte Spezies, schwarzweiß mit einem weißen Ring um die Augen.

Tatsächlich blickte Jay auf eine Archiv-Datenbank des MIT. Er wollte die Entwicklung des Troja-Computerspiels überprüfen, und diese Daten wurden üblicherweise archiviert, sozusagen »auf Eis gelegt«.

Eisblöcke, für die nach dem Willen dieses Computerfreaks Pinguine zuständig waren. Insider-Joke Nummer eins.

Vor mehreren Schreibtischen hatten sich in einer langen Schlange Männer angestellt, die wie Polarforscher gekleidet waren, und neben jedem von ihnen stand eine identische Figur mit einem schwarzen Fragezeichen auf der dicken Felljacke. Tatsächlich standen diese Forscher für Suchanfragen unterschiedlichen Ursprungs, und die Gestalten neben ihnen waren die Prozessoren, welche die Suchanfragen mithilfe der Pinguine an die Eispyramide schickten.

Die Jungs hinter den Schreibtischen stammten aus einer alten Batman-Fernsehserie.

Die Riddler und die Pinguine. Insider-Joke Nummer zwei.

Jeder der würdevollen Pinguine erinnerte unverkennbar an »Tux«, das berühmte Pinguin-Maskottchen des Betriebssystems Linux.

Benannt worden war besagtes Maskottchen nicht nach seinem Aussehen – »Tuxedo« –, sondern in Anspielung auf den Namen von Linus Torvald, der das Herzstück des Betriebssystems programmiert hatte, das seinerseits auf dem Betriebssystem Unix basierte. Der Name des Pinguins leitete sich ganz offensichtlich von Torvald Unix ab. Der nächste Insider-Joke.

Und der letzte selbstreferentielle Gag – zumindest der letzte, der Jay auffiel – bestand darin, dass dieses VR-Szenario auf einem Cluster auf Linux aufbauender Systeme lief.

Vielleicht hatte es der Programmierer mit seinen Anspielungen etwas übertrieben, aber Jay konnte ihn verstehen. Warum nicht, wenn es einem Spaß machte?

Er selbst war in seiner augenblicklichen Maskierung eine Raubmöwe, die Jagd auf Adeliepinguine machte, zumindest auf ihre Eier und Jungtiere. Er schwang sich etwas höher und beobachtete die Warteschlange am Boden.

Nicht-menschliche VR-Avatare waren nicht sein Ding, in diesem Szenario aber notwendig. Die Datenbank war extrem gut gesichert. Glücklicherweise gab es aber immer irgendwelche Schwächen.

In diesem Fall war es dem Programmierer wichtig gewesen, das Szenario möglichst realistisch zu gestalten. Unter dem Aspekt der Sicherheit wäre es besser gewesen, die VR-Avatare auf die Pinguine, die Männer hinter den Schreibtischen und die Polarforscher zu beschränken, doch zur Abrundung des Bildes hatte der Programmierer sich für die Hinzufügung von Raubmöwen, Leopardenrobben und Walen entschieden – das ganze Programm.

Was Jay die Möglichkeit eröffnet hatte, sich Zugang zu verschaffen.

Und er hatte seine Suchanfrage auf den Rücken eines Polarforschers fallen lassen – auf die für Möwen typische Art. Wenn dieser Forscher an einem der Schreibtische seine Anfrage abgab, würde er die von Jay automatisch mitbefördern.

Ich habe mich drangehängt. Wenn Möwen dazu in der Lage gewesen wären, hätte er gegrinst, doch so begnügte er sich mit einem Kreischen.

Die Suchanfrage selbst wurde innerhalb des Szenarios nicht überprüft, doch wenn der Pinguin die Information zurückbrachte, wurde diese studiert, bevor sie an den Polarforscher gegeben wurde.

Also musste er sie dem Pinguin entwenden, bevor dieser dort ankam.

Sein Polarforscher hatte den Schreibtisch erreicht.

Er gab seine Suchanfrage ab, und Jay beobachtete, wie der Mann hinter dem Schreibtisch einem neben ihm stehenden Pinguin ein farbiges Blatt Papier reichte. Der Pinguin marschierte damit los, in Richtung der riesigen Eispyramide.

Jay glitt über ihm durch die Luft, unverdächtige Möwenschreie ausstoßend.

Der Pinguin verschwand in einem der Eingänge der Pyramide. Jetzt musste er nur warten, bis er wieder herauskam.

Unter ihm wimmelte es von Tausenden von Pinguinen, die praktisch nicht zu unterscheiden waren. Wie sollte er seinen erkennen?

An dem Fragebogen. Die VR-Auflösung war hoch genug, um die verschlüsselte Auftragsnummer erkennen zu können.

Pinguine watschelten hin und her, betraten oder verließen die Pyramide durch den Eingang, der sich in halber Höhe des Bauwerks befand. Die Stufen waren extrem flach, den kleinen Schritten der Tiere angemessen.

Jay beobachtete jeden Pinguin, der die Pyramide verließ, und zoomte die Papiere mit den Auftragsnummern heran.

Da.

Das war sein Pinguin.

Raubmöwen seiner Spezies waren der natürliche Feind der Adeliepinguine, attackierten aber in der Regel nur junge, kranke oder alte Tiere – gesunde Exemplare in mittleren Jahren standen nicht auf der Speisekarte.

Wenn eine Raubmöwe zum Sturzflug ansetzte, war das in diesem Szenario kein auffälliger Anblick; stürzte sie sich dagegen auf einen voll ausgewachsenen, gesunden Pinguin, würde das wahrscheinlich Alarm auslösen.

Doch wenn er seine Daten erst einmal hatte, konnte er sich umgehend aus dem Szenario ausklinken.

Er stieß in die Tiefe.

Irgendein seiner Spezies eigener Instinkt warnte den Pinguin, denn er hob den Kopf und sah ihn kommen. Er sprang los, landete bäuchlings auf der abschüssigen Wand der Pyramide und rutschte nach unten, als wäre sein Bauch ein Schlitten.

Jay flog schneller.

Gleich hab ich dich …

Der Pinguin schoss eine kleine Steigung hoch, wie auf einer Rampe, und flog plötzlich.

Was ist los?

Pinguine können nicht fliegen …!

Dieser konnte es auch nicht, denn er stürzte ziemlich schnell in das Wasser unter ihm.

Verdammt!

Jay setzte erneut zum Sturzflug an und verwandelte sich von einer Raubmöwe in eine Leopardenrobbe, als er in das Wasser eintauchte.

Dieser spezielle Pinguin war an Land schon verdammt schnell gewesen, doch jetzt schoss er, wie wild mit den kleinen Flügeln schlagend, wie eine Rakete durch das Wasser.

Sie schwammen um Eisblöcke, durch Schwärme silbriger Fische, und der Pinguin wurde immer schneller.

Jay musste einsehen, dass er ihn nicht einholen würde.

Wie schaffte es diese Robbenart nur, nicht zu verhungern?

Halt, er hatte mal etwas über vorsichtige Pinguine gelesen, die angeblich nicht ins Wasser sprangen, weil sie Angst hatten, gefressen zu werden. Aber dieser hier …

Er gab auf.

Am aussichtsreichsten war es, auf den Moment zu warten, wenn der Pinguin weniger vorsichtig sein würde – bei seiner Rückkehr an Land.

Er krabbelte aus dem Wasser, schöpfte Luft und legte sich hinter einem Eisblock auf die Lauer, mit der Geduld eines echten Raubtiers.

Der Pinguin würde in dem Glauben, seinen Verfolger abgehängt zu haben, eine große Runde drehen und dann wieder aus dem Wasser kommen. Und ein paar Minuten später sah er ihn. Glücklicherweise war das Papier wasserfest und die Auftragsnummer noch zu lesen. Es war seine.

Jay wartete auf den günstigsten Moment.

Verglichen mit der ersten Attacke war es diesmal leicht. Er stürzte sich auf den Pinguin und packte ihn mit seinen Robbenzähnen.

Ich hab dich!

Doch sein Erfolg stellte sich als Pyrrhussieg heraus. Der Pinguin war eine leere Hülle, ein Simulakrum. Kein echter Datenträger, sondern eine Attrappe. Schon nach zwei Sekunden hatte Jay begriffen, dass es sich bei der ganzen Geschichte um ein reines Ablenkungsmanöver gehandelt hatte.

Mist!

Das Troja-Szenario war von einem Experten programmiert worden, von einem echten Experten. Aber warum das alles? Hatte er schon so lange im Voraus gewusst, dass er das Spiel irgendwann für schändliche Zwecke benutzen würde? Ein echter Langzeitplan? Wer war so geduldig und vorausschauend, dass er schon *Jahre* im Voraus falsche Fährten legte?

Jay schüttelte den Kopf.

Irgendetwas stimmte hier nicht. Aber was? Und wie sollte er es herausfinden?

26

Pentagon
Abteilung für Spezialprojekte des Marine Corps
Washington, D. C.

Abe Kent schaute General Roger Ellis an, der ein paar Jahre jünger war, aber einige Pfunde zugelegt und so weißes Haar hatte, dass er zehn Jahre älter wirkte. Offenbar war es ziemlich stressig, im Pentagon Boss der Abteilung für Spezialprojekte des Marine Corps zu sein.

»Neuer Schreibtisch?«

»Ja, aus Pecanoholz.« Ellis hatte den schleppenden Akzent des tiefen Südens. Kent erkannte ihn, auch er hatte als Junge einige Zeit in Louisiana verbracht.

Ellis lehnte sich zurück, und sein Stuhl ächzte ein bisschen. »Sie wissen, dass die Kacke am Dampfen ist wegen dieser Einbrüche auf den Militärstützpunkten.« Das war eine Feststellung, keine Frage.

»Ja, Sir, genau diesen Eindruck hatte ich auch.«

»General Hadden bekommt deswegen einen Wutanfall nach dem anderen. Positiv an der Geschichte ist eigentlich nur, dass diese Terroristen sich auf die Army beschränkt und die Navy, die Airforce und das Marine Corps in Ruhe gelassen haben.«

Kent war klar, dass Ellis auf etwas Bestimmtes hinauswollte, doch da er sein Boss war und ein Stern mehr auf seiner Uniform prangte, wollte er ruhig abwarten. Ellis würde schon noch zur Sache kommen.

»Das Problem ist, dass der Vorsitzende der Vereinigten Stabschefs für das große Ganze verantwortlich ist. Sicher ist Ihnen bewusst, dass es ihn kein bisschen besänftigt, dass es nur die Army getroffen hat. Er wollte unbedingt all diese neuen Hightech-Stützpunkte haben und sieht jetzt ganz schön alt aus.«

Kent nickte. »Verstehe.«

»Vielleicht könnten Sie helfen.«

»Ich wüsste nicht wie«, antwortete Kent. »Ich wäre nur zu glücklich, diese Verbrecher mit meinen Soldaten zur Strecke zu bringen, aber ich weiß absolut nicht, wo ich nach ihnen suchen sollte.«

»Das weiß keiner. Aber Sie haben direkte professionelle Verbindungen zu den Leuten, die die beste Chance haben, es herauszufinden.«

Kent nickte, sagte aber: »Mein Spezialgebiet ist das ganz und gar nicht.«

»Ich weiß.«

»Und es ist nicht so, als könnte ich einfach in das Büro unseres Computergurus hineinspazieren und ihm befehlen, möglichst schnell die Übeltäter zu finden. Er gehört nicht zu meinen Leuten.«

Ellis rieb sich die Augen und nickte. »Auch das ist mir bewusst. Aber wenn der große Hund bellt, spitzen die kleinen Hunde die Ohren und nehmen es zur Kenntnis. Hadden möchte, dass etwas unternommen wird, und zwar umgehend. Man kann ihm nicht einfach sagen, er soll sich verpissen und sich zum Teufel scheren.«

Kent grinste. »Wenn Sie es täten, würden Sie den Rest Ihrer militärischen Laufbahn am Arsch der Welt verbringen, jenseits des Polarkreises.«

»Und dann hätte ich noch Glück gehabt. Aber wenn ich es richtig verstanden habe, hat Ihr direkter Vorgesetzter, Mr ... äh, General Thorn, Hadden genau das zu verstehen gegeben. Dass er sich zum Teufel scheren kann und dass er sich nicht in seine Arbeit hineinpfuschen lässt.«

»Mumm hat der Mann, das muss man ihm lassen.«

»Wir wissen beide, dass Sie nichts tun können, um den Ablauf der Dinge zu beschleunigen. Aber ich kann jetzt General Hadden berichten, dass ich Sie unter Druck gesetzt habe. Sollte Ihnen trotzdem irgendwas einfallen, das zur Lösung des Problems beitragen könnte, sollten Sie Ihre Idee schleunigst in die Tat umsetzen.«

Kent nickte. »Verstehe.« Und so war es tatsächlich. Er war lange genug Soldat, um zu wissen, wie die hierarchischen Befehlsstrukturen funktionierten – oder manchmal auch nicht. Ihm war klar, dass er nichts Entscheidendes tun konnte. Das war Hadden und Ellis genauso bewusst, was sie freilich nicht daran hinderte, den Druck nach unten weiterzugeben. Manchmal verstärkte das die Motivation, aber in diesem Fall würde es nicht so sein, weil der für Nachforschungen am Computer zuständige Mann, Jay Gridley, sich überhaupt nicht unter Druck setzen ließ. Setzte man ihm zu sehr die Daumenschrauben an, zeigte er einem den Stinkefinger und ließ es ganz bleiben, weil er es sich leisten konnte. Wenn die Militärs ihn zwangsweise dienstverpflichteten und auf seinem Stuhl festnagelten, würden sie nicht die gewünschten Resultate bekommen. Gridley beherrschte die Kunst, den Eindruck zu vermitteln, sieben Tage die Woche rund um die Uhr zu schuften, während er tatsächlich gar nichts Nützliches tat. Welcher Außenstehende wollte es beurteilen? Um ihn zu kontrollieren, hätte man jemanden benötigt, der genauso gut war wie er, und so jemand war weit und breit nicht in Sicht. Das wusste er, das wussten die anderen. Gridley spielte die erste Geige, es war immer dasselbe Lied.

Damit war er beim Thema Musik, und er musste lächelnd an das Rendezvous und die Nacht mit Jennifer denken. Das war wirklich ein großes Ereignis gewesen. Sie waren beide keine naiven Teenager mehr, und obwohl er dem Zauber des Augenblicks völlig erlegen gewesen war, hatte sie einen gewissen Ernst bewahrt, der sich der Erfahrung verdankte. Sie mochte ihn, er mochte sie, und das gemeinsame Abendessen hatte eine schnelle Entwicklung eingeleitet, mit der er nicht gerechnet hatte. Bestimmt nicht am ersten Abend.

Hätte sie nicht die Initiative ergriffen, dann hätte alles sehr viel länger gedauert.

Sagte man heute überhaupt noch Rendezvous?

»Abe?«

Ellis riss ihn in die Gegenwart zurück. »Tut mir leid, Sir, ich war in Gedanken.«

»Schon gut, fahren Sie nach Hause, und machen Sie ein Nickerchen. Wenn Sie jemandem Feuer unterm Hintern machen könnten, wäre das allerdings schon nützlich.«

»Ich werde sehen, was sich machen lässt. Wenn ich etwas zustande bringe, wird man es am oberen Ende der Befehlskette erfahren.« Wahrscheinlich würde er zumindest erreichen, dass Gridley bestätigte, dass Ellis Druck auf ihn ausgeübt hatte, was sich schließlich auch bis zu Hadden herumsprechen würde. Viel zu bedeuten hatte das nicht, aber es konnte auch nicht schaden.

Ellis lächelte müde. »Ich weiß es zu schätzen.«

Als Kent das Büro verließ, begleitete ihn ein Sergeant des Marine Corps zum Ausgang. Er überlegte, wie er in der Sache Gridley vorgehen sollte. Am besten ganz direkt, dachte er. Er würde in seinem Büro vorbeischauen und ihm erklären, dass Thorns Boss erst auf Thorn und dann auf ihn Druck ausgeübt hatte. Dann würde er einräumen, ihm sei klar, dass Druck Gridley nicht zu einer weiteren Erhöhung seines ohnehin beträchtlichen Arbeitstempos motivieren könne, aber so sei nun einmal die Denkweise der Militärs. Wenn er die Geschichte so präsentierte, würde Gridley schon nicht zu sauer auf ihn sein.

Allzu große Gedanken machte er sich deshalb nicht, und außerdem hatte er heute Gitarrenunterricht. Wie immer der Abend angesichts der jüngsten Entwicklung mit Jen auch endete, er würde mit Sicherheit sehr viel interessanter werden als der Rest des Tages.

»Gratulation zu Ihrer Beförderung, General Kent«, sagte der Sergeant, als sie den Ausgang erreicht hatten.

»Vielen Dank.«

Er hatte sich noch nicht daran gewöhnt, hatte aber nichts dagegen, seinen Namen in Verbindung mit der neuen Rangbezeichnung zu hören.

»*Semper fi*, Sir.«

»Immer, Sergeant. Immer.«

Sein Begleiter salutierte zackig, und Kent erwiderte den militärischen Gruß. Dann gab er dem Sergeant seinen Besucherausweis und verließ das Pentagon.

Draußen war es kühl, aber sonnig, fast wie an einem Vorfrühlingstag. Aber das hier war Washington. Wenn einem das Wetter nicht passte, musste man nur warten – es schlug schon schnell genug um.

Lewis General Hospital
Entbindungsstation
Washington, D. C.

Als Jay sich in Lewis' Szenario einloggte, war er überrascht, sich im Flur eines Krankenhauses wiederzufinden. Eine gut programmierte Simulation – es roch nach Desinfektionsmitteln, und ein dicker Teppichboden verhinderte, dass Geräusche zu laut nachhallten. Er sah Mütter, die mit Babys im Arm herumgingen oder mit ihnen im Rollstuhl saßen. Die Entbindungsstation.

Lewis stand mit vor der Brust verschränkten Armen vor einer Glaswand und schaute in einen großen Raum.

Jay trat zu ihr, ohne etwas zu sagen.

»Lauter gesunde Kinder.«

Hinter der Glaswand standen in Reihen Kinderbetten mit Babys darin, und Jay musste lächelnd daran denken, wie er seinen Sohn damals in so einem Zimmer besucht hatte.

»Einen Teil ihres Lebensweges haben sie schon gut überstanden«, sagte Lewis, ohne ihn anzusehen.

Jay schwieg.

»Ich war einmal verlobt. Mein Verlobter und ich haben ein bisschen früh damit begonnen, eine Familie zu gründen. Als ich schwanger war, haben wir beschlossen, mit der Hochzeit bis nach der Geburt des Kindes zu warten.« Sie beobachtete weiter die Babys hinter der Glaswand. »Sean wog sieben Pfund und war ein rosiges, gesundes Baby. Zumindest glaubten wir das.«

Jay war erstaunt. Lewis hatte nie erwähnt, dass sie ein Kind hatte.

»Sean kam mit einem Aneurysma auf die Welt, ein seltener angeborener Defekt. Er starb, als er zwei Tage alt war, innerhalb von ein paar Minuten. In einem Zimmer wie diesem, nur in der wirklichen Welt.«

Jay war sprachlos. »Das tut mir so leid.«

Sie zuckte die Achseln. »Man konnte nichts tun. Als die Geschichte erkannt wurde, war es schon zu spät. Später habe ich herausgefunden, dass so etwas in der Familie meines Verlobten schon mehrfach passiert war, offenbar eine hereditäre Veranlagung. Eins von vier oder fünf Babys war davon betroffen.«

»Wie entsetzlich.«

»Entsetzlich war, dass der Dreckskerl mir nichts davon erzählt hat. Hätte ich es gewusst, hätte ich es nicht zu einer Schwangerschaft kommen lassen. Angesichts dieser Tatsachen hätte ich es nie riskiert, das Leben meines Kindes zu gefährden.«

Jay blickte zu Boden.

»Von Zeit zu Zeit schaue ich hier vorbei.« Einen Augenblick wirkte sie sehr ernst, dann gestattete sie sich ein trauriges Lächeln. »Es ist sinnlos, hier herumzustehen und Trübsal zu blasen. All das ist lange her und lässt sich nicht mehr ändern.«

Jay nickte. Der bloße Gedanke, sein kleiner Junge könnte sterben, war entsetzlich. Die Erinnerung daran, wie Mark mit einer Lungenentzündung ins Krankenhaus gekommen war, würde ihn bis an sein Lebensende nicht mehr verlassen, selbst wenn er hundert Jahre alt wurde. Er hatte sich für stark und unverletzlich gehalten, doch dieser Vorfall hatte ihm demonstriert, wie hilflos man in so einer Lage war. Es war unvorstellbar, wie schrecklich all das für Rachel gewesen sein musste.

»Also, welches Szenario ist heute an der Reihe?«, fragte sie.

Jay musste sich von seinen Gedanken losreißen. »Ich denke, wir beschäftigen uns mit dem Revolverhelden.«

»Revolverheld?«

»Ich hatte bisher keine Gelegenheit, davon zu erzählen. Der Mann, der den Soldaten auf dem Militärstützpunkt in Kentucky tötete, ist identisch mit dem, der zwei Washingtoner Polizisten erschossen hat. Er hat einen Revolver mit großkalibriger Munition benutzt, von denen nicht allzu viele im Umlauf sind. Meiner Ansicht nach bin ich bei meinen Nachforschungen auf den richtigen Mann gestoßen.«

Sie wirkte überrascht. »Das ... das ist ja großartig.«

»Wir werden sehen. Vielleicht ist es auch eine Sackgasse – es könnte sein, dass Stark, der Terrorist, dessen Leiche aus dem brennenden Autowrack in Kentucky geborgen wurde, diesen Revolver gekauft hat. Aber immerhin haben wir einen Anhaltspunkt.«

»Also los, suchen wir ihn. Du sagst, wo es langgeht. Es ist dein Szenario.«

Science-Fiction-Messe Galactica
Kunstausstellung
Phoenix, Arizona

Lewis war stinksauer. Dieser Idiot von Carruth hatte zwei Washingtoner Polizisten umgelegt und ihr nichts davon erzählt – was aber verständlich war, denn wenn sie es gewusst hätte, wäre sie sofort darangegangen, sich seiner zu entledigen. Und er hatte weiter die Tatwaffe mit sich herumgetragen und einen weiteren Mord damit begangen! Gridley und das FBI waren dabei, den Dreckskerl zur Strecke zu bringen.

Eine üble Geschichte.

Sie wusste nicht, wie standhaft Carruth sein würde, wenn sie ihn wegen Mordes vor Gericht stellten. In Washington gab es keine Todesstrafe, aber lebenslänglich ohne Bewährung war kein Zuckerschlecken. In Kentucky gab es noch Exekutionen, und wenn sie ihn da schnappten, würde er sich für den Mord auf dem Stützpunkt und das gewaltsame Ende derer verantworten müssen, die er mit dem Humvee in die Luft gejagt hatte. Und zwar vor einem Zivilgericht, nicht vor einem Militärtribunal. Sie konnte sich nicht erinnern, ob man in Kentucky auf dem elektrischen Stuhl oder durch eine Giftspritze ins Jenseits befördert wurde, aber es war auch ziemlich egal.

Wenn Carruth wusste, dass sie ihn rösten oder mit der Nadel pieksen würden, war es da nicht naheliegend, dass er sie verraten würde, um seine Haut zu retten?

Vielleicht nicht, doch das Risiko durfte sie nicht eingehen.

Von einer Minute auf die andere war Carruth zu einer Belastung geworden, vielleicht zu einer extrem gefährlichen.

Sie durfte es nicht zulassen, dass er den Strafverfolgungsbehörden in die Hände fiel.

Und sie durfte definitiv nicht zulassen, dass Gridley ihn fand.

Was für ein Glück, dass er sich an sie gewandt hatte, statt ihn auf eigene Faust zu jagen. Es war sein Szenario, doch da sie Zugang hatte, konnte sie einiges tun. Und wenn es nötig war, würde sie aktiv werden.

»Wie wär's mit einer passenden Verkleidung?«, fragte Jay neben ihr.

»Nicht nötig. Wo fangen wird an?«

Da Jay bei der Recherche für seine Szenarios immer auf realistische Details Wert legte, stammten die Exponate seiner virtuellen Sci-Fi-Kunstausstellung tatsächlich aus einer solchen. Dabei hatte er auch erfahren, dass echte Fans die Abkürzung »Sci-Fi« hassten. Zu schade für sie, denn das war nun einmal das Kürzel, das in der Wirklichen Welt benutzt wurde.

Die Ausstellungsstücke reichten von Bleistiftzeichnungen über Ölgemälde bis zu Skulpturen, die teilweise mit Motoren ausgestattet und der Kinetischen Kunst zu-

zurechnen waren. Ein Großteil der Arbeiten war hochklassig und professionell – Schutzumschläge für Bücher, Sammelbilder, Zeitschriftenillustrationen. Es gab ein Skelett eines Monsters, das aus Gips oder einem Kunststoff bestand, der Knochen ähnelte, und auf Jay wirkten sie täuschend echt. Direkt daneben hockte ein erstaunlicher robotisierter Frosch.

Rachel ließ die Eindrücke auf sich wirken. Zwar setzte sie kein höhnisches Grinsen auf, aber Jay glaubte nicht, dass ihr das Szenario besonders gut gefiel. Irgendwie wirkte sie abgelenkt. Wahrscheinlich musste sie noch immer an ihr gestorbenes Kind denken, wie er. Eine tragische Geschichte. Er wollte einen Arm um ihre Schulter legen und sie trösten. Mindestens das.

Aber es gab Arbeit.

Sie schlenderten durch die Ausstellung.

Jays Blick fiel auf das Ölgemälde eines Zentauren, der so unheimlich funkelnde rote Augen hatte, dass er das Bild in seinen eigenen vier Wänden nicht ertragen hätte. Er hätte immer das Gefühl gehabt, der Blick dieser Augen würde ihm überallhin folgen. Er stellte sich neben das Gemälde und beobachtete die Mienen der Menschen, die davor traten, und auch das war interessant.

Falls Rachel das Bild ebenfalls beunruhigend fand, war es ihr nicht anzumerken.

Daneben stand die Bronzeskulptur einer umwerfenden schwarzen Frau in eng anliegenden Klamotten, auf deren Handrücken irgendwelche Hightech-Waffen befestigt waren, deren Läufe parallel zu ihren Zeigefingern verliefen. Es war eine wundervolle Arbeit, was sich auch in dem Preis von zehntausend Dollar widerspiegelte.

Es fanden sich auch Schutzumschlagentwürfe für Bücher von Stephen King, die dieser nie geschrieben hatte, und die Titel lauteten etwa *Big Hairy Monsters!* oder *Huge Yellow Fangs!*

Doch insgesamt gab es viel zu viele Einhörner, niedliche Fantasietiere – Tiger mit Schmetterlingsflügeln, geflügelte Pferde, sogar fliegende Hunde – und eine Unmenge künstlerisch schlecht gestalteter Elfen, Kobolde und Hobbits. Dazu kamen noch ebenfalls misslungene Darstellungen von Figuren aus Star Trek und Star Wars, von denen einige nackt waren. Einige der Künstler hatten Fantasie und Talent, andere waren offenbar Charaktere, mit denen man nicht gern in einem Raum eingesperrt gewesen wäre …

Etliche der Gemälde, Collagen, Assemblagen und Skulpturen waren nach Jays Meinung abgrundtief hässlich.

Erstaunlich waren hingegen die Bieterlisten unter diesen grauenhaften Kunstwerken, die zehn bis zwölf Namen und kontinuierlich steigende Preise verzeichneten.

Das fiel auch Rachel auf. »Wer zahlt denn *dafür* zweitausend Dollar?«, fragte sie entgeistert.

Jay lachte. Es stimmte schon, die Schönheit lag im Auge des Betrachters. Hätte er mehr Zeit gehabt, hätte er sich für die Gesichter der Bieter interessiert, die an diesen hässlichen Exponaten Interesse zeigten …

Aber es blieb keine Zeit, denn er hatte sein Opfer entdeckt. Zumindest glaubte er es. Einen Mann mit rotem Make-up, futuristisch anmutenden Cowboyklamotten und einer großen Waffe in einem tief hängenden Holster. Darum war ein farbenfrohes Band geschlungen, das sich, wie Jay erfahren hatte, »Friedensschleife« nannte. Die Veranstalter der Messe waren nicht scharf darauf, dass Besucher mit Pistolen, Messern oder Schwertern herumfuchtelten, aber die Hotelbetreiber waren *strikt dagegen*. Eine Bande von Bewaffneten in Fantasiekostümen, war das nicht die ideale Tarnung für einen Raubüberfall? Man spazierte einfach zur Rezeption, bedrohte den Empfangschef mit der Waffe und verlangte Geld. Kein Mensch hatte eine Ahnung, wer man war.

Jay stellte sich die Zeugenbefragungen der örtlichen Polizei vor: »Ja, Sir, es war ein Wookie, der nur ›Her mit der Kohle, Erdenwurm!‹ geknurrt hat. Was hätte ich denn tun sollen? Wie hätte ich dagestanden, wenn in der Zeitung gestanden hätte, ich wäre vom Wookie Chewbacca erschossen worden?«

»Ich glaube, das ist er«, sagte er zu Rachel.

»Er trägt eine Knarre im Hotel?«

Jay erklärte ihr die Strategie der Veranstalter. »Wenn zu einem Kostüm eine Waffe gehört, muss man sie im Holster oder in der Scheide stecken lassen und das Band darum binden, damit man sie nicht ziehen kann.«

»Und dann kann nichts passieren?«

Jay zuckte die Achseln. »Wenn man in den Hallen oder Aufzügen dabei erwischt wird, wie man mit einer Schusswaffe oder einem Schwert herumfuchtelt, gibt's richtig Ärger mit der Security. Und ob man als Marsmännchen ein Taxi kriegt …«

Sie nickte, lächelte aber nicht.

Aber die Sicherheitsmaßnahmen der Veranstalter waren im Moment Jays geringste Sorge. Der Red Rider war direkt vor ihnen, und er musste ihm auf den Fersen bleiben, bis er herausgefunden hatte, unter welchem Namen er wo wohnte.

»Mal sehen, wohin er will.«

Alles schien nach Plan zu laufen. Der Cowboy marschierte Richtung Ausgang, doch dann stürzte urplötzlich das Szenario ab.

Was zum Teufel war hier los?

Pentagon, Nebengebäude
Washington, D. C.

»Was ist passiert?«, fragte Lewis, als sie sich aus der VR ausgeklinkt hatten.

»Wenn ich das wüsste. Vielleicht eine Softwarepanne.«

»Versuchen wir es noch mal?«

Jay schüttelte den Kopf. »Nein, ich habe heute Nachmittag noch einen Termin bei meinem Boss. Ich muss zur Net Force zurück.« Er legte seine VR-Ausrüstung ab. Seine Nackenmuskeln waren völlig verspannt, und er bewegte den Kopf hin und her und rieb die schmerzende Stelle.

»Alles okay?«

»Ja, ich sitze nur zu viel am Schreibtisch.«

Sie stand auf und trat hinter ihn. »Damit kenne ich mich aus. Einfach ein bisschen vorbeugen.«

Jay war verdutzt, tat aber, was sie sagte.

Sie bohrte ihre Daumen in die Haut seines Halses und begann ihn zu massieren.

Es war ein angenehmes Gefühl. »Wow«, sagte er. »Das tut gut.«

»Ich hatte mal eine Freundin, die Masseurin war und mir gezeigt hat, wie man die richtigen Stellen bearbeitet.« Sie presste die linke Hand gegen seine Stirn, während sie mit Daumen und Fingern der Rechten weiter seine Nackenmuskeln bearbeitete.

Verdammt, das fühlte sich wirklich gut an. Wahrscheinlich würde sein Kopf abfallen, wenn sie die linke Hand wegzog ...

»Besser?«

»Allerdings.«

»Okay, ein bisschen nach rechts drehen und zurücklehnen.«

Er tat es und spürte, dass sein Kopf an ihrer Brust ruhte. Sie massierte mit beiden Händen seine Stirn und drückte seinen Kopf fester gegen ihren Busen.

Er stöhnte leicht, konnte nichts dagegen tun.

»Ist es schön?«

Schlagartig wurde Jay bewusst, dass sie nichts dagegen

haben würde, wenn er sich umdrehte und sein Gesicht zwischen ihren Brüsten vergrub. Dann würde es nicht mehr lange dauern, bis die Geschichte auf etwas ganz anderes hinauslief als auf eine unschuldige Massage …

Guter Gott!

Er beugte sich vor. »So sehr es mir gefallen würde, wenn wir den ganzen Tag weitermachen könnten, aber ich muss mich wirklich auf den Weg machen.«

»Schon in Ordnung«, sagte sie lächelnd. »Wir können die Sitzung ein anderes Mal beenden.«

Keine Frage, sie gab ihm zu verstehen, dass sie es darauf anlegte.

Wie fühlte er sich?

Erregt, verängstigt.

Und er hatte ein verdammt schlechtes Gewissen.

27

Washington, D.C.

Kent trat aus der Dusche und trocknete sich ab. Als er fertig war, hörte er Musik. Lächelnd wickelte er das Handtuch um seine Hüften und ging zurück ins Schlafzimmer.

Jen saß nackt auf der Bettkante und spielte auf einer Gitarre, die er nicht kannte. Sie hatte einen Ledergurt mit Saugnäpfen an ihrem Instrument befestigt.

Nackte Frau mit Gitarre. Ein wundervoller Anblick.

Sie spielte Nelson Riddles Musik aus der Fernsehserie »Route 66«.

Die Originalmusik glänzte mit voller Orchesterbesetzung. Da konnte eine einzelne Gitarre natürlich nicht mithalten, doch was Jen ihr entlockte, war trotzdem schön.

Bei Kent brachte die Melodie eine Menge Erinnerungen zurück. Als die Serie lief, war er noch ein kleiner Junge gewesen – in ihren Episoden ging es um zwei junge Männer, Tod und Buz, die in einem roten Corvette-Kabriolett im ganzen Land herumfuhren. Ihre Abenteuer erlebten sie entlang der alten Route 66, die heute größtenteils eine ausgebaute Interstate war, doch in den späten Fünfzigern und frühen Sechzigern, als die Folgen ausgestrahlt wurden, war es noch eine fast durchweg zweispurige Straße ohne Mittelstreifen gewesen.

Kent lehnte sich gegen die Wand und hörte Jen zu. Die Musik war nicht eigens für klassische Gitarre komponiert, aber so wie sie spielte, klang sie großartig.

Als sie fertig war, lächelte er ihr zu.

»Wundervoll«, sagte er. »Aber du kannst dich doch bestimmt gar nicht an die Fernsehserie erinnern. Das schaffe ich kaum, und ich bin zehn Jahre älter als du.«

Sie schüttelte den Kopf. »Das war vor meiner Zeit, aber ich habe mal im Nostalgia Channel eine Wiederholung gesehen. Die Folge war ziemlich lächerlich, aber die Musik gefiel mir. Deshalb habe ich sie für Sologitarre arrangiert.«

»Ich habe die Serie mit acht oder neun gesehen, wenn ich mich richtig erinnere. Martin Milner und George Maharis, wie sie mit ihrer Corvette durch die Kleinstädte fuhren, auf der Suche nach einem Ort, wo sie vielleicht Wurzeln schlagen könnten. Ich glaube, damals war das Leben auf dieser Erde noch nicht so kompliziert.«

»Besser, meinst du?«

»Nicht unbedingt. Bestimmt nicht, wenn man schwarz oder eine Frau war oder Kinderlähmung hatte. Oder wenn der Vater, Bruder oder Onkel in Korea stationiert war. Aber was die kleinen Dinge betrifft, war es besser. Ich erinnere mich noch an ein paar Trips mit meiner Familie auf der alten Route 66, Main Street USA, wie man damals sagte – an Tankstellen, Truckerkneipen und die schäbigen Motels, vor denen mein Vater anhielt. Einmal haben wir die Fahrt in einem alten Kombi gemacht. Ich trank Cola aus kleinen Flaschen und erinnere mich noch, wie heiß es in Oklahoma, Texas und New Mexico war. Wir aßen Sandwiches mit Mortadella und Senf, die meine Mutter gemacht hatte. Der größte Teil der Strecke wurde schon vor Jahren ausgebaut und ist heute die Interstate 40, wenn ich mich nicht irre. Die Vergangenheit ist nicht zurückzubringen.« Er hing noch einen Moment seinen Erinnerungen nach und schaute dann Jen an. »Neue Gitarre?«

»Nein, eine alte. Sie stammt aus Rumänien und heißt ›Troubador‹. Decke aus Fichte, der Rest des Korpus aus Ahornholz. Vor ein paar Jahren habe ich sie im Internet gekauft, um sie unterwegs mitzunehmen. Sie war billig, deshalb wäre es nicht so schlimm gewesen, wenn sie beschädigt oder geklaut worden wäre. Ich habe die Mechanik erneuert, und es stellte sich heraus, dass sie für zweihundert Dollar einen erstaunlich guten Klang hat.«

»Und der Ledergurt?«

»Nennt sich Neck-up. Einige Gitarristen, die schon viele Jahre spielen, bekommen Nerven- oder Muskelprobleme, weil sie immer einen Fuß auf eine Fußbank stellen müssen. Deshalb wurde dieses Ding erfunden, das den Hals der Gitarre im richtigen Winkel hält. Man kann sich ganz normal hinsetzen. Ich benutze es manchmal, wenn ich irgendwo bin, wo ich mit der Fußbank nicht klarkomme.« Sie zeigte auf das Bett.

Kent sagte nichts, stand einfach nur lächelnd da.

Sie war eine Frau voller Überraschungen.

Nach einem Augenblick fiel ihr seine Miene auf, und ihre wurde ernst. Sie legte die Gitarre behutsam zur Seite und schaute wieder ihn an.

»Komm zurück ins Bett, Abe«, sagte sie mit leiser, dunkler Stimme.

Er ließ das Handtuch und seine Erinnerungen fallen und gehorchte. Die Vergangenheit war großartig, er hatte ein ereignisreiches Leben hinter sich und wundervolle Dinge erlebt, an die man gern zurückdachte. Doch er hätte sie nicht gegen die Gegenwart eingetauscht, gegen diese Frau, den Augenblick, das Hier und Jetzt.

Galerie Pamela Robb
Washington, D.C.

Nach dem Abendessen nannte Marissa Thorns Chauffeur eine Adresse, die ein paar Kilometer von dem Restaurant entfernt war.

»Wohin geht's jetzt wieder?«, fragte Thorn.

»Zur Galerie Robb«, antwortete Marissa. »Byers hat da eine Ausstellung.«

»Wer?«

Sie lächelte. »Liest du nie Zeitung, schaltest du nie den Fernseher ein, Tommy? Mike Byers macht Glasarbeiten, brilliert mit unterschiedlichsten Techniken. Schon seit dreißig Jahren im Geschäft, wurde aber erst vor zwei Jahren ›entdeckt‹ und wird jetzt in seinem Metier als heißester Tipp seit Dale Chihuly gehandelt.«

»Wer?«

»Du willst mich auf den Arm nehmen, oder?«

So war es. Er kannte Chihulys fantastische Glasskulpturen. Obwohl es sich seiner Erinnerung nach um Gemeinschaftsprojekte gehandelt hatte, war Chihuly der Spiritus Rector und Initiator gewesen.

»Ein bisschen«, antwortete er lächelnd.

Sie schüttelte den Kopf und hob den Blick zum Himmel. »Der Mann ist tatsächlich zum Scherzen aufgelegt. Besonders lustig war es nicht, aber es ist immerhin ein Fortschritt.«

Die Galerie Pamela Robb hatte hohe Räume mit

gewölbten Decken und hohen Fenstern, durch die ausreichend Tageslicht hereinfluten konnte. Jetzt war es spät und draußen schon dunkel, aber die künstliche Beleuchtung war sorgfältig und durchdacht organisiert. Es waren noch etliche andere Besucher da, die sich aber in den weitläufigen Sälen verliefen. Man konnte in Ruhe die Kunstgegenstände betrachten, die an den Wänden hingen oder auf Sockeln standen.

Thorn war alles andere als ein Kunstexperte, fand die abstrakten Glasskulpturen aber inspirierender als erwartet. Zum großen Teil bestanden sie aus geometrisch geformtem schwarzen Glas mit andersfarbigen Akzenten, bei einigen hatte der Künstler auch Kupfer oder Bronze benutzt. Eine Arbeit namens »Fuhoni-te« fand Thorn besonders ansprechend – drei schwarze, versetzt angeordnete Rechtecke, durch die eine rote und eine blaue Röhre verliefen. Ein anderes Exponat aus Glas und Kupfer nannte sich »Seeking a Lower Orbit«. Weitere hießen »Thebes«, »In the Dream Time«, »Timebinder« oder »Death in Somalia«. Interessante Titel, keine Frage. Sein bevorzugter lautete »The Physiology of the Eleventh Dimensional Cloned Feline«.

Viele der Exponate waren klein, und er machte Marissa darauf aufmerksam.

»Diese Werke werden bei sehr hohen Temperaturen in Brennöfen hergestellt. Mit zunehmender Größe wird die Verarbeitung schwieriger, und man benötigt einen größeren Ofen. Die meisten von Byers' frühen Werken waren klein, doch mit zunehmender Erfahrung wucherten die Formate.«

»Woher weißt du das alles?«

»Hättest du gut aufgepasst, hättest du es am Eingang der Ausstellung auf einer Wandtafel lesen können.«

»Oh.«

Sie kamen zu einem etwas größeren Exponat, das fast

an eine Klaviertastatur erinnerte – achtzehn schmale, in unterschiedlichen Farbschattierungen gehaltene Segmente wurden von schwarzen Zwischenräumen unterbrochen. Am Fuß der Arbeit verliefen drei dünne schwarze Linien. Das vorletzte schwarze Segment auf der rechten Seite war unten mit einem kleinen roten Punkt aus Glas besetzt. Das ganze Objekt war ungefähr dreißig mal sechzig Zentimeter groß.

»Die Arbeit gefällt mir sehr«, sagte Thorn. »Heißt ›Chromatic Sequence‹.«

Marissa blickte auf das Preisschild. »Kostet sechstausend Dollar, ist aber bereits verkauft.«

»Zu schade. Ich könnte mir das Werk gut über unserem Kamin vorstellen.«

»Haben wir einen?«

»Wenn du möchtest.«

Sie schüttelte den Kopf.

Thorn griff in die Tasche seines Jacketts und zauberte ein mit Samt bezogenes Kästchen hervor. »Oh, das hätte ich fast vergessen. Bitte.«

Sie wusste, dass es ein Schmuckstück sein musste – Größe und Form des Kästchens sagten alles. Es schien ihr fast sicher, dass es ein Verlobungsring war. Aber noch wusste sie es nicht …

Sie öffnete das Kästchen. »Oh, wow!«

Es war ein schlichter Goldring mit einem Smaragd. Thorn hatte ihn von einem Juwelier in Amsterdam anfertigen und nach Amerika schicken lassen.

»Woher wusstest du es?«

»Ich habe deine Großmutter gefragt.«

Sie schob den Ring auf den richtigen Finger. »Sitzt perfekt. Du hast mich nie nach der Größe gefragt.«

»Deine Großmutter hatte noch einen Ring aus deiner Zeit auf der Highschool. Sie hat mir versichert, deine Finger seien noch genauso schlank wie damals.«

Ihre Augen wurden feucht. »Danke, Tommy. Er ist wunderschön.«

»Nicht so schön wie du.«

Sie nahm ihn in den Arm.

Im Augenblick hatte Thorn an seinem Leben nichts auszusetzen.

Washington, D. C.

Carruth hatte einen ziemlich guten Safe für Waffen, ein fünfhundert Pfund schweres Ungetüm, Modell Liberty, in dem man ein Dutzend Gewehre und doppelt so viele Handfeuerwaffen verstauen konnte. So viele Knarren hatte er nicht. Eigentlich sollte der Safe seine Waffen vor Einbrechern schützen, aber wenn die Bullen die Tür eintraten und mit einem Durchsuchungsbefehl herumfuchtelten, würden sie dort zuerst nachsehen wollen, und früher oder später würden sie ihn knacken. Also war es sinnlos, den BMF-Revolver dort zu deponieren. Wenn er ihn behalten wollte, musste er sich ein besseres Versteck einfallen lassen.

Zu dumm nur, dass Cops mit einiger Berufserfahrung schon jedes nur denkbare Versteck gesehen hatten – Spülkästen auf Toiletten, Kühlschränke, Gefriertruhen. Besonders einfallsreich waren offenbar Drogenhändler, die ihre Vorräte hinter Lichtschaltern und Steckdosen, in Ajax-Dosen oder ausgehöhlten Büchern versteckten. Die Cops würden Möbel verrücken, hinter Schubläden und unter Bodendielen nachsehen, in Lautsprecherboxen und Fernsehern. In einem Haus konnte man den Revolver eigentlich nur an einer Stelle verschwinden lassen, auf die niemand kommen würde, doch darauf konnte man sich eben nicht verlassen bei Cops, die zehn oder fünfzehn Dienstjahre auf dem Buckel hatten – sie hatten schon fast alles gesehen. Als er gerade überlegte, ob er die Waffe unter dem Safe oder draußen in einem Baum verstecken sollte, zirpte sein Einweghandy.

»Ja?«

»Wir müssen uns treffen. Am vereinbarten Ort. Morgen um sechs.«

»Gibt's Probleme?«

»Wir sehen uns dann.«

War das nicht großartig? Was war es diesmal? Wieder ein Terrorist?

Er legte den Revolver fürs Erste doch in den Safe. Über ein Versteck konnte er später immer noch nachdenken.

Jane's Pottery Shop and Café
Washington, D. C.

»Diesmal haben Sie sich wirklich selbst übertroffen«, sagte Carruth. »Der Kaffee schmeckt, als wäre er aus alten Zigarettenkippen gebraut.«

Lewis machte eine wegwerfende Handbewegung. Sie wollte Carruth nicht wissen lassen, dass Jay Gridley ihm bereits im Nacken saß, gab ihm aber zu verstehen, er habe etwas in der Hand, sie aber nicht eingeweiht. Es höre sich besorgniserregend an, sie wolle wissen, was er, Carruth, dazu zu sagen habe. Sie wollte ihm eine Chance geben, von sich aus auszupacken. Nicht, dass es in diesem Stadium noch eine Rolle gespielt hätte, aber es interessierte sie.

Carruth biss nicht an. »Wenn dieser Clown eine so große Nummer ist, um die sich bei der Net Force alles dreht, warum jage ich ihm nicht einfach eine Kugel in den Kopf?«, fragte er. »Dann wären wir das Problem los.«

Lewis schüttelte den Kopf. »Zu einem früheren Zeitpunkt hätte das vielleicht funktioniert, jetzt ist es dafür zu spät. Offenbar hat Gridley sich früher nie in die Karten gucken lassen, bis tatsächlich so etwas passiert ist. Irgendein Krimineller, den die Net Force jagte, hat Gridley mit seinem Wagen von der Straße abgedrängt und auf ihn geschossen. Eine Zeit lang hat er im Krankenhaus gelegen, und es war nicht sicher, ob er durchkommen würde. Er hatte wichtige Informationen in seinem Kopf abgespeichert, die für alle unerreichbar waren. Seit diesem Vorfall macht er immer Kopien von Dateien und hinterlegt sie an einer Stelle, wo sein Boss sie findet. Wenn wir ihn aus dem Verkehr ziehen, geht nichts von Gridleys Resultaten verloren. Ein anderer übernimmt den Fall und wertet seine Erkenntnisse aus, wenn auch vielleicht nicht ganz so schnell. Ihn kaltzumachen hilft uns nicht weiter.«

»Und Sie wissen nicht, was er in der Hand hat?«

»Nur, dass er glaubt, damit den Fall knacken zu können.«

»Können Sie ihn zum Reden bringen?«

»Ich arbeite daran.«

Sie hoffte immer noch, ihn verführen zu können. Wenn es ihr gelang, würde sie den Seitensprung öffentlich machen, und damit war Gridley aus dem Geschäft. Er würde so sehr damit beschäftigt sein, seine Ehe zu retten, dass ihm für Gedanken an seine Arbeit keine Zeit mehr blieb.

Dass es beim letzten Versuch nicht ganz geklappt hatte, war ärgerlich, aber sie hatte den Plan noch nicht aufgegeben. Ein warmer und zu allem bereiter Körper war immer noch überzeugender als alles, was in der VR möglich war. Er wollte sie, daran konnte kein Zweifel bestehen, sie hatte ihn richtig scharfgemacht. Sie würde abwarten müssen, ob es bald klappte.

Und natürlich sagte sie Carruth auch nicht, dass nicht Gridley, sondern er sterben würde. Dieser Idiot, sie konnte es immer noch nicht fassen. Sie musste sich nur einen Plan zurechtlegen und es tun, und zwar bald. Beim nächsten Treffen, vielleicht beim übernächsten. Dann würde sie ihn irgendwo hinbestellen, wo niemand in der Nähe war.

Sie würde sich einen guten Grund dafür einfallen lassen, und dann musste Carruth die Zeche bezahlen. Die Polizei würde ihn finden, vielleicht auch den Riesenrevolver, den er benutzt hatte. Damit wäre alles klar. Er war ein toter Mann, auch wenn er es selbst noch nicht wusste.

Carruth nickte. »Okay, Sie sind der Boss. Aber warum mussten wir uns treffen, wenn Sie nicht wollen, dass ich Gridley kaltmache?«

»Dafür gibt es einen anderen Grund. Einen neuen Interessenten für unsere Informationen.« Das war eine Lüge, aber woher sollte Carruth es wissen? »Er besteht auf einer Demonstration. Also müssen Sie sich noch ein letztes Mal einen Stützpunkt vornehmen.«

»Und was will er? Einen Panzer?«

»Nein, einen Colonel.«

»Wie bitte?«

»Er will, dass wir einen Colonel entführen und ihn ihm übergeben.«

»Und warum?«

»Was kümmert Sie das? Wir übergeben den Typ, dann ist das Geschäft in trockenen Tüchern.«

»Tod oder lebend?«

»Lebend. Offenbar ist zwischen unserem Kaufinteressenten und dem Colonel in der Vergangenheit etwas vorgefallen. Er möchte ein ernstes Wörtchen mit ihm reden.«

Carruth schüttelte den Kopf. »Allmählich wird's langweilig, Lewis.«

»Es ist ja fast vorbei.« Sie wollte lächeln, ließ sich aber nichts anmerken.

»Gibt's schon Einzelheiten?«

»Die erfahren Sie bei unserem nächsten Treffen. Ich muss noch ein paar Codes und ein paar Hintergrundinformationen über unser Ziel besorgen. Hier habe ich den nächsten Treffpunkt aufgeschrieben. Tag und Zeit gebe ich telefonisch durch.«

Carruth nahm den Zettel und blickte darauf. »Vickers'
Crossing? Wo soll das sein?«

»Auf dem Land. Die GPS-Koordinaten stehen da
auch.«

»Großartig, da gibt's wieder miesen Kaffee.«

Irrtum, Carruth. Es gibt gar keinen Kaffee, die Kneipe
ist längst geschlossen. Wir werden ganz allein sein.

Nach dem Treffen würde nur noch einer von ihnen
übrig bleiben.

Zu schade, dass es so kommen musste. Nach Carruth'
Ableben würde es schwieriger werden – sie musste einen
neuen Mann fürs Grobe finden, und das konnte kompliziert werden. Aber sie würde nicht noch einmal so viel
preisgeben, die Lektion hatte sie gelernt. Es gab ein paar
Kandidaten, die schon in Frage gekommen waren, bevor
sie sich für Carruth entschieden hatte. Sie würde zwei
anheuern, eine vorab feststehende Summe zahlen und
ihnen nicht mehr erzählen, als unbedingt nötig war.

Sie blickte Carruth nach, als er das Lokal verließ. Wirklich, zu schade. Aber besser er als sie.

28

Hochsicherheitsgefängnis »Der Käfig«
Planet Omega

Jay wusste nicht, warum das Szenario mit der Science-
Fiction-Messe abgestürzt war. Aber ihm blieb keine Zeit,
die Software auf Viren zu untersuchen, denn er hatte
genug anderes zu tun. Damit konnte er sich später befassen – oder er konnte das Szenario einfach vergessen und
ein ganz Neues starten.

Manchmal machte die Jagd auf Informationen mit einem völlig neuen Szenario einfach mehr Spaß. Er musste einräumen, dass er von dieser Option vielleicht häufiger als nötig Gebrauch machte, aber was war dagegen zu sagen, wenn er sich auch amüsieren wollte? Jeder Dilettant konnte handelsübliche Software und Filter verwenden, er aber sah sich zumindest als gewieften Handwerker, wenn nicht als Künstler ...

Um ehemalige Bekannte des toten Terroristen Stark zu finden, hatte er also ein paar Stunden mit der Konstruktion eines neuen Szenarios verbracht. Was heutzutage natürlich schneller ging, weil viele Softwarekomponenten vorprogrammiert erhältlich waren – man kaufte das Steak ja auch beim Metzger, statt vorher selbst das Rind zu erlegen. Er hatte kein Problem mit dieser Abkürzung, denn schließlich machte auch beim Steak das Resultat den Unterschied, nämlich der Geschmack. Die Mahlzeit war der Beweis, und niemand fragte danach, ob man das Rind selbst geschlachtet oder das einem anderen überlassen hatte.

Im Laufe der Jahre hatte er seine VR-Szenarios in allen nur erdenklichen Ecken der Welt angesiedelt – von Afrika bis Java, von Japan bis Australien, von China bis Kanada –, und zwar nicht nur auf der Gegenwarts-, sondern auch auf der Vergangenheitsebene. Für andere hatte er das Sonnensystem, die Galaxie, das Universum gewählt. Kurz, er hatte alle möglichen Territorien ausprobiert, reale und imaginäre. Manchmal war der Unterhaltungsfaktor genauso wichtig wie das Ergebnis seiner Nachforschungen. Dass sich eine Suche interessant gestaltete, war Teil der Herausforderung.

Diesmal, so schien ihm, war ihm etwas besonders Originelles eingefallen. Sein neues Szenario spielte in einem sehr, sehr fernen Sternensystem, auf dem Planeten Omega, im strengsten Hochsicherheitsgefängnis der Galaxie, das normalerweise nie wieder jemand verließ. Bewährungs-

strafen gab es nicht, alle waren zu lebenslänglich verurteilt, und bisher war niemandem die Flucht gelungen.
Zumindest hatte keiner den Ausbruch überlebt.

Zwar hatte der zweimal inhaftierte englische Schrift-
steller Richard Lovelace behauptet, Mauern allein machten so wenig ein Gefängnis aus wie Metallstäbe einen
Käfig, aber dieses Gefängnis hatte seinen Namen wahrlich verdient. Die fünfzehn Meter hohen Mauern waren
mit einem glitschigen Belag gestrichen, auf dem nicht einmal eine Fliege landen konnte, die Wärter schossen beim
geringsten Anlass, ohne mit der Wimper zu zucken, und
die Haftanstalt lag mitten in einem lebensgefährlichen
tropischen Sumpfgebiet, wo es von gefährlichen Raubtie-
ren nur so wimmelte. Selbst wenn einem der Ausbruch
gelang, waren es bis zum nächsten Hafen tausend Kilometer – wie sollte man die bewältigen?

Er selbst war in diesem Szenario ein berüchtigter Drogenschmuggler, der nach seiner Ankunft im »Käfig« erst
einmal einen brutalen Typ zusammenschlagen musste,
der von den anderen geschickt worden war, um den Neu-
ankömmling zu testen. Nach bestandener Bewährungs-
probe hatte er sich gut in die Häftlingsgemeinschaft integriert.

Auch in diesem Szenario war Stark bereits tot, aber
er hatte in diesem Gefängnis gesessen, und deshalb gab
es ein paar Leute, die ihn gekannt hatten. Jay musste sie
aufspüren und zum Reden bringen. Tatsächlich suchte er
nach Spuren, die Stark im Internet hinterlassen hatte, besonders nach E-Mails, die er geschrieben hatte oder in
denen er erwähnt wurde. Er wollte Verbindungen zwischen Stark und bisher Unbekannten finden, die an den
Überfällen auf die Militärstützpunkte beteiligt gewesen
waren. Jede Andeutung einer Spur musste überprüft
werden.

Kurzzeitig dachte er darüber nach, Rachel anzurufen

und sie zur Teilnahme an den Nachforschungen einzuladen, doch da sie zur Army gehörte und bei diesem Fall nur deren Systeme benutzen durfte, hätte er selbst ins Pentagon fahren und sein Szenario dort installieren müssen. Aber im Augenblick wollte er den Kontakt zu Rachel auf die VR begrenzen und sie nicht persönlich treffen. Nicht, dass er von ihr abgestoßen gewesen wäre, gerade das war sein Problem. Sie war unglaublich attraktiv, und es war viel zu leicht, sie sich im Bett vorzustellen. Eine Versuchung, der er bereits nachgegeben hatte.

Er begehrte sie, so viel war klar, wollte sich aber nicht damit abfinden. Er war ein glücklich verheirateter Mann und liebte seine Frau. Diese Geschichte mit Rachel, nein, es war ja gar keine, noch nicht … Und es würde nie eine werden. Rachel war eine Versuchung, ein Gedankenspiel, ein Tagtraum, wenn auch ein sehr angenehmer. Aber er würde es nicht zulassen, dass mehr daraus wurde.

Glücklicherweise konnte einem niemand einen Strick daraus drehen, was für Tagträume man hatte, zumindest noch nicht.

Aber sie hatte seinen Nacken massiert, und es war sehr schön gewesen …

Vergiss es, Jay, zurück an die Arbeit.

Er spazierte durch einen Trainingsraum, wo das Thermometer über fünfunddreißig Grad anzeigte und wo sich einige der menschlichen Monster verausgabten, die seine Mitgefangenen waren. Einige hatten Arme mit dem Durchmesser seines Kopfes und schienen eine Unzahl von Gewichten mit einer Hand stemmen zu können. Er suchte Informationen über einen Mann, der während der Grundausbildung bei der Army in derselben Kaserne unterbracht gewesen war wie Stark. Sein Kontakt, der hier auf den Namen Jethro hörte, stemmte allerdings keine Gewichte, sondern traktierte mit den Fäusten einen Sandsack.

Es war ein Hightech-Gefängnis, denn das Szenario war in der Zukunft angesiedelt, aber es gab noch ein paar altmodische Relikte, unter anderem diesen Sandsack.

Jethro war muskulös wie ein Schwergewichtsboxer und sah auch so aus – Boxhandschuhe und Shorts. Schweißbäche rannen seinen Oberkörper hinab und färbten den Bund seiner Shorts dunkel. Er hatte ein paar interessante Narben und Tätowierungen und hämmerte stöhnend und schwer atmend auf den Sandsack ein. Jab, Jab, Cross. Jab, Cross, Haken! Jab, Uppercut!

Jay stand schweigend neben Jethro und schaute ihm zu. Nebenbei klopfte er sich in Gedanken ein bisschen auf die Schulter, weil er die Details so gut hinbekommen hatte.

Nach ein paar Minuten legte Jethro eine Pause ein, um sich mit einem Handtuch abzutrocknen und eine leuchtend orangefarbene Flüssigkeit aus einer Plastikflasche zu trinken.

»Was gibt's?«, fragte er.

»Wir hatten mal einen gemeinsamen Freund.«

»Was du nicht sagst. Wen denn?«

»Stark.«

Jethro schüttelte den Kopf. »Stark hatte keine Freunde.«

»War eher eine Zweckgemeinschaft.«

»Und?«

»Ich muss was wissen, worüber er Bescheid wusste.«

»Schön für dich. Warum sollte mich das interessieren?«

»Ich habe mit jemandem ein Geschäft gemacht. Wenn ich an die Information herankomme, die Stark kannte, leite ich sie weiter.«

»Und was springt für dich dabei heraus?«

Jay hatte nur eine plausible Antwort zu verkaufen. Hier waren alle zu einer lebenslangen Haftstrafe verurteilt, und wenn sie abkratzten, wurden sie durch den Fleischwolf gedreht, und dann spülte man ihre Überreste durch die engen Abflussrohre in den Sumpf. Schwerlich ein ruhmvoller Abgang.

»Die Flucht.«

»Schwachsinn.«

Jay zuckte die Achseln.

Jethro wischte sich erneut Schweiß von der Stirn. »Wie?«

»Ein Tor wird zufällig offen stehen, ein Wachtposten zufällig in die andere Richtung blicken. Ich werde eine Waffe haben. Äußerst unwahrscheinlich, dass ich es bis Port Tau schaffe, aber einen Versuch ist es wert. Besser, als hier drin abzukratzen.«

Jethro dachte nach. »Mal angenommen, ich kauf dir die Story ab. Wie lange wird dieses Tor nicht abgeschlossen und der Wachtposten blind sein?«

Wieder zuckte Jay die Achseln. »Möglicherweise so lange, dass zwei Männer fliehen können.«

Jethro schüttelte den Kopf. »Ist dir klar, dass genau das Starks Verhängnis war? Er wollte flüchten und wurde von hinten erschossen.«

»Ich weiß.«

»Ist 'ne Weile her, seit Stark und ich Kumpels waren.«

»Ich bin gerade erst eingeliefert worden. Mit dir reden die anderen eher als mit mir.«

»Was kann ich ihnen bieten?«

»Wenn sie sich beeilen, können auch drei oder vier Jungs durch das offene Tor schlüpfen.«

Nach einem Augenblick nickte Jethro. »Vielleicht kann ich mit zwei Leuten reden. Solltest du Unsinn gefaselt haben, bist du ein toter Mann.«

»Was hast du zu verlieren?«

»Da hast du auch wieder recht.« Er hängte das Handtuch an einen Haken, trat vor den Sandsack und verpasste ihm eine harte Rechte. »Wenn ich was rausfinde, melde ich mich.«

»Ich lauf schon nicht weg«, sagte Jay. »Zumindest vorläufig nicht.«

Jethro lächelte.

Partin's Country Store
In der Nähe von Damascus, Maryland

Das kleine Geschäft auf dem Land hatte Lewis ausgesucht, weil es kürzlich geschlossen worden war. Entdeckt hatte sie es bei einem Ausflug, an einem Tag, als sie sich zu lange in der VR aufgehalten hatte und sich etwas bewegen musste. Der Laden stand zum Verkauf, was sich einem Schild im Vorderfenster entnehmen ließ. Wem gehörte das Geschäft? Warum war es geschlossen worden? Was war aus den Inhabern geworden? Diese Dinge spielten keine Rolle.

Der Laden befand sich nicht wirklich im absoluten Niemandsland, aber er lag über eine Autostunde von Washington und einen knappen Kilometer von anderen Gebäuden entfernt. Am nächsten war ein Farmhaus, das aber abseits der Straße stand und größtenteils durch Bäume verborgen war. Wenn sie die Geschichte schnell hinter sich brachte, würde es keine Probleme geben. Sie hatte einen Wagen gemietet, auf dem Parkplatz hinter einem Apartmentblock die Kennzeichen gegen Nummernschilder eines Autos vom gleichen Modell getauscht und trug ihre übliche Verkleidung – Baseballkappe, Sonnenbrille, dunkles T-Shirt, Jeans, Turnschuhe und eine Windjacke. Und sie hatte einen neuen Revolver, einen Smith & Wesson Chief, .38er Special.

Sie wollte erst kurz vor dem vereinbarten Zeitpunkt eintreffen, um kein Risiko einzugehen, von einem Vorbeifahrenden bemerkt zu werden, dem ein einsames Auto in dieser Gegend bestimmt auffallen würde. Dann musste sie nur kurz auf Carruth warten, und sobald er auftauchte, würde sie ihm, noch bevor er aus seinem Wagen gestiegen war, zwei Kugeln in den Kopf jagen. Sie hoffte, dass er seine Riesenknarre dabeihatte, aber andernfalls würde sie sicherstellen, dass die Cops in seinem Auto etwas fanden, das zu seinem Haus führte. Carruth hatte es unter einem falschen Namen gemietet, und sie wusste nicht, ob der auf seinem Führerschein dazu passte oder ob auf diesem die richtige Adresse stand. Aber ein Zettel mit dem Straßennamen und der Hausnummer in seinem Auto würde den Cops den Weg weisen. Fahrzeuge von Ermordeten wurden sehr sorgfältig inspiziert. Wenn Carruth sich immer noch nicht von der Waffe getrennt hatte, mit der er die beiden Cops erschossen hatte, würde sie in seinem Gürtel stecken, in seinem Wagen liegen oder irgendwo in seinem Haus versteckt sein.

Sie war versucht, an seinem Haus vorbeizufahren und sich zu vergewissern, dass die Polizei dort nichts für sie Belastendes finden würde, aber eigentlich machte sie sich deshalb keine Sorgen. In dieser Hinsicht war Carruth ziemlich verlässlich.

Was ich auch sonst geglaubt habe, bis ich von der Geschichte mit den beiden Cops und der verdammten Knarre erfahren habe ...

Sie fuhr langsam und vorsichtig und traf vier Minuten vor der vereinbarten Zeit vor Partin's Country Store ein. Die Sonne schien, und es war kühl, etwa vier oder fünf Grad.

Drei Minuten später kam Carruth.

Obwohl sie sich bemühte, langsam und tief zu atmen, schlug ihr Herz schneller als gewöhnlich, und sie hatte ein flaues Gefühl im Magen. Aber schließlich legte man nicht jeden Tag kaltblütig einen Menschen um. Die Geschichte in New Orleans war nicht geplant gewesen, sondern einfach passiert. Ja, sie war damals auf alles vorbereitet gewesen, hatte diesen Ausgang aber weder gewollt noch erwartet.

Heute war alles anders. Sie würde Carruth anlächeln, einen Mann, mit dem sie monatelang zusammengearbeitet hatte, und ihn mit zwei Kopfschüssen töten. Es führte kein Weg daran vorbei, aber sie hatte trotzdem einen ausgetrockneten Mund und dieses seltsame Gefühl im Magen. Sie atmete tief durch. *An die Arbeit, Schwester.*

Doch als sie aus ihrem Auto stieg, sah sie plötzlich einen Streifenwagen auf der Landstraße – und der Fahrer bremste ab.

Ihr wurde eiskalt, aber sie ließ sich nichts anmerken.

Solange sie nicht bereit war, auch einen Cop zu töten, würde der gute Carruth doch noch den nächsten Morgen erleben.

Sie dachte nach.

Carruth war bewaffnet und konnte gut mit seiner Knarre umgehen. Dagegen wusste sie nicht, wie gut der Cop war. Wenn sie ihren Revolver zog und Carruth erschoss, konnte der Cop zu einer Gefahr werden, bevor sie auch ihn erledigt hatte. Erschoss sie den Cop zuerst, würde Carruth bestimmt zögern und überlegen, warum sie das tat. Dann konnte sie ihn kaltmachen, während er es herauszufinden versuchte …

Nein, sie hatte kein Interesse an Komplikationen. Unter Umständen würde jemand den toten Polizisten entdecken, bevor sie genug Land gewonnen hatte, und dann würden seine Kollegen überall Straßensperren errichten. Und vielleicht hatte der Cop auch schon über Funk ihre Autokennzeichen durchgegeben. Nein, wenn irgend möglich, musste ein toter Polizist vermieden werden. Sie konnte Gridley bei seiner Suche noch für eine Weile einen Strich durch die Rechnung machen und sich später um Carruth kümmern.

»Wir tun so, als wollten wir den Laden kaufen«, raunte sie Carruth zu, als der Polizist auf den kleinen Parkplatz fuhr.

Kiesel knirschten unter den Rädern des Streifenwagens. Der Cop kurbelte das Fenster herunter. »Alles in Ordnung?«

Carruth notierte gerade, was auf dem im Schaufenster hängenden Schild stand. Er hob eine Hand zum Gruß und lächelte den Polizisten an.

»Ja, Sir«, sagte Lewis. »Mein Freund und ich sind hier, um uns den Laden aus der Nähe anzusehen. Wir haben gehört, dass er zum Verkauf steht.«

»Kommen Sie aus der Gegend?«

»Nein, aus Washington, aber wir haben die Großstadt satt. Wir wollen heiraten und weitab von dem ganzen Lärm und Verkehr ein Geschäft eröffnen.«

Der Cop, der etwa fünfundzwanzig sein musste, lächelte. »Ja, bei uns hier draußen ist es wirklich nett.«

»Sie sagen es«, antwortete Lewis, ebenfalls lächelnd. »Wir wollten uns die Nummer des Maklers besorgen und einen Termin mit ihm vereinbaren.«

»Schade, dass Sie mit zwei Autos kommen mussten.«

Guten Polizisten fiel eben alles auf. Lewis beugte sich vertraulich zu dem Cop vor. »Mein Freund und ich, wir sind bis jetzt, äh … noch mit anderen Partnern verheiratet. Um dieses Problem werden wir uns bald kümmern, aber bis dahin möchten wir möglichst nicht zusammen gesehen werden.«

»Ah, verstehe.«

Lewis nickte. Eine plausible Geschichte kauften sie einem eben doch ab.

»Nun, dann wünsche ich noch einen schönen Tag.«

Carruth trat lächelnd zu Lewis, legte einen Arm um sie und berührte mit den Fingern der anderen Hand ihre Brust, was dem Cop nicht entgehen konnte.

Der Polizist fuhr langsam davon.

»Wenn Sie nicht sofort die Flosse von meiner Brust nehmen, gibt's einen Tritt in die Eier.«

Carruth zog grinsend seine Hand zurück. »Ich musste etwas nachhelfen, damit die Geschichte überzeugend klingt.«

»Wir müssen verschwinden.«

»Warum? Wir können ein paar Minuten um das Haus spazieren und reden. Der Cop kann uns ruhig sehen, wir wollen schließlich nicht einbrechen.« Carruth grinste. »Wir könnten Händchen halten und knutschen, dann kann er seinen Kollegen auf der Wache was erzählen.«

»Vergessen Sie's.«

Da sie damit gerechnet hatte, dass Carruth mittlerweile tot sein würde, hatte sie sich keinen Plan für den nächsten Überfall auf einen Militärstützpunkt zurechtgelegt. Ein Fehler. Sie hatte ihm nichts zu erzählen. »Nein, wir reden später. Ich bereite alles vor und melde mich telefonisch.«

»Und warum zum Teufel mussten wir uns unbedingt hier draußen treffen?«

»Ich hatte Lust auf eine kleine Landpartie. Was geht's Sie an?«

Er zuckte die Achseln. »Meinetwegen, was soll's. Bei meiner letzten Landpartie musste ich einen Helikopter voller bewaffneter Terroristen vom Himmel holen – keine besonders friedliche Erinnerung.«

»Fahren Sie jetzt. Ich melde mich.«

Er zuckte erneut die Achseln und schlenderte zu seinem Wagen.

Verdammt. Das war wirklich nicht nach Plan gelaufen. Eine Erinnerung daran, dass in der Wirklichkeit vieles verzwickter war als in der VR. Sie durfte das nie außer Acht lassen. Wenn der Cop mieser Stimmung und versucht gewesen wäre, seine Macht zu demonstrieren, hätte er vielleicht Papiere sehen wollen und beschlossen, sie zu filzen. Das wäre wirklich eine üble Situation gewesen. Ein Glück, dass es nicht so gekommen war. Schließlich war sie hierher gefahren, weil Carruth zwei Polizisten erschossen hatte – ein weiterer toter Cop war wirklich das Letzte gewesen, was sie jetzt gebraucht hätte.

Sie stieg in ihren Wagen und ließ den Motor an.

Plötzlich kam ihr unerwartet ein genialer Einfall, wie sie Carruth loswerden konnte, ohne es selbst tun zu müssen. Sie lächelte. Eine perfekte Idee, sie hätte eher darauf kommen sollen.

Aber besser spät als nie.

29

Net-Force-Hauptquartier
Quantico, Virginia

Thorn saß am Kopfende des Konferenztischs, Jay Gridley und Abe Kent hatten links und rechts von ihm Platz genommen.

»Okay, Jay«, sagte Thorn. »Bringen Sie mich auf den neuesten Stand.«

Jay nickte. »Sehr viel Neues gibt's nicht. Die meisten Spuren, die ich verfolgt habe, endeten in einer Sackgasse. Bis jetzt habe ich es nicht geschafft, den Programmierer des Computerspiels zu ermitteln.« Er nahm sich einen Augenblick Zeit, um auch zu Kent Blickkontakt aufzunehmen. »Es gibt zwei Spuren, deren weitere Verfolgung lohnenswert sein könnte, obwohl die Möglichkeit besteht, dass sie an derselben Stelle enden. Zunächst ist da diese Waffe, mit der der Soldat in Kentucky und die beiden Washingtoner Polizisten getötet wurden. Ich habe alle Möglichkeiten auf eine plausible eingegrenzt, bin aber noch nicht zu einem definitiven Resultat gelangt. Der Revolver wurde unter falschem Namen und Vorlage gefälschter Papiere gekauft. Ich arbeite daran.«

Thorn nickte. »Reden Sie weiter.«

»Dann wäre da noch der tote Terrorist, dessen Leiche aus dem brennenden Lastwagenwrack in Kentucky geborgen wurde. Seine Identität kennen wir, auch Teile seines Lebenslaufs. Er hieß Dallas R. Stark und war früher bei einer Spezialeinheit der Army, den Rangers. Später hat er sich als Söldner und Mitarbeiter privater Sicherheitsfirmen im Mittleren Osten verdingt, aber vor zwei Jahren hat sich seine Spur verloren. Ich suche nach seiner alten Einheit, nach Leuten, mit denen er im Mittleren Osten zusammengearbeitet hat, nach Familienangehörigen und Jugendfreunden, das übliche Programm. Da wir wissen, dass er einen gefälschten Pass benutzt hat – ansonsten wäre ihm die Wiedereinreise in die Vereinigten Staaten verweigert worden –, könnte es sein, dass er derjenige war, der die Waffe gekauft und damit drei Menschen erschossen hat. Das würde uns nicht wirklich weiterhelfen. Falls es mir gelingt, den Alien-Cowboy zu finden – sorry, so nenne ich ihn in meinem Suchszenario –, müsste ich eigentlich in der Lage sein, es herauszubekommen. Ist er mit Stark identisch, ist an der Stelle Endstation. Irgendwo muss sich Stark in den letzten beiden Jahren aufgehalten haben, und bei dem Überfall auf Fort Braverman war er nicht allein. Es wäre schön, wenn wir ihn mit einem anderen Mitglied dieser Gruppe in Verbindung bringen könnten.«

Thorn nickte erneut. »Sonst noch etwas?«

»Eigentlich nicht. Ich habe mit Captain Lewis im Pentagon zusammengearbeitet, aber meistens haben wir nur bestimmte Hypothesen ausschließen können. Es gibt keine Spuren, die hundertprozentig in die richtige Richtung zeigen. Die Frau ist ziemlich intelligent. Einige Details sind ihr sogar vor mir aufgefallen.«

»General?«

Kent lächelte. »Ich weiß nicht genug, um intelligente Fragen stellen zu können. General Ellis hat angedeutet, dass General Hadden einen Wutanfall nach dem anderen bekommt, und er hofft, dass ich den Ablauf der Dinge etwas beschleunigen kann. Aber da Jay bereits mit Höchstgeschwindigkeit arbeitet, wird es nicht hilfreich sein, wenn ich ihn weiter antreibe.« Er blickte Jay an. »Trotzdem, wenn Sie diese Jungs festgenagelt haben, würden Sie mir und General Ellis schon einen Gefallen tun, wenn Sie in irgendeinem Bericht erwähnen, dass meine Intervention den Prozess beschleunigt hat. Auch wenn wir alle wissen, dass es nicht so war.«

»Lässt sich machen«, sagte Jay grinsend.

»Danke.«

Thorn blickte in die Runde. »Okay, Gentlemen, ich denke, das wär's für Erste.«

Kent und Jay verließen das Büro.

Thorn lehnte sich zurück. Wenn man für die Militärs arbeitete, hatte das den großen Vorteil, nicht überall kleine Feuer austreten zu müssen. Dieser Fall hatte absolute Priorität, und bis zu seiner Lösung würde sich die Net Force um nichts anderes kümmern müssen. Niemand musste sich mehr mit Betrug, Diebstahl und illegaler Pornografie im Internet befassen, dafür waren jetzt andere zuständig. Einerseits war das eine gute Sache, andererseits …

Irgendwann würden Veränderungen bei der Net Force unvermeidlich sein. Brauchten sie noch so viel Personal, wenn die Arbeitsbelastung deutlich abnahm? Und Kents Truppe, eine Abteilung der Marines für Inlandseinsätze? Als der militärische Arm noch der Nationalgarde unterstanden hatte, war das zumindest halblegal gewesen; gehörte er dagegen zu den Marines, wurde die Geschichte etwas heikler, selbst angesichts der großzügig auslegbaren Antiterrorgesetze aus dem Heimatschutzministerium. Eine Einheit der Marines, die über einen kleinen Parkplatz hetzte, um eine Wohnungstür einzutreten? Das würde in den Abendnachrichten im Fernsehen nicht gut kommen – die Gründungsväter der Nation hatten es nicht für eine gute Idee gehalten, das Militär im Inland einzusetzen. Aufgabe der Marines war es, der Army in fremden Ländern den Weg zu ebnen und, falls notwendig, das Vaterland vor Invasoren zu schützen. Aber wann war das zum letzten Mal der Fall gewesen? 1812? Oder zählte Alamo, auch wenn Texas erst acht oder neun Jahre später ein Bundesstaat der USA geworden war?

Er sah voraus, dass man die Net Force als selbständige Organisation auflösen und einzelne Abteilungen anderen Strukturen eingliedern würde. Einige seiner Mitarbeiter würden bleiben, andere nicht. Er selbst würde seinen Job wahrscheinlich eher quittieren. Umgeben von lauter Generälen, blieb für ihn nicht viel zu tun. Die Mühlen des Verteidigungsministeriums mahlten langsam, aber gründlich – wie lange würde es die Net Force als solche noch geben?

Vermutlich nicht mehr allzu lange. Wenn er nicht gefeuert werden wollte, musste er kündigen, und auch wenn es eigentlich nicht besonders wichtig war, würde er lieber freiwillig gehen, als sich hinauswerfen zu lassen …

Er hatte die Aufgabe übernommen und sein Bestes gegeben, um seinem Land zu dienen, dem er dankbar war, aber eigentlich musste er nicht arbeiten. Vielleicht war es an der Zeit, mit einem Lächeln auf den Lippen den Schreibtisch zu räumen. Bald würde er Marissa heiraten, sie konnten das Leben genießen, gemeinsam reisen, die Welt sehen.

Nicht jeder hatte das Glück, so leben zu können.

The Fretboard
Washington, D. C.

Während Kent seine Gitarre aus dem Instrumentenkoffer nahm, blickte er Jennifer an. »Wo liegt das Problem?«

»Woher willst du wissen, dass ich ein Problem habe?«

»Kann ich nicht genau sagen.« Er zuckte die Achseln. »Ich habe das Gefühl, als wäre deine Stimmung ziemlich düster.«

Sie spielte eine Reihe von Arpeggios auf ihrer Gitarre, die für Kents Ohren ziemlich melancholisch klangen. »Akkorde in Moll«, sagte sie. »Genau richtig, wenn die Stimmung auf dem Tiefpunkt ist.«

Kent schwieg, denn die Ehe mit seiner verstorbenen Frau hatte ihn gelehrt, dass es zuweilen besser war, den Mund zu halten. Wenn sie ihm erzählen wollte, was sie bewegte, bedurfte es dazu keiner Aufforderung seinerseits.

Das Instrument verstummte. »Vor kurzem ist eine alte Feindin von mir gestorben«, sagte sie.

Kent schwieg weiter. Feindin? Bei Jen schien ihm das unwahrscheinlich.

»Als ich noch ein Mädchen war und die Junior High School besuchte, war ich ein Sonderling. Ich spielte bereits klassische Gitarre und hatte kein Interesse an Popmusik, wofür es gute Gründe gab. Es war in den späten Siebzigern, als noch Disco angesagt war, ›Stayin' Alive‹, ›Saturday Night Fever‹ und der ganze Kram. Der einzige Popsong, den ich je gespielt habe, war Randy Newmans ›Short People‹, und auch das nur, weil meine beste Freundin gerade mal eins fünfzig groß war.«

Kent lächelte.

»Wenn die anderen sahen, dass ich in einem leeren Klassenzimmer saß und übte, baten sie mich, ›Dust in the Wind‹ oder ›How Deep is Your Love‹ zu spielen, aber ich hatte keine Lust. Ich liebte ›Romanza‹, versuchte mich an Pachelbels ›Kanon in D‹, obwohl das technisch gesehen auf einer Gitarre gar nicht möglich ist, und spielte alles von Bach, was ich gerade hinbekam. Aber wer die Bee Gees mochte, war bei mir an der falschen Adresse.« Ihre Finger glitten ganz leicht über die Saiten der Gitarre, ohne einen Ton zu erzeugen. »Ich gehörte zu keiner Clique und war ziemlich einsam, doch dann lernte ich eines Tages ein anderes Mädchen meines Alters kennen, das ebenfalls klassische Musik liebte und Cello spielte. Da wir unsere Passion mit niemandem auf der Schule teilten, war es unvermeidlich, dass wir enge Freundinnen wurden.«

Kent hörte weiter schweigend zu.

Sie blickte ihn an. »Elizabeth Ann Braun. Sie trug eine Zahnspange und hatte Zöpfe, ein kleines dürres Mädchen, das nie größer wurde. Wir verbrachten unsere Freizeit zusammen, machten unsere Hausaufgaben gemeinsam, spielten unsere Instrumente und diskutierten über Jungs, obwohl wir praktisch keine Erfahrungen mit ihnen hatten. Ihre Mutter war geschieden, ihren Vater hatte sie nie gekannt. Sie war noch ein größerer Sonderling als ich. Wir liebten beide die Poesie – sie hatte Edgar Allan Poes Gedicht ›The Raven‹ auswendig gelernt, rezitierte es laut auf den Fluren der Schule und bedachte jeden mit bösen Blicken, der sie erstaunt ansah.«

Kent lächelte.

»Es war eine gute Zeit. Wir berauschten uns an unserer Andersartigkeit und fühlten uns allen überlegen, den ordinären Jungs und den Mädchen mit den aufgedonnerten Frisuren, die alle wie Farrah Fawcett aussehen wollten. Im Grunde hielten wir sie für überflüssig. Zwei vierzehnjährige Mädchen mit einem Überlegenheitskomplex, wir waren unsere eigene Clique, nur wir beiden. Wir waren unzertrennlich, beendeten die Sätze des anderen, hatten sogar gleichzeitig unsere Tage.«

Kent nickte, enthielt sich aber weiterhin eines Kommentars. Sie war in Fahrt, und es war völlig überflüssig, die Maschine zu ölen.

»So blieb es auch auf der High School und während der ersten paar Monate auf dem College. Dann hat sie sich mit einem Musikwissenschaftler angelegt, der sie nicht in ein Hauptseminar lassen wollte, für das ihr noch die Scheine fehlten. Sie war dermaßen angekotzt, dass sie die Uni verließ, obwohl sie ein großzügiges Stipendium hatte. Und um sich ihre Zukunft total zu vermasseln, trat sie in die Army ein. Mir hat sie es erst erzählt, als es nicht mehr zu ändern war.«

Kent kicherte. »Genau, tiefer als als Soldat kann man nicht sinken. Selbst dann nicht, wenn man Toiletten reinigt.«

Jen lachte. »Ich wollte dich nicht beleidigen. Es war nur nicht das Richtige für Beth.«

»Ich bin nicht beleidigt. Wie ging's weiter?«

»Sie hasste es, hasste es wie die Pest. Disziplin war nichts für sie, also ist sie einfach abgehauen. Wenn man sich erst einmal verpflichtet hat, sieht die Army das offenbar nicht gern.«

»Nein, wahrhaftig nicht.«

»Sie kam zurück, versteckte sich in meiner Wohnung, stahl sich hin und wieder zu ihrer Mutter. Schließlich suchte das FBI nach ihr. Offensichtlich sind die auch für Deserteure zuständig.«

»Du sagst es.«

»Ich hatte eine Riesenangst, als eines Tages diese FBI-Beamten vor meiner Tür standen. Sie haben mir einen ganz schönen Schreck eingejagt und drohten mir für den Fall, dass sie herausfinden würden, dass ich etwas über Beth' Aufenthaltsort wusste oder ihr helfen würde.«

»Verbrechen zahlen sich nicht aus.«

»Wie bitte?«

»Sorry, das hat neulich ein Politiker im Radio gesagt.«

»Es war schlimm genug, dass ich mich bei der Geschichte verdammt unwohl fühlte. Ich habe Beth gesagt, sie müsse das Problem irgendwie bereinigen, ich hätte nicht die geringste Lust, wegen widerrechtlicher Hilfeleistung im Gefängnis zu landen.«

»Clever.«

»Das habe ich auch gedacht. Aber Beth sah eine Art Verrat in meinen Worten. Wir seien Freundinnen, da sei es normal, dass ich etwas für sie riskiere, selbst wenn sie sich durch eigene Dummheit in diese Lage gebracht habe. Es kam zum Streit.«

»Ah.«

Jen nickte, ganz in Gedanken versunken. »Als ich aufs College kam, war ich etwas aufgeblüht, hatte weibliche Rundungen bekommen. Ich bemerkte, dass es noch andere gab, die klassische Musik liebten, darunter auch etliche Jungs. Einer von ihnen wurde meine erste Liebe.«

»Ich bin eifersüchtig.«

»Harold war groß und schlank, ein sehr guter Pianist und, wie ich glaubte, sehr in mich verliebt. Wir planten, uns zu verloben, zu heiraten und gemeinsam als Musiker Karriere zu machen.«

»Aber es hat nicht geklappt.«

»Nein. Beth war stinksauer, weil ich ihr nicht mehr half. Auch sie war weiblicher geworden, wenn auch nicht größer, aber sie hatte attraktive Rundungen und wusste sie einzusetzen.«

Kent ahnte, worauf es hinauslief, sagte aber nichts. Sie sollte es auf ihre Weise erzählen.

»Meine beste Freundin verführte also meinen Freund und überzeugte ihn davon, mit ihr fortzugehen. Mir hinterließ er eine Nachricht auf einem Zettel: ›Es tut mir leid, Jenny, aber Beth und ich werden gemeinsam verschwinden. Sie braucht Hilfe, und da sie sie hier nicht bekommt, wird es am besten sein, wenn wir anderswo neu anfangen. In Liebe, Harold.‹«

»Aua.«

»O ja, das tat weh. Er war mein erster Freund und ließ mich fallen, um mit meiner besten Freundin zu verduften. Ich war am Ende, hatte keine Ahnung, wie es weitergehen sollte. Ich ließ die Uni sausen und zog wieder zu meiner Mutter, wo ich mich für einen Monat in meinem Zimmer einschloss und heulte. Ich habe zehn Kilo abgenommen und während der ganzen Zeit nicht einmal meine Gitarre angerührt.« Wieder strich sie lautlos mit den Fingern über die Saiten. »Irgendwann waren die Tränen getrocknet. Ich begann wieder zu spielen und zur Uni zu gehen, aber es war trotzdem eine schwere Zeit.«

»Verständlicherweise.« Kent fand es plausibel, dass sie diese Erinnerungen immer noch aufwühlten.

»Beth ließ sich von Harold gerade so lange aushalten, bis sie eine bessere Partie gefunden hatte. Dann ließ sie ihn fallen und heiratete einen wohlhabenden Rechtsanwalt. Nachdem Harold seinen Universitätsabschluss gemacht hatte, nahm er einen Dozentenjob irgendwo im Westen an, in Colorado oder Wyoming. Er rief mich ein paarmal an. Ich hing immer noch an ihm.« Sie lächelte, aber es war ein trauriges Lächeln. »Beth' Mann war offenbar ein ziemlich guter Anwalt. Er regelte die Geschichte mit der Army, und Beth wurde unehrenhaft entlassen, aber nicht ins Gefängnis gesteckt. Ein paar Monate später rief sie mich an und sagte, sie lebe etwa hundertfünfzig Kilometer entfernt. Es tue ihr leid, was sie getan habe, sie wolle die Sache bereinigen, damit wir wieder Freundinnen sein könnten.«

Kent schüttelte den Kopf.

»Genau, das war auch meine Reaktion. Aber ich habe ihr geantwortet, als könnte ich kein Wässerchen trüben:

›Na klar, kein Problem, gib mir deine Nummer, ich melde mich.‹«

»Aber …?«

»Eher wäre der Teufel in der Hölle Schlittschuh gelaufen, als dass ich sie angerufen hätte. Sie hat es ihrerseits noch ein paarmal versucht, aber schließlich aufgegeben.«

»Du hast ihr nie verziehen.«

»Auf einige Verbrechen steht lebenslänglich. Aber irgendwann habe ich meine Verbitterung halbwegs überwunden. Es war klar, dass wir nie wieder Freundinnen sein würden, aber eines Tages konnte ich morgens wieder aufstehen, ohne mir zu wünschen, sie würde von einem Zug überfahren werden. Gelegentlich erkundigte ich mich bei Familienangehörigen oder gemeinsamen Bekannten, was aus ihr geworden war. Sie hatte ein schweres Leben, drei Ehen, drei Scheidungen. Vier Kinder, von denen zwei drogensüchtig wurden und im Gefängnis landeten. Ihr letzter Mann war Lastwagenfahrer. Sie hatte das Cello längst aufgegeben, trank und rauchte zu viel und wurde fett.« Sie schwieg, in Gedanken weit weg. »Irgendwann im letzten Monat hat sie, als sie die Zeitung holen wollte, plötzlich einen Herzinfarkt erlitten. Sie ist tot zusammengebrochen, in ihrem eigenen Vorgarten. Sie war genauso alt wie ich.«

Kent wusste nicht, was er dazu sagen sollte.

»Es ist kaum zu fassen, dass ich erst nach drei Wochen von ihrem Tod erfahren habe. Irgendwie glaubte ich, dass ich es spüren würde, wenn es so weit wäre, aber ich habe nicht damit gerechnet, dass ihr Ende so schnell kommen würde. Erst war sie meine beste Freundin, dann meine schlimmste Feindin, schließlich nur noch … Nur noch jemand, der mir kaum etwas bedeutete. Sie gehört zu meinen besten und schlimmsten Erinnerungen an diesen Lebensabschnitt. Noch immer kann ich kaum begreifen, dass sie wirklich tot ist. Ich meine, wir haben nie reinen Tisch gemacht, und ich habe nie die Hoffnung aufgegeben, dass sie eines Tages begreifen würde, wie mies sie sich damals verhalten hat. Ja, ich habe gehofft, sie würde vor mir auf die Knie fallen und um Vergebung bitten.«

»Hättest du ihr verziehen?«

»Keine Ahnung. Aber ich hätte gern die Wahl gehabt.«

Kent nickte erneut. Er verstand sie.

Sie seufzte. »Weißt du, warum ich dir diese Geschichte erzählt habe?«

Er schüttelte den Kopf.

»Damit dir schon zu Beginn unserer Beziehung klar ist, dass ich nicht immer nur eine ausschließlich nette Person bin. Lange Zeit habe ich diesen Groll nicht überwinden können. Damals hatte ich nicht die überlegene Distanz, meiner Freundin ihre jugendlichen Fehler zu verzeihen und die Dinge auf sich beruhen zu lassen. Achtzehnjährige sind noch nicht so reif. Ich war wütend und blieb es, und selbst heute noch werde ich wieder sauer, wenn ich zu lange darüber nachdenke.«

Er lächelte. »Was, du bist auch nur ein Mensch, wie alle anderen? Schäm dich.«

Sie lachte. »Ja, aber ich befürchtete, du würdest mich wie eine Göttin auf einen Sockel stellen.«

Er nahm seine Gitarre aus dem Instrumentenkoffer und schaute sie an. »Erinnere mich daran, dass ich dir irgendwann die Geschichte von der Tochter meines Bruders erzähle. Sie heiratete jemanden, der zu den Christian Scientists gehörte, konvertierte und starb später an Brustkrebs. Auf ihrer Beerdigung hörte ich ihren Mann sagen, sie habe ihren Tod selbst verschuldet, ihr Glaube sei nicht stark genug gewesen. Wäre er nicht der Vater eines fünfjährigen Kindes gewesen, hätte ich ihn wahrscheinlich auf der Stelle umgebracht.«

Sie schüttelte den Kopf. »Uns sind schon einige Dinge ganz schön zu Herzen gegangen.«

»Und wenn wir's langsam angehen lassen und die Pumpe noch ein bisschen mitmacht, wird's noch eine Weile weitergehen.«

30

Jenseits der Gefängnismauern
Planet Omega

Jays Plan war aufgegangen, und jetzt waren sie jenseits des »Käfigs« auf der Flucht – er selbst, Jethro, der ihm bereits alle Informationen mitgeteilt hatte, ein Riese namens Gauss und ein grauhaariger alter Mann, der sich Reef nannte.

Kaum hatten sie fünfhundert Meter zurückgelegt, da wurde Jethro wie in Zeitlupe von einer fleischfressenden Pflanze verschluckt, die ihm irgendein Narkotikum injiziert haben musste, denn er verabschiedete sich mit einem Lächeln in den Tod. Jay war mit einem Blaster bewaffnet und wollte Teilchenstrahlen auf die Pflanze feuern, aber Reef sagte: »Lass es! Auf diese nahe Distanz werden die Wachtposten den Strahl mit ihren Sensoren entdecken. Es ist sinnlos, Jethro hat bereits den Geist aufgegeben.«

Also rannten sie weiter. Sie wollten schon tief in den Sümpfen sein, bevor die Wärter ihre Flucht bemerkten.

Wenn es ihnen gelang, noch eine Weile am Leben zu bleiben – und Jay würde alles dafür tun –, konnte er den beiden anderen vielleicht noch etwas Nützliches entlocken.

Wie aus dem Nichts zog ein Gewitter auf, und mit Blitz

und Donner setzte ein sintflutartiger Regen ein, der ihnen die Flucht erschwerte.

»Passt auf, dass ihr auf nichts Rotes oder Blaues tretet«, sagte Reef. »Und auch nicht auf was Rundes.«

Da man bei dem Sturzguss fast nichts erkennen konnte, geschweige denn Farben oder Formen, verließ sich Jay einfach auf sein Glück.

Nach einer Viertelstunde hörte der Regen so plötzlich auf, wie er eingesetzt hatte. Die Sonne brach durch die Wolken und ließ das Wasser verdunsten. Sie marschierten durch Lachen, immer vorsichtig nach etwas Rotem, Blauem oder Rundem Ausschau haltend.

»In der Richtung gibt es einen Kraterkessel«, sagte Reef. »Und heiße Quellen, die die Infrarotscanner der Wachtposten zum Narren halten werden. Wenn wir es bis dahin schaffen, bevor sie unsere Flucht bemerken, haben wir eine Chance.«

»Woher weißt du das?«

»Ich hab dreiunddreißig Jahre im Käfig gesessen. Was es zu erfahren gibt, hab ich fünfmal gehört.«

»Okay, geh vor.«

»Ich nehme nicht an, dass du mir die Waffe geben willst?«

»Ganz recht«, antwortete Jay.

»Vertraust du mir nicht?«

»Ich will ja nicht unhöflich sein, aber nein, ich vertraue dir nicht.«

Der alte Mann kicherte. »Würde ich an deiner Stelle auch nicht tun. Weiter geht's. Und behaltet die Bäume im Auge, da hängen Schlangen drin, die man auf den ersten Blick für Moos halten könnte. Ein Biss, und man ist geliefert.«

»Wirklich lieblich hier.«

»Schon vergessen, dass nur Schwerverbrecher herkommen? Wir haben alle einiges auf dem Kerbholz.«

Jay glaubte, dass es besser war, wenn er so schnell wie möglich an die gewünschten Informationen herankam. Er ging zwischen Reef und Gauss und ließ sich ein bisschen zurückfallen, um mit dem Riesen zu reden.

»Also«, sagte er. »Stark.«

»Was soll mit ihm sein?«

»Das will ich von dir hören.«

Gauss zuckte die Achseln. »War mal Soldat. Und Killer. Als Proviant gebracht wurde, wollte er zum Tor rennen und hat sich eine Kugel gefangen.«

»Weiß ich. Sonst noch was?«

»Meistens hing er mit ehemaligen Soldaten herum. Mit Söldnern oder Typen, die Drogenschmuggler schützten.«

»Irgendwelche Namen?«

»Groves, Russell, Hill, Thompson, Carruth. Dazu kamen noch ein paar andere, die ich nie kennengelernt habe. Jungs von den Spezialeinheiten, Green Berets oder Rangers, mit denen nicht zu spaßen war. Sie hätten einen mit einem Lächeln auf den Lippen umgelegt.«

Vor ihnen sagte Reef: »Wir sind fast ... Ah, Scheiße!«

Jay sah, dass der alte Mann auf die Knie gefallen war. Was ...?

Aus seinem Rücken schien die Spitze eines gezackten Pfeils hervorzuragen, und plötzlich wurde Reef von den Knien gerissen und über den nassen Boden geschleift. Jetzt erkannte Jay, dass der vermeintliche Pfeil das Ende eines langen, an eine Ranke erinnernden Fangarms war, der zu einer Kreatur gehörte, vor der er nicht auf Anhieb sagen konnte, ob es ein Tier oder eine fleischfressende Pflanze war. Er fühlte sich an eine Art Tintenfisch erinnert, bedeckt mit etwas, das wie Schuppen oder eine Art Rinde aussah. Dazu ein großes Maul mit scharfen Zähnen in konzentrischen Reihen ...

Von Reef würde er keine Informationen mehr bekommen.

Ein entsetzliches Szenario, keine Frage. Es jagte ihm selbst Angst ein.

»KEINE BEWEGUNG!«, ertönte eine künstlich verstärkte Stimme.

Zwanzig Meter über ihnen schwebte ein mit fünf Männern besetztes fliegendes Objekt in der Luft, und er erkannte die Mündung einer Plasmakanone. Irgendetwas ging immer schief. Mist.

»Ich geh nicht wieder zurück!«, kreischte Gauss, der sofort in den Büschen verschwand.

Die an einen Tintenfisch erinnernde Kreatur warf einen Fangarm nach ihm aus, aber Gauss konnte entkommen.

Der Mann an der Plasmakanone hatte mehr Zielwasser getrunken, und Gauss stürzte zu Boden, als wäre er von einem Blitz getroffen worden. Sein Mark löste sich in superheißen Dampf auf, der seinen Körper auseinanderriss.

Es war an der Zeit, sich aus dem Staub zu machen.

»Szenario beenden«, sagte Jay, als der Bordschütze ihn ins Visier nahm.

Viel war nicht dabei herumgekommen, aber er hatte ein paar Namen. Immerhin etwas.

Washington, D.C.

Lewis war zu Hause und überlegte, wie die Geschichte mit Carruth optimal einzufädeln war. Es gab ein paar Risiken, doch sie glaubte, sie in den Griff zu bekommen. Ihr Plan war genial.

Zuerst musste sie einen weiteren Militärstützpunkt auswählen. Für welchen sie sich entschied, spielte keine Rolle, solange sie Carruth davon überzeugen konnte, bequem auf den Stützpunkt gelangen und ebenso mühelos wieder verschwinden zu können. Doch auch das durfte eigentlich kein Problem sein.

Dann musste sie nur noch austüfteln, wie am besten zu gewährleisten war, dass Carruth nicht lebend festgenommen werden würde.

Sie konnte mit verstellter Stimme aus einem Verkehrsstau mitten in der Stadt anrufen; sie wusste, wie sie mit Worten die maximale Wirkung erzielen konnte, und man würde ihr nie auf die Schliche kommen.

Sie stellte sich vor, was sie sagen würde:

»Hören Sie, es bleibt keine Zeit für Gerede, die Terroristen, die schon mehrere Militärstützpunkte attackiert haben, planen eine neue Aktion.« An dieser Stelle würde sie die Details einfügen – Zeit, Ort und so weiter. »Aber es gibt ein Problem. Der Anführer der Gruppe, ein Mann namens Carruth, der früher bei den SEALs war, wird es nicht zulassen, lebend erwischt zu werden. Er hat bereits etliche Soldaten und zwei Cops getötet und ist mit dieser Riesenknarre bewaffnet. Außerdem trägt er einen Sprengstoffgürtel, und wenn er sich in die Luft jagt, wird er eine Unmenge Menschen mit in den Tod nehmen …«

Ihr Szenario der Ereignisse ließ sie lächeln. Sie konnte sich mühelos vorstellen, selbst für die Sicherheitslage vor Ort verantwortlich zu sein. Die Militärs würden Carruth und Konsorten unbedingt festnehmen wollen, es aber mit Sicherheit nicht zulassen, dass sie auf hundert Meter an ein Objekt herankamen, das auf keinen Fall in die Luft gesprengt werden durfte. Also war es am besten, wenn er schon vorher irgendwo im Niemandsland aus dem Verkehr gezogen wurde. Aber wenn die Militärs ihn erwischten, bevor er auf den Stützpunkt gelangte, mussten sie zivile Strafverfolgungsbehörden einschalten – örtliche Cops, die Polizei des Bundesstaates, die Antiterroreinheit des FBI, das Heimatschutzministerium und vielleicht sogar die Nationalgarde. Daran konnte die Army aus mehreren Gründen kein Interesse haben, unter anderem deshalb, weil sie dann nicht mehr die Zügel in der Hand hielt.

Günstig wäre es, wenn es ihnen gelingen würde, Carruth auf dem Stützpunkt, etwa durch eine Umleitung, an eine bestimmte Stelle zu locken, wo sie ihn relativ gefahrlos umzingeln konnten. Und wenn er dabei draufging? Zu schade. Heutzutage gab es strenge Antiterrorgesetze, doch wenn Carruth lebend festgenommen wurde, stand er eines Tages vor Gericht.

Einem für die Sicherheit eines Militärstützpunkts verantwortlichen Offizier war es bestimmt lieber, einen Haufen Terroristen aus dem Verkehr ziehen zu lassen, als ihnen die Chance zu geben, sich liberale Anwälte zu nehmen, die ihre Mandanten freibekamen, weil sie herzzerreißende Geschichten über unglückliche Kindheiten oder ähnlichen Unsinn erzählten.

Dass Carruth keinen Sprengstoffgürtel tragen würde, spielte keine Rolle. Irgendwo würde ein Scharfschütze auf ihn lauern, der einem Käfer aus einem Kilometer Entfernung das linke Auge aus dem Kopf schießen konnte, und wenn Carruth wegzurennen versuchte, weil sie ihm einen vermeintlichen Fluchtweg genannt hatte, würde es sehr bald keinen Carruth mehr geben …

Sie würde ihm klarmachen, dass er diesmal allein agieren musste, denn da er ja nur einen Colonel abholen sollte, war kein Waffengebrauch erforderlich …

Wieder musste sie lächeln. Sie war gewieft, sie wusste es. Gewieft genug, um diesen Plan einzufädeln.

Carruth hatte keine Chance.

31

Fort McCartney
Chesapeake Point, Maryland

Irgendetwas stimmte nicht.

Carruth hätte nicht genau sagen können, was, aber er hatte ein merkwürdiges Gefühl.

Lewis hatte ihm alle Informationen gegeben, Codes, spezifische Details, genaue Wegbeschreibungen, ganz wie immer. Am Tor des Militärstützpunkts war alles glatt-gegangen. Die Sonne schien, ein Hauch von Frühling lag in der Luft. Es fehlte nicht viel, und man hätte ein kurz-ärmeliges Hemd anziehen können.

Bisher hatte Lewis noch keinen Fehler gemacht. Nie-mand hätte im Voraus wissen können, warum die Dinge neulich aus dem Ruder gelaufen waren. Der Soldat auf dem Stützpunkt in Kentucky, der nicht da war, wo er eigentlich hätte sein sollen – es gab diese unberechen-baren Faktoren, die man unmöglich einkalkulieren konn-te. Diese Panne war mit Sicherheit nicht Lewis' Schuld gewesen.

Diesmal würde es einfacher werden. Niemand würde ihm einen zweiten Blick schenken, bis er sich den Colo-nel schnappte. Und selbst dann hatte er nicht mehr zu tun, als dem Offizier kurz seine Waffe zu zeigen und sie danach unter seiner Kleidung verborgen zu halten. Für andere würden sie einfach nur zwei Männer sein, die zu seinem Wagen gingen. Es war nichts Außergewöhnliches zu sehen, jeder konnte weiter seiner Arbeit nachgehen.

Kaum war er auf dem Gelände des Stützpunkts, da wies schon ein Schild auf Bauarbeiten hin, die Straße war für mehrere hundert Meter gesperrt. Auf Lewis' Karte war die Umleitung nicht vermerkt, doch das musste nichts bedeuten. Vielleicht hatten die Bauarbeiten erst an diesem Morgen begonnen. Es spielte keine Rolle. Eigentlich musste alles in Ordnung sein.

Und doch, etwas stimmte nicht. Der Stützpunkt war so neu, dass die Farbe noch nicht trocken war. Warum musste die Straße schon ausgebessert werden?

Es konnte mehrere Gründe geben. Vielleicht wurden elektrische Leitungen verlegt, möglicherweise auch Rohre für Wasser oder Abwässer. Eventuell waren sie mit dem Asphaltieren noch nicht fertig gewesen. Dies war die Army, und Militärs machten alles anders als normale Menschen.

Es konnte viele Gründe geben, doch das änderte nichts daran, dass er ein seltsames Gefühl hatte. Fast so, als wartete jemand auf ihn, den er nicht sehen konnte. Er glaubte, seinen Blick zu *spüren*, der ihm folgte, ihn verfolgte …

Dieses Gefühl hatte keinerlei rationale Basis, ließ sich durch nichts verifizieren, doch es war, als hinge eine unsichtbare dunkle Wolke über ihm, aus der bald ein entsetzlicher Blitz auf ihn niedergehen würde …

Er hatte dieses Gefühl schon früher ein paarmal empfunden. Beim ersten Mal hatte er sich umgeblickt und nichts gesehen, und dann war es auch schon vorbei gewesen.

Beim zweiten Mal hatte er sich außerhalb eines Camps im Irak die Beine vertreten und war urplötzlich in Panik geraten, weil er glaubte, keinen Schritt mehr tun zu dürfen. Er war wie angewurzelt stehen geblieben, hatte den Blick in die Runde schweifen lassen und niemanden gesehen, der ihn mit einem Gewehr hätte erwischen können. Dann schaute er auf den Boden.

Ein weiterer Schritt, und er hätte den Fuß direkt auf den Trigger einer improvisierten Tretmine gesetzt, die irgendein örtlicher Aufständischer dort platziert hatte. Sie hätte ihm mit Sicherheit einen Fuß abgerissen, ihn wahrscheinlich sogar getötet.

Wie hatte er es geahnt? Welcher siebte Sinn hatte ihn gewarnt?

Verlassen konnte man sich auf dieses Gefühl nicht. Bei der Geschichte mit den beiden Cops hatte er keine Vorahnung gehabt, auch nicht bei der Geschichte mit dem Soldaten in Kentucky. Aber jetzt empfand er es.

Wenn er es ignorierte, würde er sterben, er spürte es instinktiv.

Er bremste, riss das Steuer herum, wendete um hundertachtzig Grad, ein halsbrecherisches Manöver. Sobald die Reifen wieder fassten, gab er Gas.

In diesem Augenblick tauchten links drei uniformierte Soldaten mit schussbereiten M-16s auf, die direkt auf ihn zugerannt kamen.

Hinter ihm setzte sich ein Fahrzeug in Bewegung, mit eingeschaltetem Blaulicht und heulender Sirene.

Die Soldaten eröffneten das Feuer, und der Lärm erreichte ihn ungefähr in dem Moment, als auch schon die ersten Kugeln das Blech direkt hinter ihm durchbohrten. Der Splitter einer Kugel prallte im Wageninneren ab und durchschlug die Heckscheibe ...

»Scheiße!«

Er duckte sich instinktiv und trat das Gaspedal voll durch.

Ein Mietwagen war kein Formel-1-Rennwagen, aber er beschleunigte noch ein bisschen und schlug einen abrupten Zickzackkurs ein. Die Soldaten feuerten weiter, doch darum durfte er sich jetzt keine Gedanken machen. Entweder sie trafen, oder sie trafen nicht.

Jetzt sah er einen Humvee mit Tarnanstrich auf das Tor zufahren, der ihm den Weg abschneiden wollte. Er hatte nur eine SIG-Pistole dabei, lächerliche 9 mm, aber er zog sie trotzdem, zielte auf das Fenster auf der Beifahrerseite und drückte dreimal ab.

Die erste Kugel zerschmetterte das Fenster. Die Schüsse waren entsetzlich laut in dem Auto, doch das ließ sich nicht ändern.

Der Fahrer des Humvee trat auf die Bremse. Die Annahme, dass er den Typ getroffen hatte, schien ihm zu optimistisch, aber immerhin fuhr der Humvee langsamer …

Vor sich sah er Funken auf dem Asphalt aufstieben. Sie zielten auf seine Reifen. Auf Felgen würde er nicht weit kommen.

Er schlug wieder den Zickzackkurs ein.

Die Ausfahrt war direkt vor ihm und wurde nur durch eine Schranke blockiert, doch der Soldat im Wächterhäuschen hatte auf den Knopf gedrückt, und das auf Rollen laufende Tor begann sich zu schließen …

Er hatte das Gaspedal bis zum Anschlag durchgetreten, aus dem Motor ließ sich nicht mehr herausholen, doch es sah so aus, als könnte er es gerade schaffen …

Der Soldat in dem Häuschen duckte sich, als er die SIG auf ihn richtete und einmal abdrückte.

Warum machten sie nicht ernst? Es schien so, als hielten sie sich absichtlich zurück …

Der Wagen zwängte sich gerade noch durch die Lücke, streifte aber das sich schließende Tor mit einem Geräusch, als würde man mit einem stählernen Fingernagel auf einer Tafel kratzen. Er musste ungefähr fünfundsiebzig Sachen draufhaben, und in ein paar Sekunden würde er auf hundertzehn beschleunigt haben.

Er hatte es geschafft!

Niemand wartete hier draußen auf ihn – warum eigentlich nicht?

Er fluchte pausenlos vor sich hin, während er im Rückspiegel überprüfte, ob ihm doch jemand folgte. Wäre er auf dem Stützpunkt nur hundert Meter weiter gefahren, hätte er ihn nie mehr verlassen können, selbst wenn er gewendet und es versucht hätte. Sein Instinkt hatte ihm den Arsch gerettet, zumindest fürs Erste.

Aber was zum Teufel war passiert? Wie waren sie auf ihn gekommen?

Darüber konnte er sich später noch Gedanken machen. Im Augenblick musste er Vollgas geben, als hinge sein Leben davon ab. Und es konnte kein Zweifel bestehen, dass es so war.

32

Net-Force-Sporthalle
Quantico, Virginia

Thorn trat aus der Dusche in der Net-Force-Sporthalle, die er mehr oder weniger in seinen privaten Fechtsaal verwandelt hatte. Nachdem er sich abgetrocknet hatte, kleidete er sich an. Auch andere Mitarbeiter trainierten hier noch, aber fast nie, wenn er da war.

Was ihn selbst betraf, glaubte er nicht, dass er hier noch lange trainieren würde. Wie sein Großvater zu sagen pflegte, man brauchte kein Meteorologe zu sein, um zu wissen, aus welcher Richtung der Wind blies. Und der Wind der Veränderung würde bald auch die Net Force erfassen, wie ein kleiner Hurrikan. Eine von einem Zivilisten geleitete Strafverfolgungsbehörde, die dem FBI unterstanden hatte, war vom Verteidigungsministerium zu einem verlängerten Arm der Militärs gemacht worden, wodurch sich die Aufgaben radikal geändert hatten. Ein Panzer war anders zu steuern als eine Corvette.

Bis jetzt hatten die Militärs fast alles beim Alten gelassen, aber irgendwann würde sich alles ändern, was in der Natur der Sache lag. Es war wie im Wirtschaftsleben, wenn eine Unternehmensfusion erzwungen wurde. Die Militärs würden sich umsehen und feststellen, dass sich viele Arbeitsgebiete überschnitten und dass es einfacher, billiger und intelligenter war, diesem Missstand abzuhelfen – warum vier Abteilungen, wenn es auch zwei taten?

Oder zwei, wenn eine reichte?

Als er fertig angezogen war, warf Thorn einen Blick in den Spiegel und kämmte sich. Da er aus der Privatwirtschaft kam, kannte er sich mit Firmenaufkäufen und Übernahmen aus. Die Dinge änderten sich stets, und zwar aus allen möglichen Gründen. Einspänner wurden nicht mehr gebaut, weil eine alte Mähre nicht mit einem Auto konkurrieren konnte. So war es immer gewesen, und er glaubte nicht, dass diese Entwicklung in nächster Zeit enden würde.

Als das Verteidigungsministerium die Net Force übernommen hatte, waren deren Tage bereits gezählt gewesen, und wahrscheinlich war ihre Zahl nicht mehr sehr groß. Noch ein halbes Jahr, ein Jahr, vielleicht sogar länger, doch seiner Meinung nach würde es eher schneller als langsamer gehen. Alles andere erschien ihm wenig plausibel. Man würde die Net Force zerschlagen, verkaufen, tauschen oder weggeben, und am Ende würde nichts mehr übrig sein. Auch wenn der Name noch eine Weile erhalten blieb, vom Geist der alten Truppe würde nichts bleiben. Hier ging es nicht um Hardware, sondern um Menschen, und wenn die gingen, war die Party vorbei.

Thorn hatte einen Cousin, der seit etwa fünfundzwanzig Jahren Manager bei einer Papierfirma war. Dort hatte man vorausschauend für jeden gefällten Baum drei neue gepflanzt. Jetzt wurden die Bäume der dritten und vierten Generation gefällt, und sie pflanzten andere Arten, die schneller wuchsen und deren Holz bessere Pulpe lieferte, aber hin und wieder gab es Probleme mit dem Timing. Manchmal waren die neuen Bäume noch nicht ausreichend nachgewachsen, wenn die alten gefällt wurden, und dann klaffte eine Lücke von fünf oder manchmal gar zehn Jahren. Wenn das passierte, verloren die örtlichen Holzfäller und Mitarbeiter der Sägewerke ihre Jobs. Sein Cousin war für so eine Region zuständig gewesen, hoch oben in Alaska. Er hatte zweihundert Arbeiter entlassen müssen, von denen die meisten ihr Leben lang von der Holzwirtschaft gelebt hatten, manche dreißig oder vierzig Jahre. Andere Arbeitsplätze gab es in der Kleinstadt nicht, und die Grundstückspreise gingen in den Keller. Wer sich nicht als Farmer, Fischer oder Jäger über Wasser halten konnte, musste wegziehen und sich anderswo einen Job suchen. Die Stadt starb einen langsamen Tod.

Bei Familientreffen erzählte sein Cousin, wie sehr ihn das Schicksal der Menschen berühre, die früher für ihn gearbeitet hatten. Jetzt gab es Selbstmorde, Scheidungen, Vandalismus. Eine schreckliche Erfahrung, sagte der Cousin nach einem kräftigen Schluck Bier. Es sei schlimm, mitverantwortlich, und deprimierend, Zeuge der Entwicklung zu sein. Ein ganzer Lebensstil gehe verloren, man fühle sich daran erinnert, was einst mit den Indianern geschehen sei.

Die Zuhörer brummelten und nickten zustimmend, bevor sie sich ebenfalls ihrem Bier widmeten. Gut, aber sollte man etwa noch Mitgefühl mit den Weißen haben, die dafür verantwortlich waren? Ihre eigene Schuld. Das ließ sich nicht damit vergleichen, in einem Reservat zusammengetrieben und dort gewaltsam festgehalten zu werden.

Obwohl seine Situation fast genauso dramatisch war, wollte Thorn die Net Force nicht zerschlagen und den Trauerzug anführen. Die Party näherte sich ihrem Ende, und es wurde Zeit, dass er seinen Mantel holte und ging.

Pentagon, Nebengebäude

Lewis rief Jay an, wählte aber diesmal die private Nummer seines Virgil. Sie machte sich nicht mehr die Mühe, seine Frau zu nerven, es wurde Zeit, bei Jay aufs Ganze zu gehen.

»Rachel?«

»Wir müssen uns sehen, so schnell wie möglich«, sagte sie. »Es gibt einen Durchbruch.«

»Welchen?«

»Ich habe herausgefunden, wer das Spiel programmiert hat, kann aber die Datei nicht versenden.«

»Bin schon unterwegs. Wird etwa eine Stunde dauern.«

»Ich warte.«

Sie lehnte sich in ihrem Hightech-Bürostuhl zurück und lächelte, weil sie ihn erneut auf eine falsche Fährte locken würde. Roy »Max« Waite, ein ehemaliger Kommilitone, der im selben Jahr den Abschluss gemacht hatte wie sie, hatte nach dem Studium für ein Großunternehmen der Unterhaltungsindustrie gearbeitet und ein paar Spiele programmiert, die auf Kinofilmen basierten, aber auch einige andere. Und es war einer dieser glücklichen Zufälle, die manchmal genau im richtigen Moment eintreffen, dass Max Waite kürzlich bei einem Autounfall ums Leben gekommen war, gerade mal vor ein paar Wochen. Erfahren hatte sie davon erst gestern – jemand hatte ihr eine E-Mail mit einem Text geschickt, der auf einer Website für ehemalige Studenten ihrer Alma Mater stand. In dem Nachruf wurde Waites vorzeitiges Ableben bedauert.

Der gute alte, dicke Max war tot. Was für ein Trauerspiel.

Sofort hatte sie begriffen, wie sie diesen Zufall ausnutzen konnte. Sie hatte sich durch ihre Hintertür in das alte Computerspiel eingeklinkt, war die Systemdateien durchgegangen und hatte etwas gefunden, das auf den lieben verschiedenen Max hinzuweisen schien, den sie in ihrer Erinnerung als äußerst korpulenten Mann sah, der fast immer vor dem PC saß, auf einem stabilen, aber unter seinem Gewicht ächzenden Bürostuhl. Es war kein wirklicher Anhaltspunkt, aber Jay konnte das nicht wissen, und er hatte keinen Grund, ihr nicht zu glauben. Noch besser war, dass es ihm fast unmöglich sein würde, die Sache weiter zu verfolgen. Perfekt.

Eine falsche Spur, an der er sich die Zähne ausbeißen würde, aber das war nicht der Grund, warum sie ihn antanzen ließ. Wenn er erst einmal in ihrem Büro war und sie die Tür abgeschlossen hatte, würde es ihr um sehr viel elementarere Bedürfnisse gehen. Und sie war sicher, dass er bereit war.

Jays Begleiter klopfte an Lewis' Tür.

»Herein.«

Jay trat ein, der Sergeant entfernte sich. Er schloss die Tür.

»Bereit für die VR? Ich habe einige Neuigkeiten zu präsentieren.« Business as usual, und das war gut.

Er ging zu dem Stuhl für Gäste und legte seine Sensoren an.

Den Datenanzug trug er bereits unter seiner Kleidung. Er hatte ihn schon zu Hause angezogen, damit er es nicht hier tun musste.

Sie klinkten sich ein, und das Szenario baute sich auf. Diesmal befanden sie sich in den Redaktionsräumen einer Großstadtzeitung aus den Fünfzigern. Botenjungen schleppten bedruckte Bögen hin und her, und Reporter, meistens Männer, rauchten Zigaretten oder Zigarren und hämmerten auf ihre mechanischen Schreibmaschinen ein. Es roch sogar nach Zeitungspapier, Druckerschwärze und Tabakrauch. Hübsche Details.

»Hier entlang«, sagte Rachel.

Jay folgte ihr einen Gang hinab zu einer Tür, auf der ein Messingschild mit dem Wort »Leichenhalle« prangte.

Sie traten ein. Eine ältliche Frau in einem grauen Kostüm und mit flachen Schuhen stand hinter einer zerkratzten Holztheke und reichte Rachel einen altmodischen Schnellhefter. Sie nahmen auf einfachen Stühlen an einem Tisch Platz.

Rachel breitete Zeitungsartikel vor ihnen aus und tippte dann mit dem Fingernagel auf einen. »Hier.«

Jay las ihn. Er war drei Wochen alt.

BEKANNTER DESIGNER VON COMPUTER-
SPIELEN STIRBT BEI VERKEHRSUNFALL
Jobsville, Kalifornien

Roy B. »Max« Waite, 31, kam heute früh am Morgen an der Ecke Herman Avenue und Ishmael Road bei einem Verkehrsunfall ums Leben. Augenzeugen gaben zu Protokoll, Waites Auto, ein VW Beetle, sei seitlich von einem Trecker mit Anhänger gerammt worden, dessen Fahrer, Al Huxley, 43, ein Stoppschild überfahren habe. Die Polizei sagt, Alkohol sei nicht im Spiel gewesen, aber Huxley sei schätzungsweise mit einem Tempo von sechzig Stundenkilometern gefahren, als er mit Waites Wagen zusammenstieß.

»Ich hatte Kaffee auf meine Hose vergossen und versuchte ihn mit meinem Taschentuch aufzusaugen – das Stoppschild habe ich erst gesehen, als es zu spät war«, sagte ein in Tränen aufgelöster Huxley laut Zeugenaussagen. Die Polizei untersucht den Vorfall. Bisher wurde niemand festgenommen.

Waite, unverheiratet, arbeitete für die ICG Corporation, ansässig in Lucasville, und war der Programmierer mehrerer populärer und profitträchtiger Computerspiele, darunter »Tentacles« und »Lords of the Galaxies«.

Dies ist in diesem Jahr schon der dritte Verkehrsunfall mit tödlichen Folgen in Jobsville und der zweite an dieser Stelle. Die örtlichen Behörden denken darüber nach, an der Kreuzung eine Ampel aufstellen zu lassen.

Wenn der Treckerfahrer nicht an dem Stoppschild gehalten hatte, würde dann eine Ampel einen Unterschied machen?

Jay blickte Rachel an, die ihr Bein, wie ihm plötzlich auffiel, fest gegen seines presste.

»Waite hat im selben Jahr wie ich die Uni abgeschlossen«, sagte sie. »Hier habe ich noch etwas.«

Sie zog ein Farbfoto aus ihrer Handtasche und schob es Jay zu. Es war ein Standfoto aus dem Computerspiel, und ein Alien lungerte neben einem Fahrzeug herum, das auf einer erhöhten Plattform stand. Der Außerirdische blickte auf eine orangefarbene Anzeige mit seltsamen Hieroglyphen.

»Was sollte mir auffallen?«

»Das ist eine Waage. Der Alien wiegt das Fahrzeug. Und was steht auf der Anzeige?«

Jay warf ihr einen finsteren Blick zu. »Bin ich ein Alien? Das Kauderwelsch kann ich nicht lesen.«

»Da steht eine Zahl, dreißigtausend, und dahinter *max. weight*, ›maximales Gewicht‹.«

»Ach so.« Jay begriff sofort. Der Name des Toten – »Max Waite«, was so ähnlich ausgesprochen wurde. Jeder Programmierer signierte seine Arbeit, und wenn man wissen wollte, wer hinter dem Computerspiel stand, war es oft schwierig, den Insider-Joke zu finden und zu entziffern.

Vor Gericht konnte man mit so etwas nichts anfangen,

aber es passte alles zusammen – ein Programmierer aus der Unterhaltungsindustrie, der sich Spiele mit Aliens einfallen ließ und in verfremdeter Form seinen Spitznamen und Nachnamen darin verbarg. Das war der Typ, intelligent genug war er bestimmt gewesen. Jay erinnerte sich sogar an »Tentacles«, das nach seinem Erscheinen ein Riesenerfolg gewesen war.

Natürlich war ein toter Waite keine große Hilfe mehr. Wenn ihm nicht etwas einfiel, wie man zu Toten Kontakt aufnahm, würde er ihnen nichts mehr erzählen.

Mist.

Trotzdem, Lewis hatte ganze Arbeit geleistet, und er sagte es ihr.

»Danke, Jay. Ein Kompliment aus deinem Mund, das ist schon was.«

Und damit schob sie ihre Hand zwischen seine Beine.

Jay klinkte sich sofort aus dem Szenario aus.

Was ihm aber auch nicht weiterhalf, denn schon kauerte Rachel neben seinem Bürostuhl und schob ihre wirkliche Hand in seinen Schoß.

»Was soll das, Rachel?«

»Ein so intelligenter Mann wie du kommt nicht darauf?«, fragte sie lächelnd.

Er spürte ihre Finger zwischen seinen Beinen und schüttelte den Kopf. »Das ist keine gute Idee«, sagte er, während er sich zu retten versuchte, aber die Rollen des Stuhls schienen blockiert zu sein.

»Oh, doch, es ist eine großartige Idee. Die Tür ist abgeschlossen, niemand wird uns stören.«

»Ich bin verheiratet.«

»Schön für dich. Deine Frau wird nicht darunter leiden. Niemand außer uns beiden muss etwas davon wissen, Jay. Ich werde es ihr nicht erzählen.« Sie bearbeitete ihn weiter. »Du willst es doch auch.«

Da hatte sie recht, er wollte tatsächlich, was allmählich

auch nicht mehr zu übersehen war. Und niemand würde etwas davon erfahren …

Für ein paar Augenblicke war er vor eine harte Wahl gestellt. Sie griff lächelnd nach seinem Reißverschluss …

Er packte ihre Hand. »Nein, ich kann nicht.«

»Es ist bereits offensichtlich, dass du kannst, Jay. Und dass du es unbedingt willst.« Sie beugte sich vor, um ihn zu küssen …

Plötzlich funktionierten die Rollen wieder, und er stieß mit dem Bürostuhl unsanft gegen die Wand.

Er sprang auf. »Tut mir leid, Rachel. Es geht einfach nicht.«

Er rannte praktisch zur Tür.

Eine innere Stimme sagte immer wieder: *Idiot! Bleib da! Sie will dich! Und es ist völlig klar, dass du sie auch willst!*

Ja, genau das war sein Problem!

33

Der Bizarre Basar

Jay hatte das Science-Fiction-Szenario abgehakt, um etwas anderes zu versuchen. Er war noch immer durcheinander von seinem Besuch bei Rachel, völlig durcheinander. Fast kam es ihm vor, als litte er plötzlich an einer Art Tropenfieber – ihm wurde abwechselnd heiß und kalt, und es fehlte nicht viel, und er hätte sich erbrochen. Er wollte nicht mehr daran denken, und Arbeit war die beste Methode, diese Gedanken zu verdrängen. Und doch holten sie ihn immer wieder ein.

Wie dicht er an den Abgrund geraten war. Viel zu dicht.

Er schämte sich, dass er so lange mit der Versuchung gespielt, dass er den Gedanken überhaupt in Betracht gezogen hatte.

Und hier war er, auf einem arabischen Basar. Als der
Alarm ausgelöst wurde, betrachtete er gerade eine große
Wasserpfeife, etwa einen Meter hoch. In der Luft davor
schwebte VR-Text, der verkündete, sie sei für Tabak und
»andere Substanzen« geeignet. Schlauch und Mundstück
der Wasserpfeife sahen aus, als wären sie aus Schlangen-
haut.

»Andere Substanzen.« Ja, genau.

Die Sirenen hörten sich an wie bei einem Luftalarm.
Überall um ihn herum klemmten sich Händler ihre Kas-
sen unter den Arm und rannten auf die Ausgänge zu.
Optisch erinnerte der Handelsplatz des VR-Szenarios
zugleich an die Illustrationen des Kinderbuchs Arabische
Nächte und an einen Hollywood-Technicolorfilm aus den
Vierzigerjahren über Damaskus – Tische mit farbenfrohen
Stoffen, leuchtende Markisen, ein riesiger, überdachter
Markt. Fürwahr, ein bizarrer Basar …

Es war größtenteils ein »grauer« Markt, auf dem Produkte gehandelt wurden, die in einigen Ländern illegal
waren, hier jedoch nicht. Und dann gab es noch fragwür-
dige Geschäfte mit angeblich erlaubten Artikeln.

Zum Beispiel mit Waffen.

Wenn er herausfand, wer den BMF-Revolver gekauft
hatte, war das ein weiterer Schritt auf dem Weg zur Festnahme der Terroristen, die es auf die Militärstützpunkte
abgesehen hatten.

Unglücklicherweise befand sich die Information zwar
hier, aber die VR-Site, die sie enthielt, war international.
Er hatte kein Recht, Auskünfte zu verlangen. Wie sie
hierher gekommen war, wusste er nicht, aber er war sich
sicher, dass es so war.

Das Problem bestand darin, wie über Verkäufe Buch

geführt wurde. Es gab Hunderte von Händlern, von denen jeder eigene Unterlagen hatte, doch die waren nur für den internen Gebrauch. Wollte man den Weg von Geldern über die Grenzen des Marktes hinaus verfolgen, war man auf Zugang zu einem Programm der VR-Site angewiesen, über das solche Transaktionen abgewickelt wurden. Jay hätte kein Problem damit gehabt, sich durch eine kleine Hackerattacke Zugang zu den Bilanzen einzelner Händler zu verschaffen, aber es war deutlich schwieriger, an Informationen über Geldüberweisungen heranzukommen. Der Käufer des BMF-Revolvers hatte sich einer geklauten Identität bedient, und aus irgendeinem seltsamen Grund hatte sein Weg dabei diesen Basar gekreuzt. Er hätte darauf gewettet, dass sein wirklicher Name hier irgendwo zu finden war.

Die Daten, auf die es ihm ankam, waren hinter einer professionellen Firewall verborgen, die genau jenen Sicherheitsempfehlungen entsprach, welche die Net Force Firmen ans Herz legte, die sich vor Computerkriminalität schützen wollten. Was bedeutete, dass selbst ein Jay Gridley Probleme damit bekommen würde, eine solche Firewall zu knacken.

Könnte man doch nur die ehrlichen Leute dazu bringen, ihre Geschäftsgeheimnisse so professionell zu schützen.

Also folgte er der Maxime, die einer seiner Professoren die »Taktik des Propheten« genannt hatte – wenn man nicht zu dem Berg kam, musste man zusehen, dass der Berg zu einem selbst kam …

Mithilfe zweier schneller Tests hatte er die Alarmfunktion der VR-Site aktiviert und gesehen, wie die Sicherheitsmaßnahmen funktionierten.

Statt gefährliche Daten einfach zu löschen, wurden sie von der Datenbank fragmentiert und in alle Richtungen zersprengt. Nach einer vorab programmierten Zeitspanne wurden die Bruchstücke wieder zusammengefügt und die Geschäfte unter einer anderen VR-Adresse weitergeführt.

Jay hatte schon zweimal beobachtet, wie ein mit einem Burnus bekleideter Mann – die VR-Metapher für die Kassenbücher – einen dunklen Gang im hinteren Teil des Basars entlanggeeilt und durch eine Tür verschwunden war.

Also musste er nur erneut Alarm auslösen und dem Mann, der wie ein Buchhalter in mittleren Jahren mit falschen arabischen Klamotten aussah, die Unterlagen entreißen. Dann war sein Job erledigt.

Da war er ja ...

Ganz wie vorhergesehen, kam der Mann mit den Kassenbüchern durch den Eingang der Firewall, die wie ein Betonbunker mit Werbung in Farsi aussah, in den Basar zurück.

Jetzt bin ich an der Reihe ...

An dieser Stelle konnte die Geschichte heikel werden. Bis jetzt war er nur ein unauffälliger Passant gewesen, der der Security der VR-Site nicht weiter aufgefallen war.

Wenn man schnell genug auf ihn aufmerksam wurde, würde man seine VR-Verkleidung und Netzidentität durchschauen und ihn als Mitarbeiter einer amerikanischen Strafverfolgungsbehörde enttarnen.

Was peinlich gewesen wäre.

Zwar waren die Vereinigten Staaten daran gewöhnt, sich zu blamieren, nicht aber das Computergenie der Net Force.

Und es darf auch jetzt nicht passieren.

Er rannte an dem langen Stand des Wasserpfeifenverkäufers vorbei auf die Kreuzung zweier Gänge zu, die der Mann mit den Kassenbüchern überqueren musste. Indem er ihm nicht direkt folgte, schien es weniger wahrscheinlich, dass er unerwünschte Aufmerksamkeit auf sich zog.

Aber nein. Irgendjemand hatte die Sicherheitsprogramme des Basars bei der Programmierung mit einem jener vorbeugenden Netzwerkfilter versehen, die jede Menge Rechenleistung beanspruchten. Aber offensichtlich hatten die Betreiber der VR-Site nichts dagegen, wenn nur ihre Daten geschützt wurden. Er war als Bedrohung identifiziert worden. Dutzende von schwarz gekleideten Männern, offensichtlich Sicherheitspersonal, kamen mit großen glänzenden Krummsäbeln auf ihn zu. Sie sahen aus wie Komparsen aus einer Verfilmung von Ali Baba und die vierzig Räuber.

Mist.

Der Kurier mit den Kassenbüchern war noch gut zwanzig Meter vor ihm, und die Männer mit den Säbeln holten schnell auf.

Jetzt wird's ernst.

Jay aktivierte ein Unterprogramm, das er »für den Fall der Fälle« installiert hatte, und sofort bewegte sich alles nur noch in extremer Zeitlupe, auch er selbst.

Da er gerannt war, schwebte er ein Stück über dem Boden, die Spitze seines rechten Fußes zeigte nach unten. Um ihn herum waren alle Bewegungen kaum noch wahrnehmbar.

Obwohl er sich nicht schneller bewegen konnte, war er doch in der Lage, die Szenerie wie aus einer Außenperspektive als dreidimensionales Modell zu betrachten – er sah sich selbst, den Kurier, die Männer mit den Säbeln in seinem Rücken.

Ihm blieben nur ein paar Sekunden. Die Zeitlupenfunktion würde von den Betreibern der VR-Site deaktiviert werden, denn Geschwindigkeit war für sie entscheidend. Er musste sich schnell etwas einfallen lassen.

Komm schon, Gridley.

Er musste einsehen, dass er es nicht schaffen würde. Die Männer mit den Säbeln würden ihn fassen, bevor er den Kurier abfangen konnte.

Sollte er sich aus dem Szenario ausklinken?

Normalerweise hätte er nicht einmal einen Gedanken daran verschwendet. Aber sich als Angehöriger einer amerikanischen Strafverfolgungsbehörde beim unerlaubten Eindringen auf eine internationale VR-Site schnappen zu lassen war eine unangenehme Geschichte. Er würde ganz schön dumm dastehen. Mist!

Es sei denn, es gibt noch einen anderen Weg ...

Es gab zu viel Sicherheitspersonal und zu viele Passanten zwischen ihm selbst und dem Kurier, den er nie schnell genug erreichen würde, wenn er um die Tische herumlief ...

Aber niemand sagt, dass ich es nicht auf *ihnen versuchen kann.*

Er sprang auf einen Tisch mit Zierdolchen und kickte ein Regal aus dem Weg, dessen Bretter durch die Luft flogen.

Der Händler stieß einen hässlichen Fluch aus.

Jay sprang auf den nächsten Tisch, auf dem alte Comichefte lagen, und trat ein paar Kisten mit Statuetten und Bechern um. Ein Stofftier flog durch die Gegend, ein roter Hund mit einem schwarzen ›U‹ auf der Brust.

Seine Verfolger konnten nicht schnell genug nachsetzen. Das System hatte mit einer winzigen zeitlichen Verzögerung reagiert, doch das reichte Jay.

Indem er die Abkürzung über die Tische nahm, war er gerade noch vor dem Kurier mit den Kassenbüchern an der Stelle, wo er ihn abfangen musste. Er stürzte sich auf ihn, schlug ihn zu Boden, entriss ihm die Unterlagen und blätterte hektisch die Seiten durch. Komm schon, na los!

Er brauchte nur einen Namen. Da war er!

Carruth. Er kannte ihn aus dem Szenario mit dem Gefängnis.

Treffer.

Als seine Verfolger näher kamen, um ihn zu enthaupten, streckte er ihnen lachend den Stinkefinger entgegen. »Szenario beenden!«, schrie er.

Net-Force-Hauptquartier
Quantico, Virginia

Jay klopfte an die Tür von Thorns Büro, wartete jedoch nicht, bis er hereingebeten wurde.

Thorn telefonierte gerade, ließ seinen Gesprächspartner aber wissen, er werde später zurückrufen.

»Ich habe einen der Terroristen identifiziert, Boss«, sagte Jay. »Und es ist der Mann, der auch die beiden Washingtoner Cops kaltgemacht hat.«

»Carruth.«

Jay sah aus, als hätte ihm jemand einen Tiefschlag versetzt. »Woher wissen Sie das? Schnüffeln Sie in meinem Computer herum?« Ein beängstigender Gedanke. Wusste er noch etwas? Über Rachel?

»Nein. Ein anonymer Anrufer hat der Army gesteckt, dass wieder jemand auf einen Militärstützpunkt eindringen würde. Dieser Anrufer hat Carruth namentlich genannt, den militärischen Nachrichtendienst über Ort und Zeit informiert und behauptet, der Eindringling würde einen Sprengstoffgürtel tragen und sich nicht lebend festnehmen lassen.«

»Verdammt. Die ganze Arbeit, und dann ruft einfach jemand an und verpfeift ihn.«

»Diese Bestätigung ist wichtig, Jay. Der Typ *ist* auf den Stützpunkt eingedrungen, genau zu dem Zeitpunkt, den der Anrufer genannt hat.«

»Ist er tot?«

Thorn schüttelte den Kopf. »Nein, entkommen.«

Jay runzelte die Stirn. »Wie bitte? Wie hat er das geschafft, wo sie doch wussten, dass er kommen würde?«

»Keine Ahnung.« Thorn wies mit einer Kopfbewegung

auf das Telefon. »Nach dem, was ich gerade gehört habe, war er bereits auf dem Stützpunkt, wo er angeblich einen Colonel entführen wollte. Dann hat er urplötzlich gewendet und Gas gegeben. Damit hatte man dort nicht gerechnet, die Vorbereitungen für die Festnahme waren noch nicht ganz abgeschlossen. Er hat es geschafft, den Stützpunkt zu verlassen und ihnen zu entwischen.«

»Mist. Was für Idioten!« Keine Frage, er war immer noch durcheinander wegen der Geschichte mit Rachel.

»Wir haben eine Adresse«, sagte Thorn. »In Washington. Der anonyme Anrufer hat sich noch mal gemeldet und der Army Straße und Hausnummer genannt. Die örtliche Polizei und das FBI sind bereits unterwegs, und Abe Kent und einige seiner Männer werden als ›Berater‹ dabei sein. Wenn er nach Hause kommt, schnappen sie ihn sich.«

Jay nickte.

»Wenn Sie möchten, können Sie mit General Kent vor Ort in der mobilen Einsatzzentrale dabei sein. Sie fahren in zwei Minuten los.«

»Danke, das ist nichts für mich. Mit so was kenne ich mich nicht aus, und dieser Carruth hat eine Riesenknarre, mit der man einen Kodiakbären erledigen könnte. Ich möchte nicht, dass jemand meiner Frau mitteilen muss, ich sei von einer verirrten Kugel getroffen werden. Bei dem Kaliber würde sich den Hinterbliebenen bei der Aufbahrung ein unangenehmer Anblick bieten.«

Vor allem wollte er keinerlei Risiko eingehen, bevor er mit Saji gesprochen und ihr die Geschichte mit Rachel erklärt hatte. Das musste sein.

»Eine kluge Entscheidung«, sagte Thorn.

»Machmal glaube ich, ich bin gar nicht so klug. Halten Sie mich auf dem Laufenden.«

Jay stand auf.

»Woran arbeiten Sie gerade?«

Jay zuckte die Achseln. »Da ist noch eine Spur. Wahrscheinlich ist sie bedeutungslos, aber ich hatte eine Idee, die ich noch verfolgen möchte.«

»Hals- und Beinbruch.«

»Danke.«

In diesem Fall erübrigte sich die Konstruktion eines komplizierten Szenarios, und Jay war auch nicht in der richtigen Stimmung dafür. Er fühlte sich mies und hoffte, dass er sich irrte. Diesmal ging es nicht darum, sich zu amüsieren, sondern nur um Fakten.

Wie viele Menschen Carruth auch getötet haben mochte, er war nicht der Drahtzieher hinter der Geschichte. Das wurde immer offensichtlicher, je mehr er sich mit ihm beschäftigte. Carruth hatte keine nennenswerte Präsenz im Internet, und nichts deutete darauf hin, dass er sich mit Computern auskannte. Als ehemaliges Mitglied einer Spezialeinheit der Navy konnte er einen zusammenschlagen, erschießen oder in die Luft sprengen, zu ebener Erde oder unter Wasser, aber es war völlig ausgeschlossen, dass er das Spiel mit den Aliens programmiert hatte oder als Hacker in Computersysteme der Army eingedrungen war. Dass ein Toter – Stark – das Spiel programmiert und die Geschichte inszeniert hatte, schien denkbar, doch diese Lösung erschien ihm als zu bequem und unwahrscheinlich.

Carruth war eine Marionette. Vielleicht mehr als nur ein Handlanger, aber bestimmt nicht der King, nach dem er suchte.

Und allmählich dämmerte es ihm, dass er vielleicht nicht nach dem King, sondern nach der Queen suchen sollte.

Er benutzte eine VR-Bibliothek und erkundigte sich am Eingang, wo die Biografie von Rachel Lewis zu finden sei, ihres Zeichens Captain der U. S. Army.

Als er das Buch gefunden hatte, setzte er sich damit an einen Tisch und schlug es auf.

Es enthielt alle biografischen Details – Geburtsdatum, Familie, Ausbildung und so weiter –, aber er wollte mehr als die öffentlich zugänglichen Fakten. Glücklicherweise hatte er Zugang zu Informationen, die anderen verschlossen blieben, und das Register des Buches war sehr dick.

Wenn man wusste, wo man nachzuschauen hatte, konnte man reichlich Aufschlüsse erhalten, und er hatte das nötige Know-how.

Seine Indiskretion störte ihn. Nein, das war nicht ganz richtig – ihn störte, dass er glaubte, einen *Grund* für seine Indiskretion zu haben. Es war ein hässlicher Verdacht, und vielleicht hegte er ihn aus den falschen Gründen.

Lag es nur an seinen Schuldgefühlen? Daran, was er empfunden hatte, als er ihre Hand zwischen seinen Beinen spürte? Oder war es Scham darüber, wie schwer es ihm gefallen war, aufzuspringen und aus ihrem Büro zu flüchten?

Denn es war eine Versuchung gewesen, eine verdammt verlockende. Er hätte sich einfach … gehen lassen und sich mit dem Gedanken beruhigen können, es spiele sich nur in der VR ab und sei somit nicht wirklich geschehen. Er hatte das Gefühl gehabt, dass er großartigen Sex mit ihr haben würde. Blond, attraktiv, intelligent, sie hatte alles, was er an einer Frau schätzte.

Doch in diesem Moment hatte er vor seinem geistigen Auge Saji mit seinem kleinen Sohn gesehen, und er hatte das Bild nicht mehr verdrängen können, als sie nach seinem Reißverschluss griff …

Natürlich, viele verheiratete Männer hatten Affären, und niemand schien das für eine große Sache zu halten, es war ein Extravergnügen. Aber er musste sich eingestehen, nicht so wie die meisten anderen zu sein. Er war schon immer ein Computerfreak gewesen und hatte nur wenige Freundinnen gehabt, doch keine von ihnen hatte ihn so geliebt wie Saji. Sie war für ihn dagewesen, als er im Koma gelegen hatte, sie hatte ihm einen Sohn geschenkt. Was er für sie empfand, ließ sich mit Worten überhaupt nicht ausdrücken.

Ja, Rachel Lewis war intelligent und sexy, und es konnte kein Zweifel daran bestehen, dass sie scharf auf ihn war, aber wie hätte er sich gefühlt, wenn er auf ihre Avancen eingegangen wäre? Waren es ein paar Minuten im Bett, so befriedigend sie auch sein mochten, wirklich wert, dass er seine Selbstachtung verlor und seine Ehe gefährdete?

Die Antwort war einfach: Nein.

Als er das begriffen hatte – und ungeachtet der Panik, die ihn in diesem Moment erfüllte –, hatten sich die Dinge … geändert. Er erinnerte sich an eine alte Spruchweisheit, die vielleicht aus dem Buch Yi-jing oder aus dem Taoismus stammte: »Die Wahrheit wartet auf den, dessen Blick nicht durch das Verlangen getrübt ist.«

Als noch nicht ausgeschlossen war, dass er mit Rachel ins Bett gehen würde, hatte er sie nicht so kritisch unter die Lupe genommen, wie er es vielleicht sonst getan hätte. Er dachte nicht gern daran, musste aber akzeptieren, dass es so gewesen war. Sie hatte ihn in der Hand gehabt.

Er hatte den Flirt genossen, das Spiel mit dem Feuer, sich aber im entscheidenden Moment nicht zu dem Seitensprung durchringen können, weil es ein Fehler gewesen wäre.

Und jetzt? Jetzt war sein Blick nicht mehr getrübt durch das Bild einer nackt auf dem Bett liegenden Rachel. Und er hatte begonnen, sich Fragen zu stellen.

Nun schienen all die kleinen Details, die er zuvor ignoriert hatte, plötzlich wichtig zu werden und sich zu einem Gesamtbild zu fügen.

Wer hatte ihm die Information über den URL gegeben, mit dem er so viel Zeit vergeudet hatte, nur um hinterher festzustellen, dass alles ein reines Ablenkungsmanöver gewesen war?

Wer war bei ihm gewesen, als das Szenario abstürzte, kurz bevor er den Alien-Cowboy festnehmen konnte?

Wer hatte Zugang zu all den geheimen Informationen der Army und darüber hinaus die Möglichkeit, sie zu verwenden, ohne verdächtigt zu werden?

Wessen Einheit war die ursprüngliche Information angeblich durch einen Hacker geklaut worden?

Und wer, wenn die betreffende Person nicht so attraktiv, sexy und intelligent gewesen wäre, hätte wohl sonst ganz oben auf seiner Liste der Verdächtigen gestanden?

Die Antwort war in allen Fällen identisch.

Es gab diesen Hang, Menschen in gut und böse zu teilen, und da Lewis angeblich auf seiner Seite stand, gehörte sie automatisch zu den guten. Es hatte schon immer kriminelle Polizisten gegeben, aber sie wurden nicht so schnell zur Rechenschaft gezogen, weil praktisch niemand auf die Idee kam, sie könnten schuldig sein.

Doch jetzt führten zu viele Indizien in Rachels Richtung, um noch länger die Augen davor zu verschließen.

Sein Blick fiel auf den Registereintrag über Rachels Vater. Er blätterte die betreffende Seite auf und begann zu lesen. Sergeant Robert Bridger Lewis. Berufssoldat, wie sie gesagt hatte. Jung gestorben … Hm.

Todesursache: Selbstmord.

Während Jay den Text las, fühlte er sich zunehmend beklommen.

Sergeant R. B. Lewis war wegen Mordes an einem Soldaten vor ein Militärgericht gestellt worden und hatte sich noch vor der Urteilsverkündung selbst erschossen.

Die Prozessunterlagen enthielten die Einzelheiten: Der Soldat hatte die damals siebzehnjährige Rachel Lewis angeblich vergewaltigt, bei einem Date. Ihr Vater hatte den jungen Mann aufgetrieben und ihn mit seiner Waffe getötet.

Jay fühlte sich immer mulmiger.

Er lehnte sich zurück und starrte auf das Buch. Es konnte durchaus zu einem verzerrten Blick auf die Army führen, wenn diese den eigenen Vater verurteilte, weil er die Vergewaltigung seiner Tochter rächte. Aber ein Beweis war das noch nicht.

Er schaute im Register nach ärztlichen Behandlungsakten.

Es gab keinerlei Hinweis, dass Rachel Lewis je ein Kind zur Welt gebracht hatte. Das musste nichts heißen – vielleicht hatte sie es vermieden, ihren richtigen Namen anzugeben. Natürlich konnte er nach Totenscheinen recherchieren, auf denen, wenn er ihren Worten Glauben schenken wollte, als Todesursache eine geplatzte Aorta infolge eines Aneurysmas angegeben sein musste, doch das würde ziemlich lange dauern …

Nein, halt. Es gab einen Bericht über eine routinemäßige medizinische Untersuchung vom letzten Jahr, und der Arzt hatte festgehalten: »Eine gesunde, gut ernährte weiße Frau, gravidas 0, para 0, offenbar im angegebenen Alter von …«

Jay griff nach einem medizinischen Wörterbuch.

Gravidas und para …

Schwangerschaft und Geburt …

Wenn ein Arzt nach einer kompletten körperlichen Untersuchung inklusive Labortests zu diesem Ergebnis kam, war Captain Lewis niemals schwanger gewesen.

Was hieß, dass die Geschichte mit dem Baby eine Lüge gewesen war. Warum hatte Rachel sie ihm aufgetischt?

Falls es ihre Absicht gewesen war, sein Mitgefühl zu wecken, war es ihr gelungen. Er hatte sie in den Arm nehmen und trösten wollen. Und wenn es ihr Ziel gewesen war, ihn davon abzuhalten, gedanklich einem bestimmten Weg zu folgen ...

Wenn? Und all diese sexuell aufgeladenen Bilder in ihren Szenarios? Das heruntergerutschte Handtuch bei jenem Anruf über das Bildtelefon? Ihre Hand zwischen seinen Beinen?

Sie hatte mit ihm schlafen wollen, aber nicht, weil sie ihn für einen Traummann hielt, sondern nur, um sein Gehirn so zu vernebeln, dass er sie nicht ins Visier nahm!

Was für ein Idiot er doch war! Warum hatte er das nicht früher begriffen?

In diesem Moment war er sich ganz sicher – hinter der Geschichte mit den Militärstützpunkten stand niemand anderes als Rachel Lewis. Jetzt fragte sich nur noch, wie er an die nötigen Beweise herankam.

Eventuell über Carruth. Wenn sie ihn lebend schnappten, würde er vielleicht umfallen und auspacken. Sie verraten. Aber darauf konnte er sich nicht verlassen. Er musste Bescheid wissen, bevor Carruth sich vielleicht in die Luft sprengte, weil die Polizei vor seiner Tür stand.

Andererseits stocherte er jetzt nicht mehr im Nebel herum, und wenn man erst einmal überzeugt war, die Wahrheit zu kennen, fiel es einem leichter, die erforderlichen Beweise zu finden.

Es gab genügend Material, das er sich noch anschauen konnte. Alles, was sie ihm erzählt hatte, musste überprüft werden. Sie hatte ihn von Anfang an angelogen, und irgendwo in diesem Wust von Lügen konnte er vielleicht des Rätsels Lösung finden.

Rachel war die Schuldige. Verdammt!

34

Washington, D.C.

Das Donnern des Schusses war so laut, als wäre Thors Hammer auf einen Granitblock niedergegangen, doch in dieser Situation machte sich Carruth um seine Trommelfelle so wenig Gedanken wie um die Kugeln, die Ballistiker später analysieren würden – hier stand sein Leben auf dem Spiel.

Er zielte auf die Eingangstür und drückte zum zweiten Mal ab. Die Kugel riss Splitter aus dem Türrahmen, die in die Diele zurückflogen, bis zu der Stelle, wo er stand.

Wenn sie das nicht bewegte, die Köpfe einzuziehen, war er mit seinem Latein am Ende.

Obwohl seine Ohren noch klingelten, hörte er draußen jemanden sagen: »Verdammte Scheiße! Hat der Typ ein Artilleriegeschütz? Geht in Deckung!«

Vermutlich warteten sie an der Vorder- und Rückseite des Hauses auf ihn. Also gab es nur einen Fluchtweg. Er rannte ins Schlafzimmer und riss die Tür seines Abstellraums auf. Als er sich noch einmal umdrehte, bedauerte er für einen Augenblick, was er alles zurücklassen musste, aber ihm blieb keine Zeit mehr. Wenn ihm die Flucht gelang, konnte er alles neu kaufen, wenn nicht, hatte er für diese Dinge ohnehin keine Verwendung mehr. Dann war er entweder tot oder auf dem Weg in den Knast, den er verdammt lange nicht mehr verlassen würde.

Wie hatten sie ihn gefunden? Irgendjemand hatte ihn verpfiffen – auch die Falle auf dem Militärstützpunkt war nicht anders zu erklären –, und es gab nur einen Menschen, der ihn verraten konnte.

Warum? Hatte ihr etwas so viel Angst eingejagt, dass sie beschlossen hatte, ihn den Wölfen vorzuwerfen, damit sie ihr nicht auf die Schliche kamen? War es die Geschichte mit dem Bruder des Terroristen, die sie so durcheinandergebracht hatte? Sie wirkte so cool und clever. Nie hätte er damit gerechnet, dass sie ihn fallen lassen würde. War sie gierig geworden, jetzt, wo der Zahltag näher rückte?

Und für wie dumm musste sie ihn halten, dass sie glaubte, er würde nicht auf die Idee kommen, dass nur sie ihn verpfiffen haben konnte?

Aber möglicherweise hatte sie ihnen auch etwas anderes erzählt, und das war der Grund dafür, warum sie ihn auf dem Stützpunkt nicht energischer verfolgt hatten und jetzt nicht das Haus stürmten. Vielleicht, er sei ein Selbstmordattentäter? Sie konnte schließlich kein Interesse daran haben, dass er lebend festgenommen wurde und auspackte, oder?

Mist. Was für ein Schlamassel.

Vor der Tür warteten Cops von der Washingtoner Polizei, FBI-Beamte und mindestens zwei Typen mit einem Net-Force-Logo auf der Brust, sämtlich bewaffnet, einige mit MPs, andere mit Pistolen für Hartgummigeschosse oder Elektroschockwaffen, was vermuten ließ, dass sie ihn lebend festnehmen wollten. Aber wenn er noch ein paarmal abdrückte, würden sie diese Entscheidung überdenken. Wäre er der Einsatzleiter gewesen, hätte er sie schon nach dem ersten Schuss aus dem BMF-Revolver verworfen.

Einer gegen acht, hinter dem Haus wahrscheinlich noch mal die gleiche Anzahl. Keine guten Chancen, und sie hätten selbst dann nicht gut gestanden, wenn er das Überraschungsmoment auf seiner Seite gehabt hätte, was definitiv nicht der Fall war.

Aber eine Chance hatte er, wenn auch keine große. Seine einzige Hoffnung bestand darin, ihnen schon eine Heidenangst eingejagt zu haben, bevor alle Position bezogen hatten. Wenn nicht, war er höchstwahrscheinlich ein toter Mann, denn er würde nicht einfach aufgeben.

Das Haus war nicht richtig unterkellert, doch es gab in dem Abstellraum eine Falltür, die in einen niedrigen Durchgang unter dem Fußboden führte. Er riss sie auf, stieg in den dunklen Gang, griff nach einer Taschenlampe, die an einem Nagel hing, und zog die Falltür wieder zu. Entdecken würden sie die Falltür bestimmt, aber sie war mit dem gleichen Teppichboden beklebt wie der Boden des Abstellraums, sodass es vielleicht etwas dauern würde. Sie würden ein paar Minuten benötigen, um in das Haus zu gelangen und festzustellen, dass er verschwunden war. Und ein paar weitere, bis sie den Durchgang unter der Falltür entdeckten – wenn er Glück hatte.

Nachdem sie den Riesenlärm seines Revolvers gehört hatten, würde sich bestimmt niemand darum reißen, als Erster das Haus zu betreten. Es hätte ja sein können, dass er bereit war, den Heldentod zu sterben, aber die Absicht hatte, so viele Polizisten wie möglich mit in den Tod zu nehmen.

Der Durchgang war nicht einmal einen Meter hoch, und er kroch auf allen vieren los. Nach der Anmietung des Hauses hatte er eine kleine Änderung vorgenommen und ein von hier zugängliches Loch in die Seitenwand gebohrt, vor dem jetzt eine alte Hundehütte mit herausgenommener Rückwand stand, umgeben von einem Zwinger.

Der düstere Zwischenraum war dreckig, voller Spinnweben und anderem Ungeziefer, doch das war jetzt seine geringste Sorge.

Schließlich kroch er durch das Loch in die Hundehütte, die groß genug für einen Bernhardiner war. Er spähte hinaus, sah aber niemanden in seinem Hinterhof, der in seine Richtung blickte. Was daran lag, dass der Hundezwinger eine große Holztür hatte, die mit einem Vorhängeschloss gesichert war. Sie würden die Hintertür seines Hauses, die Fenster und die Tür des Hundezwingers sehen. An der Seite seines Grundstücks stand ein zwei Meter hoher Zaun, der seinen Hof vom Nachbargarten trennte, und wahrscheinlich glaubten sie, dass es ihnen nicht entgangen wäre, wenn er über den Zaun geklettert wäre. Früher oder später aber würde jemand das Schloss aufbrechen und sich an der Seite des Hauses umsehen.

Er musste sich beeilen.

Glücklicherweise hatte der Nachbar keinen Hund, sondern Katzen, und keine Ahnung, dass er unter dem Zaun ein Loch gegraben und es anschließend zu beiden Seiten geschickt getarnt hatte. Sein Nachbar hatte kein großes Interesse an Gartenarbeit, und auf seiner Seite wucherte vor dem Zaun reichlich Unkraut, was zusätzlich verhindert hatte, dass ihm das Loch aufgefallen war.

Es blieb ihm keine Zeit, sich zu beglückwünschen, dass er auf diese raffinierte Idee gekommen war.

Er hob die Hundehütte an, griff nach der Abdeckung des Lochs, zog sie zurück und zwängte sich in den kleinen Tunnel, der groß genug war, selbst für einen ausgewachsenen Mann, der es eilig hatte.

Einmal gab es ein kleines Problem, als er mit seinem Gürtel irgendwo hängen blieb, aber er riss sich los und stand kurz darauf im Garten des Nachbarn. Ihm blieb keine Zeit, das Loch zu tarnen, doch wenn sie es fanden, spielte das ohnehin keine Rolle mehr.

In gebückter Haltung schlich er an der Seitenwand des Nachbarhauses vorbei, in dem ein Fernseher lief. Es hörte sich so an, als würde gerade ein Baseballspiel übertragen.

Als er um die Ecke gebogen war, begann er zu laufen, inständig hoffend, dass der hohe Zaun ihn vor Blicken schützen würde, denn nennenswerte Deckung gab es nicht in diesem Garten mit seinen gestutzten Büschen und dünnen Bäumchen. Er musste möglichst schnell die andere Seite erreichen.

Er rannte weiter, an einer Glastür vorbei, durch die er einen Blick auf den Nachbarn und seine beiden Söhne erhaschte, die gemeinsam vor einem Großbildfernseher hockten. Er glaubte nicht, dass sie ihn gesehen hatten, doch es war egal, da ihm sowieso keine andere Wahl blieb, als zu rennen.

Die idiotischen Cops hätten beide Häuser neben meinem Grundstück räumen müssen, um keine Unschuldigen zu gefährden. Dann hätten sie jetzt eine bessere Chance, mich zu schnappen.

Aber wenn sie sich so dumm anstellten, würden sie bestimmt noch andere Fehler machen. Noch bestand Hoffnung.

Auf der anderen Seite des Grundstücks angekommen, sprang er über den Zaun, nicht mit einem Flop, wie ein professioneller Hochspringer, sondern indem er beide Hände auf einen Pfosten stützte und sich seitlich hinüberschwang.

Er landete auf der anderen Seite und rannte weiter.

Dieser Nachbar hatte einen Hund, einen kleinen Spitz, der sofort zu kläffen begann. Glücklicherweise war er im Haus, sodass es unwahrscheinlich war, dass ihn jemand auf der Straße hörte.

Er durchquerte den Garten und setzte über den nächsten Zaun, wobei er sich das linke Knie wehtat, weil er es nicht hoch genug angehoben hatte. Auf der anderen Seite wäre er fast in einen Swimmingpool gestürzt, der wegen der kühlen Jahreszeit nicht mit Wasser gefüllt war, aber es wäre eine schöne Bescherung gewesen, wenn er auf die Abdeckplane getreten hätte.

Der nächste Zaun war der letzte, dies war das Eckgrundstück. Er rannte um den Swimmingpool, stellte sich am Zaun auf die Zehenspitzen und spähte hinüber.

Autos und Passanten, aber niemand, der mit einer Waffe in der Hand auf ihn wartete. Er musste es riskieren.

»Hey! Was haben Sie da zu suchen?«

Er drehte sich um und sah den Hausbesitzer, einen kleinen, rotgesichtigen, dicken Mann in einem Trainingsanzug, der einen Schlauch in der Hand hielt und einen Grill säuberte.

Er dachte daran, seine unter der dünnen Windjacke verborgene Waffe zu ziehen, doch wenn er den Mann erschoss, hätte er genauso gut durch die Haustür auf die Straße spazieren und auf und ab springen können, um die Cops auf sich aufmerksam zu machen. Die Schüsse wären bestimmt fünfhundert Meter weit zu hören gewesen.

»Ich verfolge jemanden, der in mein Haus eingebrochen ist!«, rief er. »Gehen Sie besser rein, er hat ein Messer! Die Cops sind schon unterwegs!«

Er kletterte über den Zaun, der Fettsack blickte ihm entgeistert nach.

Der Dicke kannte ihn vom Sehen, und auch wenn er keinen Einbrecher mit einem Messer gesehen haben konnte, würde ihm die Geschichte eine Weile zu denken geben. Wie Carruth ihn kannte, würde er beschließen, ins Haus zu gehen und darauf zu warten, dass die Polizei sich um die Geschichte kümmerte. Was sehr viel ungefährlicher war, als einem Messerstecher mit einem Gartenschlauch gegenüberzutreten …

Er bog nach rechts ab und lief den Bürgersteig hinab. Wenn er bis zum nächsten Häuserblock gelangte, ohne jemandem aufzufallen, konnte er vielleicht ein Auto klauen. Doch halt, sieh mal an … Sein Blick fiel auf einen Bus, der nicht weit von ihm an einer Haltestelle stand.

Er rannte los.

Der Busfahrer sah es und wartete noch mit der Abfahrt.

Carruth stieg ein. »Ich habe leider überhaupt kein Kleingeld«, sagte er. »Kann ich eine Dauerkarte kaufen?«

»Klar, im nächsten Safeway-Supermarkt.«

»Kommen Sie, ich weiß, dass Sie auch welche verkaufen.«

Der Fahrer hatte es eilig. »Für wie lange?«

»Eine Woche?«

»Dreißig Dollar für die Innenstadt, vierzig mit Umgebung.«

»Ich nehme die für vierzig.« Carruth zog zwei Zwanziger aus seiner Brieftasche und reichte sie dem Fahrer.

Er steckte die Dauerkarte ein und suchte sich einen Platz. Ein paar Blocks, dann konnte er aussteigen und sich nach einem Auto umsehen.

Und danach? Nun, dann hatte er ein Problem.

Jetzt war er wirklich in einer ganz schön verzwickten Lage.

Nachdem er sich gesetzt hatte, rückte er die unter der Windjacke versteckte Waffe zurecht. Er musste Land gewinnen. Glücklicherweise hatte er auf einem Langzeitparkplatz für alle Fälle einen Fluchtwagen abgestellt, in dem sich eine gepackte Reisetasche mit Papieren und einem Notgroschen befand. Wahrscheinlich musste er die Batterie aufladen, doch dann konnte es losgehen. Wenn er Glück hatte, war er morgen um diese Zeit schon etliche hundert Kilometer weit weg.

Genau, so würde er es machen. Aber vorher hatte er noch etwas zu erledigen. Sein Leben hatte gerade eine üble Wendung genommen und würde nie wieder so sein wie zuvor. Und das hatte er Lewis zu verdanken.

Dafür musste sie bezahlen, und zwar teuer.

Kent saß in dem umgebauten Wohnmobil, das der Net Force als mobile Einsatzzentrale diente, einen halben Block von Carruth' Haus entfernt, und lauschte wortlos dem Bericht des Lieutenant.

»In einem Abstellraum neben seinem Schlafzimmer gibt es eine Falltür, durch die man in einen niedrigen

Durchgang gelangt. Er führt zur Seitenwand des Hauses, die Stelle ist wegen eines Holztors nicht zu sehen. Carruth hatte ein Loch unter dem Zaun zum Nachbargrundstück gegraben. Sieht so aus, als wäre er uns knapp entwischt, Sir.«

Kent nickte. Wenn er den Einsatz geleitet hätte, wäre es wahrscheinlich auch nicht besser gelaufen. In diesem Fall war das FBI zuständig, unterstützt durch die örtliche Polizei, und die Männer von der Net Force, obwohl bewaffnet, waren nur als Beobachter vor Ort gewesen. Angesichts der Tatsache, dass sie zu den Marines gehörten, wenn auch als Spezialeinheit mit Sonderstatus, waren Inlandseinsätze immer heikel. In den Siebzigerjahren des 19. Jahrhunderts, während der Amtszeit von Rutherford B. Hayes, war mit dem Posse Comitatus Act ein Gesetz erlassen worden, in dem verfügt wurde, dass die Army, die Navy und die Airforce ausschließlich für Auslandseinsätze zuständig seien. Auf heimischem Boden waren zivile Strafverfolgungsbehörden dafür zuständig, die bösen Buben zu schnappen. Wenn die Polizei überfordert war, stand notfalls die Nationalgarde zur Verfügung. Militärische Einheiten durften nicht aktiv werden, außer unter sehr genau definierten Umständen. Und soweit er wusste, war das Kriegsrecht nicht ausgerufen worden.

Angesichts des Krieges gegen den Terror wurden alte Gesetze allmählich verändert, doch das Verbot der Inlandseinsätze war noch nicht ernsthaft in Frage gestellt worden. Carruth war Zivilist und wurde folglich von zivilen Strafverfolgungsbehörden gejagt. Es wäre schwer zu rechtfertigen gewesen, ihn von Marines festnehmen zu lassen …

Sie hatten die Vorderfront, die Rückseite und eine Seitenwand des Hauses beobachtet, doch als zwei Kugeln die Eingangstür durchbohrten und danach glücklicherweise in einen dicken Baumstamm einschlugen, hatten alle Deckung gesucht. Alle wussten, dass Carruth zwei Polizisten und mehrere Soldaten getötet hatte, und ihnen war klar, dass er nichts zu verlieren hatte und deshalb wahrscheinlich versucht war, einige Leute mit in den Tod zu reißen. Und außerdem hieß es noch, er trage vielleicht einen Sprengstoffgürtel.

Als sie dann schließlich zur Stelle waren, hatte Carruth sich bereits aus dem Staub gemacht. Kent hatte nicht den Eindruck, dass er es gar nicht abwarten konnte, sich selbst in die Luft zu sprengen, aber man konnte nie wissen.

Er griff nach seinem Virgil, um sich bei Thorn zu melden. Es war nicht das erste Mal, dass ein Einsatz schiefgegangen und der Übeltäter entkommen war. Die Net Force konnte nicht einmal etwas dafür, aber er fand es trotzdem schlimm, seinem Boss von dem Fehlschlag berichten zu müssen.

Wenn auch noch schlimmer war, dass Carruth entkommen konnte.

Und diese Art von Einsatz? In einem Wohnmobil herumsitzen, als bloßer Beobachter? Das war nicht sein Ding. Warum waren sie hier, wenn seine Jungs nicht das tun konnten, was sie gelernt hatten?

Doch darüber konnte er später noch nachdenken.

35

Washington, D.C.

Carruth mochte ein engstirniger Macho sein, doch für völlig verblödet hielt Lewis ihn nicht. Als er der von der Army gestellten Falle entkommen war, konnte für sie kein Zweifel mehr bestehen, dass es nicht lange dauern würde, bis er begriff, dass sie ihn verraten hatte. Und gerade eben hatte sie von einer ihrer Quellen erfahren, dass es ihm gelungen war, den Cops und FBI-Beamten zu entkommen, die vor seinem Haus Stellung bezogen hatten.

Wenn Carruth nicht mehr unter den Lebenden weilte, war sie in Sicherheit. Schnappten sie ihn hingegen, würde er *sie* verraten und sie ihnen wie einen Leckerbissen präsentieren. *Beeilt euch mit der Vorspeise, Jungs, jetzt kommt der Hauptgang ...*

Noch hatte sie eine Chance, wenn auch nur eine kleine. Besser als nichts.

Sie rief ihn auf ihrem Einweghandy an.

»Ja?«

»Wir müssen uns treffen.«

»Das sehe ich auch so.«

»Was immer Sie denken, es stimmt nicht. Die Net Force ist über Stark auf Sie gekommen.«

Carruth schwieg einen Augenblick. »Wovon reden Sie?«, fragte er dann.

Es war ein Risiko, ihn über eine nicht abhörsichere Verbindung anzurufen, aber es war ein Digitaltelefon, und eigentlich durfte niemand ein Interesse daran haben, das Gespräch abzuhören. Im Moment war das ihre geringste Sorge. Sie musste Carruth ihre Geschichte verkaufen. »Das FBI hat Stark anhand von Röntgenaufnahmen seines Zahnarztes und DNA identifiziert, und Gridley hat eine Verbindung zu Ihnen entdeckt. Und dann ist er auf Ihre Waffe gestoßen. Auf die Waffe, mit der Sie zwei Cops und einen Soldaten erschossen haben. Irgendwie hat Gridley herausgefunden, wo Sie wohnen. Man ist Ihnen gefolgt. Als klar wurde, dass Sie auf den Militärstützpunkt wollten, wurde auf die Schnelle eine Falle gestellt.«

»Unsinn!«

»Denken Sie nach. Hätten die mehr Zeit gehabt, wären Sie geschnappt worden.«

Halbwegs überzeugend war diese Geschichte nur, wenn man nicht zu lange darüber nachdachte, aber sie setzte darauf, dass Carruth' Denkfähigkeit getrübt war, weil er ein schlechtes Gewissen wegen der nicht entsorgten Waffe hatte. Immerhin, es hätte so gewesen sein können, wie sie es gerade dargestellt hatte.

Diesmal dauerte das Schweigen länger. »Scheiße«, sagte er schließlich.

Hatte er es ihr abgekauft? Vielleicht, aber es spielte eigentlich keine große Rolle, wenn er sich nur mit ihr traf und nicht sofort die Waffe auf sie richtete. »Sie nehmen mir das Wort aus dem Munde.«

»Was werden wir tun?«

Sie hatte ihn! »Sie müssen verschwinden. Ich habe etwas Geld und kann Ihnen eine Summe geben, von der Sie eine Weile leben können. Wenn das Geschäft zustande kommt, lasse ich Ihnen Ihren Anteil zukommen.«

»Was werden Sie tun?«

»Nach mir fahndet niemand.«

»Wo treffen wir uns?«

Jetzt wurde es kompliziert. Am besten an einem Ort, der ihn nicht misstrauischer machte, als er ohnehin schon war, an einem öffentlichen Ort, wo ihnen niemand Beachtung schenken würde.

»An der Mall«, antwortete sie. »Zwischen den Nationalmuseen für Naturgeschichte und für Amerikanische Kunst.«

»An der alten Eisbahn?«

»Nein, an der Grünanlage, auf der anderen Seite der Madison Avenue. Wie schnell können Sie dort sein?«

»In etwa einer Stunde.«

Das passte gut. Um diese Tageszeit würde sie ungefähr fünfunddreißig bis vierzig Minuten benötigen – von ihrer Wohnung aus musste sie nicht den Fluss überqueren.

»Bis gleich.«

Nach dem Ende des Gesprächs atmete Lewis ein paarmal tief durch. Es konnte schwierig werden, ihren Plan durchzuziehen, aber ihr blieb keine andere Wahl. Sie hatte keine andere Waffe als den kleinen .38er, der aber glücklicherweise nicht unter ihrem Namen registriert war. Sie holte ihn aus dem Nachttisch, nahm die Patronen heraus und wischte Waffe und Munition sorgfältig mit einem Lappen ab, damit keinerlei Fingerabdrücke zurückblieben.

Dann zog sie dünne Lederhandschuhe an, nahm den Revolver und steckte ihn in die Tasche ihrer Jacke, die an der Schlafzimmertür hing.

Danach packte sie einen hellblauen Rock, eine weiße Bluse, einen dunkelblauen Pullover und flache Schuhe in eine Einkaufstüte und zog sich anschließend um – grauer Trainingsanzug, weiße Turnschuhe, Baseballkappe. Nachdem sie in ihre Jacke geschlüpft war, setzte sie die Sonnenbrille auf.

Zu guter Letzt ging sie ins Schlafzimmer, wo sie ein Pflaster auf ihre Nase klebte. Wenn sie jemand anblickte, würde er sich später nur noch an das Pflaster erinnern. Ein schmächtiger Junge mit einem Pflaster auf der Nase. Vielleicht auch ein Mädchen.

Sie warf einen prüfenden Blick in den Spiegel und atmete noch einmal tief durch.

Es war so weit.

National Mall
Washington, D.C.

Als Carruth seinerzeit zum ersten Mal nach Washington gekommen war, hatte er sich, wie Millionen andere Touristen, die Denkmäler und Museen an der Mall angesehen, das alte Smithsonian, das Nationale Luft- und Raumfahrtmuseum, das nahe gelegene Navy Memorial, die Gedenkstätten für die Toten des Korea- und Vietnamkriegs, das Washington Monument mit dem Reflecting Pool – das komplette Programm. Es war eine Weile her, dass er sich länger hier aufgehalten hatte, aber er kannte sich gut genug aus, um den vereinbarten Treffpunkt zu finden.

Er stellte den Wagen, mit dem er sich aus dem Staub machen würde, auf einem Parkplatz ab, um zu vermeiden, dass er abgeschleppt wurde, und ging die paar Schritte zu Fuß.

Mittlerweile wusste er nicht mehr, was er von Lewis halten sollte. Vielleicht hatte sie ihn verpfiffen, aber es war denkbar, dass ihm der Computerfreak von der Net Force auf die Schliche gekommen war. Lewis hatte ihn gewarnt, wie gewieft der Typ war. Nach der Geschichte mit den Cops hätte er den Revolver verschwinden lassen müssen, und wenn sie deshalb seine Identität ausfindig gemacht hatten, war es seine eigene Schuld. Ihr konnte er das nicht in die Schuhe schieben.

Und wenn Lewis Geld hatte, er konnte es gebrauchen. Er hatte nur zweitausend Dollar, damit würde er nicht weit kommen. In Montana gab es ein Blockhaus, das er ein paarmal gemietet hatte. Dort kannte man ihn, und niemand würde sich etwas dabei denken, wenn er erneut auftauchte. Das war am Ende der Welt, und die Hinterwäldler interessierten sich nicht besonders für Zeitungen und Fernsehen. Sie kümmerten sich um ihren eigenen Kram und ließen andere in Ruhe.

Wenn das Geschäft zustande kam, würde Lewis ihm seinen Anteil auszahlen müssen, denn er konnte sie auffliegen lassen, was sie bestimmt nicht riskieren wollte. Möglicherweise wurde doch noch alles gut.

Vielleicht hatte er sich geirrt. Es konnte tatsächlich so gewesen sein, wie sie behauptete. Eines war sicher – wenn er sie umbrachte, wie er es vorgehabt hatte, würde ihm das keinen Penny einbringen. Ließ er sie leben, konnte sie ihm vielleicht immer noch helfen, ein reicher Mann zu werden. Mit zwei Millionen konnte er für immer nach Mexiko, Brasilien oder sonst wohin ziehen und ein angenehmes Leben führen. Was sehr viel besser war als Anklagen wegen Mordes oder Landesverrat.

Wenn sie ihn nicht auszahlte, konnte er sie immer noch auffliegen lassen oder ihr einen Besuch abstatten und sie töten.

Die Mall war ein guter Treffpunkt. Niemand würde ihnen Beachtung schenken, und ein nach ihm fahndender Cop würde bestimmt nicht zuerst eine Grünanlage neben einem Museum aufsuchen.

Er würde das Geld einstecken, aus der Stadt verschwinden und abwarten, wie sich die Dinge entwickelten. Wenn es ganz schlimm kam, konnte er immer irgendwo in einem Kriegsgebiet als Söldner arbeiten. Was allemal besser war als der Knast oder der elektrische Stuhl.

Er überquerte die Madison Avenue und ging auf die Grünanlage zu. Rechts von ihm lag Smith's Castle. Von Lewis war nichts zu sehen.

Lewis stand an der Ecke der Seventh Street, südlich der Madison Avenue, in der Nähe des Museums für Amerikanische Kunst, und beobachtete, wie Carruth mit dem Rücken zu ihr über den Rasen schlenderte. Zu weit weg. Sie musste näher an ihn herankommen.

Sie ging in seine Richtung.

Als sie noch etwa fünfundvierzig Meter von ihm entfernt war, blieb Carruth stehen und drehte sich um, als hätte er sie gewittert. Wenn sie jetzt eine plötzliche Bewegung machte, würde er zur Seite springen.

Mist, aber es ließ sich nicht ändern. Ihre Hand umklammerte bereits die in der Jackentasche steckende Waffe. Sie hob mit der Linken die Einkaufstüte und winkte Carruth damit zu, während sie weiter in seine Richtung ging, mit einem breiten Lächeln auf den Lippen.

Carruth hob die rechte Hand und winkte zurück.

Schon besser. Weiter würde sich seine Hand nicht vom Griff seines Revolvers entfernen.

Sie zog den kleinen Smith & Wesson aus der Tasche, blieb stehen und nahm Carruth ins Visier. Mit einer Hand. Vierzig Meter. Nicht die beste Distanz für diese Waffe.

Als Carruth Lewis mit der Einkaufstüte herumfuchteln sah, winkte er ihr zu. Es war kühl, er sah die Atemwölkchen vor ihrem Mund. Prall gefüllt mit Scheinen, die Tüte? Das wäre nett …

Dann sah er ihre andere Hand in der Jackentasche verschwinden.

Und mit einer Waffe darin wieder auftauchen …

Mist. Er griff nach seinem Revolver, während er gleichzeitig nach links sprang …

Lewis musste neu zielen, bewegte den Arm nach rechts.

Sie war zu weit weg, mit der Spielzeugpistole würde sie es auf die Entfernung nie schaffen. Er war in Sicherheit, hatte Zeit …

Er zog seinen Revolver, umklammerte den Griff mit beiden Händen und zielte. Er hatte sie, die dumme Schlampe …

Lewis ihrerseits hielt die Waffe mit einer Hand, und jetzt hatte sie Carruth voll im Visier. Ganz locker, ganz ruhig …

Sie drückte ab, dreimal.

Die Schüsse kamen ihr hier, unter freiem Himmel, gar nicht so laut vor, aber es stieg ziemlich viel Rauch in die kühle Luft …

353

Carruth spürte die Kugeln in seine Brust einschlagen, mindestens zwei. Er war verblüfft. Wie hatte sie es fertiggebracht, ihn auf diese Distanz mit der Spielzeugpistole zu treffen?

Er zielte erneut, doch als er abdrückte, wurden seine Arme plötzlich schwach, und er sah die Kugel drei Meter vor sich in den Rasen schlagen …

Scheiße, Scheiße …!

Mühsam hob er die Waffe erneut. Sie schien so schwer …

Als Carruth abdrückte, war der Schuss so laut, als wäre eine Bombe explodiert, aber seine Arme waren herabgesunken. Keine Kugel traf sie, es war nichts passiert …

Sie feuerte die letzten beiden Kugeln aus der Trommel ihres Revolvers ab und war sich sicher, dass mindestens eine erneut getroffen hatte, diesmal weiter oben, in Höhe des Schlüsselbeins. Drei Treffer, vielleicht sogar vier, sämtlich in den Oberkörper. Mehr war für sie eigentlich nicht drin. Bestimmt würde er an inneren Verletzungen sterben, bevor ihn jemand ins Krankenhaus bringen konnte. Herz, Lunge und Leber waren getroffen, er musste rasch verbluten.

Sie ließ die Waffe fallen und ging schnell – nicht zu schnell – auf das Museum für Amerikanische Kunst zu.

Als Carruth auf die Knie fiel, war ihm kalt. Er versuchte erneut zu zielen, hatte aber nicht einmal mehr die Kraft, den Hammer zurückzuziehen.

Er sah, wie Lewis verschwand, ohne sich umzudrehen.

Diese Schlampe! Diese beschissene Schlampe! Sie hatte ihn abgeknallt! Aus dieser Entfernung …

Vor seinen Augen verschwamm alles, er erkannte nur noch schemenhaft den grünen Rasen vor seinen Knien.

Er spürte, dass er bewusstlos wurde. Sie musste das Herz getroffen haben, die Blutzufuhr zum Gehirn war abgeschnitten.

Er starrte auf den großen Revolver in seiner Hand, der seinen Fingern entglitt und im Gras landete.

Dann fiel er nach vorn und schlug aufs Gesicht. Seine Knarre. Diese elende Knarre ...

Als Lewis in dem Museum an den Marmorsäulen entlangging, musste sie lächeln, weil ein Wärter zur Tür eilte, um zu sehen, warum draußen plötzlich so ein Aufruhr war.

»Irgendjemand hat mit Feuerwerkskörpern gespielt«, sagte sie im Vorbeigehen.

Sie ging in Richtung Damentoilette.

Dort angekommen, trat sie in eine Kabine, wo sie ihre Handschuhe, die Jacke, die Baseballkappe, den Trainingsanzug und die Turnschuhe ablegte und sie gegen den Rock, die Bluse, den Pullover und die Trotteurs mit den flachen Absätzen eintauschte. Danach zog sie mithilfe eines Kammes das Pflaster von ihrer Nase, um darauf die alten Klamotten in der Einkaufstüte verschwinden zu lassen. Wenn sie wieder zu Hause war, würde sie die Sachen verbrennen.

Nachdem sie sich gekämmt hatte, lächelte sie zufrieden ihr Spiegelbild an und verließ die Toilette – eine andere Frau.

Wenn jemand nach einem schmächtigen Jungen oder Mädchen in Sportkleidung Ausschau hielt, würde er ihr keinen zweiten Blick zuwerfen. Sie war eine Bürgerin der Hauptstadt, die einen hohen Posten beim Militär hatte, und wenn sie jemand anhielt, was ausgeschlossen schien, würde sie lächelnd eine Geschichte erzählen und weitergehen.

Sie verließ das Museum durch den Osteingang.

Ihr Auto hatte sie weiter nördlich abgestellt, ein gutes Stück von der Mall entfernt. Ihr größtes Problem hatte sie soeben gelöst. Alles andere würde sich finden.

36

Die Virtuelle Bibliothek

Der Input war so gigantisch, dass Jay alles vor den Augen verschwamm. Er hatte jedes noch so unbedeutende Detail über Rachel aufgespürt und war sich sicher, mehr als jeder andere Lebende über sie zu wissen. Er war ziemlich überzeugt, jede im Web verfügbare Information über sie gesehen zu haben, von ihren Noten in der Grundschule über ihren Tanzpartner beim Abschlussball der Junior High School bis hin zu jeder E-Mail, die sie unter ihrem eigenen Namen an Usenet gesandt hatte.

Es war ihm vorgekommen, als hätte er durch eine schwere Brandung waten müssen. Eine heranrollende Welle drohte ihn von den Füßen zu reißen, und sobald er wieder Tritt gefasst hatte, brandete schon die nächste an. Selbst bei nur oberflächlicher Lektüre war es eine Unmenge Material, aber die kleinen Indizien fügten sich zu einem Gesamtbild.

Tatsache war, dass Rachel noch die Universität besucht hatte, als das Troja-Computerspiel auf dem Server abgelegt worden war – sie hatte Zugang und die erforderlichen Fähigkeiten, um es getan zu haben.

Auf keiner Fan-Website gab es eine Übersetzung der Alien-Hieroglyphen, hinter denen sich an einer Stelle angeblich Max Waites Signatur verbarg. Was Rachel ihm gezeigt hatte, konnte alles und nichts bedeuten.

Man brauchte praktisch uneingeschränkten Zugang zu

den Computersystemen der Army, um an die Informationen über die Militärstützpunkte heranzukommen. Und es gab immer noch keinerlei Hinweise, dass ein Hacker von außen in die Systeme eingedrungen war.

Seine eigene Version des Alien-Computerspiels, die er von einer alten Website gerettet hatte, unterschied sich leicht von der neueren Variante, in der Rachel angeblich den URL der Seite mit dem alten Wüsten-Szenario gefunden hatte. Dieses Detail fehlte in der älteren Version, was darauf hindeutete, dass es später eingefügt worden war. Jemand mit einem versteckten Zugang konnte das hinbekommen und die Änderung zurückdatieren. Das war kein Problem, wenn man wusste wie und eine Hintertür zu dem Programm hatte.

Rachel war nie schwanger gewesen, konnte folglich auch kein Baby bekommen haben.

Sie hatte keinerlei Grund, die Army zu mögen, die ihren Vater wegen Mordes verurteilt hatte.

Und sie hatte ihn mit allen Mitteln zu verführen versucht. Er machte sich nichts vor, er war nicht gerade der Inbegriff des Traummannes.

Sie war die Übeltäterin. Traurig, aber wahr.

Nichts von all dem war ein solider Beweis. Ja, sie war eine Lügnerin, doch das reichte nicht, um sie hinter Gitter zu bringen. Er war sich sicher, dass sie hinter dieser ganzen Geschichte steckte, aber das war nicht annähernd genug – er hatte keine tragfähige Verbindung zu irgendeinem kriminellen Delikt gefunden.

Müde verließ er die Virtuelle Bibliothek. Er würde nach Hause fahren, sich ein bisschen ausruhen. Mit Saji reden, auch wenn er sich nicht gerade darauf freute. Und dann so schnell wie möglich die Nachforschungen wieder aufnehmen. Wenn es etwas zu finden gab, würde er es irgendwann finden. Wenn nicht, sah er alt aus.

Sein Telefon piepte.

»Ja?«

»Jay? Können Sie in meinem Büro vorbeikommen?«

Thorn. »Bin schon unterwegs. Gibt's gute Nachrichten?«

»Ja und nein.«

Thorn winkte ihn herein und wies auf das Sofa.

»Es hat heute eine Schießerei an der Mall gegeben«, sagte er. »Parkwächter und die örtliche Polizei haben einen Toten in der Grünanlage gefunden. Hatte vier Kugeln aus einem Revolver im Leib, einem .38er Special. Mit der Täterbeschreibung der Augenzeugen lässt sich gar nichts anfangen. Groß oder klein, dick oder dünn, schwarz oder weiß, männlich oder weiblich, jung oder alt, sie sind sich absolut uneinig.« Er schwieg kurz, den Blick weiterhin auf Jay richtend. »Die gute Neuigkeit: Der Tote ist Carruth, der somit für seine Verbrechen bezahlt hat. Gar nicht gut ist, dass er uns nicht mehr bei unserer Ermittlung helfen kann.«

»Mist«, sagte Jay. »Wann ist es passiert?«

Thorn schaute auf die Uhr. »Vor zwei Stunden. Es hat eine Weile gedauert, ihn zu identifizieren. Neben ihm hat man eine Waffe gefunden, und es scheint ziemlich sicher, dass es jener Revolver ist, mit dem er die beiden Cops von der Washingtoner Polizei und den Soldaten in Kentucky erschossen hat. Aber bis jetzt haben sich die Ballistiker vom FBI noch nicht genauer dazu geäußert.«

»Wo war Captain Lewis, als es passierte? Haben wir Zugang zu den Informationen, wer das Pentagon wann betreten oder verlassen hat?«

Thorn runzelte die Stirn. »Captain Lewis?«

»Genau. Sie steckt hinter dieser Geschichte.«

»Tatsächlich?« Thorn beugte sich etwas vor. »Haben Sie etwas in der Hand, das wir der Army und dem FBI präsentieren können?«

»Nicht genug.«

»Aber Sie haben gute Gründe für Ihre Annahme?«

»Ja.«

Thorn wartete ab.

»Sie … wollte mich verführen«, sagte Jay.

»Klar, das ist natürlich ein Grund, sie wegen Landes-verrats einzubuchten.« Thorn lächelte, tippte aber unge-duldig auf die Tastatur seines Computers.

»Es ist mir ernst, Boss. Ich habe etliche Spuren zurück-verfolgt, landete aber jedes Mal in einer Sackgasse. Dafür hat sie gesorgt, sie hat mich an der Nase herumgeführt. Als ich kurz davorstand, Carruth festzunageln, war sie dabei, und plötzlich stürzte aus mysteriösen Gründen mein Szenario ab. Sie hat mich etliche Male angelogen. Sie hat die Fähigkeiten, das Spiel zu programmieren, und sie hatte Zugang zu der Information, die angeblich von einem Hacker geklaut worden war. Für ihren Hass auf die Army gibt es gute Gründe. Eine direkte Verbindung zwischen ihr und Carruth habe ich bisher nicht entdeckt, aber ich bin sicher, dass sie ihn umgelegt hat.«

Thorn blickte auf eine Holoprojektion. »Die Informa-tionen aus dem Pentagon sind gerade eingegangen. Cap-tain Lewis ist kurz nach Ihnen gegangen und noch nicht zurück.«

»Ich gehe jede Wette ein, dass sie sich mit Carruth ge-troffen und ihn kaltgemacht hat«, sagte Jay. »Aber ich weiß nicht, ob es eine Möglichkeit gibt, es zu beweisen. Während der letzten Stunden habe ich eine Unmenge Material über sie studiert, aber bis jetzt ist das allenfalls ein Haufen von Indizien. Sie hat ihre Spuren gut ver-wischt.«

»Vielleicht brauchen wir gar nicht mehr«, sagte Thorn.

»Wovon reden Sie?«

»Ich will sagen, dass ich das ohnehin weitergeben muss. Sie haben mich eingeweiht, was natürlich richtig war, aber ich kann diese Informationen nicht zurückhalten. Doch wenn ich General Hadden anrufe und ihm mitteile, wir seien uns sicher, dass Captain Lewis hinter der Geschichte mit seinen Stützpunkten steckt, wird er sie umgehend von der Militärpolizei verhaften lassen. Er braucht keine hieb- und stichfesten Beweise. Als Angehörige der Army gelten für sie bei der Strafverfolgung andere Gesetze als für Zivilisten. Höchstwahrscheinlich wird er sie zum Wachdienst in einem Hochsicherheitsgefängnis verdonnern, bis die Geschichte geklärt ist. Falls sie zu flüchten versucht, gibt es mit Sicherheit einige Antiterrorgesetze, die er gegen sie in Anschlag bringen kann. Man wird sie schnappen, und das war's. Wer weiß, was sie noch geplant hatte.«

Jay nickte. »Ja …«

»… aber?«

»Das ist eine heikle Sache, Boss. Ich weiß, dass sie schuldig ist, aber wenn man jeden, der einem gerade nicht passt, ohne Prozess einbuchten kann, wie geht's dann weiter mit diesem Land? Irgendwann könnte sich jemand Sie und mich ausgucken, uns als Verbrecher anschwärzen und uns jahrelang hinter Gittern verschwinden lassen.«

»Wie gesagt, sie gehört zur Army. Folglich ist es nicht ganz das Gleiche, aber ich verstehe schon, was Sie sagen wollen. Ich bin sogar Ihrer Meinung, doch in diesem Fall habe ich keine Alternative. Das System ist unvollkommen, Jay. Einige Leute glauben, dass der Zweck manchmal die Mittel heiligt.«

»Und manchmal nicht.«

»Schon wahr, und mir ist durchaus bewusst, dass es Ihnen lieber wäre, unumstößliche Beweise zu haben. Mir auch. Aber Sie sind sich sicher, dass sie schuldig ist, und das bedeutet eben auch, dass sie immer noch eine Gefahr ist.«

»Ja, aber ich könnte mich irren. So ungern ich es zugebe, es wäre nicht das erste Mal.« *Bis vor ein paar Stunden habe ich mich in Bezug auf Rachel getäuscht.*

»Ich glaube, dass Sie Ihrer Sache sicher sind.«

»Ja, aber …«

»Was wollen Sie? Wäre es Ihnen lieber, wenn sie davonkommt? Vielleicht wird sie der Army beim nächsten Mal eine taktische Atomwaffe klauen und eine halbe Stadt mit unschuldigen Einwohnern in die Luft jagen.«

»Nein, das will ich natürlich nicht, aber …«

»Wenn wir uns irren, wird wenigstens nichts passieren. Und wenn Captain Lewis für ein paar Tage hinter Gittern sitzt, ist das weniger schlimm, als wenn zehntausend Menschen sterben.«

Jay seufzte. »Sie haben ja recht, aber deshalb gefällt es mir noch lange nicht, zwischen zwei Übeln wählen zu müssen.«

»Haben Sie einen besseren Vorschlag?«

Jay schüttelte den Kopf.

»Tut mir leid, Jay, mir bleibt keine andere Wahl.« Thorn drückte auf die Gegensprechanlage. »Verbinden Sie mich mit General Hadden«, sagte er zu seiner Sekretärin.

Jay stand auf, er wollte nach Hause fahren. Doch dann sah er, dass sein Virgil blinkte. Er blickte auf die automatische Anruferkennung.

Es lief ihm kalt den Rücken hinab.

Thorn schaute ihn an.

»Ich bin in meinem Büro«, sagte Jay. »Ich muss noch etwas erledigen, bevor ich nach Hause fahren kann.«

Der perfekte Strand

Es war ihr Szenario, und er war eingeladen, aber er verschaffte sich trotzdem gewaltsam Zugang, ohne Eingabe eines Passworts. Er kannte das Szenario und wusste, an welcher Stelle er ansetzen musste. Es blieb keine Zeit, um zu warten, bis sie die Tür öffnete.

Er fand sich an dem perfekten Strand wieder. Sonne, eine leichte Brise, ein tiefblaues Meer, Wellen, die auf dem makellos weißen Sand ausliefen. Genau dort saß Rachel, mit an die Brust gezogenen Knien, die Arme um die Beine geschlungen. Sie blickte aufs Meer hinaus. Aus der Entfernung sah es für Jay so aus, als wäre sie nackt, aber möglicherweise trug sie einen Bikini.

Möwen schrien, und er hörte das sanfte Geräusch der Wellen. Alles wirkte so friedlich und heiter.

Eine Riesenlüge.

Er ging barfuß durch den Sand, und seine Schritte verursachten kaum hörbare Geräusche. Sehr realistisch, es war ein gut programmiertes Szenario. Sie hatte wirklich Talent. Eine traurige Geschichte.

Drei Meter hinter ihr blieb er stehen.

»Wenn das nicht Smokin' Jay Gridley ist«, sagte sie, ohne sich umzudrehen. »Hat lange genug gedauert. Ich habe ein Loch in der Wand gelassen, das groß genug für einen Zug ist.«

Jay schwieg.

Sie stand auf, und er sah, dass sie völlig nackt war. Langsam wandte sie sich zu ihm um. Dann streckte sie theatralisch die Arme aus und drehte sich einmal um die eigene Achse. »Schau noch ein letztes Mal hin, Jay. Du siehst mich so, wie ich in der wirklichen Welt aussehe, ich habe auf kosmetische Korrekturen verzichtet.«

Sie schenkte ihm ein breites Lächeln.

In der Realität wäre Jay die Spucke weggeblieben. Er nickte, sagte aber immer noch nichts.

»Du hättest mich haben können, in der wirklichen Welt. Es wäre für alle Zeiten deine schönste Erfahrung gewesen.«

Keine Frage, sie war unglaublich attraktiv, aber er

schüttelte den Kopf. »Egal, wie toll du im Bett bist, etwas hätte gefehlt.«

Sie lachte. »Was denn?«

»Es war alles Betrug. Du hättest nur mit mir geschlafen, um mich daran zu hindern, dich zu genau unter die Lupe zu nehmen. Es war alles eine Lüge, genauso falsch wie dieser Strand.«

»Du irrst dich. Am Anfang mag es so gewesen sein, aber im Laufe der Zeit hast du mir immer besser gefallen. Ich hätte es genossen. Wie du, wenn es dazu gekommen wäre. Und du wolltest mich.«

»Ja, doch das wäre nicht genug gewesen.«

»Ach, tatsächlich?«, fragte sie sarkastisch. »Was fehlte denn?«

»Die Liebe. Sie lässt sich durch Sex nicht ersetzen.«

Sie lachte. »Liebe, was für ein Unfug. Mein erster Freund hat behauptet, mich zu lieben, konnte aber nicht warten und hat sich gewaltsam genommen, was ich ihm ohnehin gegeben hätte. Auch mein Vater hat behauptet, mich zu lieben, und dann Selbstmord begangen. ›Liebe‹ ist nur ein Märchen, um die Masse zu unterhalten. Ein warmer und zu allem bereiter Körper ist mehr wert.«

Er schüttelte erneut den Kopf. »Es tut mir leid für dich, Rachel, das Leben hat dir ein paarmal übel mitgespielt, doch was du getan hast, war trotzdem nicht richtig. Lügen, Betrug, Diebstahl, Mord. Du hast Carruth mitten in Washington kaltblütig erschossen, als wäre es eine Kleinigkeit.«

»Auf ein Geständnis wirst du vergebens warten, Jay, aber dieser Carruth war ein Killer, oder? Er war bewaffnet, oder etwa nicht? Er hätte jeden erschossen, der es auf ihn abgesehen hatte. Wer immer es gewesen sein mag, er ist ein besserer Mensch als er.«

»So kann man es auch sehen.«

»Ich bin nicht schlechter als jeder andere, der in dieser Welt klarzukommen versucht.«

»Oh doch. Du bist hochintelligent und hättest es aus eigener Kraft an die Spitze bringen können, aber du hast dich charakterlich korrumpieren lassen. Im Zivilleben hättest du drei- bis viermal so viel verdienen können wie bei der Army, wahrscheinlich wärest du nach ein paar Jahren Unternehmenschefin geworden. Auf all das hast du gepfiffen. Das ist schlimm, weil du wirklich Talent hast.«

Sie lachte erneut. »Findest du?«

»Ja. Ich wollte dich noch einmal sehen, bevor andere Besucher vor deiner Tür stehen. Es ist vorbei, Captain.«

Sie schenkte ihm dieses engelhafte Lachen. »Wer sagt denn, dass ich auf der anderen Seite der Tür warte, wenn diese ›Besucher‹ sie eintreten wollen?«

Jay schüttelte den Kopf. Diese Sorte Mensch glaubte immer bis zum letzten Augenblick, ungeschoren davonzukommen.

»Du wirst dich dein Leben lang fragen, wie es mit mir gewesen wäre, wirst nie mehr den Gedanken aus deinem Hinterkopf verbannen können, dass du die Chance ausgeschlagen hast, wirst mich nie mehr loswerden. Wenn du als alter Mann im Schaukelstuhl sitzt, wirst du an mich denken und dich fragen, ob du damals wirklich die richtige Entscheidung getroffen hast. Ich weiß, dass es so kommen wird.« Sie ließ die Arme sinken. »Goodbye, Jay.« Sie lächelte noch immer, und einen Augenblick später löste sich das Szenario auf.

Net-Force-Hauptquartier
Quantico, Virginia

Jay legte seine VR-Ausrüstung ab. Was für eine Schande. Eine so intelligente, einfallsreiche und schöne Frau. Die jetzt für den Rest ihres Lebens hinter Gittern verschwinden würde.

Plötzlich sah er Thorn in der Tür stehen. »Neuigkeiten, Boss?«

»Das FBI und die örtliche Polizei haben gerade dem Haus von Captain Lewis einen Besuch abgestattet. Sie war nicht da. Sieht so aus, als hätte sie ihre Sachen gepackt und das Weite gesucht.«

Jay brauchte einen Augenblick, um die Neuigkeit zu verarbeiten. »Sie ist entkommen?«

»Ja, sieht so aus. Zumindest fürs Erste.«

Jay konnte es nicht fassen. Sie war eine gefährliche Mörderin, die weggesperrt gehörte, bevor sie weiteren Schaden anrichtete. Er wusste es, aber warum hätte er für einen winzigen Augenblick fast gelächelt?

Sie war entkommen.

Er schämte sich, weil er am liebsten gelächelt hätte, und würde sein Bestes geben, um sie dingfest zu machen.

Das war jetzt seine Aufgabe.

37

Washington, D.C.

Weil ihr klar war, dass man ihren Wagen ziemlich schnell entdecken würde, hatte Lewis sich durch eine Manipulation am Computer ein Fahrzeug der Army besorgt, das für jemand anders reserviert war, und darin war sie jetzt unterwegs. Wenn die Militärs das fehlende Fahrzeug bemerkt und begriffen hatten, wie es passiert war, würde sie schon weit weg sein. Die Washingtoner Flughäfen, Bahnhöfe und Bushaltestellen wurden bestimmt überwacht, und deshalb musste sie die Gegend erst möglichst schnell verlassen, bevor sie auf ein anderes Verkehrsmittel umsteigen konnte. Baltimore war ein gutes Ziel – sie konnte nach New York fliegen und dort in eine Maschine umsteigen, die Richtung Westen flog. Carruth war öfter in diesem Blockhaus in Montana gewesen – er hatte keine Ahnung gehabt, dass sie davon wusste. Dort konnte sie als seine Freundin posieren, die auf ihren Lover wartete, für ein paar Tage musste das gut gehen. Sie brauchte Zeit, um sich etwas einfallen zu lassen, wie sie das Geschäft mit den geklauten Informationen doch noch in trockene Tücher bringen konnte. Zu lange durfte es aber auch nicht dauern, sonst würde es nicht mehr klappen. Jetzt, wo sie wussten, dass sie hinter der Geschichte mit den Militärstützpunkten gesteckt hatte, würden sie ihr Computersystem unter die Lupe nehmen und schließlich das Geheimnis knacken, doch selbst die besten Experten würden einige Zeit dafür benötigen. Aber danach war es vorbei.

Die beste Möglichkeit, noch mit heiler Haut aus dieser Geschichte hervorzugehen, bestand darin, Kontakt zu dem potenziellen Käufer aufzunehmen, ihn davon zu überzeugen, dass die Uhr lief und ihm einen günstigeren Preis anzubieten. Zwei Millionen für den Hinweis auf eine Tür, die nur noch ein paar Tage offen stehen würde. Ein risikobereiter Mann könnte Interesse an dieser Offerte haben.

Vielleicht gab es noch eine Chance, die Sache durchzuziehen.

Und wenn nicht? Dann hatte sie der Army immer noch jede Menge Scherereien eingebrockt und ihr erhebliche finanzielle Verluste zugefügt. Auch wenn sie selbst keinen Penny einstreichen würde, sie hatte sich an ihnen gerächt.

Wenn es ihr noch kurze Zeit gelang, sich der Festnahme zu entziehen, würde alles gut werden. Sie war zu clever für ihre Verfolger. Selbst für Gridley, diesen Idioten.

Sie konnte immer noch nicht begreifen, dass er ihr einen Korb gegeben hatte.

Was für ein Schwachkopf.

Baltimore? Dorthin oder in eine andere Richtung, es war ziemlich egal. Sie würden keine Straßensperren errichten lassen. Sie wusste, wie die Army agierte, dort hatte man immer zu lange Leitung. Keine Frage, sie würde ihnen entkommen.

Die größte Enttäuschung war wahrscheinlich, dass es mit Jay nicht geklappt hatte, sie hatte sich wirklich darauf gefreut.

Und wenn schon. Sein Pech.

38

Dino's Restaurant
Washington, D. C.

Kent nippte an dem Wein, der deutlich besser war als der rote Hauswein, den sie beim letzten Mal getrunken hatten. Er hatte das im Voraus mit Dino besprochen und sich auch Maria geben lassen, um mit ihr eine andere kleine Überraschung zu besprechen.

Alles war bestens vorbereitet.

Jen plauderte über eine Ausstellung wertvoller klassischer Gitarren, die sie am letzten Wochenende besucht hatte. Die Instrumentenbauer hatten kurze Stücke gespielt, um den Klang ihrer neuen Gitarren zu demonstrieren.

»… einfach erstaunlich, wie gut diese brandneue Konzertgitarre mit der Fichtenholzdecke schon klang, obwohl angeblich noch nicht einmal eine Stunde auf ihr gespielt worden war. Nach vier oder fünf Jahren ist der Klang ausgereift. Wahrscheinlich kann man dann gar nicht mehr zuhören, ohne dass einem die Tränen kommen.«

Kent nickte. »Interessant.«

»Ich habe mit einem der Instrumentenbauer gesprochen, der nicht nur Gitarren, sondern auch Lauten, Gamben und weitere Saiteninstrumente fertigt. Er behauptet, seine Arbeit sei die Preisdifferenz von zweitausend Dollar zu durchschnittlichen Gitarren wert.« Sie hielt inne und blickte Kent an. »Hörst du eigentlich zu?«

»Ja, ich bin ganz Ohr.«

»Bist du nicht. Was ist los?«

Er atmete tief durch. Früher war er einmal über ein mit Leichen übersätes Schlachtfeld gestolpert, auf den Fersen eines kolumbianischen MG-Schützen, der ihn erledigen wollte; er war in einen dunklen unterirdischen Tunnel gekrochen, in dem ein feindlicher Soldat mit einer Schrotflinte auf ihn wartete. Als First Lieutenant hatte er einem vorgesetzten Offizier gesagt, er könne ihn mal und solle sich zum Teufel scheren. Er war kein Feigling, wenn es darum ging, sein Leben zu riskieren, und er hatte sich schon seit Jahren damit abgefunden, dass so oder so jedem irgendwann das letzte Stündchen schlug. Es gab jede Menge Dinge, die ihn nicht mehr aus der Ruhe brachten.

Doch jetzt war er beunruhigt.

»Abe?«

»Ich muss dich etwas fragen.« Er schaute in Marias Richtung, die auf diesen Moment wartete, und nickte ihr zu.

»Jederzeit. Ich höre.«

»Gib mir noch einen Augenblick. Ich habe die Frage erst einmal gestellt, und das ist vierzig Jahre her.«

Stirnrunzelnd versuchte sie, sich einen Reim auf die Geschichte zu machen.

Maria trat an ihren Tisch und stellte eine abgedeckte Schüssel darauf.

»Was ist los?«, fragte Jen. »Wir haben noch nicht bestellt.«

Lächelnd nahm Maria den Deckel ab.

Auf dem Boden der Schüssel lag auf schwarzem Samt der Verlobungsring, den Kent gekauft hatte. Es war ein Weißgoldring, besetzt mit einem bläulich schimmernden Diamanten. Er hatte ihn nach der Größe eines Ringes fertigen lassen, den er in einem Schrank in ihrem Badezimmer gefunden hatte. Hoffentlich passte er.

Jen schaute erst ungläubig den Ring, dann Kent an.

»Na, was hältst du davon?«

Sie schüttelte lächelnd den Kopf. »Was halte ich wovon, General?« Sie blickte ihn abwartend an.

Kent atmete erneut tief durch, und sein Herz klopfte, als hätte er gerade die Hindernisbahn absolviert. »Willst du mich heiraten?«

Ihr Lächeln wurde breiter. »Wenn's nur das ist.« Sie schob den Ring auf ihren Finger. Die Größe schien zu stimmen. Dann griff sie nach der Speisekarte. Maria grinste bis über beide Ohren. »Was für eine Überraschung wartet noch auf mich heute Nacht?«, fragte sie unschuldig, als wäre sie sich der Zweideutigkeit ihrer Worte nicht bewusst.

»Aber Miss Jen!«

»Außerdem kommt es mir so vor, als wäre der Wein besser als sonst.«

Kent lächelte. »Hat mich einiges gekostet, aber vielleicht bekomme ich ja einen Preisnachlass für meine Gitarrenstunden.«

»Erst nach der Hochzeit.«

Kent lachte. Wenn er glaubte, schlagfertiger zu sein als sie, hatte er sich getäuscht.

London, England
1890

Jay ging durch glitschige Straßen, und die Luft war so sti-
ckig, dass man fast würgen musste. Alles war in einen
dichten Schleier aus Kohlerauch und Nebel gehüllt, die
Sicht reichte nicht einmal bis zur nächsten Ecke. Er folgte einem kleinen Mann mit Zylinder, der einen langen
Abendmantel trug. Bis jetzt tappte er auch in einem über-
tragenen Sinn im Nebel, und er hätte gut den Beistand
von Conan Doyles Meisterdetektiv Sherlock Holmes und
seines Freundes Dr. Watson gebrauchen können.

Was Rachel Lewis betraf, war er mit seinem Latein am
Ende. Sie war zu raffiniert, um Spuren zurückzulassen.

Da Carruth fast nie online gewesen war, hatte er nur
wenige Spuren im Internet zurückgelassen, und mit den
meisten war absolut nichts anzufangen.

Er wollte schon aufgeben, beschloss dann aber doch,
die letzte vage Spur zu verfolgen.

Die immer wieder vom Nebel verschluckte Gestalt vor
ihm hatte ein Ziel, und es konnte nicht schaden, wenn er
es kannte.

Auch wenn die Geschichte wahrscheinlich nicht in
einem direkten Zusammenhang mit Lewis stand.

Der Mann im Abendmantel blieb stehen und bog dann
in eine Seitengasse ein.

Wahrscheinlich die Gegend, wo Jack the Ripper sein
Unwesen treibt.

Jay folgte dem Mann und sah ihn in einem niedrigen
Eingang verschwinden, der nur notdürftig vom Licht einer daneben hängenden Öllampe erhellt wurde.

Er trat ein und stand in einem Pub der untersten Ka-
tegorie, dessen Kundschaft sich aus Dieben, Taschendie-
ben, leichten Mädchen und Seeleuten zusammensetzte,
die dunkles Bier und Gin tranken.

Rachel Lewis war nicht unter ihnen, er hätte sie ohne jeden Zweifel auch trotz einer Verkleidung erkannt. Doch es wäre auch eine zu große Hoffnung gewesen, sie hier zu finden.

»Szenario beenden.«

Net-Force-Hauptquartier
Quantico, Virginia

Jay legte seine VR-Ausrüstung ab. Gefunden hatte er im dichten Londoner Nebel nichts als die Adresse eines Blockhauses im hintersten Winkel von Montana, das Carruth einige Male gemietet hatte. Nichts deutete darauf hin, dass Lewis irgendetwas damit zu tun hatte, und Carruth würde bestimmt nicht mehr dorthin zurückkehren.

Jay rief die Website der Agentur auf, an die sich Interessenten richten mussten, und schon nach ein paar Sekunden wusste er, dass das Blockhaus kürzlich vermietet worden war. Details über den Mieter waren nicht öffentlich zugänglich, aber er war nicht irgendwer, sondern auch ein gewiefter Hacker. Kurz darauf hatte er den Namen der Person, die das Blockhaus gemietet hatte: M. Lane.

Er runzelte die Stirn. Irgendwo rührte der Name an eine Erinnerung, aber wo …?

Am Seitenende war der Mietvertrag reproduziert, inklusive einer ziemlich unleserlichen Unterschrift – lautete der Vorname vielleicht »Margie« oder »Margaret« oder …

Margo? Margo Lane? Lamont Cranstons Freundin?
Das Mädchen des Shadow?

Margo Lane und Lamont Cranston, das Liebespaar aus dem Film Shadow und der Fluch des Khan. *Cranston führte ein Doppelleben und wurde nachts zu Shadow, einem maskierten Rächer mit übernatürlichen Fähigkeiten.*

»Verdammt!« Jay griff nach dem Telefon, weil er sofort bei der Agentur anrufen und nachfragen musste, ob das Blockhaus an eine Frau vermietet war. Und wenn ja, wie sie aussah …

39

*Net-Force-Hauptquartier
Quantico, Virginia*

Jay und Abe Kent saßen in Thorns Büro.

»Hört sich vielversprechend an, Jay«, sagte Thorn. »Was denken Sie, Abe?«

»Ich habe mir Satellitenbilder angesehen, es gibt einen brandneuen Owlsat, der die Gegend beobachtet. Es liegt reichlich Schnee, aber wir werden an das Blockhaus herankommen. Ein kleines Team, vier Leute, das reicht. Wir könnten schon heute Nachmittag da sein und nach Einbruch der Dunkelheit zuschlagen.«

»Ich bin auch dabei«, sagte Jay.

Thorn blickte ihn an. »Ich dachte, Sie halten nichts von Vor-Ort-Einsätzen?«

»Ich mache eine Ausnahme.« Er schwieg kurz. »Dies ist eine persönliche Geschichte, Boss. Sie hat mich an der Nase herumgeführt. Ich möchte ihr Gesicht sehen, wenn sie begreift, dass es vorbei ist.«

Thorn nickte. »Okay.«

»Ich darf nicht unerwähnt lassen, dass es einige gesetzliche Probleme gibt«, bemerkte Kent.

»*Posse Comitatus*«, sagte Thorn.

»Ja, Sir.«

»*Posse* was?«, fragte Jay irritiert.

»Früher bestand einmal die Sorge, ein dubioser Politiker könnte es schaffen, sich zum Präsidenten wählen zu lassen, und sich anschließend des Militärs bedienen, um sich unliebsame Gegner vom Hals zu schaffen«, sagte Thorn. »Also hat der Kongress ein Gesetz verabschiedet, den sogenannten Posse Comitatus Act, durch den untersagt wird, Polizeiarbeit im Inland von militärischen Einheiten verrichten zu lassen. Nur die Nationalgarde hat einen Sonderstatus. General Kent hingegen gehört zu den Marines, wie seine Männer. Sie sind nicht befugt, in den Wäldern von Montana eine Frau zu jagen, für die eigentlich zivile Strafverfolgungsbehörden zuständig sind.«

»Aber Lewis ist keine Zivilistin. Sie haben selbst zu einem früheren Zeitpunkt darauf hingewiesen.«

»Trotzdem ist das FBI oder die örtliche Polizei zuständig, nicht die Army. Und bestimmt nicht die Marines.«

»Heißt das, unser Einsatz ist abgeblasen?«

Thorn grinste. »Aber nein. Es heißt nur, dass wir sehr vorsichtig vorgehen müssen. Wir ziehen die Sache durch.«

Kent nickte.

»Das könnte Sie Ihren Job kosten«, gab Jay zu bedenken.

»Glaube ich nicht«, antwortete Thorn. »Meiner Ansicht nach wird der Vorsitzende der Vereinigten Stabschefs uns in jeder Hinsicht decken, wenn wir ihm Captain Lewis liefern. Solange nach Ihrem Einsatz in Montana kein riesiger rauchender Krater zurückbleibt, wird wahrscheinlich kein Mensch je erfahren, aus welchem Grund General Kent und seine Marines dort waren.«

Kent lächelte.

Thorn stand auf und reichte ihm die Hand. »Alles Gute, General.«

»Danke, Sir.« Er wandte sich Jay zu. »Wir sollten verschwinden. Auf uns wartet Arbeit.«

Nachdem sie gegangen waren, dachte Thorn über seine Entscheidung nach. Auch er hatte etwas zu erledigen. Er atmete tief durch. Sollte er vorher Marissa anrufen?

Nein, seine Entscheidung war gefallen. Jetzt war zu tun, was er tun musste. Sie würde es verstehen.

40

Pentagon
Washington, D.C.

Thorn saß vor dem riesigen Schreibtisch von General Hadden, und der Vorsitzende der Vereinigten Stabschefs hatte sich angehört, was er zu sagen hatte, ohne ihn zu unterbrechen.

Jetzt bemerkte er: »Kennen Sie sich in der Geschichte aus, Thorn?«

Thorn zuckte die Achseln. »Ein bisschen.«

»Welches war das berühmteste Duell in der Geschichte der Vereinigten Staaten?«

»Das zwischen Burr und Hamilton.«

Hadden nickte. »Genau, zwei Männer, die politisch nicht miteinander klarkamen und sich persönlich hassten. Burr war Jeffersons Vizepräsident, der Hamilton an allen möglichen Dingen die Schuld gab – nicht zuletzt daran, dass er im Fall von Jeffersons Wiederwahl nicht erneut Vizepräsident werden sollte. Also forderte der amtierende Vizepräsident den ehemaligen Schatzminister zum Duell, um die Sache ein für alle Mal zu bereinigen. Da Duelle im Jahr 1804 im Bundesstaat New York verboten waren, trafen sie sich auf der anderen Seite des Flusses in New Jersey. Es waren auch Sekundanten und ein Arzt vor Ort. Die beiden Männer luden ihre einschüssigen Pistolen, Kaliber 56, wenn ich mich nicht irre, bauten sich im Abstand von zwanzig Schritten auf und feuerten. Burr traf Hamilton. Einige Augenzeugen behaupteten, Hamilton habe absichtlich in die Luft gefeuert, andere meinten, er sei einfach ein lausiger Schütze gewesen. Wie auch immer, Hamiltons Schussverletzung war tödlich. Er starb nicht sofort, sondern am nächsten Tag, in seinem Haus in Manhattan.«

Thorn nickte und fragte sich zugleich, worauf der General hinauswollte.

»Der Schuss fiel also in New Jersey, aber Hamilton starb in New York«, fuhr Hadden fort. »Aaron Burr wurde in beiden Bundesstaaten wegen Mordes angeklagt, aber weder hier noch dort verurteilt. Er verließ die Stadt, ging erst nach Carolina, dann zurück nach Washington, wo er den Rest seiner Amtszeit als Vizepräsident absolvierte. Soweit ich weiß, ist sonst noch nie ein amtierender Vize wegen Mordes angeklagt worden. Nach dem Ende seiner politischen Karriere ging er auf Reisen, aber irgendwann, als sich die Aufregung gelegt hatte, kehrte er nach New York zurück. Danach hatte er kein Glück mehr – vier Jahre später wurde er wegen Landesverrats im Zusammenhang mit einem dubiosen Geschäft festgenommen, das etwas mit dem Louisiana Purchase zu tun hatte, durch den wir den Franzosen ein riesiges Gebiet abgekauft haben. Aber es gelang ihm, den Kopf aus der Schlinge zu ziehen. Gestorben ist Burr erst 1836, im Alter vor etwa achtzig Jahren.«

Thorn blickte Hadden an. »Faszinierend.«

»Und warum zum Teufel erzähle ich Ihnen das alles?«

»Wenn ich ehrlich sein soll, ich weiß es nicht, Sir.«

»Durch ein hohes Amt kommt man in den Genuss von Privilegien. Aaron Burr tötete einen prominenten Politiker, hatte aber mächtige Freunde und war zur Zeit seines Verbrechens Vizepräsident. Wie unglücklich sein Leben nach dem Duell auch gewesen sein mag, ihm blieben nach Hamiltons Tod noch mehr als dreißig Jahre. Drei Jahrzehnte, in den er essen, schlafen, lieben oder reisen konnte, all diese Dinge, mit denen die Lebenden ihre Zeit verbringen. Obwohl des Mordes angeklagt, kam er ungeschoren davon. Er war nicht der Erste und wird nicht der Letzte gewesen sein. Wäre er nur ein gewöhnlicher Bürger gewesen, wäre bestimmt alles anders gelaufen.«

Thorn nickte.

»Als Vorsitzender der Vereinigten Stabschefs genieße auch ich eine Reihe von Privilegien, von denen die meisten nur träumen können. Ich versuche, meine größeren Möglichkeiten so gut wie möglich zum Nutzen der Vereinigten Staaten von Amerika einzusetzen. Manchmal übertrete ich eine Linie, aber weil ich ein hohes Tier bin, komme auch ich ungeschoren davon. Richtig wird mein Verhalten dadurch nicht. Ich bin auf jede erdenkliche Hilfe angewiesen, und Menschen, die mir mutig gegenübertreten und zu ihrer Sicht der Dinge stehen, sind schwer zu finden. Sie sind ein brauchbarer Mann, Thorn. Ich respektiere Menschen, die zu ihren Prinzipien stehen, auch wenn ich nicht immer derselben Meinung bin.«

Thorn nickte erneut. »Ich weiß es zu schätzen, General.«

»Aber Sie quittieren Ihren Job trotzdem.«

»Genau, Sir. Heute ist bei der Net Force vieles anders als zu der Zeit, als ich den Posten übernommen habe. Ich bin kein Soldat und finde keinen Gefallen daran, mir bei meinen Entscheidungen immer häufiger sagen zu müssen, dass der Zweck die Mittel heiligt. Ich möchte morgens beim Rasieren beruhigt in den Spiegel schauen können und nicht zu einem Problem werden.«

Hadden nickte. »Mit der Begründung hatte ich in etwa gerechnet.«

»Ich beneide Sie nicht um Ihren Job, Sir. Mag sein, dass

ein hoher Posten Privilegien mit sich bringt, aber größere Macht schließt auch größere Verantwortung ein.«

»Stammt das von Clausewitz?«

»Nein, Sir, von Spiderman.«

Es dauerte einen Augenblick, doch dann grinste Hadden.

Er stand auf und reichte Thorn die Hand.

»Ich respektiere, was Sie auf Ihrem Posten geleistet haben.«

»Vielen Dank. Und viel Glück bei der Suche nach meinem Nachfolger.«

»Im Fall Lewis haben Sie ganze Arbeit geleistet. Ich werde Sie auf dem Laufenden halten und Bescheid sagen, wenn wir sie geschnappt haben.«

Thorn lächelte.

»Sonst noch was?«

»Nein, Sir. Nichts.«

Trooper's Trail, Montana

Wenn man den Schnee von den Solarkollektoren neben dem Blockhaus abkratzte, lieferten sie genug Strom, um die Akkus eines Laptops und eines Handys aufzuladen und eine Internetverbindung herzustellen. Außerdem musste man nicht im Dunkeln sitzen. Selbst hier, mitten im Niemandsland, funktionierte das Telefon meistens, und Lewis hatte über den Laptop Zugang zu ihrem versteckten Server. Mehr brauchte sie nicht.

Sie hatte Kontakt zu dem potenziellen Käufer aufgenommen, und es sah so aus, als würde das Geschäft zustande kommen. Es würde weniger dabei herausspringen, als sie ursprünglich gehofft hatte, aber hart pokern konnte sie jetzt nicht mehr. Gut möglich, dass es noch eine Weile dauern würde, bis die Army ihre Systeme geknackt hatte, und auch wenn sie es geschafft hatten, war es ihr egal, ob ihr Käufer geschnappt wurde, wenn er auf den Militärstützpunkt einzudringen versuchte. Aber Demonstrationen wie zu Carruth' Zeiten waren jetzt nicht mehr drin. Der Käufer beharrte darauf, allenfalls anderthalb Millionen zu zahlen, und sie würde seine Offerte annehmen müssen. Besser als nichts, die zehn Millionen, die ihr einst vorgeschwebt hatten, konnte sie sich abschminken.

Ein neuer Mann fürs Grobe war vonnöten, aber sie glaubte, einen finden zu können. Sie kannte ein paar Treffpunkte ehemaliger Söldner – der Mann musste nur einschüchternd aussehen und notfalls schießen können.

Die Sonne sank, und sie schaltete den Computer aus und ging nach draußen, um Brennholz zu sammeln. In dem Blockhaus gab es nur einen Ofen in der Mitte des größten Raums, der bei der Kälte nie ausgehen durfte. Davon abgesehen stand in der Küche noch ein Herd, ebenfalls mit Holz zu feuern, aber das Schlafzimmer war völlig ungeheizt. Dort musste man sich mit einem Haufen Decken helfen, und nachts ließ sie die Tür offen stehen, um etwas von der Wärme des Ofens zu profitieren. Sie hatte keine Lust, nachts bei zwanzig Grad minus in der Finsternis herumzustolpern und Brennholz zu suchen. Es war schon schlimm genug, wenn sie zur Toilette musste, die sich draußen befand, und auch wenn man sich waschen wollte, musste man das Wasser an einer Pumpe holen oder notfalls Eis auftauen.

Primitiv, keine Frage, aber andererseits musste man hier nicht befürchten, unversehens über Fremde zu stolpern – das Blockhaus lag ein gutes Stück von jeder größeren Straße entfernt.

Die letzten Tage hatte es nicht mehr geschneit, und auch für die folgenden waren keine Niederschläge angekündigt, sodass sie mit ihrem gemieteten Geländewagen keine Probleme bekommen würde, wenn sie verschwinden wollte. Das Geschäft konnte am nächsten Morgen abgeschlossen werden, und dann hielt sie hier nichts mehr.

Es war nicht alles hundertprozentig nach Plan gelaufen, aber sie hatte die Dinge noch immer im Griff. Was besser war als nichts.

»Ganz sicher, dass Sie mitkommen wollen?«, fragte Kent.

Jay nickte. »Dieser Fall hat mich so beschäftigt, dass ich mir das Ende nicht entgehen lassen möchte.«

»Von hier ab müssen wir laufen, drei Kilometer. Wir warten, bis es dunkel ist. Wenn uns hier jemand sieht, spricht sich das schnell herum, und dieses Risiko sollten wir möglichst gering halten. Wir ziehen die speziellen Schneeanzüge an und marschieren mit doppelter Geschwindigkeit.«

»Ich werde schon mithalten können.«

»Ich zweifle nicht daran.«

»Wie ich höre, denken Sie über eine Heirat nach, General?«

»Ich denke nicht darüber nach, sondern mache Ernst. Sie bekommen eine Einladung.«

»Meinen Glückwunsch.«

»Danke. Wir sollten uns jetzt umziehen.«

Kurz nach Mitternacht wurde Lewis von einem Geräusch aus der Richtung der Vorderveranda geweckt. Sie lauschte. In den letzten beiden Nächten hatte sie einige Male Tiere gehört, Füchse, Wölfe oder Waschbären. Sie musste die Tonne für den Abfall abschließen, damit am nächsten Morgen nicht überall der Müll herumlag. Wahrscheinlich war es auch diesmal ein Waschbär, der nach Essensresten suchte.

Sie griff nach ihrer Taschenlampe und der Waffe, die Carruth unter der Matratze versteckt hatte, einer alten Beretta 9 mm.

Wahrscheinlich war es nur irgendein Tier, aber es konnte nicht schaden, sich Klarheit zu verschaffen.

Als sie die Tür öffnete, sah sie einen Mann in einem weißen Schneeanzug und mit aufgesetzter Kapuze. Sie zuckte überrascht zusammen und richtete die Pistole auf den Fremden, der die Kapuze absetzte ...

»Jay ...?«

»Hallo, Captain.«

Lewis hielt die Pistole weiter auf seine Brust gerichtet. »Wie hast du mich gefunden?« Sie blickte sich um, sah aber sonst niemanden.

»Ich habe Carruth' Spuren im Internet verfolgt und Mietverträge für dieses Blockhaus entdeckt. Von da an war es nicht mehr schwer. Margo Lane? Ich bin nicht dumm.«

Sie schüttelte den Kopf. Erstaunlich. »Glaubst du, ich gebe auf, weil du es herausgefunden hast? Weil du wie der Lone Ranger hier aufkreuzt und mich festnehmen willst? Ich kann dich auf der Stelle abknallen und im Schnee verscharren. Bis zum Frühjahr findet niemand deine Leiche.«

»Würdest du das wirklich tun?«

»Glaubst du's etwa nicht?«

»Das wäre wahrscheinlich keine gute Idee«, sagte jemand hinter ihr. »Halten Sie es wirklich für möglich, dass ein Computerfreak wie unser Jay allein in der Kälte von Montana herumspaziert?«

Lewis erstarrte und blickte sich um.

Hinter ihr stand ein älterer Mann, ebenfalls in einem Schneeanzug, und er richtete mit sicherer Hand einen Colt auf sie.

Kent, sie erinnerte sich. General Abe Kent von den Marines. Inlandseinsätze waren ihnen nicht gestattet, den Marines.

»Nur für den Fall, dass Sie sich für die neue Annie

Oakley halten und glauben, mich aus dem Verkehr ziehen zu können, weise ich darauf hin, dass ich in Begleitung von vier Scharfschützen mit M-16s bin. Das Haus ist umstellt, und einer hat sich um Ihren Wagen gekümmert, dessen Motor nicht mehr anspringen wird. Wenn Sie mich erschießen, sind Ihre Chancen, diese Geschichte lebend zu überstehen, gleich null. Ohnehin werde ich eher Sie erschießen, ich denke nicht, dass Sie mir Paroli bieten können. Legen Sie die Waffe nieder.«

»Scheiße.« Lewis' Arm sank herab, und die Waffe fiel auf einen Teppichbodenfetzen vor dem Eingang des Blockhauses.

Sie war erledigt.

Sie blickte Jay an. »Warum bist du hier? Ich dachte, du hockst lieber vor deinem Computer.«

»Das wollte ich mir nicht entgehen lassen.«

»Und wenn ich dich sofort erschossen hätte, ohne mit der Wimper zu zucken, direkt nachdem ich die Tür geöffnet hätte?«

»General Kent hat mir versichert, dass die kugelsichere Weste unter diesem Parka absolut zuverlässig ist. Was stimmen wird, schwer genug ist sie.«

Sie schüttelte den Kopf. Verdammt.

Das war's.

Epilog

Fine Point Salle d'Arms
Washington, D. C.

Thorn sah ein halbes Dutzend unbekannter Gesichter in dem Fechtsaal. Es hatte sich herumgesprochen, dass er Nachwuchssportler suchte, und Jamals Erfolg hatte dazu beigetragen, einige Interessenten zu gewinnen. Es würden noch mehr werden, jetzt, wo er endlich Zeit hatte, sich um sein Hobby zu kümmern.

Er stand mit Marissa etwas abseits, und sie beobachteten Jamal, der seinen neuen Schülern die Fechtstellung, die ersten einfachen Paraden und die wichtigsten Grundsätze der Beinarbeit demonstrierte.

»Ein talentierter Junge«, sagte Marissa.

»Meiner Ansicht nach wird er sich gut schlagen. Er ist intelligent und ein guter, disziplinierter Sportler, der aus seinen Fehlern lernt. Wenn er mir hilft, diese Schüler zu unterrichten, wird das eine sehr, sehr wichtige Erfahrung für ihn.«

Sie schaute sich in dem heruntergekommenen Raum um, mit dessen Renovierung gerade erst begonnen worden war. »Und das hier ist wirklich das, was du dir gewünscht hast, Tommy?«

»Ich werde in meinem Leben bestimmt noch mal etwas anderes tun, aber im Moment ist es das Richtige. Genau das, was ich gern tue. Zumindest so lange, wie du einverstanden bist, aber darüber haben wir ja bereits gesprochen.«

Sie lächelte, wurde aber sofort wieder ernst. »Du hast bei der Net Force offiziell gekündigt?«

Thorn nickte, noch immer zu Jamal hinüberblickend. »Es gab keinen Grund mehr für mich zu bleiben. Wir haben Lewis geschnappt, und sie werden sie in einen so tiefen Kerker werfen, dass das Tageslicht eine Woche bis zu ihr braucht. Ansonsten hatte ich nichts mehr zu erledigen, mein Schreibtisch war leer.« Er seufzte und schaute Marissa an. »Ich bin kein Soldat und will auch keiner sein. Angesichts der neuen Befehlsstrukturen ist meine Stelle eher überflüssig, was auch auf die meisten anderen Mitarbeiter der Net Force zutrifft. Es gibt zu viele Überschneidungen mit den Militärs. General Kent ist Befehlshaber einer Einheit der Marines, und zumindest die kann man in den bestehenden Strukturen unterbringen. Wenn er will, kann er natürlich auch seinen aktiven Dienst beenden und sich einen Job in der Privatwirtschaft suchen. Jay wird wahrscheinlich auch nicht bleiben – es sei denn, sie machen ihm ein konkurrenzlos gutes Angebot, das er anderswo nicht bekommen könnte, doch das erscheint mir praktisch ausgeschlossen. Was mich betrifft, wäre es früher oder später zu einer unangenehmen Auseinandersetzung gekommen, bei der ich den Kürzeren gezogen hätte. Es ist besser, jetzt zu gehen, als an seinem Stuhl zu kleben und sich irgendwann von einem karrieregeilen Jüngling ausbooten zu lassen.« Er schwieg kurz. »Bist du mit meiner Entscheidung einverstanden?«

»Ja, ich wollte bloß nicht, dass du den Job aus den falschen Gründen schmeißt. Aber deine Argumente erscheinen mir sehr einleuchtend.«

»Hin und wieder findet auch ein blindes Huhn mal ein Korn.« Thorn schwieg kurz. »Hast du gehört, dass Abe Kent heiraten wird?«

»Nein, wirklich?«

»Seine Gitarrenlehrerin.«

»Sieht so aus, als würden im Moment alle heiraten, was?«

Er nahm ihre Hand. »Zumindest alle wichtigen Leute.«

Sie lächelte. »Werden wir danach auch noch glücklich sein, Tommy?«

Er streichelte sanft ihre Wange und küsste sie. »Da kannst du ganz sicher sein.«